2 ☺

COLLECTION FOLIO

Antoine Bello

Les éclaireurs

Gallimard

Résumé des *Falsificateurs*

En 1991, Sliv Dartunghuver, jeune Islandais diplômé en
géographie, est embauché en qualité de chef de projet par le
cabinet de conseil environnemental Baldur, Furuset & Thorberg. Gunnar Eriksson, son supérieur hiérarchique, lui révèle
rapidement que le cabinet abrite les activités d'une organisation secrète, le Consortium de Falsification du Réel. Les
agents du CFR, disséminés dans des centaines de bureaux et
d'antennes à travers le monde, produisent des scénarios
qu'ils s'efforcent ensuite d'installer dans la réalité en créant
de fausses sources ou en altérant des documents existants.
Ainsi par exemple, la chienne Laïka, censée avoir fait le tour
de la Terre à bord d'un satellite Spoutnik, n'a jamais existé.
Malgré l'insistance de Sliv, Gunnar refuse de dévoiler la
finalité du CFR et l'identité de ses dirigeants.

Sliv accepte de rejoindre le CFR, sans saisir toutes les
implications de sa décision. Il montre rapidement des dispositions de scénariste exceptionnelles : son premier dossier (la
description des manœuvres d'une multinationale pour expro-
prier le peuple bochiman de ses terres ancestrales) décroche le
prix du meilleur premier scénario. Lors de la remise des prix à
Hawaï, il rencontre le Camerounais Angoua Djibo, président
de la direction du Plan du CFR, ainsi que deux jeunes agents,
l'Indonésienne Magawati Donogurai et le Soudanais Youssef
Khrafedine, qui vont devenir ses meilleurs amis.

En 1993, Sliv prend un nouveau poste à Córdoba en Argentine. Le bureau de Córdoba est spécialisé dans les opérations de falsification, un domaine qui constitue justement le point faible de Sliv. Celui-ci travaille sous les ordres de Lena Thorsen, une Danoise à peine plus âgée que lui, qui l'a précédé chez Baldur, Furuset & Thorberg. Une saine émulation s'installe entre Sliv, le scénariste surdoué, et la belle Lena qui maîtrise comme personne l'art de créer des sources de référence. Usant sans vergogne de ses prérogatives hiérarchiques, Lena fustige régulièrement Sliv pour sa désinvolture. Un jour, pressé de partir en vacances avec Maga et Youssef, Sliv omet de vérifier une source dans un dossier portant sur le galochat, un poisson qui serait mystérieusement apparu dans les eaux du Pacifique. Par malchance, le gouvernement néo-zélandais s'empare de la question du galochat, qu'il tente de rapprocher des essais nucléaires français dans le Pacifique. Pris de panique à l'idée d'être découvert, Sliv essaie d'effacer ses traces mais ne réussit qu'à attirer un peu plus l'attention sur lui. Le patron du bureau de Córdoba se voit contraint d'appeler les Opérations spéciales à la rescousse. Deux agents particulièrement inquiétants, Jones et Khoyoulfaz, débarquent le lendemain. Thorsen, inquiète pour ses perspectives de carrière, enfonce Sliv dont les dénégations énergiques ne peuvent faire oublier qu'il a, par son imprudence, compromis la sécurité du CFR. Le verdict tombe : il faut supprimer un fonctionnaire du gouvernement néo-zélandais, John Harkleroad, pour circonscrire les risques. Lena Thorsen signe l'ordre de mission mais Sliv s'y refuse et s'en prend violemment à son employeur : personne ne lui a jamais dit que le CFR était parfois amené à tuer. Thorsen dénonce la naïveté de Sliv : s'il avait réfléchi deux minutes, il aurait compris que le caractère clandestin de l'organisation l'obligeait en cas de nécessité à des mesures extrêmes. Finalement, Khoyoulfaz assomme Sliv. Quand celui-ci se réveille, il est trop tard : Harkleroad est mort.

Sliv démissionne et quitte Córdoba sans revoir Thorsen. Il trouve refuge chez sa mère en Islande où il s'abrutit dans le travail physique pour oublier sa faute. Il se rend sur la tombe de John Harkleroad en Nouvelle-Zélande. Mais la culpabilité ne le lâche pas. Il ignore les appels de ses amis Youssef et Maga, à qui il n'ose pas raconter la vérité. Il sait au fond de lui que Thorsen a raison : il s'est comporté comme un enfant, sans se préoccuper des conséquences de ses actes. Sliv n'arrive pas à reprendre une vie normale. Il ne peut plus lire les journaux sans y chercher les signes d'une intervention du CFR. Il réalise que la falsification est une drogue dont il aura du mal à se passer et finit par écrire à Gunnar pour le supplier de le réintégrer. Quelques jours plus tard, il reçoit sa nouvelle affectation : il part à Krasnoïarsk en Sibérie suivre les cours de l'Académie, qui forme les futurs dirigeants du CFR.

L'ambiance à Krasnoïarsk est studieuse et intensément compétitive. À la fin de la première année, les meilleurs étudiants peuvent choisir de rejoindre l'un des trois corps d'élite, le Plan, l'Inspection générale ou les Opérations spéciales, tandis que les candidats moins bien classés sont reversés dans les directions fonctionnelles. Sliv se maintient facilement dans le peloton de tête et rédige à ses heures perdues un dossier remarquablement abouti sur les archives de la Stasi, la police secrète est-allemande. Alors qu'il se destinait naturellement au Plan, dirigé par son mentor, Angoua Djibo, il opte au dernier moment sur un coup de tête pour les Opérations spéciales, dont le directeur n'est autre que Yakoub Khoyoulfaz. L'accompagnent l'inévitable Lena Thorsen et le Japonais Ichiro Harakawa.

Dans la foulée, Gunnar révèle à Sliv que l'épisode de Córdoba était une mise en scène. John Harkleroad n'est pas mort. Le CFR a voulu infliger une leçon à Sliv en lui montrant à quels dangers sa légèreté pouvait exposer l'organisation. Sliv en veut d'abord à Gunnar mais se rend compte que celui-ci a agi pour son bien. Dès lors, Sliv reprend goût à la vie. Il renoue avec Maga et Youssef. Ce dernier a un peu de mal à comprendre la réaction de Sliv. Il lui reproche notamment de n'avoir pas dénoncé le CFR puis finit par lui pardonner.

Sliv apprend énormément au contact de Khoyoulfaz. Pendant deux ans, il sillonne le réseau du CFR et démine des dizaines de situations délicates... sans jamais tuer personne. Il règle un vieux dossier, la carte du Vinland (les Vikings auraient découvert l'Amérique cinq siècles avant Christophe Colomb), et en tire la conviction que le CFR doit arrêter la falsification physique et se concentrer sur la falsification électronique, beaucoup moins dangereuse. Le Comité exécutif du CFR, la plus haute instance de l'organisation, valide l'analyse de Sliv et lui demande de faire le tour des bureaux pour expliquer la réforme. L'autre grand projet de Sliv — aider les Bochimans à se constituer en État indépendant — est en revanche rejeté.

À la fin du premier tome, Sliv célèbre son trentième anniversaire avec ses amis, dont Youssef et Maga, désormais fiancés, qui ont eux aussi intégré l'Académie. Sliv regarde en arrière. Il vient de donner sept ans de sa vie à une organisation qu'il aime et déteste à la fois et dont il ne connaît toujours pas la finalité. Son tempérament de joueur le pousse à s'élever dans la hiérarchie pour percer un jour le mystère du CFR mais il ne peut s'empêcher de se demander : Et si je faisais fausse route ?

Pour Alice, qui aime tant les histoires

PREMIÈRE PARTIE

Dili

1

Comme chaque fois que je poussais la lourde porte
vitrée du cabinet Baldur, Furuset & Thorberg, je méditai brièvement sur le tour qu'avait failli prendre ma vie
dix ans plus tôt, ce jour où j'avais répondu à une
annonce pour un poste de chef de projet en études envi-
ronnementales. Si Gunnar Eriksson, le directeur des
Opérations du cabinet qui m'avait embauché, n'avait
pas décelé en moi des dispositions pour un autre type
d'activités, je serais probablement aujourd'hui en train
d'évaluer les risques de pollution fluviale que fait courir l'implantation d'une usine d'incinération dans la
banlieue de Copenhague.

La réceptionniste, occupée à renseigner un livreur,
me salua d'un sourire. Voyant en moi un consultant
indépendant qui travaillait épisodiquement pour le
cabinet, elle ne s'étonnait ni de mes absences prolon-
gées ni de mes horaires erratiques. Cette couverture
que nous avions mise en place avec Gunnar à ma sortie
de l'Académie nous donnait entièrement satisfaction :
elle répondait à la curiosité du fisc islandais et expliquait mes déplacements aux quatre coins du monde.

— Sliv, quel bon vent ! s'exclama Gunnar en me

serrant chaleureusement contre sa poitrine. Je me demandais si tu n'avais pas perdu notre adresse. À quand remonte ta dernière visite ?

La question était posée sur un ton trop badin pour être totalement innocente. Kristin, la femme de Gunnar, avait succombé un an plus tôt à une embolie pulmonaire foudroyante. Gunnar n'était absolument pas préparé à cette disparition et il lui avait fallu un moment pour encaisser le coup. Il n'avait pas d'autres enfants que les treize agents qu'il avait recrutés durant sa carrière. Comme j'étais à la fois le plus proche de lui et le seul à habiter encore Reykjavík, je passais le voir au moins une fois par semaine, sauf évidemment quand j'étais en mission à l'étranger.

— Trop longtemps. Je reviens de Sydney, j'ai atterri ce matin. Avant cela, j'avais enchaîné Londres, Toronto et Los Angeles.

— C'est effrayant, grommela Gunnar. Il faudra que j'en touche un mot à Yakoub, tu vas t'esquinter la santé, à la longue.

Nous savions tous les deux qu'il n'en ferait rien. Les Opérations spéciales comptaient moins d'une centaine d'agents et ne pouvaient se passer d'aucun. D'ailleurs, mes plaintes épisodiques ne trompaient personne, et surtout pas Gunnar : j'adorais ma vie d'agent de classe 3 et je ne l'aurais échangée pour rien au monde.

— Et d'abord, quel besoin avais-tu d'aller à Los Angeles ? Ils ne pouvaient pas envoyer Lena ? Elle habite à Hollywood, si je ne m'abuse.

La blessure qu'avait ouverte Lena Thorsen en coupant les ponts avec Gunnar ne s'était jamais totalement refermée. Elle avait quitté Reykjavík dix ans plus tôt sans un mot de remerciement pour celui qui lui avait tout appris. Depuis, elle ne lui donnait plus signe de vie — pas même une carte à Noël.

— Aux dernières nouvelles, elle y était encore, répondis-je. Mais ma mission n'était pas exactement de son ressort. J'ai entendu dire qu'elle se spécialisait dans le piratage informatique.

— Voilà bien un domaine qui me paraît fait pour elle. En tête à tête avec son ordinateur toute la journée sans risque de frayer avec quelqu'un de moins intelligent qu'elle. Tu ne lui as pas fait signe ?

On aurait dit ma mère quand elle me reprochait de ne pas téléphoner plus régulièrement à ma sœur. Bizarre comme, avec l'âge, on se préoccupe moins de ses propres relations que de celles des autres.

— Non. À vrai dire, je ne l'ai revue qu'une fois depuis la fin de l'Académie, à un séminaire. Elle n'a pas desserré les mâchoires et pourtant, ce soir-là, quelques-uns de mes collègues lui auraient volontiers conté fleurette.

Il y avait d'ailleurs là un mystère que je ne m'expliquais pas. Les lois de la statistique auraient voulu que nous nous croisions plus souvent. François Bérard, le directeur du centre de Paris, s'était plaint récemment devant moi de n'avoir encore jamais rencontré Lena. Il l'avait plusieurs fois réclamée personnellement en invoquant son expertise des questions de civilisations antiques. Sentant peut-être comme moi que Bérard avait d'autres intentions moins avouables, le planning des Opérations spéciales lui avait chaque fois répondu que l'agent Thorsen était indisponible.

— Mais ne reste pas debout. Tu veux un thé ? Je viens justement de recevoir un arrivage de Ceylan. Tu m'en diras des nouvelles.

— Un sucre, répondis-je machinalement en me laissant tomber dans un des confortables fauteuils en cuir de Gunnar. J'ai fait deux ou trois découvertes que j'aimerais partager avec vous.

J'ouvris ma sacoche et en sortis une liasse de feuilles couvertes de notes. Je les disposai en plusieurs piles, tandis que Gunnar pestait dans mon dos contre sa secrétaire Margrét.

— Elle m'a encore chapardé mon sucrier, c'est exaspérant à la fin ! Si elle trouve que je m'empâte, elle n'a qu'à me le dire en face.

De fait, Gunnar avait pris une dizaine de kilos depuis la mort de Kristin. Sa chemise sortait de son pantalon et je notai du coin de l'œil qu'il avait percé un trou supplémentaire à sa ceinture. Je m'abstins cependant prudemment de tout commentaire.

Gunnar déposa une tasse devant moi et prit place dans le deuxième fauteuil.

— Alors dis-moi, as-tu identifié le sixième membre du Comex ?

À mon retour à Reykjavík, Gunnar m'avait lancé un défi : « Si l'on refuse de te révéler la finalité du CFR, pourquoi n'essaies-tu pas de la deviner ? Tu sais que seuls les six membres du Comité exécutif connaissent le secret du CFR. Commence par découvrir l'identité de ces membres, l'étude de leurs dossiers et de leurs actions te fournira ensuite des indices précieux sur leurs motivations. »

C'était d'autant moins sot que ma fonction actuelle constituait un poste d'observation idéal. Ma qualité d'agent des Opérations spéciales m'autorisait à consulter n'importe quel dossier dont je connaissais l'existence (la précision avait son importance, je ne pouvais ainsi pas retirer toute la production d'un agent donné, sauf à suggérer que celui-ci mettait l'organisation en danger et devait être placé sous surveillance). Mais je bénéficiais surtout d'un autre avantage. Angoua Djibo, le président du Plan, m'avait chargé trois ans plus tôt de faire le tour des principales implantations du CFR pour présenter une réforme substantielle dont j'avais été l'initiateur : l'abandon pur et simple de la falsification physique. J'avais le premier énoncé que l'accélération du progrès technique condamnait inéluctablement les faux à l'ancienne. Un plan falsifié comme la carte du Vinland sur laquelle j'avais travaillé pouvait tromper les experts de son époque mais, tôt ou tard, la science permettrait d'en établir la genèse de façon indiscutable, attirant au passage l'attention sur les conditions de sa mise en circulation. Le CFR ferait mieux, écrivais-je alors, de se concentrer sur la falsification électronique, à la fois plus efficace et moins dangereuse. Je consacrai à la mission de Djibo une énergie qui l'étonna lui-même. En moins de six mois, je rencontrai personnellement les directeurs des quatorze centres du CFR et les patrons de presque deux tiers des bureaux. J'étais évidemment pénétré de l'importance de mon sacerdoce mais j'y voyais surtout l'occasion de m'aboucher avec le management intermédiaire du CFR, les hommes et les femmes qui pilotaient le navire au quotidien et les plus susceptibles de satisfaire mon insatiable curiosité.

— Hélas non, répondis-je. Et encore ne suis-je pas sûr des cinq autres.

— Récapitulons. Que sais-tu avec certitude ?

— Avec une certitude absolue ? Pas grand-chose. Je sais qu'Angoua Djibo fait partie du Comex. Vous me l'avez dit un jour et il ne l'a jamais démenti quand j'y ai fait allusion en sa présence.

— Tu peux tenir ça pour acquis. Quoi d'autre ?

— Comme par ailleurs Djibo préside le Plan, j'ai

tendance à penser que Yakoub Khoyoulfaz et Claas Verplanck qui dirigent respectivement les Opérations spéciales et l'Inspection générale font également partie du Comex.

— Oui, je vois, médita Gunnar en soufflant sur son thé brûlant. Les présidents des trois grands corps seraient assurés d'une place au Comex, ça paraît logique.

— À partir de là, j'en suis réduit à des conjectures. Premier angle d'attaque possible : la hiérarchie. Je ne prétends pas connaître en détail l'organigramme du CFR mais j'en ai tout de même une idée relativement précise. Chaque grand corps compte plusieurs vice-présidents...

— Tu connais leurs noms ?

— Oui, affirmai-je en consultant mes notes. Ching Shao, Jim Lassiter et Per-Olof Andersen au Plan ; Martin De Wet et Carolina Watanabe aux Opérations spéciales ; Diego Rojas et Lee-Ann Mulroney à l'Inspection générale.

— Il n'y aurait pas le même nombre de vice-présidents dans tous les grands corps ?

— J'ai de bonnes raisons de le croire. De Wet et Watanabe sont les deux seuls aux Opérations spéciales, c'est établi. J'ai recensé au moins trois vice-présidents au Plan mais c'est aussi le corps le plus étoffé. Quant à l'Inspection générale, ils sont à peine plus nombreux que nous ; ils doivent pouvoir fonctionner avec seulement deux VP.

— Cela te fait toujours sept candidats pour trois places, calcula Gunnar.

— D'où mon idée d'aller regarder du côté des directions fonctionnelles : Ressources humaines, Finances et Informatique. Après tout, les agents qui sortent de l'Académie s'orientent soit vers les grands corps soit vers les directions fonctionnelles.

— Mais tu sais comme moi que les académiciens les mieux classés choisissent invariablement les grands corps. Les directions fonctionnelles ont plutôt mauvaise réputation.

— Je ne dirais pas cela. Elles sont moins prestigieuses car plus classiques. Quel est l'intérêt de rejoindre le CFR si c'est pour travailler dans les ressources humaines ou l'informatique ? Pour autant, ces directions remplissent des fonctions essentielles : il ne me semblerait pas absurde qu'elles soient représentées au Comex.

— Je ne sais pas. Les Ressources humaines à la limite, mais les Finances et l'Informatique, non vraiment, j'ai du mal à y croire.

J'avais appris à faire confiance aux intuitions de Gunnar. Bien qu'officiellement très bas dans la hiérarchie du CFR — il n'était même pas chef d'antenne —, il en connaissait les rouages mieux que personne. Je portai au crayon une croix en regard du nom de la directrice des Ressources humaines, Zoe Karvelis. Gunnar venait sans le savoir de confirmer une de mes théories.

— J'en viens à mon deuxième angle d'attaque : l'harmonie. Je pressens que la composition du Comex obéit à quelques grands équilibres...

— De sexe, de race, me coupa Gunnar. Oui, je l'ai souvent pensé, moi aussi.

— Et probablement aussi de religion. Commençons par le sexe. Si je me base sur les récentes promotions de l'Académie, il y a aujourd'hui presque autant de femmes que d'hommes au CFR.

— Ça n'a pas toujours été le cas. Les cinq premiers agents que j'ai recrutés étaient tous des hommes.

— Il n'empêche. Je serais surpris et pour tout dire un peu choqué si le Comex ne comptait pas au moins deux femmes. Djibo, Khoyoulfaz et Verplanck étant des hommes, nous aurions donc deux femmes pour les trois sièges restants.

— Il me paraît en tout cas exclu qu'il n'y en ait aucune. Je dirais une ou deux. Sûrement pas trois.

— Passons à la race et à la religion. Le CFR est une véritable multinationale, active sur les cinq continents. Le Comex reflète presque certainement cette diversité. Djibo est africain ; il m'a confié un jour avoir été élevé dans l'animisme mais je pense qu'il ne pratique aucune religion. Khoyoulfaz est azéri et musulman. Verplanck est blanc et catholique. Que nous manque-t-il ?

— Je trouve ta question un peu discutable. Elle présuppose que la composition du Comex dépend plus de considérations géographiques que de la compétence réelle des postulants. Enfin, admettons.

Il reposa sa tasse de thé devant lui et se laissa glisser dans le fond de son fauteuil en fermant les yeux.

— Il te manque un ou une Asiatique pure souche ; un ou une Sud-Américaine ; un autre Blanc, probablement nord-américain du reste ; et peut-être un deuxième Noir, de préférence musulman. Mon Dieu, s'écria-t-il en rouvrant les yeux, si l'on nous entendait !

— Si ça peut vous rassurer, j'ai fait à peu près le même raisonnement. Croisons maintenant ces quatre critères : la position hiérarchique, le sexe, la race et la religion.

Gunnar réfléchit pendant quelques secondes.

— Je comprends maintenant où tu voulais en venir avec les directions fonctionnelles. On dirait que Zoe

Karvelis coche pas mal de cases d'un coup : elle n'appartient pas à un grand corps, c'est une femme grecque de race blanche et de religion, voyons, orthodoxe ?

— Touché, répondis-je en souriant.

— Ah ah ! triompha Gunnar qui se prenait au jeu. Maintenant pour la deuxième femme, je verrais bien Carolina Watanabe. Vice-présidente des Opérations spéciales, parents japonais, née au Brésil. Catholique ou bouddhiste ?

— Bouddhiste, mais ses enfants fréquentent une école catholique à Rio.

Gunnar me coula un regard interloqué.

— Ma parole, tu connais ton sujet !

— Vous voulez le nom de ses deux chats ? Sérieusement, j'ai un problème avec Watanabe. Elle n'a jamais vécu en Asie. À mon sens, les deux vrais candidats asiatiques sont la Chinoise Ching Shao, vice-présidente du Plan, et l'Indien Marvan Nechim, directeur de l'Informatique.

— Oublie l'Informatique, décréta Gunnar qui tenait décidément en piètre estime les sectateurs du binaire. C'est Shao ta deuxième femme.

J'avais rencontré Watanabe et Shao lors de mon périple ; la Chinoise m'était apparue plus énigmatique que la Brésilienne, sans doute en partie parce que je ne comprenais qu'un mot sur deux quand elle s'exprimait en anglais. Je traçai une croix à côté de son nom.

— Cela nous laisserait deux candidats sérieux pour le dernier fauteuil : Jim Lassiter, noir, américain, vice-président du Plan...

— Encore quelqu'un du Plan ? Raye-le de ta liste.

— Ou Parviz Shajarian, iranien, musulman et directeur financier...

Gunnar secoua la tête.

— Le CFR est riche à milliards, je ne vois pas pourquoi le Comex s'embarrasserait d'un comptable. Non, le plus probable, c'est que le sixième membre est un agent hors classe dont tu n'as jamais entendu parler. Tu sais ce qui serait rosse ?

— Non ?

— C'est qu'il soit scandinave ! S'il y a deux sous de vrai dans ta théorie de l'harmonie, tu pourrais dire adieu à l'idée de rejoindre le Comex.

Cette perspective m'avait évidemment effleuré l'esprit mais une autre découverte récente m'avait alarmé encore bien davantage : parmi mes sept ou huit favoris, un seul — Lassiter — avait plus de soixante ans. Il n'existait sans doute pas d'âge officiel pour partir à la retraite au Comex mais je ne pouvais m'empêcher de penser que la jeunesse des membres actuels ne faisait pas mes affaires.

— Oublions le sixième homme un instant, reprit Gunnar comme pour m'éviter de céder au désespoir, et penchons-nous plutôt sur les dossiers des cinq membres présumés. Combien en as-tu retrouvés ?

— La réponse à cette question n'est pas aussi simple qu'elle en a l'air. Il faut en effet écarter les dossiers produits par chaque membre avant qu'il ne soit coopté au Comex, c'est-à-dire avant qu'il ne se voie révéler la finalité du CFR. Or...

— Les dates de nomination ne sont pas publiques, acheva Gunnar.

— Exactement. On peut toutefois essayer de les retrouver. Il semblerait par exemple que Djibo ait produit deux dossiers par an jusqu'en 1988. Je dis bien « il semblerait » car les archives refusent de me fournir la liste. Puis il n'a rien publié entre 1989 et 1991 — en tout cas rien qui me soit revenu aux oreilles — et seulement un dossier par an en moyenne depuis 1992.

— Ainsi, selon toi, il aurait été trop accaparé par ses nouvelles fonctions pendant les deux premières années. C'est mince comme raisonnement.

— D'autant plus mince qu'il existe d'autres explications à son silence : il a pu prendre d'autres responsabilités cette année-là — la présidence du Plan par exemple —, s'offrir une année sabbatique, que sais-je encore ? Enfin bref, j'ai déterminé de la sorte une date théorique d'arrivée pour chacun de mes cinq favoris : 1988 pour Djibo, 1990 pour Khoyoulfaz, 1986 pour Verplanck, 1996 pour Shao et 1997 pour Karvelis. Selon mes informations, ils auraient produit ensemble vingt-six dossiers.

— Seulement ?

— Je trouve au contraire que c'est beaucoup. La conception d'un bon dossier prend des semaines. Je me demande comment ils arrivent à caser cela dans leur emploi du temps.

En fait, je croyais le savoir. Les dirigeants du CFR restaient des agents avant tout. Produire des dossiers était leur raison d'être. Dans une organisation classique, les individus qui s'élèvent dans la hiérarchie sont généralement trop heureux d'abandonner leurs tâches quotidiennes au profit d'occupations réputées plus nobles. Le CFR fonctionnait à l'inverse : les cadres supérieurs se battaient pour conserver le droit d'assurer les charges des agents de base.

— Ils sont sûrement aidés, marmonna Gunnar. Je n'imagine pas Djibo appeler Berlin pour demander qu'on lui ficelle une légende. Mais peu importe après tout, que ressort-il de ces dossiers ?

— Rien de très net, j'en ai peur. Tous les sujets sont

abordés, du plus sérieux comme la guerre au Rwanda jusqu'au plus trivial comme l'extinction d'une langue imaginaire proche de l'araméen, le mlahsô.

— Peux-tu au moins organiser les dossiers en grandes familles ?

— Pas vraiment. Deux dossiers traitent de conflits territoriaux. Khoyoulfaz invente des arguments en faveur de l'Azerbaïdjan dans sa dispute avec le Nagorny-Karabakh sur le couloir de Lachine...

— Jamais entendu parler.

— C'est la route montagneuse la plus courte entre l'Arménie et le Nagorny-Karabakh. Une voie âprement convoitée mais pas non plus l'enjeu stratégique du siècle. Idem pour l'autre conflit, qui concerne l'île de Koutsouzov revendiquée à la fois par la Chine et par la Russie...

— Et laisse-moi deviner, m'interrompit Gunnar : Shao prend position pour la Chine ?

J'opinai. Il commenta dédaigneusement :

— Bref, chacun derrière son drapeau... Tu fais fausse route.

— J'ai trois dossiers qu'on peut regrouper sous le thème « Réforme du capitalisme », continuai-je.

— Là, tu m'intéresses davantage, déclara Gunnar en s'avançant dans son fauteuil pour se resservir une tasse de thé.

— Verplanck crée de fausses pièces à charge dans le procès en abus de position dominante que l'Union européenne intente à Microsoft ; Karvelis aide le syndicat des créateurs d'œuvres artistiques à obtenir une extension de vingt ans de la durée des copyrights ; Verplanck, encore lui, émeut l'Amérique avec trois cas — fabriqués — d'enfants morts faute de soins médicaux, qui accélèrent le passage du State Children's Health Insurance Program.

Gunnar réfléchissait, s'efforçant comme je l'avais fait quelques semaines plus tôt de discerner une cohérence entre ces trois dossiers.

— Dénonciation des monopoles, juste rémunération de la création intellectuelle, énonça-t-il enfin, ça ressemble à un retour aux origines du capitalisme. Mais la couverture médicale obligatoire des enfants me laisse perplexe.

— Peut-être une tentative de mâtiner le capitalisme anglo-saxon d'un peu d'humanisme à l'européenne, hasardai-je sans trop y croire moi-même.

— Quoi d'autre ?

— Un très bon dossier de Djibo sur les enfants naturels que Thomas Jefferson aurait eus avec Sally Hemings, une de ses esclaves...

— Les histoires d'esclavage, c'est sa marotte, me coupa Gunnar. Il les réussit très bien, du reste.

— Une quasi-réédition du dossier Laïka, avec le lancement de Kwangmyongsong, le premier satellite nord-coréen. La fusée est restée coincée sur le pas de tir mais les Coréens prétendent que le satellite tourne au-dessus de nos têtes depuis septembre 1998. Dans le même ordre d'idées, Karvelis romance l'incarcération d'Hugo Chávez entre 1992 et 1994.

— J'ignorais qu'il avait fait de la prison. Pour quel motif ?

— Son coup d'État contre le président Pérez ayant lamentablement échoué, Chávez se rendit en direct à la télévision et gagna le cœur de millions de Vénézuéliens en se posant comme un recours contre la kleptocratie de Pérez. Il passa deux ans en prison et en sortit avec une excroissance de chair à l'œil qui réduit significativement sa vision. Karvelis prétend que Chávez aurait attrapé ça pendant son incarcération, sous-entendant qu'il n'avait pas fait l'objet d'un suivi médical et renforçant ainsi son image de martyr. En fait, la carnosité de Chávez remonte à son adolescence mais elle était jusque-là restée contenue dans des proportions raisonnables.

— Quel rapport entre l'œil de Chávez et un satellite nord-coréen ?

— Dans les deux cas, le CFR a favorisé des ennemis déclarés des États-Unis. Deux autres dossiers tournent d'ailleurs autour de l'avènement de la Chine. L'un vise à donner l'impression que la République populaire est plus avancée qu'elle ne l'est en réalité dans ses projets de construction d'un porte-avions nucléaire. L'autre réunit plusieurs jeunes artistes chinois sous la bannière d'un mouvement imaginaire, le réalisme cynique.

— Je ne sais pas trop qu'en penser. Le CFR a-t-il favorisé l'expansion de la Chine avec ses dossiers ou, au contraire, ne fait-il qu'accompagner son essor ? Oui, entrez !

Une jeune femme poussa la porte, les bras chargés d'une pile de classeurs qui menaçait de s'effondrer. Je m'élançai pour la soulager d'une partie de son fardeau et restai en arrêt devant son visage que cachait à moitié une longue mèche de cheveux blonds. Elle aussi m'avait reconnu.

— Nina Schoeman ! m'exclamai-je. Qu'est-ce que tu fais ici ?

— De l'intérim, répondit-elle. J'ai démarré la semaine dernière.

Elle ajouta à l'adresse de Gunnar, qui était resté assis :

— J'ai photocopié les trois premiers classeurs, je m'occuperai des autres demain.

— Merci, mademoiselle Schoeman, dit Gunnar de son ton le plus digne en posant sa tasse de thé. Je n'ignore pas que la Constitution islandaise vous garantit un certain nombre de droits fondamentaux, mais croyez-vous qu'il vous serait possible de vous habiller de manière un peu plus classique à l'avenir? Nous recevons régulièrement des clients à l'agence et je détesterais que votre style vestimentaire... disons avant-gardiste n'en conduise certains à réorienter leurs budgets vers des officines plus traditionnelles.

Quel dommage que je n'aie pu prévenir Gunnar. Je lui aurais évité la réplique cinglante qui suivit :

— Il me semble justement que vous auriez bien besoin de faire le tri dans votre clientèle. Comment pouvez-vous accepter le fric de ces pollueurs de Mollenberg qui démontent leurs usines bourrées d'amiante pour les reconstruire dans les pays du tiers-monde ?

Devant cette référence au premier client de Baldur, Furuset & Thorberg, Gunnar manqua s'étrangler. Je lui fis signe que je repasserais chercher mes affaires et poussai brutalement Nina hors du bureau.

2

Nina Schoeman faisait partie de ces gens qu'on ne devrait jamais rencontrer sans préavis. L'intensité de son regard, la franchise de ses gestes, son niveau d'engagement dans la conversation vous saisissaient à la gorge au point de vous faire regretter de n'avoir pas préparé votre texte.

Je l'avais connue en maîtrise de géographie sur les bancs de l'Université de Reykjavík à la fin des années quatre-vingt. Nous suivions tous les deux un second cursus en parallèle : elle en sciences politiques et moi en histoire. Nos points communs s'arrêtaient là : je débarquais d'Husávík, un petit village du nord-est de l'Islande où ma mère élevait des moutons ; elle était arrivée d'Afrique du Sud quelques années plus tôt, sa mère ayant épousé un Islandais en secondes noces. Je n'étais jamais sorti d'Europe ; elle avait posé ses valises sur tous les continents. Je n'adressais la parole à personne ; elle parlait fort, et toujours la première.

Elle n'était pas d'une beauté conventionnelle. Je ne saurais dire si ses traits étaient délicats ou grossiers, si son visage était rond ou bien triangulaire. Ce n'était pas le genre de détails auxquels on s'arrêtait en regardant Nina. Ce qui frappait avant tout, c'était l'énergie qui émanait d'elle. Elle semblait parfois dressée sur la pointe des pieds, les muscles tendus, prête à partir, comme ces sauteuses en hauteur qui ont un pied sur la planche et dont le corps se prépare déjà à effacer l'obstacle. À d'autres moments, elle m'évoquait une karatéka, solidement campée sur ses appuis, attendant son adversaire, sûre de la force explosive accumulée dans ses poings. À d'autres encore, une avironneuse méthodique dont chaque coup de rames fait remonter les muscles dans les épaules. Elle n'était ni une poupée ni une danseuse mais une athlète, dont les vêtements volontiers provocateurs ne pouvaient dissimuler la silhouette presque parfaite.

Je tenais Nina pour l'étudiante la plus brillante de notre promotion mais peu de ses condisciples et encore moins de ses professeurs partageaient mon avis. Elle avait des notes moyennes — bien inférieures aux miennes — et décrocha ses deux diplômes sans mention. Elle séchait la moitié des cours en amphi mais, contrairement à d'autres, ce n'était pas pour faire la grasse matinée. Elle avait installé son camp de base à la bibliothèque, où elle dévorait tour à tour la presse internationale, des romans étrangers ou des essais historiques d'auteurs dont je n'avais jamais entendu parler. Elle s'était aménagé un coin à elle au bord de la section de littérature allemande, où elle laissait ses affaires : un sac à dos en toile kaki, une paire de chaussures de course, un parapluie, une bouteille d'eau et une boîte de biscuits. Je n'aurais pas été autrement surpris d'y trouver un sac de couchage. Elle lisait les coudes sur la table, la tête entre les poings, jetant de temps à autre une note sur un grand cahier noir qui ne la quittait jamais. Quand arrivait l'heure d'un cours qui l'intéressait, elle se levait brusquement en laissant tout en plan, sachant que la bibliothécaire veillerait à garder son sanctuaire inviolé. Les deux femmes entretenaient une solide amitié depuis que Nina s'était opposée à un projet de fermeture de la bibliothèque pendant les congés scolaires. Le doyen de l'université qui espérait réaliser quelques économies avec cette mesure avait dû céder devant la fronde fédérée par Nina autour de quelques slogans percutants, tels que «Mon cerveau ne prend pas de vacances» ou «Échange trois professeurs permanents contre une bonne bibliothécaire».

Car c'était dans l'action militante que Nina donnait sa pleine mesure. Elle appartenait à tous les groupes de discussion du campus, depuis le Collectif contre les pluies acides jusqu'à l'Association pour la scolarisation des fillettes musulmanes. L'aisance et la résolution avec lesquelles elle s'exprimait forçaient l'adhésion. Elle avait le don de trouver chaque fois la formule qui électrisait l'auditoire ou la perspective historique qui élevait la cause la plus anecdotique au rang d'enjeu de civilisation. L'extinction progressive de la tortue caouanne s'expliquait ainsi par la surexploitation des fonds marins, tandis que la démolition d'une mosquée insalubre à Hambourg menaçait la coexistence pacifique des religions du Livre. Car Nina s'était constitué au fil des ans un réseau de correspondants dans le monde entier. L'Islande ne suffisant pas à étancher sa soif de justice, elle se mobilisait pour des causes exotiques plus improbables les unes que les autres : la protection du guanaco de Patagonie et l'autonomie du territoire d'Aceh en Indonésie sont celles qui me reviennent spontanément à l'esprit dix ans plus tard mais elles n'étaient pas les seules.

Je ne fréquentais pas Nina à l'époque mais je l'estimais et je crois pouvoir dire que le sentiment était réciproque. Elle m'avait chaudement félicité à la sortie de l'amphi un jour que j'avais souligné la contribution du géologue Alexander Du Toit à la théorie de la dérive des continents. Du Toit était sud-africain et Nina estimait qu'il n'occupait pas dans nos manuels la place qu'il méritait. Nous avions commencé à partir de ce jour à nous saluer d'un hochement de tête quand nous nous croisions. Je m'en étais prudemment tenu là, de peur qu'elle ne m'entraîne dans ses activités militantes que je pressentais redoutablement chronophages.

Je n'en étais pas moins ravi de la revoir. Mes deux meilleurs amis habitaient à plusieurs milliers de kilomètres, j'avais perdu le contact avec presque tous mes anciens camarades et — pourquoi ne pas l'avouer ? — je ne résiste jamais à une bouffée de nostalgie.

— Viens, l'entraînai-je en fermant la porte du bureau de Gunnar, il y a un bistrot en bas.

— Pas de refus. De toute façon, j'avais terminé.

Elle enfila son manteau et fit glisser son sac à dos sur son épaule droite. Je ne fus pas surpris de constater que c'était le même qu'il y avait dix ans. Je devinais que la fidélité de Nina se manifestait de mille façons différentes.

Nous dégringolâmes l'escalier comme deux collégiens et nous nous engouffrâmes dans un bar américain qui venait d'ouvrir ses portes. Nina sursauta en découvrant la carte :

— Tu réalises qu'un café *latte* coûte le salaire quotidien d'un ouvrier malgache ?

— Je t'invite, dis-je en me maudissant aussitôt pour ma stupidité.

— Tu plaisantes, j'espère !

Elle s'acquitta de sa commande en écoulant sa petite

monnaie. Dès que nous fûmes assis, je volai au secours de Gunnar :

— Tu sais, malgré les apparences, ce n'est pas un mauvais bougre.

— Qu'est-ce qui lui a pris, merde ! ronchonna Nina. Déjà que la paye est nulle, il ne croit quand même pas que je vais me saper en Donna Karan !

Je l'observai en douce. Elle portait un jean orange retenu par une ceinture cloutée, un tee-shirt blanc où, sous la photo d'une adolescente asiatique au sourire triste, s'étalait ce texte : «Sauvez Sonia, vendue par ses parents à l'âge de neuf ans et livrée aux proxénètes de Patpong pour le plaisir des mâles occidentaux», et une paire de Rangers noires. Sans être un spécialiste de la mode, je me dis qu'il existait sûrement un moyen terme entre le style vestimentaire de Nina et celui d'une banquière londonienne.

— Il est un peu surmené en ce moment, avançai-je.

— Tu parles ! Il n'en fiche pas une ramée. Tu crois que je n'ai pas remarqué son petit manège ? Il arrive à dix heures, distribue des dossiers avant le déjeuner et ne sort plus de son bureau que pour aller remplir sa théière à la cuisine.

— Il a perdu sa femme récemment.

Je vis son expression changer radicalement. Je pouvais suivre le cheminement de ses pensées à la trace. La compassion était en train de l'emporter sur la lutte des classes.

— Oh non ! gémit-elle comme si, enfant, elle avait sauté sur les genoux de Kristin Eriksson.

— Il essaie de reprendre le dessus mais ce n'est pas facile, continuai-je sans avoir le sentiment de proférer un trop gros mensonge.

— Il doit lutter, décréta-t-elle.

Elle avait déjà rassemblé ses esprits et élaborait maintenant un plan de bataille.

— Les premières semaines sont les plus dures mais nous allons le sortir de là.

Je changeai brusquement de sujet pour ne pas avoir à lui révéler que le veuvage de Gunnar remontait à seize mois. Elle l'aurait pris pour un homme faible, ce qu'il n'était absolument pas.

— Alors, que deviens-tu ? Tu cherches un job ?

J'imaginais qu'elle avait perdu son emploi précédent et qu'elle s'était inscrite dans une agence d'intérim le temps de trouver un nouveau poste.

— Non, pourquoi ? Tu as quelque chose à me proposer ? Ah, je vois ce que tu penses : comment peut-elle encore en être à faire de l'intérim à son âge ? C'est ça, hein ? Eh bien, sache que j'enchaîne les missions depuis dix ans : secrétaire, réceptionniste, hôtesse, tout ce qui se présente. Je ne reste jamais plus de trois mois dans la même boîte. Au-delà, je sens que je risquerais de m'attacher et ça me détournerait de l'essentiel.

L'essentiel ? Plusieurs idées me traversèrent l'esprit : la famille ? Le sport ? La religion ?

— La lutte ! s'exclama-t-elle enfin comme si elle s'adressait à un demeuré.

— Ah, tu continues comme à la fac ? demandai-je sans réaliser que j'aggravais mon cas à chaque nouvelle question.

Nina me transperça de son regard bleu métallique.

— Vous me faites rigoler, vous autres ! Comme s'il y avait un âge pour tout ! Alors, c'est ça la vie pour toi ? On va à l'école jusqu'à vingt ans, on s'enrôle dans un syndicat étudiant pour distribuer des tracts et rencontrer des filles et puis quand on a dégotté maman, on se dépêche de lui passer la bague au doigt et de lui faire deux gosses, on abandonne le militantisme comme on a arrêté l'espagnol, on trouve un job dans le privé et on s'épuise à la tâche pour rembourser son crédit immobilier ?

— Je n'ai pas...

— La lutte ne cesse jamais, Sliv ! Tu sais ce qui me tue ? C'est que chaque fois qu'un chic type comme toi baisse les bras, ces salauds en remettent une couche !

— Les salauds ? Quels salauds ?

— Tu sais très bien de qui je parle : ceux qui sagouinent la planète, ceux qui excisent les petites filles, ceux qui nous montent les uns contre les autres pour nous vendre des canons et des serrures trois points.

Elle dut lire l'incompréhension sur mon visage car elle changea soudain de ton en me gratifiant d'un grand sourire :

— Allons, excuse-moi, je me laisse parfois emporter.

— Je vois ça.

— Je dois absolument faire plus attention, poursuivit-elle comme si elle avait parlé de surveiller sa ligne ou sa consommation de whisky. Parlons plutôt de toi. Tu sais que j'ai tout de suite repéré ton nom chez Baldur Machin Chouette. Margrét m'a dit qu'on ne savait jamais quand tu passais à la boîte.

— Je travaille en free-lance. J'ai d'autres clients.

— C'est intéressant ?

— Assez, oui, répondis-je en ayant conscience d'avancer en terrain miné. Je voyage beaucoup, je rencontre des interlocuteurs variés : associations, ministres, chefs d'entreprise. Grosso modo, j'aime bien ma vie.

— C'est le principal, approuva Nina un peu trop chaleureusement.

Elle avait décidé d'enterrer provisoirement la hache

de guerre. Je lui en fus reconnaissant, même si je sentais qu'elle et moi n'en avions pas terminé.

— Tu as gardé le contact avec certaines personnes de la fac? demandai-je pour achever de neutraliser la conversation.

Nous échangeâmes quelques noms sans entrain, en prétendant nous intéresser au sort d'individus dont nous n'avions pas jugé bon de prendre des nouvelles depuis dix ans. Soudain Nina regarda sa montre et se leva.

— Il faut que je file, je suis en retard. J'anime une réunion sur la fonte de la banquise. Tu veux venir?

— J'adorerais, mentis-je, mais j'ai pas mal de trucs à faire ce soir. Je pars demain au Soudan pour un mariage.

— Veinard! me félicita Nina. Tu en profites pour faire un peu de tourisme?

— Je ne sais pas encore ce que mes amis ont prévu mais sûrement. Je pars pour deux semaines.

Je vis que Nina prenait mentalement note de ma date de retour. La prochaine fois, pensai-je, je pourrai au moins préparer des fiches.

3

Je me réjouissais depuis des mois de cette parenthèse africaine, qui m'offrait des vacances particulièrement bienvenues et devait surtout consacrer l'union de mes deux amis les plus chers, Magawati Donogurai et Youssef Khrafedine. Notre rencontre neuf ans plus tôt à Hawaï lors de la remise des prix du meilleur premier dossier avait constitué une étape importante de mon parcours personnel. J'avais réalisé, avec soulagement mais aussi avec une pointe de jalousie, que je n'étais pas seul à m'interroger sur le sens de mon engagement au CFR et que, désormais, mon sort et peut-être ma sécurité étaient entre les mains d'autres jeunes agents à la fois aussi bien intentionnés et aussi maladroits que moi. Une amitié si précieuse méritant d'être cultivée, il m'était arrivé de parcourir dix mille kilomètres pour le plaisir de passer un week-end avec Youssef et Maga qui, sans doute pour me rendre les choses plus commodes, avaient décidé trois ans plus tôt de ne plus se quitter.

J'avais ouvert la voie en intégrant l'Académie dès 1996 ; mes amis, eux, venaient seulement d'en finir avec les rigueurs des hivers sibériens. Chacun était sorti dans le corps dont il rêvait : le Plan pour Youssef et les Opérations spéciales pour Maga. Cependant, plutôt que de rejoindre l'équipe de Yakoub Khoyoulfaz, Maga avait cédé devant l'insistance des Ressources humaines qui souhaitaient la voir réaliser un MBA. Peu de cadres supérieurs du CFR possèdent une connaissance approfondie du monde des affaires et Zoe Karvelis avait fait valoir à Maga les avantages qu'elle pourrait tirer d'un passage par une université américaine. Maga, qui avait travaillé en entreprise avant de rejoindre le CFR, avait été sensible à cet argument. Elle entendait bien faire carrière et ne négligeait aucun moyen d'accélérer son ascension dans la hiérarchie. Tant qu'à faire, elle avait jeté son dévolu sur Harvard qui, outre sa réputation d'excellence académique, présentait l'avantage d'être à moins de deux heures d'avion de Toronto où travaillerait Youssef. Les jeunes mariés se retrouveraient le week-end.

J'avais lu comme tout le monde que le Soudan sombrait progressivement dans l'intégrisme religieux mais je ne m'attendais tout de même pas à découvrir Maga en burqa.

— C'est toi, Maga ? demandai-je en direction d'une silhouette fluette qui tenait une pancarte « Sliv » dans le hall des arrivées.

Le clin d'œil qu'elle me décocha à travers la fente de son voile ne laissait aucun doute mais elle recula comme j'approchais pour la serrer dans mes bras.

— J'en ai très envie mais pas ici. Suis-moi.

Je l'escortai jusqu'à la sortie du terminal où s'allongeait une file de taxis.

— Hèles-en un, veux-tu ? dit Maga.

Nous nous engouffrâmes à l'arrière d'une Toyota

Corolla déglinguée. Maga donna l'adresse au chauffeur dans un arabe hésitant puis arracha son voile.

— Bon sang, ce qu'il fait chaud là-dessous !

Elle prit ma main et la pressa doucement entre les siennes.

— Contente de te voir, Dartunghuver. Tu n'as pas l'air dans ton assiette.

— Maga, c'est bien toi ? De toutes les filles que je connais, tu es la dernière que je me serais attendu à voir sous une burqa.

— Parce que tu crois que j'ai le choix ? Regarde autour de toi.

Je baissai la vitre crasseuse du taxi. Nous venions d'entrer dans les faubourgs de Khartoum et la vue offrait un spectacle familier : route large et poussiéreuse encombrée de minibus dont Fiat et Renault avaient cessé la commercialisation en Europe vingt ans plus tôt, immeubles bas aux façades blanches et ocre, odeurs de poubelles et d'épices, marchands des quatre-saisons poussant péniblement leurs charrettes.

— Tu ne remarques rien ? insista Maga.

— Ma foi, non. On ne peut pas dire que ce soit très moderne mais presque toutes les métropoles africaines ressemblent à ça.

— Je ne te parle pas de cela. Non, vraiment, tu ne vois pas ? Les femmes, Sliv, où sont les femmes ?

J'observai plus attentivement un petit groupe qui entourait une carcasse suspendue à l'étal d'une boucherie. Les silhouettes que j'avais crues féminines étaient en fait celles d'hommes portant la djellaba et, pour certains d'entre eux, le keffieh.

— Les femmes ne peuvent sortir de chez elles sans la permission de leur mari, s'emporta Maga. Officiellement, elles ont le droit de conduire mais je n'en ai encore vu aucune s'y risquer. Une moitié du pays décide pour l'autre, ça me rend folle.

— Et tes beaux-parents? demandai-je en craignant de connaître la réponse.

Youssef disait de son père qu'il était strict. Quand on connaissait Youssef, il y avait de quoi s'alarmer.

— Ils ne font pas exception à la règle. Lui enseigne le droit islamique à l'Université de Khartoum. Dans un pays qui observe la charia, cela fait quasiment de lui l'égal d'un mollah.

— Et elle?

— Elle voue une adoration absolue à son mari qui lui a donné onze enfants et me regarde comme une extraterrestre parce qu'il m'arrive de parler sans qu'un homme m'ait posé une question. Tu aurais vu sa tête quand j'ai exprimé l'intention d'aller te chercher à l'aéroport... Je crois en outre qu'elle est désespérée de voir son fils épouser une étrangère. Avec sa position à la Banque mondiale, Youssef pouvait prétendre à un bien meilleur parti.

— Attends qu'ils apprennent à te connaître... Mais vous ne deviez pas vous marier en Indonésie?

— C'est ce qu'aurait voulu la tradition mais les parents de Youssef et les miens n'ont pas réussi à s'entendre. Khrafedine Senior exigeait une cérémonie dans les règles, «digne», pour reprendre son expression : pas d'alcool évidemment, stricte séparation entre hommes et femmes, j'en passe et des meilleures. Pas vraiment le genre de mes parents, si tu vois ce que je veux dire.

Je voyais très bien. J'avais rencontré la mère de Maga deux ans plus tôt : une petite bonne femme débordante de vitalité qui avait fait fortune avec son mari en important la marque Ford en Indonésie et coulait désormais une retraite tranquille en trimbalant ses clubs de golf entre Bali et la Floride.

— Maman rêvait plutôt d'un mariage à l'américaine, avec gros caillou pour sa fille, échange de vœux devant le soleil couchant, magiciens et orchestre musette. Quand j'ai compris qu'ils n'arriveraient jamais à se mettre d'accord, j'ai suggéré une double cérémonie.

— Courageux de ta part...

— Ces derniers jours, d'autres mots me sont venus à l'esprit.

— Et Youssef? demandai-je, curieux de savoir quel camp avait choisi le futur marié.

— Youssef a beaucoup de mérite, répondit Maga d'un ton crispé qui me fournit ma réponse.

— Il ne pouvait pas venir?

— Séance d'essayage. Tu connais sa coquetterie légendaire...

Je préférais entendre Maga faire de l'humour que débiner sa belle-famille. Le taxi se gara devant une grande maison de plain-pied dans un quartier résidentiel. Maga rajusta son voile et dut laisser un pourboire princier car le chauffeur porta ma valise jusqu'à la porte d'entrée.

— Vingt dollars que Khrafedine Senior cite le Coran dans les cinq minutes, chuchota Maga tandis que s'ouvrait la porte.

— Tenu.

Abdul Khrafedine, que j'aurais reconnu entre mille tant son fils lui ressemblait, m'accueillit avec chaleur dans un anglais littéraire et un peu démodé. Je ne me souviens plus exactement des formules qu'il employa mais j'en tirai l'assurance que ma famille était désormais protégée pour six générations.

— Merci infiniment pour votre hospitalité, monsieur Khrafedine, répondis-je au nom de tous les petits Dartunghuver à venir.

— Le Prophète a dit : «Quiconque a suffisamment de nourriture pour deux personnes devrait la partager avec trois de ses compagnons. »

Maga frotta discrètement son pouce contre son index pour me signifier ma dette. Khrafedine Senior tapa deux fois dans ses mains et son épouse accourut prestement. Couverte elle aussi de la tête aux pieds, elle proféra deux phrases inintelligibles et fila dans la cuisine. Son mari me prit par le bras et m'entraîna dans son bureau en ignorant ostensiblement Maga.

— Vous venez d'Islande, n'est-ce pas, monsieur Dartunghuver ? me demanda-t-il tout de go.

— En effet, admis-je en jetant subrepticement un œil vers le vestibule.

Maga avait disparu.

— Et quel est le taux de fécondité des femmes islandaises, je vous prie ?

— Je vous demande pardon...

— Combien les femmes islandaises ont-elles d'enfants en moyenne ?

— Un peu moins de deux, je crois. Pourquoi cette question ?

— Ma femme — gloire lui soit rendue — et moi avons donné onze soldats à Dieu et au Soudan. Saviez-vous que les moins de quinze ans représentent la moitié de la population soudanaise et que celle-ci s'accroît d'un million par an ?

— Des chiffres impressionnants, commentai-je prudemment en ne pouvant m'empêcher de les rapprocher de ceux de mon pays.

— Mais qui risquent de fléchir si nous n'y prenons pas garde. C'est pourquoi notre commandeur, l'illustre

Omar Hassan al-Bachir, vient de rappeler les musulmans soudanais à leur devoir. Le Coran autorise un homme à prendre jusqu'à quatre femmes, or combien d'entre nous usent de cette prérogative ?

— Papa, tu ne crois pas que tu devrais laisser notre hôte se reposer après un si long voyage ? suggéra gentiment mais fermement Youssef en faisant irruption dans la pièce.

Il me donna une accolade en me glissant à l'oreille «Excuse-le» puis il passa de l'autre côté du bureau et s'assit à côté de son père. La ressemblance était proprement stupéfiante, j'avais l'impression de contempler le même homme à deux stades de sa vie.

— Es-tu content de ton habit ? demanda Abdul Khrafedine à son fils.

— Il me sied à ravir.

— Est-il modeste comme l'exige le Prophète ?

— On ne peut plus modeste.

— Et tes frères ?

— Tout est pour le mieux.

Il se tourna vers moi.

— Tu as fait bon voyage ?

Abdul ne me laissa pas le temps de répondre :

— Ton ami doit se faire établir un permis de séjour.

— J'ai déjà un visa, l'informai-je en me remémorant les laborieuses démarches nécessaires à son obtention.

— Il s'agit malheureusement d'un autre document, expliqua Youssef. Sans permis de séjour, tu ne pourras pas quitter le Soudan.

— Si j'étais vous, je m'en préoccuperais sans attendre, conseilla Abdul que je sentais soucieux de ne pas attirer l'attention des fonctionnaires de l'immigration sur son foyer.

— Excellente idée, répondis-je, pas mécontent de fausser compagnie à Khrafedine Senior.

Je proposai à Maga de nous accompagner mais elle avait à son tour rendez-vous avec la couturière. Youssef emprunta la voiture de son père, une Volkswagen Passat break impeccablement entretenue. J'eus un coup au cœur en arrivant au bureau d'immigration : la file d'attente faisait le tour du pâté de maisons. Youssef échangea quelques paroles en arabe avec un homme qui tenait une pancarte en carton et dont la joue gauche était mangée par une vilaine verrue.

— Donne-lui ton passeport et le montant du permis, il fera la queue pour toi. Ça ne te coûtera qu'un dollar de plus. En attendant, nous marcherons jusqu'au confluent du Nil en remontant l'avenue Sharia'h Al-Nil.

Le Nil Blanc qui vient d'Ouganda et le Nil Bleu qui arrive d'Éthiopie se rejoignent en un point baptisé Al-Mogran qui constitue la principale attraction — la seule, disent les méchantes langues — de Khartoum.

— Avec plaisir, acceptai-je en ayant une pensée pour les touristes moins avertis qui passeraient une partie substantielle de leur séjour au Soudan à obtenir le droit d'en partir.

Nous nous mîmes en route vers le nord sous le soleil de midi opportunément caché par les arbres qui bordaient Sharia'h Al-Nil, l'avenue la plus prestigieuse de Khartoum. D'un style qu'on pourrait qualifier de colonial délabré, elle regroupe la plupart des bâtiments officiels, à commencer par le palais présidentiel. Nous marchions en silence depuis un moment quand Youssef demanda :

— T'est-il déjà arrivé de ne pas reconnaître ton pays en y revenant après une longue absence ?

Je réfléchis un peu avant de répondre :

— Non, jamais. Même après les trois années passées à l'Académie, j'ai tout de suite retrouvé ma place à Reykjavík. Mais mon attachement à l'Islande ne ressemble pas à celui que tu éprouves pour le Soudan. Il trouve avant tout ses racines dans la nature et dans la magie des éléments, l'eau, le vent, le feu. Je ne suis pas nostalgique des Islandais ou de Reykjavík mais j'ai besoin de voir régulièrement l'océan, les fjords, les glaciers.

— Il y a douze ans, le Front national islamiste a pris le pouvoir au Soudan, enchaîna Youssef comme s'il n'avait pas entendu ma réponse. Je n'habitais déjà plus Khartoum à l'époque, même si je rentrais encore régulièrement. Contrairement à toi ou à Maga, je ne tiens pas nécessairement la démocratie pour le mode ultime de gouvernement ; je me souviens avoir pensé qu'un homme fort apporterait la stabilité dont le Soudan avait besoin pour se reconstruire une identité après des siècles d'occupation égyptienne et britannique et des années de guerre civile. Il ne faisait aucun doute pour moi que cette identité passait par l'islam. D'ailleurs la charia s'appliquait déjà depuis 1983. Et puis j'ai rejoint le CFR. Tu connais mon parcours : Le Caire, Hô Chi Minh-Ville, l'Académie...

— La rencontre avec Maga, l'interrompis-je.

— La rencontre avec Maga, évidemment. La rencontre avec toi aussi. Je n'oublierai jamais cette semaine à Hawaï. Vous représentiez tout ce que j'étais programmé pour détester : un mécréant jouant les cyniques et une musulmane à peine pratiquante qui se permettait de dénigrer le Coran.

— Je t'ai tout de suite aimé, moi aussi, plaisantai-je pour dissimuler mon trouble.

Youssef ne m'avait jamais parlé aussi brutalement.

— Et pourtant vous m'attiriez tous les deux irrésistiblement. Comment t'expliquer ? Je ne doutais pas de la pureté de vos intentions : vous cherchiez sincèrement la vérité même si, connaissant le prisme que vous utilisiez, je doutais qu'elle vous apparût un jour. Votre style en revanche me hérissait : ce mélange de hardiesse et de désinvolture, cette façon que tu avais, toi surtout, de nous rappeler qu'il ne s'agissait que d'un jeu.

— C'est un jeu, dis-je. Et ce n'est pas un jeu.

— Tu vois, ce genre de phrases, grimaça-t-il. J'avais l'impression d'être le seul à me demander comment je réagirais si le CFR me poussait à agir contre mes principes, or c'est toi qui as finalement été confronté à cette question. Je t'ai d'abord condamné ; mon cœur t'avait pardonné mais mon esprit restait persuadé que tu aurais dû agir différemment. Avec le temps, j'ai changé d'avis. Je peux désormais reconstituer ton raisonnement pas à pas et comprendre les souffrances par lesquelles tu es passé. Je peux me mettre à ta place, je peux...

— Tu peux être moi, achevai-je en pensant que je n'aurais jamais imaginé prononcer ces mots qui me procuraient pourtant un plaisir indicible.

Youssef s'en aperçut et me sourit.

— Je peux être toi et, par moments, il me semble que je peux être un peu Maga aussi. Mais je ne suis plus mes parents. Je les aime toujours infiniment, je les respecterai jusqu'à leur mort mais je ne les comprends pas. Mon père n'a plus rien à m'enseigner. Je sais déjà qu'il passera les vingt prochaines années à se répéter ; cela m'est extrêmement pénible. Quand j'étais gamin, j'ai appris l'hymne soudanais à l'école : «Nous sommes l'armée de Dieu et de notre terre, Nous ne manquerons jamais à l'appel du sacrifice, S'il faut braver la mort, les épreuves ou la douleur, Nous donnerons notre vie comme prix de la gloire. »

— C'est drôle. Ton père disait justement tout à l'heure qu'il avait donné onze soldats à Dieu...

— Exactement! Il est persuadé que cet hymne exhorte les Soudanais au djihad, là où moi je ne vois qu'une métaphore — certes un brin martiale — sur l'union du pays.

— Mais l'as-tu toujours tenu pour une métaphore? À Hawaï par exemple, ton interprétation du Coran me frappait plutôt par sa radicalité.

Youssef s'arrêta et me regarda droit dans les yeux. Un bédouin qui le suivait de près fit un écart en nous invectivant.

— C'est une bonne question. J'aimerais pouvoir te dire que je suis naturellement porté à la modération, mais la vérité, c'est que j'ignore ce que je serais devenu si j'étais resté au Soudan. Je vois bien la pente que suivent mes frères. Aller à l'encontre de son milieu familial requiert un courage que je ne suis pas sûr de posséder.

Nous marchâmes quelques minutes en silence.

— À quoi songes-tu? s'enquit Youssef.

— À Maga. Tu connais ses convictions : pour elle, le choc doit être terriblement brutal.

— Pour ça oui, je les connais! s'irrita Youssef sur un ton qui me fit penser que j'avais touché un point sensible. Sais-tu qu'elle a demandé à ce que je m'engage dans le *nikah* à ne pas prendre d'autre épouse?

Après la tirade d'Abdul Khrafedine sur le devoir sacré des mâles soudanais, une telle requête me paraissait éminemment raisonnable mais je me gardai bien de le faire remarquer.

— Allons, elle ne voulait pas te blesser. Tu n'avais de toute façon pas l'intention de prendre une deuxième femme, si ?

— Évidemment que non, et je le lui ai dit. Ça ne l'a pas empêchée d'insister. Comprends-tu ce que cela signifie ? Ma parole ne lui a pas suffi.

L'épisode l'avait de toute évidence profondément meurtri. Si la rédaction du contrat de mariage fournissait déjà des motifs de dispute aux futurs époux, la semaine promettait d'être longue.

Nous arrivâmes enfin à Al-Mogran, vaste triangle de terre dont Khartoum constitue la base et les bras du Nil les deux côtés. L'affluent bleu, plus court que le blanc, est pourtant le plus puissant et charrie le limon nécessaire aux cultures. Il faisait clair ce jour-là et la vue portait à plusieurs dizaines de kilomètres. Je sortis mon appareil photo mais Youssef me désigna un panneau bilingue.

— Interdit de prendre des photos sans un permis du ministère de l'Intérieur. Tu veux passer un après-midi à faire la queue ?

— Mais c'est un lieu public et je ne vois pas d'installations militaires. Pourquoi diable demander un permis ?

— Va savoir, pour récolter quelques devises ? Ou pour occuper ce pauvre bougre, supputa Youssef en indiquant un soldat en treillis qui nous observait en manipulant nerveusement un fusil-mitrailleur.

— Ou pour faire fuir les touristes, oui ! Tiens, tu ne veux pas essayer de me couvrir ? Recule un peu...

— Pas de photos, Sliv, décréta fermement Youssef. Tu tiens tant que ça à tâter des geôles soudanaises ?

Il marcha jusqu'à la pointe du triangle et embrassa le paysage grandiose du regard. Une felouque à la voile verte se laissait paresseusement porter par le courant du Nil Bleu.

— Il y a une chose dont je voulais te parler depuis longtemps. Un jour j'en suis sûr, les membres du Comex te coopteront et te révéleront la finalité du CFR. Je ne te demande pas de trahir leur confiance en me rapportant ce qu'ils t'auront dit. Mais je voudrais que tu te demandes sérieusement si cette finalité est compatible avec mes croyances. J'ai de bonnes raisons de le croire : au moins un des membres du Comex, Khoyoulfaz, est musulman ; même s'il n'est guère pratiquant, j'ai du mal à l'imaginer vivant en totale contradiction avec le Coran.

— Je pense que les principales religions sont représentées au Comex, si ça peut te rassurer.

— Vois-tu, poursuivit Youssef, qui ne semblait pas m'avoir entendu, si je reconnais désormais à chacun le droit d'avoir ses propres convictions, je ne supporterais pas l'idée d'avoir travaillé contre les miennes pendant si longtemps. J'aurais l'impression d'avoir trahi mes idéaux.

— Je comprends, déclarai-je, sachant que les paroles de Youssef n'avaient pas fini de me hanter.

Trahir mes idéaux ? Quels idéaux ?

Pendant quelques minutes, nous suivîmes des yeux la felouque qui avait négocié la jonction avec le bras blanc. Le fort courant d'ouest l'avait repoussée contre la rive droite du fleuve mais son propriétaire ne s'affolait pas : il avait depuis longtemps confié son destin aux dieux du Nil.

— Rentrons, dit soudain Youssef. Ton permis doit être prêt.

Il l'était. L'homme à la verrue me rendit mon passeport et insista pour me montrer le coup de tampon qu'un fonctionnaire du ministère de l'Intérieur avait appliqué à côté de mon visa. Le cachet portait la date du jour : 11 septembre 2001.

4

À notre retour à 17 h 25, nous trouvâmes la famille de Youssef massée dans le salon devant le petit poste de télévision branché sur la chaîne arabe Al-Jazira. Abdul Khrafedine occupait le meilleur fauteuil de la pièce, bien dans l'axe du téléviseur. Maga, qui était assise par terre, vint immédiatement à notre rencontre :

— Deux avions ont percuté les tours du World Trade Center il y a quelques minutes.

— Quoi ! s'écria Youssef.

— Des avions de ligne ? demandai-je.

— On ne sait pas encore.

— Quelle heure est-il à New York ? se renseigna Youssef.

— 9 h 25, calculai-je. L'heure où les gens arrivent au travail.

Sur Al-Jazira, deux journalistes de plateau bombardaient de questions le correspondant de la chaîne aux États-Unis.

— Que disent-ils ? demandai-je à Youssef.

— Le correspondant n'en sait pas beaucoup plus. Il dit que CNN transmet en direct depuis le World Trade

Center. Attends. Papa, demanda-t-il en anglais à son père, est-ce que tu peux passer sur CNN pour Sliv?

— J'ai déjà demandé, maugréa Maga, il a dit que je devais améliorer mon arabe.

Abdul sembla considérer les implications de la requête de son fils puis tendit la main vers la télécommande. Les images des tours en flammes envahirent l'écran. Le présentateur était justement en train de résumer les éléments confirmés à ce stade. À 8 h 46 heure locale, un premier avion de ligne avait percuté la tour Nord du World Trade Center. CNN avait annoncé la nouvelle une minute plus tard et avait commencé à transmettre presque aussitôt. À 9 h 03, un deuxième avion s'était encastré en direct dans la tour Sud. Le FBI spéculait sur l'hypothèse d'un détournement, rappelant que le World Trade Center avait déjà fait l'objet d'un attentat en 1993. L'ouverture des marchés financiers était repoussée *sine die*.

Le président Bush intervint ensuite depuis une école élémentaire en Floride. Il annonça qu'il rentrait immédiatement à Washington. «Nous vivons aujourd'hui une tragédie nationale, poursuivit-il. Deux avions ont percuté les tours du World Trade Center dans ce qui semble être une attaque terroriste contre notre pays. Je me suis entretenu avec le vice-président, avec le gouverneur de New York, avec le directeur du FBI et je leur ai demandé de débloquer toutes les ressources fédérales pour venir en aide aux victimes et à leurs familles et de conduire une enquête en profondeur afin d'identifier et d'appréhender les auteurs de ces attentats. Le terrorisme contre notre pays est voué à l'échec. Je vous demande maintenant de vous joindre à moi pour une minute de silence.»

Je baissai instinctivement la tête, sans parvenir à me

concentrer. Le téléphone sonna. Abdul Khrafedine décrocha et s'engagea dans une bruyante conversation en arabe, sans se soucier de nous. Maga me regarda d'un air atterré et prit ma main dans la sienne. Youssef avait les yeux fermés, insensible à l'agitation ambiante. Seules ses lèvres bougeaient : il priait.

Vers 17 h 40, le présentateur fit état d'une explosion à Washington. On évacuait la Maison Blanche et le Pentagone. On apprit peu après qu'un troisième avion s'était écrasé sur le Pentagone. À 17 h 55 enfin, John King, le correspondant de CNN à la Maison Blanche, prononça les mots que je redoutais d'entendre en mentionnant Oussama Ben Laden comme l'un des principaux suspects. Ben Laden avait déjà frappé les États-Unis, nota King, et il était établi qu'il cherchait une occasion de recommencer.

À ces mots, Abdul Khrafedine lâcha une bordée d'invectives, saisit la télécommande et retourna sur Al-Jazira qui se contentait de relayer les images de CNN en y ajoutant son propre commentaire.

— Pourquoi change-t-il de chaîne ? questionnai-je Youssef.

Abdul entendit ma question et se lança dans une véhémente explication en arabe.

— Il dit que les médias occidentaux tiennent les musulmans pour responsables de tous leurs maux, traduisit Youssef. Il dit qu'Oussama Ben Laden est un combattant qui accomplit la volonté de Dieu et qu'il prie pour lui.

— Et tu le laisses dire ça ? demanda Maga éberluée.

— J'attends de connaître les faits, répondit posément Youssef. La responsabilité de Ben Laden n'est pas démontrée, que je sache.

Il regardait fixement en direction du poste. Il était

évident qu'il ne voulait pas se laisser embarquer dans cette conversation. Maga se tourna vers moi.

— Youssef a raison, dis-je. Attendons de connaître les faits. Cela devrait aller assez vite.

Maga ramena ses genoux sous son menton. Je savais qu'elle comprenait mal l'arabe mais elle feignit de s'absorber elle aussi dans le programme.

Le téléphone sonna à nouveau. Un des frères de Youssef décrocha et éclata de rire à ce qui paraissait être une bonne blague. Il répliqua sur le même ton et son correspondant gloussa à son tour. En l'espace d'un instant, l'atmosphère changea radicalement. La mère de Youssef partit en cuisine préparer du thé. Un de ses fils fit circuler une assiette de gâteaux secs. Abdul se leva pour accueillir le voisin qui apportait du raisin. Il insista pour que son fils vienne présenter ses respects au visiteur. Les deux petites sœurs de Youssef se joignirent à la conversation. Plus personne ne regardait l'écran sur lequel passaient en boucle, faute d'informations nouvelles, les images de la double collision. C'était surréaliste.

— C'est un cauchemar, murmura Maga.

— Malheureusement non, répondis-je, ou alors nous sommes deux à le faire.

— Tu crois que je peux remettre CNN?

— Franchement, Maga, je ne te le conseille pas. Dans le contexte actuel, ça pourrait être mal interprété.

Le vestibule charriait à présent un flot ininterrompu de nouveaux arrivants. Certains se frayaient un chemin jusqu'au salon, la plupart restaient debout dans le vestibule ou dans la cuisine, une tasse de thé à la main. Les conversations allaient bon train, on se serait cru dans un cocktail. Le vacarme couvrait la sonnerie du téléphone que j'étais désormais seul à entendre. Maga regarda autour d'elle, glissa la main vers la télécommande abandonnée par Abdul et monta subrepticement le volume. Les présentateurs, à court de témoins à interviewer, s'étaient enfin effacés devant les images brutes de l'apocalypse moderne. Le Pentagone brûlait, les tours s'effondraient, une épaisse tumeur blanche enflait dans le ciel, rampait sur l'eau et viendrait bientôt lécher la toge de la statue de la Liberté. Les échos de New York envahissaient progressivement le salon. Les camions de pompiers, toutes sirènes hurlantes, croisaient des cadres hagards et dépenaillés, pliés en deux par des quintes de toux. Les ambulances slalomaient entre les passants qui couraient vers le nord et se retournaient parfois, incrédules, pour imprimer une dernière fois sur leur rétine les images d'une scène qui les hanterait jusqu'à la fin de leurs jours. Des hommes, des femmes pleuraient, se tamponnaient les yeux, s'accroupissaient derrière des voitures à l'arrêt comme pour se protéger d'une nouvelle explosion. Une vieille femme voûtée faisait enrager deux jeunes policiers : elle refusait énergiquement leur aide mais tournait en rond, désorientée, dès qu'ils la lâchaient. D'innombrables questions se pressaient dans mon esprit — qui, comment, pourquoi ? — mais je les repoussais provisoirement, hypnotisé par ces images muettes et d'une force inouïe, songeant malgré moi qu'aucun scénariste n'aurait pu les imaginer.

Youssef revint s'asseoir entre nous. Je ne l'avais jamais vu aussi sombre. Je crois qu'il pressentait ce qui allait arriver.

— Pourquoi ne retournes-tu pas avec eux ? l'attaqua Maga.

— Parce que je veux être avec vous.

— Charmante soirée, commenta Maga en changeant

de ton. Mais qu'attend ton père pour servir le champagne? Oh, pardon, j'oubliais, le Prophète n'aimait pas les bulles.

À une autre époque, Youssef n'aurait jamais laissé passer une telle remarque. Il se contenta de soupirer longuement.

— Qu'essaies-tu de me faire dire, Maga? Que ma famille se réjouit de ces attentats? Tu ne sais même pas de quoi ils parlent.

— Ose dire le contraire! Enfin, regarde ton père jubiler!

De fait, Abdul arborait un mince sourire de conspirateur. Il avait passé son bras autour des épaules de son interlocuteur, comme s'il était sur le point de lui révéler l'emplacement du trésor des Templiers.

— Il ne jubile pas, il discute avec le voisin, précisa calmement Youssef.

— Ose dire qu'il ne jubile pas, Youssef Khrafedine, je te mets au défi.

Youssef sembla peser le pour et le contre d'une querelle sémantique et se rendit finalement à l'évidence : il n'avait aucune chance.

— Je ne suis pas responsable de ma famille, Maga, pas plus que tu n'es responsable de la tienne.

— À cette différence près que mes parents ne sont pas en train de se réjouir de la mort de ces malheureux.

— Je ne m'en réjouis pas non plus! Est-ce que tu me vois me réjouir?

— Tu te retiens, dit Maga avec une agressivité dont je ne l'aurais pas crue capable. Tu te retiens mais, au fond de toi, tu en meurs d'envie.

— C'est faux, dit simplement Youssef.

— Tu m'as dit cent fois ce que tu pensais du gouvernement américain. Tu vomis les États-Unis et tout ce qu'ils représentent.

— Tu te trompes. Oui, c'est vrai, j'estime que les États-Unis sont les principaux responsables des problèmes du Moyen-Orient. Ils font preuve vis-à-vis du monde arabe d'une condescendance insupportable et leur soutien inconditionnel à Israël empêche toute résolution pacifique du conflit palestinien...

Pauvre Youssef, songeai-je, il ne comprenait donc pas que Maga était tétanisée à l'idée d'entrer dans une famille intégriste. Au lieu de la prendre dans ses bras et de lui dire qu'il l'aimait, il lui donnait un cours de géopolitique. Il réalisa sans doute sa maladresse car il prit la minuscule main de Maga entre les siennes et la porta à ses lèvres. Maga résista une fraction de seconde mais se laissa faire.

À l'autre bout de la pièce, Abdul Khrafedine n'avait rien perdu de la scène. Quelle partie jouait-il? Espérait-il encore faire capoter la noce? Il devrait avant cela me passer sur le corps.

— Sortons, dis-je. On étouffe, ici.

Il était 19 heures, la nuit était tombée. Un chant extraordinairement mélodieux s'éleva quelques pâtés de maisons plus loin et des formes en djellaba semblables à des spectres commencèrent à surgir autour de nous.

— Le muezzin appelle les croyants à la prière du soir, expliqua Youssef. Allons voir.

La rue fut bientôt noire de monde. Les ruelles latérales déversaient un flot continu de promeneurs; la moindre bicoque rendait dix hommes, parfois davantage, et guère plus d'une femme ou deux. Beaucoup tenaient un tapis roulé à la main, quelques lanternes se balançaient en rythme. La colonne progressait en silence. La psalmodie assourdissante du muezzin faisait plus qu'interdire la conversation, elle rendait l'idée même de penser douloureuse.

La mosquée était pleine à craquer, plusieurs centaines de personnes resteraient aux portes et suivraient la prière par haut-parleurs. Les plus prévoyants déroulèrent leur tapis, les autres s'agenouillèrent sur le pavé. Derrière nous, les gens qui n'avaient pas vu que la procession s'était arrêtée piétinaient. Nous ne pouvions pas rester debout.

— Les femmes prient à l'intérieur, dit Youssef à Maga. Ils te laisseront passer.

— Je ne veux pas vous quitter, répondit Maga en se blottissant instinctivement contre Youssef.

— Je reste ici, annonça Youssef en tombant à genoux.

Je pris Maga par le bras et l'emmenai sous un palmier, en bordure de la place, où l'on pouvait encore respirer. J'évaluai la foule, qui grossissait toujours, à deux ou trois mille personnes.

— Il y a toujours autant de monde? criai-je pour me faire entendre.

— Non, me glissa Maga à l'oreille. Ce soir, c'est spécial.

Le chant du muezzin s'arrêta brutalement et le silence se fit presque aussitôt. Nous étions désormais les deux seules personnes debout sur la place. Je ne perdais pas Youssef de l'œil mais je me tenais également prêt à décamper au moindre signe hostile.

L'imam entama la prière sur un ton chantant qui me donna des frissons dans le dos.

— Que dit-il? murmurai-je.

— Il commence toujours par les sept mêmes versets du premier chapitre du Coran. Il demande à Dieu de nous guider dans le droit chemin. Puis il choisira entre plusieurs sourates et prières.

— Tu ne pries pas ?

— Je n'en ai pas envie.

Je ne priais pas non plus. J'avais reçu une éducation luthérienne mais j'avais cessé d'aller au culte à la mort de mon père, non pour exprimer je ne sais quelle colère mais parce que c'était mon père qui nous emmenait au temple, Mathilde et moi. Ma mère n'avait tout simplement pas pris le relais.

Croyais-je en Dieu ? Chaque fois que je retournais cette question à quelqu'un, j'observais qu'il me répondait en glosant sur le sens du mot « Dieu », en m'expliquant par exemple qu'il croyait à l'existence d'un grand horloger mais pas à celle du Seigneur de l'Évangile, ou en piochant dans le corpus des différentes religions afin de composer son cocktail idéal. Je tenais pour ma part que dans l'expression « croire en Dieu » le terme important est « croire », un terme que les esprits faibles sont prompts à assimiler à « vouloir croire » mais que j'étais trop cartésien pour dévaloriser ainsi. Avais-je des preuves de l'existence de Dieu ? Non. N'avais-je pas envie de croire ? Bien sûr que si, mais je ne voyais pas en quoi cette question éclairait le débat.

— Sliv...

— Oui, Maga.

— Je n'aurai pas la force.

— La force de quoi ?

— Tu le sais bien. La force d'entrer dans cette famille. La force de voir Youssef se prosterner devant un imam qui recrute des kamikazes après la prière. Je l'aime plus que tout mais c'est trop dur.

Je ne voyais que ses yeux. Ils exprimaient une

détresse insondable. J'aurais aimé la serrer contre moi, mais elle et moi savions que je n'en avais pas le droit.

— Tu vas compter les jours, dis-je en m'efforçant de croire que c'était aussi simple que cela. Dans quinze jours tu seras en Indonésie auprès de ta famille. Tu ne remettras jamais les pieds au Soudan.

— Mais Youssef ne coupera jamais les ponts avec sa famille...

— Tu ne peux pas lui demander de le faire. Et d'ailleurs tu n'en as pas besoin, la rupture est en marche. Ne vois-tu pas le chemin qu'il a déjà parcouru ? Il vit à l'étranger, il a étudié Locke et Montesquieu et il lui arrive de sauter la prière. Son père a dû lui présenter les meilleurs partis et pourtant il va épouser une Indonésienne à la foi vacillante qui verse du gin dans son jus d'orange. Et puis enfin, m'écriai-je à court d'arguments, on parle quand même d'un type qui falsifie la réalité !

— Il falsifie la réalité, répéta-t-elle pensivement comme si seul ce dernier point méritait d'être pris en compte.

La prière semblait terminée mais l'imam continuait à haranguer la foule chauffée à blanc qui ponctuait chacune de ses imprécations d'un «*Allah Akbar !*» retentissant.

— Que dit-il ?

— Attends, laisse-moi écouter, dit Maga.

Elle se concentra.

— Il dit que Dieu a puni les États-Unis et que les croyants qui pilotaient les avions sont déjà au paradis.

— *Allah Akbar !* hurlèrent les fidèles.

— Il dit que celui qui tue un Américain honore la mémoire du Prophète.

— *Allah Akbar !*

— Il dit qu'Israël connaîtra bientôt le même châtiment.

— *Allah Akbar!*

Chaque nouvelle diatribe suscitait une réaction plus violente que la précédente. Les fidèles levaient le poing en signe de ralliement et vociféraient de plus en plus fort, obligeant l'imam à hausser le ton à son tour.

— Tu vois Youssef? demandai-je, une boule à l'estomac.

— *Allah Akbar!*

— Non, je suis trop petite. Et toi?

— Attends.

Je me dressai sur la pointe des pieds. Le chaos était total. Des hommes se prosternaient frénétiquement sur leurs tapis, d'autres croisaient et décroisaient les bras en tremblant au rythme des stances de l'imam. J'aperçus fugitivement Youssef mais deux hommes qui se tapaient dans les mains l'un de l'autre le masquèrent presque aussitôt.

— Alors? m'interrogea fébrilement Maga.

— Toujours pas. Ah, ça y est, je le vois!

— *Allah Akbar!*

— Que fait-il?

Je devinai la question qu'elle n'osait pas poser.

— Il ne lève pas le poing avec les autres.

— *Allah Akbar!*

— Est-ce qu'il dit «*Allah Akbar*»?

— Non.

— Que fait-il alors?

— Il prie debout les yeux fermés. Je vois bouger ses lèvres.

— Va le chercher, Sliv, s'il te plaît.

— Reste ici.

Inconscient du danger, je fendis l'attroupement en

bousculant plusieurs hommes qui, tout à leur transe, ne remarquèrent ni mon teint pâle ni mes vêtements occidentaux. Youssef ouvrit les yeux quand je passai mon bras sous le sien.

— Ils vont marcher sur l'ambassade américaine, m'indiqua-t-il en anglais.

— Qui ?

— *Allah Akbar !*

— Tous. L'imam l'a demandé.

Un homme, qui venait de comprendre dans quelle langue nous nous exprimions me regarda avec mépris et poussa son voisin du coude. Je tirai Youssef vers le bord de la place, à contre-courant de la foule qui s'ébranlait vers le nord. Maga nous vit arriver de loin et courut à notre rencontre. Youssef la serra dans ses bras. Dans le tumulte ambiant, son geste passa inaperçu. Je rapportai à Maga la teneur des instructions de l'imam.

— Mais pourquoi ? demanda-t-elle.

— Il y a trois ans, les États-Unis ont bombardé près d'ici une usine pharmaceutique qui fabriquait la moitié des médicaments du pays, expliqua Youssef. Les gens n'ont jamais pardonné.

— Tout cela va mal se terminer, prophétisai-je. Ils sont capables de lyncher l'ambassadeur s'ils le trouvent.

— Justement, je vais les suivre pour les en empêcher, déclara Youssef.

— Tu n'y penses pas ! m'exclamai-je. Ils te lyncheront également.

— Mais enfin, je ne peux pas abandonner mon peuple. Regarde-les, ils ont complètement perdu les pédales. Ils ont besoin d'un guide.

— Tu ne peux pas abandonner ton peuple mais tu es

prêt à nous laisser errer, Maga et moi, dans les rues de Khartoum ? Enfin, Youssef, tu réalises ce que tu dis ?

Je m'attendais à entendre Maga exploser de colère mais elle était restée étrangement calme, se contentant de scruter son fiancé avec l'attention d'un entomologiste conduisant une expérience dont il ignorerait absolument l'issue. Elle n'avait du reste pas besoin de parler. Youssef et elle savaient parfaitement ce qui était en jeu à cet instant.

— Rentrons, dit finalement Youssef.

5

Les deux semaines qui suivirent comptent parmi les plus longues de ma vie. Les préparatifs du mariage, les visites incessantes de la tentaculaire famille de Youssef, la nécessité de tenir compagnie à Maga m'empêchaient de me retrouver seul avec mes pensées dans la journée pour réfléchir à la question qui me taraudait depuis que j'avais découvert les images d'Al-Jazira : le CFR portait-il une part de responsabilité dans les attaques qui avaient ensanglanté l'Amérique ? Quand arrivait enfin la nuit, je m'allongeais sur ma couche étroite et tentais de rassembler dans le noir les éléments dont je disposais.

L'intérêt du CFR pour le terrorisme islamiste remontait au début des années quatre-vingt-dix. La chute du Mur de Berlin et le démantèlement ultérieur de l'Union soviétique avaient pris les sociétés occidentales au dépourvu. Bien que sapant méthodiquement depuis un demi-siècle les fondements du communisme, les États-Unis semblèrent les plus surpris de son effondrement et s'octroyèrent le temps de la réflexion. Fallait-il désarmer — ce que certains appelèrent «toucher les dividendes de la paix» — ou au contraire se préparer à faire face à de nouvelles menaces ? Tel était en substance le débat qui agitait Washington en 1992.

Le CFR s'était emparé du sujet bien plus tôt. Dès 1987, Angoua Djibo, qui n'était encore qu'un cadre prometteur à la direction du Plan, prédisait dans un rapport désormais célèbre la faillite imminente de l'économie centralisée. Tout en se félicitant de cette disparition inéluctable, Djibo jugeait probable qu'elle engendrerait des déséquilibres locaux importants : désorientation idéologique des populations de l'ex-bloc communiste, montée du crime organisé, explosion des revendications autonomistes, renforcement au sein des pays occidentaux de la minorité anticapitaliste. Mais il s'intéressait surtout à ce qu'il appelait les «nouveaux clivages planétaires». Le monde, écrivait-il, ne laisserait pas disparaître l'affrontement Est-Ouest sans le remplacer par un nouvel axe de polarisation. Depuis la nuit des temps, les sociétés raisonnaient de manière binaire. Il y avait toujours «nous» et «les autres» et l'on ne pouvait se passer de ces derniers sous peine d'oublier qui l'on était. Si les autres disparaissaient bientôt, Djibo ne doutait pas que le monde occidental les remplacerait par d'autres «autres». Restait à savoir lesquels.

Plusieurs éléments plaidaient en faveur de la Chine. La population chinoise dépassait largement les 500 millions d'habitants que Djibo avait empiriquement retenus pour seuil et suscitait des réactions racistes prononcées, tant dans les sociétés occidentales que dans le reste de l'Asie ; les Américains considéreraient la lutte contre l'économie administrée comme un prolongement naturel de la guerre froide ; le confucianisme, pilier de la culture chinoise, heurtait violemment les principes des grandes religions monothéistes ; enfin, Pékin avait fourni par le passé — et récemment avec

68

Taïwan — de sérieux gages de sa combativité. Aussi séduisante qu'elle pût paraître, Djibo avait pourtant écarté la piste de la Chine pour deux motifs : conséquence de la politique de l'enfant unique, la population plafonnait et, surtout, le pays amorçait sa mutation vers l'économie de marché.

Le futur patron du Plan avait encore plus rapidement éliminé l'Inde, un pays trop consensuel dont, de surcroît, les habitants parlaient anglais, ce qui allait à l'encontre du principe de base selon lequel on déteste plus facilement ceux dont on ignore la langue.

Djibo avait alors considéré un nouveau prisme : la religion. Le monde assistait depuis quelques années à la «revanche de Dieu», selon l'expression de Gilles Kepel, un politologue français. La pratique religieuse repartait à la hausse un peu partout. Parmi les principaux facteurs expliquant cette résurgence religieuse, les experts citaient volontiers l'urbanisation (les travailleurs qui avaient quitté leur village et leur famille cherchaient à se fondre dans une nouvelle communauté) et la mondialisation (les valeurs de la religion apparaissaient comme une réponse à la sécheresse de la société marchande). Djibo prévoyait que le triomphe annoncé du capitalisme ne ferait qu'amplifier ce phénomène de désécularisation.

De toutes les religions, l'islam semblait de loin le mieux placé pour endosser le rôle de nouvel ennemi de l'Occident. Son texte fondateur, le Coran, séparait le monde en trois catégories, les musulmans, les dhimmis (les chrétiens ou juifs pratiquants pouvant être tolérés à condition de s'acquitter d'une taxe spéciale) et les infidèles qu'il fallait convertir absolument, au besoin par l'épée. Il possédait son propre code juridique, la charia, qui s'appliquait déjà dans plusieurs pays. Le partage par les trois religions du Livre de certains lieux sacrés exacerbait les tensions, comme l'avaient montré les Croisades mille ans auparavant et le conflit israélo-palestinien plus récemment. S'ajoutaient à cela d'autres facteurs plus circonstanciels mais non moins prégnants : les effectifs de l'islam croissaient à une vitesse affolante due à la vigueur de sa démographie ; le Proche-Orient avait pris conscience depuis 1973 du rôle stratégique que lui conférait sa position de premier producteur pétrolier au monde ; enfin, l'Union soviétique traitait horriblement mal ses minorités religieuses et il fallait s'attendre, en cas d'abandon du communisme, à ce que toutes les républiques à population majoritairement musulmane demandent leur indépendance à peu près en même temps.

Djibo pronostiquait donc avec un assez haut degré de certitude que le prochain affrontement planétaire opposerait l'Occident et l'islamisme radical. Cette perspective ne l'emplissait pas d'optimisme car, si les États-Unis avaient tout de suite compris après la Seconde Guerre mondiale que communisme et libéralisme ne sauraient cohabiter, ils méconnaissaient dans le cas présent deux réalités.

Premièrement, l'Amérique s'était durablement aliéné le monde musulman par sa politique incohérente : elle prêchait la démocratie mais soutenait le régime autocratique du shah d'Iran ou la monarchie saoudienne ; elle exigeait l'abandon du programme nucléaire pakistanais mais fermait les yeux sur celui d'Israël.

Deuxièmement, elle avait pris vis-à-vis des musulmans des engagements qu'elle n'avait jamais eu l'intention de tenir. Au cours des quarante dernières années, la CIA avait systématiquement soutenu les mouvements islamistes qui cherchaient comme elle à contrarier les velléités hégémoniques de l'Union soviétique (en Afghanistan par exemple) ou l'ascension politique de dirigeants arabes nationalistes comme Nasser, alors que, sur le fond, elle se moquait comme d'une guigne de la cause musulmane. La règle selon laquelle les ennemis de mes ennemis sont mes amis est connue pour produire des résultats désastreux : les États-Unis coopéraient étroitement avec les islamistes, sans se rendre compte du mépris et de la haine qu'ils leur inspiraient.

Djibo ne s'illusionnait pas sur les chances du CFR de prévenir une collision civilisationnelle qui prenait ses racines dans des événements millénaires. Il suggérait même qu'il fallait laisser l'Histoire se réaliser. Le jour où l'humanité n'aurait plus besoin de polarisation pour se construire était encore loin. Djibo émettait toutefois une recommandation : le CFR se devait d'alerter l'Occident, et plus particulièrement les États-Unis, sur ce qui se tramait.

Le Comex approuva le rapport d'Angoua Djibo et lui demanda d'en superviser l'application. Après avoir examiné plusieurs options, le Camerounais choisit de grossir artificiellement la menace islamique et de lui donner un visage.

Il s'agissait d'un procédé classique, auquel le CFR avait recouru à la fin des années soixante pour sensibiliser les pays industrialisés au danger que représentaient certaines milices d'extrême gauche ultraviolentes. À l'époque, plusieurs groupuscules allemands initialement constitués vers 1964-1965 pour protester contre la guerre au Vietnam avaient subitement durci le ton en faisant sauter des supermarchés et en saccageant plusieurs bâtiments du gouvernement fédéral. Dans un premier temps, l'*establishment* ne prit pas au sérieux ces mouvements qui appelaient à la disparition du capitalisme et revendiquaient le droit de juger la génération de leurs parents pour sa participation aux crimes nazis. Les journaux ne publiaient que de minuscules extraits de leurs communiqués ; la police, soucieuse de ne pas apparaître débordée, sous-estimait grossièrement les dégâts matériels ; le chancelier Kiesinger se refusait à évoquer le sujet en public de peur de monter ses concitoyens les uns contre les autres. Sur ce point au moins, la direction du Plan du CFR rejoignait le chancelier : l'Allemagne avait besoin de se reconstruire. Mais elle devait le faire en partant de fondations solides, et non sur la base d'un consensus mou qui lâcherait à la première occasion. Les Allemands devaient exprimer clairement leurs préférences : voulaient-ils une économie libérale ou socialiste ? Où plaçaient-ils le curseur sur la ligne qui va de l'anarchie à un État policier ? Tous les habitants de plus de cinquante ans étaient-ils coresponsables de l'holocauste ? Le CFR, qui n'avait pas d'avis sur ces questions, jugeait toutefois essentiel qu'elles fussent posées.

Pour forcer l'Allemagne à choisir son camp, le bureau de Stuttgart prétendit qu'un noyau d'activistes durs regroupés sous le nom de Fraction armée rouge coordonnait les attaques dans lesquelles personne n'avait jusqu'alors discerné la moindre cohérence. Quelques fuites habilement distillées achevèrent de brosser le tableau. Andreas Baader — en fait le leader d'un des groupuscules les moins structurés — et sa petite amie, Gudrun Ensslin, régnaient sur l'organisation, dont ils avaient calqué le fonctionnement sur le mouvement de guérilla urbaine uruguayen Tupamaros. Passionnés d'armes à feu, les membres de la FAR opéraient en petits groupes et préféraient mourir que de se rendre.

Ils choisissaient leurs victimes parmi une liste établie par le KGB et la Stasi, qui allait de l'industriel de province jusqu'au sommet de l'État. Ces révélations soigneusement fabriquées eurent un impact considérable. En l'espace de quelques semaines, plusieurs groupuscules se rallièrent à Baader qui accepta d'endosser l'habit de chef du mouvement. Les honnêtes gens se rangèrent massivement derrière le gouvernement qui promit de déployer des moyens formidables. Des voix s'élevèrent pour défendre les révolutionnaires, «à qui on ne laissait aucune chance de s'expliquer». La police, enfin clairement mandatée et soulagée de connaître le nom de son adversaire, procéda à de premières arrestations. Plus personne ne sous-estimait la menace d'extrême gauche : le CFR avait atteint son objectif. Le dossier Baader, désormais un classique, figurait au programme de l'Académie.

Résolu à employer le même canevas, Angoua Djibo établit le portrait-robot du porte-parole idéal de la menace islamique. Il recherchait un homme pieux, suffisamment dogmatique pour recueillir l'approbation des mollahs et doté d'une expérience militaire sans laquelle les Américains ne le prendraient jamais au sérieux. Il passa en revue une centaine de candidats, tous inconnus ou presque du grand public.

Oussama Ben Laden s'imposa comme une évidence. Issu d'une famille saoudienne fortunée et pléthorique, il s'était engagé au début des années quatre-vingt aux côtés des moudjahidin pour libérer l'Afghanistan de l'occupant soviétique. Il avait gravi tous les échelons de l'organisation Maktab al-Khidamat qui servait à canaliser les subsides du Royaume saoudien et de la CIA à la cause afghane. Cependant, Djibo reçut au début de l'année 1989 plusieurs rapports indiquant que les États-Unis s'apprêtaient à lâcher Maktab al-Khida-mat. La CIA plastronnait : les Soviétiques se retiraient humiliés d'Afghanistan et réfléchiraient désormais à deux fois avant de s'aventurer loin de leurs bases. À quoi bon dans ces conditions escorter les moudjahidin jusqu'à Kaboul comme le réclamait avec insistance le jeune Ben Laden ?

Le scénariste qui sommeillait en Djibo saisit immédiatement que la situation recélait des possibilités exceptionnelles. Le djihad se trouvait à la croisée des chemins. Les États-Unis venaient de signifier on ne peut plus clairement qu'ils ne s'intéressaient à la cause islamique qu'en ce qu'elle leur permettait d'affaiblir leur ennemi juré, l'Union soviétique. Alors même que ses frères de lutte dans le monde entier avaient plus que jamais besoin de soutien, Ben Laden devait se sentir profondément trahi. S'il n'envisageait pas de fonder sa propre organisation, Djibo y songeait déjà pour lui.

L'initiative de la création d'Al-Qaida (le terme « initiative » désigne dans le jargon du CFR les opérations au long cours qui dépassent le cadre du simple dossier) s'étala sur plusieurs années et mobilisa une vingtaine d'agents. C'est Djibo qui choisit le nom (« la base » en arabe), dans une liste dressée par un de ses collaborateurs libanais. Il n'espérait évidemment pas que Ben Laden adopterait cette appellation ; comme dans le cas de la Fraction armée rouge, c'était l'adversaire — en l'occurrence les États-Unis — qu'il fallait convaincre. En 1990, la CIA intercepta comme par hasard une note de la main d'un lieutenant de Ben Laden qui faisait référence à « l'Organisation ». Les analystes de Langley tiquèrent : de quelle mystérieuse organisation s'agissait-il ? Ils redoublèrent d'attention et assemblèrent gentiment le puzzle préparé à leur intention. Quelque part au cours de l'automne 1992 selon nos informations, le directeur de la CIA cita pour la première fois le nom d'Al-Qaida lors de son briefing quotidien dans le Bureau ovale. En 1994, un rapport interne de la DIA (Defense Intelligence Agency) nota qu'« Al-Qaida est moins une organisation au sens traditionnel du terme qu'un réseau de financement et de compétences pour le terrorisme islamique ».

J'avais longuement réfléchi avant d'accepter la proposition d'Angoua Djibo de rejoindre l'initiative Al-Qaida. Lui aussi sollicité, mon ami français Stéphane Brioncet avait refusé par principe. Je partageais instinctivement ses réserves mais Djibo m'avait convaincu. « Il existe aujourd'hui des centaines de groupes armés se revendiquant de l'islam de par le monde », avait-il affirmé. « Nous n'avons pas le pouvoir de les éradiquer mais nous pouvons aider les États-Unis à discerner la menace qu'ils représentent. L'expérience prouve que les sociétés ne se mobilisent que lorsqu'elles ont conscience d'avoir affaire à un adversaire structuré et déterminé. L'affrontement qui s'annonce entre l'Occident et l'islam radical est inévitable mais je crois sincèrement que notre action contribuera à en raccourcir la durée et à en limiter le nombre de victimes. » Il savait donc qu'il y aurait des victimes, pensais-je en me tournant et me retournant dans mon lit. Imaginait-il qu'elles seraient si nombreuses ?

Ma participation à l'initiative Al-Qaida début 1993 m'avait fourni la matière de mon troisième dossier. J'y racontais comment, pendant la guerre du Golfe, Oussama Ben Laden avait offert au roi Fahd les services de la milice d'Al-Qaida au cas où Saddam Hussein aurait attaqué l'Arabie Saoudite. Fahd avait décliné la proposition et infligé un second affront à Ben Laden en se plaçant sous la protection des États-Unis. Mon dossier visait à étayer un peu plus solidement deux croyances sur lesquelles Al-Qaida commençait à bâtir son fonds de commerce : la présence américaine dans le Golfe constituait une violation flagrante du Coran qui pose que seuls les musulmans sont autorisés à fouler les Lieux saints ; la famille royale saoudienne se prosternait devant les États-Unis car elle s'inquiétait pour ses intérêts.

Pourtant, malgré tous nos efforts, l'initiative Al-Qaida n'avait remporté qu'un succès mitigé. Le premier volet fonctionnait comme prévu : la mouvance islamique se structurait autour de la personnalité de Ben Laden ; le discours se clarifiait et les alliances se dessinaient. C'était un point important. Le volet américain en revanche s'enlisait. Sourde aux anathèmes dont l'accablait Ben Laden, la Maison Blanche n'infléchissait pas sa politique d'un iota, continuant à soutenir la famille royale saoudienne, de plus en plus présentée par les mollahs — en partie grâce à moi — comme le symbole de la corruption occidentale. J'avais à l'époque d'autres chats à fouetter (je venais d'intégrer les Opérations spéciales) mais Gunnar Eriksson me rapporta un jour que Djibo était inquiet : une fatwa de 1996 exhortant les musulmans à tuer les soldats américains casernés dans le Golfe était passée pratiquement inaperçue. Oussama et sa clique se mettaient en ordre de bataille presque sous les yeux de l'administration Clinton mais celle-ci regardait de l'autre côté. En février 1998, une deuxième fatwa cosignée par trois autres leaders islamiques fit à peine plus de vagues malgré ses accents positivement effrayants : « Il est du devoir de chaque musulman de tuer un Américain, soldat ou civil, chaque fois qu'il en a la possibilité, afin de se conformer à la parole d'Allah tout-puissant qui demande de combattre les infidèles jusqu'à l'extinction du tumulte et de l'oppression. »

Le 7 août 1998, plusieurs voitures piégées explosèrent devant les ambassades américaines à Nairobi et Dar es-Salaam, faisant plus de 200 morts et 4 000 blessés et démontrant au passage que certaines personnes prenaient la prose de Ben Laden plus au sérieux que la CIA. Interpellé par l'opinion américaine (qui ignorait pourtant à quand remontaient les premiers avertissements), Bill Clinton ordonna le bombardement d'objectifs prétendument stratégiques au Soudan — parmi lesquels l'usine pharmaceutique mentionnée par Youssef — et en Afghanistan. Me considérant partiellement responsable de ces attentats, Stéphane m'avait battu froid pendant quelques jours à l'Académie. Je lui avais patiemment exposé les arguments de Djibo, en m'efforçant de cacher à quel point j'étais moi-même troublé. Stéphane ne s'était pas rendu à notre avis mais avait provisoirement admis notre logique. Je préférais ne pas imaginer ce qu'il pensait aujourd'hui.

Que s'était-il passé depuis trois ans? La Maison Blanche avait-elle enfin pris la mesure de son adversaire? Angoua Djibo regrettait-il d'avoir aidé Oussama Ben Laden à bâtir sa légende? À la direction du Plan à Toronto, une cellule spéciale surveillait l'expansion méthodique d'Al-Qaida : avait-elle détecté des signes annonciateurs de la catastrophe? J'enchaînais les questions dilatoires en espérant m'endormir avant d'en arriver aux deux seules qui me hantaient vraiment.

Le CFR était-il responsable?

Étais-je responsable?

Malgré toute la tendresse que j'éprouvais pour Maga et Youssef, je m'étais refusé à les associer à mes doutes.

Le lendemain, mes amis — qui étaient désormais mari et femme — m'accompagneraient à l'aéroport. J'attendais ce moment depuis le premier jour, sachant que les réponses à mes interrogations ne se trouvaient pas à Khartoum.

Dans les jours précédant la noce, Youssef avait multiplié les gestes en direction de Maga, louant abondamment ses mérites devant sa famille et clamant notamment sa fierté de la voir reprendre des études. Il lui avait publiquement demandé de trancher plusieurs questions en suspens concernant l'organisation du mariage. Il avait surtout déclenché le courroux de son père en attachant autour du cou de Maga un somptueux pendentif en émeraude. Il était certes de coutume que l'homme offrît un présent — le *mahr* — à son épouse mais les doctrinaires du Coran recommandaient à cette dernière de libérer son fiancé de cette obligation ou, à tout le moins, d'indiquer qu'elle se contenterait d'une obole. Les larmes que versa Maga en découvrant son cadeau disaient son soulagement mieux que les mots : Youssef avait sa propre lecture des traditions et se souciait finalement peu de contrarier sa famille.

Ainsi rassurée, Maga avait redoublé d'efforts pour offrir à Youssef et à ses parents le mariage traditionnel auquel ils aspiraient. Elle s'abstint par exemple de tout commentaire quand elle apprit que le *walima* (ou banquet) n'aurait pas lieu immédiatement après la cérémonie mais le lendemain pour permettre la consommation préalable du mariage. Elle avait surtout gardé sagement le silence chaque fois que les événements du 11 septembre surgissaient dans la conversation. Youssef avait du reste dû donner des consignes à nos hôtes car ceux-ci faisaient preuve dans leurs analyses de plus de modération, imitant en cela des régimes comme l'Iran ou l'Égypte qui semblaient avoir compris qu'ils ne gagne-raient rien à cautionner officiellement les attentats. En conséquence, les discussions avaient plutôt roulé sur la façon de venir en aide aux victimes et à leurs familles que sur les motivations politiques, voire religieuses des attaques. Il va sans dire qu'en tant qu'invité je me can-tonnais dans une prudente neutralité.

Cartons d'invitation, accoutrement des époux, béné-dictions des aïeux : j'avais eu le jour de la noce mille occasions de méditer sur mon ignorance de l'islam, de ses traditions et de ses valeurs. Il y avait là un mystère que je ne m'expliquais pas : près d'un quart de l'huma-nité se réclamait du Coran — un pourcentage en crois-sance régulière — or ni les Églises occidentales ni les institutions scolaires ne paraissaient soucieuses de nous expliquer comment les musulmans se représentaient le monde. Qu'y avait-il dans la tête des cousins de Yous-sef, ces professeurs, clercs ou cultivateurs que notre pratique commune de l'anglais me donnait l'illusion de comprendre mais dont les lèvres s'étiraient en sourires narquois quand je leur expliquais sommairement en quoi consistait le conseil environnemental ? J'espérais — sans trop y croire toutefois — que les experts de la Maison Blanche avaient les idées plus claires que moi sur ce sujet.

Faute peut-être d'avoir réussi à établir le contact avec mes voisins de table, je n'avais pas quitté Youssef et Maga des yeux. Je les sentais conscients du moindre de leurs gestes, quoique pour des raisons différentes : Maga craignait d'enfreindre le rituel ; Youssef s'en écartait à dessein par endroits pour montrer qu'il n'en était pas prisonnier. Heureusement, la façon dont mes amis se couvaient mutuellement du regard ne laissait subsister aucun doute : leur amour, qui avait été menacé par ce séjour soudanais, en avait finalement triomphé. Dans quelques heures, ils s'envoleraient pour Bali et quitteraient Khartoum avec plus de certitudes qu'ils n'en avaient en arrivant.

J'aurais aimé pouvoir en dire autant.

6

Le lendemain de mon retour, Nina Schoeman me proposa de l'accompagner à une réunion de son groupe de travail sur le sort des peuples indigènes. J'acceptai volontiers. Le sujet m'intéressait et j'avais grand besoin de me changer les idées. Mes tentatives pour éclaircir le mystère qui me préoccupait avaient tourné court : ni Djibo ni Khoyoulfaz ne retournaient mes appels, Gunnar n'en savait pour une fois pas plus que les journaux et mes correspondants habituels se bornaient à noter une fébrilité inhabituelle dans les couloirs de la direction du Plan.

Je poussai la porte du pub où se tenait la réunion et repérai Nina au fond de la salle. Elle assenait des arguments à une gamine au visage allongé et aux longs cheveux roux qui l'écoutait religieusement en tirant sur une cigarette. À la table d'à côté, un bellâtre en chemise blanche agitait un document sous le nez de deux sœurs jumelles au teint de porcelaine d'un air aussi pénétré que s'il s'était agi d'une démonstration inédite du théorème de Fermat.

— Je suis un peu en avance, dis-je en faisant la bise à Nina.

— Tant mieux, répondit-elle, nous sommes au complet.

Cinq personnes, six avec moi : je commençais à comprendre pourquoi elle avait tant insisté pour s'assurer de ma présence.

— Mes amis, entama Nina en lampant un verre de whisky, je vous demande d'accueillir Sliv, un ami de la fac que j'ai retrouvé récemment. Il est consultant environnemental et j'ai pensé qu'il pouvait nous apporter une perspective intéressante.

— Consultant environnemental ? releva dédaigneusement le bellâtre. Ce sont bien les gens qui s'achètent une conscience en aidant les conglomérats chimiques pollueurs de rivières à mettre en place leur programme de tri sélectif ?

Nina enchaîna sans me laisser le temps de répondre :

— Dans le mille. Sliv, je te présente Einar. Einar est en train de boucler sa thèse de sociologie à l'Université de Reykjavík.

Vu que le dénommé Einar approchait la quarantaine, je le soupçonnais de peaufiner son grand œuvre depuis une bonne décennie.

— Sur quel sujet ? m'enquis-je mielleusement.

— La légitimité du Sentier lumineux dans les campagnes péruviennes.

Gagné, pensai-je. Les guérilleros, au sommet de leur gloire quand Einar avait commencé sa thèse, ne donnaient quasiment plus signe de vie depuis l'arrestation de leur leader, Oscar Ramírez Durand, deux ans plus tôt.

— Eva passe son bac cette année, poursuivit Nina.

— Je vais suivre une formation d'infirmière et je partirai en Afrique, ajouta la grande rousse.

— Où exactement ?

— Où l'on aura besoin de moi, dit-elle simplement en exhalant une longue bouffée de fumée.

— Anna et Solveig sont comédiennes.

— On se spécialise dans les rôles de jumelles, expliqua Anna.

— Mais pas uniquement, précisa Solveig.

— Enchanté, dis-je. Quel est l'ordre du jour, Nina ?

— Einar va nous parler des Penans, une tribu aborigène particulièrement maltraitée par le gouvernement indonésien.

— Maltraitée ? Martyrisée, oui ! s'emporta Einar.

Il nous dévisagea solennellement tour à tour, comme pour s'assurer que nous étions de taille à encaisser l'effroyable histoire des Penans. Je notai avec un brin de tristesse qu'Anna et Solveig paraissaient déjà captivées.

— Les Penans sont une peuplade aborigène nomade partagée entre l'Indonésie et le sultanat de Brunei...

— Combien sont-ils ? l'interrompit Nina qui prenait studieusement des notes.

Elle arborait encore un de ses tee-shirts abracadabrants : une femme élégante qui se repoudrait le nez croisait le regard d'un lapin dans son miroir de poche. Le slogan hurlait en lettres rose fluo : «Non aux tests de cosmétiques sur les animaux ! »

— Environ dix mille, estima doctement Einar. Malheureusement, la plupart d'entre eux se sont sédentarisés. Les derniers nomades — quatre à cinq cents personnes selon mes sources — vivent dans les forêts de l'État du Sarawak. Ils se nourrissent de fruits et du produit de leur chasse. Ils se soignent avec les plantes.

— Tant mieux, se félicita Eva en rayant mentalement le Sarawak de la liste des endroits requérant ses services.

— Cet enfoiré de Suharto est cul et chemise avec les multinationales qui déboisent le Sarawak, commenta Nina. Mais ce n'est pas nouveau. Pourquoi as-tu choisi de nous parler des Penans ce soir ?

Je m'abstins de faire remarquer que Suharto avait quitté le pouvoir trois ans plus tôt. Einar esquissa un sourire complaisant. Il était visible qu'il aimait répondre aux questions, surtout quand celles-ci émanaient de Nina.

— Les Penans ont une actualité chargée, annonça-t-il comme s'il parlait d'un *boys band*. L'an dernier, Bruno Manser, un activiste suisse qui avait fait connaître la cause des Penans, a disparu dans la jungle. On pense qu'il a été assassiné parce qu'il dérangeait.

— Suharto est capable de tout, confirma Nina d'un ton péremptoire qui suggérait qu'elle avait partagé la vie de l'ex-président indonésien et souffert de sa cruauté domestique.

Les jumelles opinèrent.

— Surtout, une ONG indonésienne vient de publier un rapport accablant sur les exactions du gouvernement et des sociétés forestières : viols, coups et blessures, expropriations sauvages, arrestations abusives, ces salauds ne reculent devant rien ! s'enflamma Einar en regardant Eva qui retranscrivait ces méfaits comme elle aurait coché les cases d'une grille de bingo.

Ces gens ne voyaient-ils donc pas à quel point ils étaient ridicules ? me demandai-je en sirotant ma Guinness tandis que le fâcheux Einar nous vantait les « mille et une facettes de l'inestimable patrimoine folklorique penan ». Ils me faisaient penser à ces bénévoles de l'association Survival International que j'avais aidés, trois ans plus tôt, dans la négociation d'un compromis entre les Bochimans et le pouvoir botswanais. Notre échec lamentable (le président Masire n'avait accepté de nous rencontrer que pour se faire prendre en photo sur le perron du palais présidentiel) avait suscité de leur part et de la mienne des réactions diamétralement opposées. Ils avaient bien sûr commencé par tempêter contre la rouerie de Masire. Toutefois, au bout de quelques minutes, leurs yeux avaient recommencé à briller et ils avaient juré de poursuivre le combat. Je jugeai de mon côté que nous avions fait fausse route. Il suffisait de se mettre à la place de Masire pour comprendre qu'il ne céderait jamais aux revendications des Bochimans ; en revanche, il leur aurait sans doute accordé un territoire autre que le Kalahari s'ils l'avaient demandé. Mes amis se jetaient la tête la première contre un mur en espérant qu'à force il finirait par se fendiller ; je préférais contourner le mur.

La bonne volonté de Nina et de ses amis n'était évidemment pas en cause (avec des réserves toutefois pour Einar que je soupçonnais d'être plus intéressé à faire des rencontres qu'à préserver le mode de vie des aborigènes). Mais que pouvaient-ils espérer, attablés à cinq dans un pub de Vesturgata ?

— Comment les aider ? demanda justement Nina.

Einar se rengorgea.

— De plusieurs manières. D'abord, en signant la pétition lancée par l'association Borneo Project qui demande au gouvernement indonésien de respecter les droits des Penans.

Six signatures islandaises, donc. On devait déjà s'affoler à Djakarta.

— En recueillant des fonds ensuite. La communication coûte cher et les Penans ne disposent d'aucune ressource.

Trois cents dollars à nous six à tout casser. Allez, disons cinq cents pour être généreux.

— Et des tee-shirts ? suggéra Nina. On pourrait faire un photomontage de Suharto dans une Jeep pourchassant les Penans dans la jungle. Ça se vendrait comme des petits pains sur internet.

Je sortis soudain de mon silence :

— En invoquant la convention 169 de l'Organisation internationale du travail.

Nina regarda ma pinte de Guinness en tentant visiblement de se souvenir s'il s'agissait de la première.

— L'Organisation internationale du travail ? demanda-t-elle. Ce n'est pas ce repaire de ronds-de-cuir à Genève ?

— Tout juste. C'est un organisme rattaché à l'ONU qui réunit des représentants des États, du monde patronal et des travailleurs. Il définit des règles universelles, les conventions, censées s'appliquer à tous les pays.

— Une sorte de Code du travail supranational donc.

— On peut le voir ainsi. La convention 169 date d'une dizaine d'années. Elle traite exclusivement de la question des peuples indigènes et affirme notamment en préambule leur droit à résister contre l'assimilation.

— C'est exactement ce qu'il nous faut !

— Je n'ai plus toute la convention en tête mais je suis presque certain qu'elle condamne la déforestation au motif que celle-ci contraint le style de vie des Penans. Cela dit, la véritable difficulté consiste à faire appliquer les textes. Les conventions sont un peu plus que des recommandations mais elles n'ont pas force de loi. Elles ne précisent pas par exemple les sanctions qui s'appliquent en cas de non-respect.

— C'était trop beau, ricana Einar.

— C'est quand même un solide point de départ,

86

estima Nina en foudroyant Einar du regard. Merci, Sliv. Tu pourrais nous aider à approfondir les recherches?

— Avec plaisir, mais je pense que vos amis de Borneo Project s'en sont déjà chargés. Ils viennent de gagner un procès contre une entreprise papetière du Sarawak sur la base de cette argumentation.

Mes paroles produisirent leur petit effet. Anna et Solveig en restèrent bouche bée.

— Comment sais-tu tout cela? demanda Einar qui devait me soupçonner d'avoir préparé la réunion afin d'impressionner Nina.

— Oh, ce n'est rien. Une mission que je viens de boucler au Pérou pour des pollueurs de rivière. C'est fou comme on se sent plus en sécurité là-bas depuis que le Sentier lumineux a déposé les armes.

Einar manqua s'étrangler et bredouilla quelques phrases incohérentes parmi lesquelles je captai les termes «recrudescence de violence» et «attaques isolées». Il recouvrait à peine ses esprits quand Nina lui porta l'estocade en me demandant de la raccompagner.

7

— Tu m'en as bouché un coin, Dartunghuver, me confia-t-elle tandis que nous descendions Vesturgata vers le lac de Tjörnin. Explique-moi comment tu en sais autant sur l'exploitation forestière en Indonésie. Et pas de ces conneries sur je ne sais quelle mission au Pérou...

— Ce n'était pas des conneries, protestai-je.

— Allons donc ! J'ai bien vu que tu mourais d'envie de moucher ce crétin d'Einar. Raconte.

Elle me prit le bras et le serra entre son flanc et son coude comme pour m'empêcher de m'enfuir.

— Il y a quelques années, j'ai lu un article sur les Bochimans, une peuplade nomade d'Afrique orientale trimbalée par l'Histoire qui habite aujourd'hui dans le désert du Kalahari.

— Je connais les Bochimans, me coupa Nina. J'ai grandi en Afrique du Sud, à deux pas du Botswana.

— C'est vrai, j'oubliais. Alors tu sais que le gouvernement botswanais mène la vie dure aux Bochimans en espérant leur faire abandonner le Kalahari dont le sous-sol regorge de diamants. J'ai commencé par envoyer un peu d'argent à des associations et puis de fil en aiguille...

Je lui racontai tout, ou presque. Comment, frustré par le manque de progrès, j'avais offert mes services à Survival International ; comment j'avais passé trois mois avec les Bochimans à chercher une solution légale qui aille au-delà de l'aide humanitaire ; comment le président Masire nous avait embarqués dans des négociations bidons pendant que ses hommes déplaçaient les familles bochimanes une à une ; comment je restais convaincu que, mieux conseillés, les Bochimans auraient pu arracher des concessions substantielles. Très peu de gens connaissaient cet épisode de ma vie — Gunnar, Youssef et Maga, ma mère. Personne ne m'avait écouté avec autant d'attention que Nina.

— Et que fais-tu aujourd'hui ? demanda-t-elle quand j'eus terminé mon récit.

— Honnêtement, pas grand-chose. Je continue à envoyer de l'argent mais je suis lucide : en 1990, les Bochimans étaient entre cinquante mille et cent mille. Leur nombre a été divisé par dix en dix ans. Chaque jour, des familles quittent le désert pour s'installer dans les baraques préfabriquées du gouvernement. Elles perdent leur instinct de survie en l'espace de quelques mois. Passé ce délai, elles ne sont plus réimplantables.

Nous étions arrivés devant l'immeuble de Nina. Elle me proposa de monter. J'acceptai. J'avais besoin de parler et aucune envie de me retrouver en tête à tête avec mes pensées.

Nina me laissa dans le séjour et alla faire chauffer de l'eau. Son appartement lui ressemblait : dense, bordélique et plein de charme. Je me penchai à la fenêtre pour admirer la vue sur le lac. Le fond de l'air était tiède et le vent était tombé ; les bruits de la rue s'étaient tus ; deux amoureux s'embrassaient sous un réverbère. La quiétude.

Dans un coin de la pièce, une table en verre disparaissait sous des bouquins dont les titres composaient une ode au militantisme de leur propriétaire : *Écoutes illégales en RDA : les carnets noirs d'un officier de la Stasi*, *Où va le capitalisme ?*, *Le vrai bilan du collectivisme agraire*, *La question n'est pas de savoir si nous manquerons de pétrole mais quand nous en manquerons*. J'avisai à côté d'une chemise verte sur laquelle était inscrit le mot «Roman» un annuaire des anciens de l'Université de Reykjavík et le feuilletai machinalement jusqu'à la page correspondant à notre promotion, 1991. Une croix tracée au crayon figurait à côté de mon nom : «Sliv Dartunghuver — Baldur, Furuset & Thorberg — Chef de projet». Il faudra que je mette ma fiche à jour, pensai-je. L'entrée de Nina me fit sourire : «Nina Schoeman — Militante». En quelle année était sortie Lena Thorsen déjà? 1988? 1989?

— Range ça, je t'en prie, supplia Nina qui revenait avec un plateau, et viens plutôt t'asseoir. Tu veux du thé?

Qui a goûté au thé de Gunnar ne peut revenir en arrière.

— Un jus de fruits si tu as.

— Maintenant, dit-elle en me servant, j'aimerais que tu m'expliques ce que tu fais réellement chez Baldur, Furuset & Thorberg.

Je l'examinai du coin de l'œil en buvant quelques gorgées. Nina soupçonnait-elle quelque chose? Je me méfiais terriblement d'elle. Si un jeune agent du cabinet avait par malheur laissé traîner le brouillon de son premier scénario, je la croyais non seulement capable de l'avoir trouvé mais aussi d'en avoir saisi la portée.

— Que veux-tu dire? protestai-je aussi naturellement que possible. C'est une très bonne place...

— Oui, je sais, les missions te passionnent, tu voyages beaucoup et tu bourres ton plan de retraite.

— Eh bien, c'est à peu près ça, approuvai-je en m'efforçant de cacher mon soulagement.

— Tu me prends vraiment pour une pomme ! À ton âge, chef de projet dans une agence environnementale de seconde catégorie ?

— Je travaille en free-lance. Baldur n'est qu'un de mes clients, et pas le moins prestigieux malgré ce que tu crois.

— À d'autres ! Allons, tu veux finir comme Gunnar Eriksson à valider des tracés d'autoroute à mille dollars du kilomètre ? Non, sérieusement, tu n'es pas du genre à te laisser porter par la vague, alors qu'est-ce qui te fait courir ?

Il y avait du Maga dans cette fille : la même façon d'aller à l'essentiel, de poser abruptement les grandes questions de l'existence. Sur le moment, je n'aurais pas juré qu'il s'agissait d'une qualité.

— Le jour de mes onze ans, racontai-je en contemplant le fond de mon verre, mon père est sorti faire une course. Une heure plus tard, il téléphonait pour demander qu'on vienne le chercher. Il ne savait plus rentrer chez lui. Notre médecin de famille l'a envoyé chez un neurologue de Reykjavík pour des analyses mais j'ai bien vu qu'il était inquiet. Il avait raison : la tumeur était déjà grosse comme une mandarine. Selon le spécialiste, il était exclu d'opérer. Mon père avait un mois à vivre, deux au maximum.

— Ta mère...

— Ma mère ne nous a rien caché. Mathilde, ma sœur aînée, et moi avons fondu en larmes et tout ce qu'elle a trouvé à dire pour nous consoler, c'est que nous avions intérêt à en profiter car nous avions dorénavant interdiction de pleurer. Elle-même ne s'est jamais plainte. Mon père s'efforçait de faire bonne figure lui aussi. Il ne parlait pas directement de son état, mais il évoquait régulièrement ce qu'il appelait notre «vie d'après» comme s'il se sentait responsable de notre avenir. Il s'est lancé dans une débauche de bricolage, effectuant tous les menus travaux qu'il repoussait depuis des mois : repeindre la barrière, réparer la sonnette, stocker du petit bois en prévision de l'hiver. Il a mis ses affaires en ordre, rédigé un testament et appelé son agent d'assurances : il voulait être certain que l'indemnité prévue dans sa police serait versée promptement après son décès. Il a laissé un petit capital pour financer les études de Mathilde. Il n'avait pas assez pour les miennes mais il m'a dit que je n'en aurais pas besoin, que je saurais me débrouiller. L'après-midi en rentrant de l'école, je le défiais aux dames. Je commençais à jouer correctement à l'époque mais je n'avais que onze ans et il me battait toujours à plate couture. Un jour pourtant, il est tombé dans un de mes pièges maladroits et j'en ai profité pour filer à dame. J'ai senti qu'il était secoué. C'était la première fois que je le poussais dans ses retranchements. J'ai compris plus tard qu'il avait dû imputer son absence passagère au développement de la tumeur et je m'en suis horriblement voulu.

— Tu ne pouvais pas savoir, dit Nina en retirant ses chaussures et en ramenant ses genoux sous son menton.

— Si, car à l'évidence il guettait les symptômes de la progression du mal. Tous les matins en se rasant, il récitait le premier chapitre de la *Saga d'Érik le Rouge* qu'il connaissait par cœur. Il paraissait chaque fois émerveillé d'atteindre la dernière phrase, jusqu'au moment où il a buté sur un mot. À compter de ce jour, il s'est rasé en silence. Mathilde était plus proche de ma mère, qui avait besoin de soutien, même si elle refusait de le laisser paraître. Quant à moi, je passais autant de temps que possible avec mon père. Il avait toujours aimé fabriquer des modèles réduits d'avions, pas les maquettes en plastique qu'on achète dans le commerce, ces véritables avions à l'échelle en bois ou en aluminium dont chaque pièce nécessite des heures de travail. Je l'accompagnais le soir à son club de modélisme où il discutait inlassablement avec d'autres passionnés sur le poids des bombes qu'emportait le Messerschmitt Bf 110 ou la place des réservoirs sur le Lockheed P-38 Lightning. Aucun des membres du club ne le savait malade.

— Quand est-il mort?

— Le 23 mai 1979, huit semaines après le diagnostic. Le cap du deuxième mois approchait et nous commencions à croire que le médecin avait exagéré la menace. Mais un dimanche soir, mon père a été pris de vomissements et de maux de tête infernaux. Nous savions ce que cela signifiait : en grossissant, la tumeur pressait de plus en plus contre la paroi crânienne. Elle affecterait bientôt la parole, la vue, l'équilibre. Mon père nous a embrassés et est allé se coucher. Le lendemain, il dormait encore quand nous sommes partis à l'école. C'est la voisine qui est venue nous chercher à la sortie des cours. Il était tombé dans le coma en fin de matinée. On l'avait transporté à l'hôpital, où ma mère le veillait. Il est mort deux jours plus tard sans avoir repris conscience.

Nina pleurait, comme Mathilde et moi avions pleuré le jour de l'enterrement. Ma mère n'avait pas eu le courage de nous en empêcher.

Je me levai et allai à la fenêtre. Les amoureux avaient disparu et le réverbère s'était éteint.

— Quelques mois avant sa mort, continuai-je, mon père m'a demandé ce que je voulais faire plus tard. Ma réponse a fusé : « Explorateur ! » Me sachant passionné de cartographie, mes parents m'avaient offert un atlas pour mes dix ans. Plusieurs planches reconstituaient les périples des grands découvreurs. Je suivais leur itinéraire avec mon doigt, remontant le Zambèze avec Livingstone, négociant les boucles de la Route de la soie avec Marco Polo, m'insinuant entre la Sibérie et l'Alaska avec l'intrépide Vitus Bering. Mon père me taquinait gentiment depuis qu'il m'avait surpris égrenant des noms de contrées exotiques comme un mantra : Valparaíso, Ceylan, Sumatra, Zanzibar... « Explorateur, commenta-t-il, et pourquoi pas après tout ? Je n'ai jamais quitté l'Islande et regarde où j'en suis. J'ai quarante-deux ans et toujours pas la moindre idée de ce que je fais sur cette terre. Mais promets-moi une chose, si au détour d'un de tes voyages tu trouves un sens à tout ça, reviens vite le partager avec ton vieux père. Je t'attendrai. »

— Et tu as promis ?

— Je ne m'en souviens plus. Sans doute. Quel enfant de dix ans refuserait de prêter un tel serment ?

— À ton avis qu'entendait-il par « tout ça » ?

Je me retournai vers Nina et reproduisis l'ample geste de la main que j'avais vu faire à mon père.

— Sa femme, ses enfants, son travail, ses modèles réduits, que sais-je encore ?

— La guerre, la faim dans le monde ? suggéra Nina.

Je souris pour la première fois de la soirée.

— Non, je ne crois pas. Quand il lisait le journal du

coin, il laissait les pages concernant Reykjavík à ma mère. «Trop loin pour moi», expliquait-il.

— Il s'occupait des moutons avec elle?

— Non. Il avait un emploi de gratte-papier dans une petite banque locale, une place assez minable, pour être honnête. Si minable d'ailleurs que je me suis toujours demandé si cela ne cachait pas quelque chose.

— Comme quoi, par exemple?

— Oh, rien évidemment, mais je me suis longtemps accroché à cette idée. Je n'arrivais pas à admettre que mon père n'était qu'un petit employé qui aimait taper le carton avec ses copains et sculpter des hélices miniatures dans son atelier.

— Je comprends. Et ce sens alors?

— Je le cherche. Il existe forcément. Si la vie est un jeu, il doit en exister une règle quelque part, tu ne crois pas?

— Tu veux dire un barème qui permettrait de mesurer la réussite ou l'échec? Dix points par enfant et un bonus en cas de prix Nobel avant cinquante ans?

Je souris à nouveau.

— Quelque chose comme ça. Un jeu se gagne ou se perd et je veux désespérément gagner. Ma vie en dépend, même si je ne saurais t'expliquer pourquoi. Peut-être parce que je pressens que le chemin de la victoire est semé d'embûches et qu'on doit éprouver quelque fierté à en sortir indemne. Rien ne m'exalte comme la difficulté.

— Efforcez-vous d'entrer par la porte étroite... avança Nina qui possédait ses classiques.

Je considérai son image quelques instants et la trouvai à mon goût.

— Voilà, je cherche la porte étroite. Sûrement pas l'argent. La possession aliène. J'ai vécu quelques années en Argentine; pour des raisons qui seraient trop longues à t'expliquer, j'ai dû décamper soudainement en abandonnant derrière moi mes meubles, mes livres, toutes mes affaires. Rien ne m'a manqué.

— Le pouvoir?

— Une diversion conçue pour embourber les joueurs les mieux partis.

— Vraiment? Et que fais-tu d'un Mandela, par exemple?

— Mandela a fait les choses dans l'ordre. Il s'est d'abord forgé des convictions morales si solides que trente années d'incarcération n'ont pas réussi à les ébranler. Il possédait sa boussole avant de prétendre guider son peuple, alors que la quasi-totalité de ceux qui recherchent le pouvoir n'ont jamais réfléchi à ce qu'ils en feraient mais ne s'interdisent aucune bassesse pour le conquérir puis pour le conserver.

— Et c'est chez Baldur, Furuset & Thorberg que tu comptes te forger des convictions morales? demanda Nina sans dissimuler son scepticisme.

Répondre directement à cette question m'aurait obligé à lui mentir. Je n'en avais pas envie.

— Le terme «convictions morales» n'est pas le plus pertinent dans mon cas. Je voyage, je lis, j'observe, à la recherche d'un état de conscience que je ne pourrais te décrire mais dont je suis intimement persuadé que je le reconnaîtrai quand il se présentera.

— Je ne comprends pas.

Je rouvris la fenêtre. Un courant d'air frais me fouetta le visage.

— Sais-tu qu'Einstein a vainement consacré les dernières années de sa vie à tenter de réconcilier les lois de la gravitation avec celles de l'électromagnétisme? Il était couramment admis à l'époque que les premières, mises en équation par Newton, régissaient le mouvement des corps d'une certaine masse (comme les planètes) tandis que les secondes rendaient compte des phénomènes intervenant au niveau particulaire. Pareille dichotomie ne heurtait pas le scientifique mais l'esthète qui sommeillait en Einstein ne pouvait se résoudre à l'idée que les physiciens utilisent alternativement deux boîtes à outils différentes pour calculer la trajectoire d'un corps suivant sa masse. Je partage son trouble quand je regarde le monde. Nous parlions des Penans tout à l'heure ; n'es-tu pas frappée par la violence des points de vue qui s'expriment dans ce dossier ? C'est que chaque partie chausse une paire de lunettes différente : les Penans revendiquent leur droit à vivre comme leurs ancêtres ; l'État indonésien cherche à valoriser au mieux ses ressources naturelles ; l'entreprise forestière titulaire de la concession d'exploitation ne réclame que l'application de son contrat ; quant à ton propre soutien aux Penans, il relève pour un peu — si peu ! — de la posture et pour beaucoup de ta croyance dans le droit des peuples à disposer d'eux-mêmes.

Nina ne prit même pas la peine de me contredire.

— Cette multiplicité de points de vue me fascine et je lutte farouchement contre la tentation de les caricaturer. Les Penans paraissent arriérés mais leur taux de suicide est probablement le dixième de celui des sociétés occidentales ; le gouvernement indonésien a été élu et représente la volonté du peuple ; l'entreprise défend ses actionnaires et ses employés, deux groupes hautement estimables. Je note enfin qu'au sein même de la communauté scientifique une minorité conteste le caractère néfaste de la déforestation sur l'environnement. Or mon métier consiste à concilier au quotidien ces points de vue apparemment si divergents.

— Comment?

— Oh, de la même façon que s'élaborent tous les compromis. J'assure à chaque partie que je respecte fondamentalement son point de vue avant de lui démontrer pourquoi les positions des autres acteurs méritent une considération similaire. Fort de mon expérience, je jette les bases d'un accord global tout en sachant que le succès des négociations se jouera véritablement sur une dizaine de points en apparence mineurs mais à forte charge symbolique.

— Cela paraît simple, à t'entendre...

— Ça ne l'est jamais et c'est bien ce qui me chagrine. Quand je réussis, c'est au terme d'un marchandage effréné et de tractations interminables qui manquent cruellement d'élégance. Einstein rêvait d'une théorie unificatrice marquant la synthèse de toutes les branches de la physique. Je rêve à son instar d'une lunette dont la lentille miraculeusement taillée engloberait tous les prismes humains et qui conférerait à quiconque la porterait à son œil le privilège ultime de voir le monde en harmonie.

Nina médita quelques instants sur mes paroles.

— Mais Einstein a échoué, n'est-ce pas? dit-elle.

— Hélas, soupirai-je.

— Qu'est-ce qui te fait croire que tu peux réussir?

Je m'étais souvent posé la question. Pourtant, j'hésitai à répondre, craignant que Nina ne me taxât de mysticisme.

— Un soir alors que je contemplais un lac dans la taïga sibérienne, racontai-je enfin, j'ai senti que je touchais presque à cet état de conscience. C'était une sensation extraordinairement intense, l'impression que je me trouvais au bord d'une épiphanie qui me révélerait enfin quelle est ma place dans l'univers et me fournirait la clé de l'énigme posée par mon père.

— Décris-la, dit Nina, la gorge nouée.

— Une sorte d'intellection supérieure du monde qui me ferait reconnaître la vérité chaque fois que je la verrais et me soufflerait les mots pour la dépeindre à mes congénères.

— Encore, me pressa Nina.

— L'intuition des canons de la beauté.

— Encore.

— Le dépassement de nos contradictions.

Voyant qu'elle peinait à assimiler les bribes confuses que je lui jetais en pâture, j'ajoutai :

— Ça n'a duré qu'une fraction de seconde. Un instant je regardais le lac et le suivant l'idée s'évanouissait dans ma mémoire comme un songe dont le souvenir se dérobe au réveil.

— C'en était peut-être un, murmura Nina.

— Je ne crois pas. Ou si c'en était un, j'aspire éperdument à le revivre. J'ai essayé...

— Et ?

— Et je n'y suis jamais parvenu. Le lendemain déjà, les conditions avaient imperceptiblement changé : la morsure du froid était moins vive ; le vent ridait la surface du lac ; des effluves de terre mouillée masquaient le parfum d'écorce de bouleau.

Je m'abstins de mentionner une autre variation : les larmes que j'avais versées la veille en me remémorant mon rôle dans l'assassinat de John Harkleroad n'avaient rien d'artificiel. Le spectacle de l'harmonie du monde ne s'offrait-il qu'aux âmes sincèrement brisées ?

8

Un mois plus tard, je reçus l'ordre de me rendre à New York, où je rencontrerais un certain Harvey Mitchell, agent hors classe à la direction du Plan. J'accueillis la nouvelle avec un immense soulagement. Djibo avait si ostensiblement rompu le contact depuis le 11 septembre que j'avais craint d'être tombé en disgrâce.

Le lieu du rendez-vous me laissait en outre espérer quelques révélations sur les événements récents. L'enquête interne que je menais depuis mon retour du Soudan ne m'avait rien appris et j'en savais toujours à peine plus que ce que racontaient les journaux : les dix-neuf pirates identifiés appartenaient tous à Al-Qaida, certains résidant de manière permanente aux États-Unis où ils avaient pris des leçons de pilotage. Ma paranoïa naturelle prospérait sur le mutisme obstiné de ma hiérarchie et j'avais peu à peu échafaudé les hypothèses les plus folles sur ma part de responsabilité dans les attaques qui avaient frappé l'Amérique. Au moins serais-je bientôt fixé.

La compassion que je ressentais pour le peuple américain fut mise à rude épreuve dès mon arrivée. Remarquant le visa soudanais dans mon passeport, l'agent de l'immigration à JFK pressa discrètement une sonnette, faisant surgir deux de ses collègues escortés d'un molosse qui m'invitèrent à les suivre dans un bureau voisin pour un entretien approfondi. Sans me formaliser, je racontai une demi-douzaine de fois les circonstances de mon séjour à Khartoum tandis que, sans doute pour me mettre en confiance, le chien reniflait mon bagage à main. La tension monta d'un cran quand je refusai de donner les noms de Maga et Youssef en arguant que mes interlocuteurs ne m'avaient pas démontré en quoi cette information leur était nécessaire pour évaluer la menace que je représentais pour la sécurité des États-Unis. Comme s'il avait attendu ce moment depuis le début de l'entrevue, l'agent John J. Hantsch me rappela quels étaient mes droits. Comme souvent aux États-Unis, ils se résumaient essentiellement à celui d'appeler un avocat — Hantsch proposait d'ailleurs de m'en fournir un si par la plus grande inadvertance la mémoire de mon téléphone portable ne contenait pas le nom d'un spécialiste du droit de l'immigration américain. Toutefois, ajouta-t-il avec une rigueur martiale, celui-ci me conseillerait probablement de répondre aux autorités sous peine d'être immédiatement renvoyé par le premier vol pour Reykjavík. Songeant que Djibo n'apprécierait probablement pas de me voir jouer les fortes têtes, je livrai les patronymes de Youssef et Maga en serrant les mâchoires. Après avoir vérifié que ces derniers ne figuraient pas sur une quelconque liste de terroristes (ce qui m'eût étonné vu le nombre de fautes d'orthographe dont j'avais émaillé ma confession), Hantsch me déclara libre de quitter l'aéroport. Son collègue poussa le vice jusqu'à me souhaiter la bienvenue aux États-Unis, ainsi que le recommandait probablement le manuel du petit cerbère.

Le lendemain à l'heure dite, je pénétrai dans le hall du siège des Nations unies où avait été fixé le rendez-vous avec Mitchell. Je connaissais les lieux — considérés comme territoire international ainsi que le rappelait un panneau à l'entrée — pour avoir suivi quelques années plus tôt une visite guidée qui m'avait profondément marqué tant on sentait battre le cœur du monde dans ce bâtiment sorti en 1950 de l'imagination de onze architectes de nationalités différentes.

L'atmosphère avait bien changé depuis lors. Deux semaines plus tôt, les États-Unis avaient envahi l'Afghanistan au nom d'un double objectif : renverser le régime taliban et localiser Oussama Ben Laden, censé avoir trouvé refuge dans les grottes de Tora Bora proches de la frontière pakistanaise. Les Américains s'étaient dispensés de solliciter l'avis du Conseil de sécurité, invoquant l'article 51 de la Charte des Nations unies qui autorise un État en situation de légitime défense à engager une action militaire contre son agresseur. Le Conseil de sécurité aurait pu faire valoir que l'enquête n'avait pas formellement établi la responsabilité de l'Afghanistan mais avait préféré s'abstenir. Il disait maintenant surveiller attentivement les développements sur le terrain, sans que personne sût au juste ce qu'il entendait par là.

Je m'arrêtai devant la série des portraits des secrétaires généraux qui s'étaient succédé à la tête de l'organisation depuis sa création en 1945. Tous venaient de pays relativement modestes : Norvège, Suède, Birmanie, Autriche, Pérou, Égypte et Ghana. Cela confirmait mes observations sur la composition du Comex. Les grandes puissances préféraient manifestement confier les rênes du pouvoir au représentant d'un petit pays plutôt que de risquer d'être supplantées par un de leurs concurrents.

— Dartunghuver ? lança une voix dans mon dos.

Je me retournai. Harvey Mitchell avait une quarantaine d'années et la bouille de quelqu'un qui a abusé des sports violents. Le nez tordu et camard avait dû être cassé plus d'une fois, les oreilles en chou-fleur copieusement frictionnées en mêlée et les pommettes grêlées d'impacts servir de punching-ball plus souvent qu'à leur tour. Mais Mitchell avait sans doute rendu coup pour coup. Il était bâti comme un taureau, avec des bras courts mais aussi épais que ma cuisse, un torse de déménageur et une tête si enfoncée dans les épaules qu'elle paraissait coincée entre les omoplates. La poignée de main que nous échangeâmes me laissa dans l'incapacité d'écrire pendant le reste de la journée.

Nous nous assîmes à l'écart du flot de touristes.

— Content de vous rencontrer, Dartunghuver, dit Mitchell dont les manches de veste remontaient jusqu'aux coudes, révélant des avant-bras sculptés comme des pains de plastic. Djibo m'a tellement parlé de vous que j'ai l'impression de retrouver un vieux pote.

— Considérez-moi comme tel, répondis-je en espérant qu'un climat de camaraderie le disposerait aux confidences. Et mes amis m'appellent Sliv.

— OK, Sliv. Moi c'est Harvey. Quarante-deux ans, marié, deux enfants. Je travaille au Plan pour Djibo depuis 1997. Avant ça, j'ai pas mal roulé ma bosse : Kansas City, une escale à Malmö — j'étais encore célibataire à l'époque, si vous voyez ce que je veux dire ! — un petit tour de l'autre côté à Canberra, sorti septième de l'Académie en 92 — je vous le dis, ça vous évitera de chercher —, un nouveau poste à Kuala Lumpur et retour au bercail. Personnellement, je serais bien resté en Malaisie mais Victoria n'en pouvait plus : la langue, l'école des enfants et le décalage horaire surtout, vous n'avez pas idée.

En écoutant Mitchell, je tentai de placer son parcours en perspective. Le lieu de ses débuts ne m'apprenait rien, sinon qu'il était probablement originaire du Midwest. Malmö étant l'un des trois bureaux qui s'occupaient exclusivement de falsification (les deux autres étant Córdoba et Vancouver), j'en déduisis que Mitchell avait un profil de scénariste et que ses supérieurs avaient sans doute jugé bon de renforcer ses compétences de falsificateur. Il avait dû s'en sortir honorablement, sans quoi on ne l'aurait jamais affecté au bureau de Canberra qui, du fait de son éloignement géographique, avait la réputation de n'accueillir que des agents mûrs nécessitant un minimum de supervision. Qu'il fût sorti septième de l'Académie, je le savais déjà ; j'appréciais la performance à sa juste valeur, la promotion 1992 passant pour la plus relevée des vingt dernières années. La suite de la carrière de Mitchell me laissait plus perplexe. L'usage voulait que les académiciens sortis dans le Plan passent deux ans à Toronto avant de s'installer dans leur pays d'élection. Mitchell avait non seulement sauté la case Canada mais il avait aussi sous-entendu qu'il n'avait pas choisi son affectation à Kuala Lumpur, un bureau à peine plus grand qu'une antenne, réputé pour son expertise des questions coloniales. Je ne savais pas ce qu'il avait bien pu faire en Malaisie mais je ne pouvais m'empêcher de supposer que Anwar «Robert» Aziz, le patron de Kuala Lumpur et grand ami de Djibo, avait peut-être rendu service à ce dernier en accueillant un de ses poulains. Dans quel but, je n'en avais pas la moindre idée.

— À partir d'aujourd'hui et jusqu'à nouvel ordre, m'informa Mitchell, vous êtes placé sous la responsabilité de l'agent hors classe Brinkman dans le cadre d'un projet spécial, nom de code Homecoming. Yakoub Khoyoulfaz a autorisé votre détachement. Toutes les opérations figurant à votre planning ont été annulées.

Brinkman? Le nom ne me disait rien.

— En quoi consiste le projet Homecoming?

— Avez-vous entendu parler du Timor-Oriental? répondit Mitchell en ignorant ma question.

— C'est une province indonésienne qui réclame son indépendance. Je crois d'ailleurs avoir lu qu'ils sont en passe de l'obtenir, non?

Mitchell soupira et me regarda longuement avant de poursuivre.

— C'était d'abord une colonie portugaise jusqu'à ce qu'en 1974 les démocrates renversent le pouvoir salazariste à Lisbonne et revisitent totalement la politique du pays envers ses colonies. Le nouveau gouvernement accorda son indépendance à l'Angola et aurait probablement fait de même avec le Timor, si un mouvement local d'inspiration marxiste, le Fretilin, n'avait pas pris les devants en décrétant unilatéralement l'indépendance le 28 novembre 1975. Neuf jours plus tard, l'Indonésie envahit le Timor, y installa une administration fantoche et en fit la vingt-septième province de la nation.

— Comment réagirent les Nations unies?

— Mollement. Elles condamnèrent l'annexion et refusèrent de reconnaître les nouvelles frontières de l'Indonésie mais ne brandirent jamais la menace d'une intervention militaire. Relativement typique de leur part, en somme.

— Et le gouvernement portugais ? enchaînai-je sans relever cette dernière remarque.

— Idem. Cela dit, il faut comprendre que Lisbonne avait de toute façon prévu d'abdiquer sa souveraineté sur le Timor. Je suis certain que les dirigeants portugais auraient préféré transmettre le pouvoir aux Timorais eux-mêmes mais les méthodes de hussards du Fretilin les avaient vexés et ils observèrent une neutralité de fait.

— J'imagine que, même discrédité, le Fretilin entra en résistance...

— Naturellement, mais l'armée indonésienne riposta par une politique de répression systématique, n'hésitant pas à passer des villages entiers au napalm sous prétexte qu'ils hébergeaient des activistes du Fretilin. On estime le nombre de victimes de Suharto à environ deux cent mille, sur une population de moins d'un million d'habitants.

— Un véritable génocide.

— J'en viens maintenant au rôle qu'a joué le CFR dans cette histoire. En 1977, Jane Brinkman se rendit au Timor à titre personnel pendant ses congés pour aider l'Église catholique du Timor à se structurer. Bon, je ne suis pas un grand fan des papistes mais il faut leur reconnaître un certain talent pour l'organisation. Le Timor est l'un des seuls territoires majoritairement catholiques d'Asie avec les Philippines. Brinkman rentra aux États-Unis avec une double conviction : *primo*, les Timorais constituaient un peuple spécifique qui méritait son indépendance ; *segundo*...

L'avais-je entendu dire «*segundo*» ? Seul un Américain pouvait ainsi mélanger dans la même phrase le latin et l'espagnol.

— *Segundo*, la résistance militaire était vouée à

l'échec. Brinkman imagina alors d'aider le Fretilin à obtenir l'indépendance du Timor par la voie diplomatique, en faisant miroiter aux membres du Comex de l'époque les avantages qu'une telle solution présenterait pour le CFR : possibilité d'imprimer ses propres passeports, immunité diplomatique pour ses agents... Qu'est-ce qu'il y a, mon vieux ? Ça ne va pas ?

J'avais blêmi en entendant Mitchell exposer le plan de Brinkman dans les termes exacts que j'avais employés trois ans plus tôt pour vendre la création d'un État bochiman à Djibo.

— Ça vous rappelle quelque chose, pas vrai ? rigola Mitchell. Le patron m'a fait passer une copie de votre mémo sur les Bochimans. Ah ça, on peut dire que vous avez tapé dans le mille !

— Mais alors, c'est pour ne pas compromettre les chances du projet Homecoming qu'il a refusé le mien ? demandai-je, encore sous le choc.

Mitchell haussa les épaules, ce qui fit presque entièrement disparaître sa tête.

— Que ferions-nous d'un deuxième État ?

Évidemment. Mais je ne comprenais toujours pas complètement l'idée de Brinkman.

— Comment le CFR justifia-t-il sa collaboration au Fretilin ?

— Brinkman se fit passer pour l'émissaire de Jesus Now !, une riche association américaine prête à ouvrir ses coffres pour favoriser l'instauration d'un second régime catholique en Asie. Le Fretilin n'hésita pas longtemps : avec de l'argent, il pourrait engager une agence de relations publiques, financer un lobbyiste à New York, faire appel aux meilleurs cabinets de droit public du monde...

— Acheter des kalachnikovs, complétai-je, vaguement écœuré par ce que j'entendais.

Mitchell me regarda comme si j'avais proféré une obscénité.

— Brinkman stipula que l'association contrôlerait strictement l'utilisation des fonds. Pas un centime n'est allé dans la poche des marchands d'armes.

— Et en échange ?

— La mention dans le préambule de la Constitution du futur État du rôle prépondérant joué par l'Église catholique dans la libération du Timor...

— Quelle importance ?

— Aucune, évidemment, mais nous avons lutté pied à pied pour l'obtenir. C'est notre couverture.

— Mais encore ?

— Le droit de nommer un tiers des ambassadeurs du Timor-Oriental, dont celui aux Nations unies. Plus quelques broutilles.

Un bon compromis, estimai-je. Il garantissait au CFR le contrôle sur une soixantaine de délégations à travers le monde.

— À quel stade en êtes-vous ?

— Nous sommes dans la dernière ligne droite. Nous avons gagné la bataille de l'opinion publique. En 1991, l'armée indonésienne a commis la bêtise d'ouvrir le feu sur des manifestants dans un cimetière de Dili, la capitale. Deux cents morts. La communauté internationale a basculé ce jour-là. Un cameraman avait enregistré la scène. Les Portugais s'étaient toujours sentis vaguement coupables d'avoir abandonné le Timor et furent bouleversés par ces images de femmes qui pleuraient leurs morts dans leur langue. Ils portèrent la question au niveau européen, tandis que le Premier ministre australien se chargeait de sensibiliser le monde anglophone. En 1996, un politicien timorais, José Ramos-Horta, se vit décerner le prix Nobel de la paix. Trois ans plus tard, le gouvernement indonésien capitula sous la pression et consentit à l'organisation d'un référendum qui consacra par une large majorité le désir d'indépendance des Timorais. Des fauteurs de troubles à la solde de Djakarta tentèrent bien de créer un climat insurrectionnel mais les Nations unies intervinrent pour rétablir l'ordre. Le processus de reconnaissance officielle du Timor-Oriental est fermement engagé, et jusqu'à la semaine dernière rien ne semblait pouvoir l'enrayer...

— Que s'est-il passé la semaine dernière ?

— Les États-Unis ont fait part au Conseil de sécurité de leur décision de bloquer toute nouvelle adhésion aux Nations unies.

— Pourquoi ?

— Selon les analystes du Département d'État, chaque nouvelle admission légitime les mouvements indépendantistes de tout poil, dont je n'ai pas besoin de vous rappeler que beaucoup sont musulmans. Dans le contexte actuel, l'administration Bush est soucieuse de limiter les risques de turbulences et je ne crois pas qu'on puisse lui donner tort.

La façon dont Mitchell avait prononcé ces derniers mots m'amena à penser qu'il quêtait mon assentiment. Tout bien pesé, je ne vis pas grand danger à le lui accorder.

— Cela se tient, concédai-je. Mais les États-Unis peuvent-ils imposer leurs vues au reste du Conseil ?

— Bien sûr, chacun des membres dispose d'un droit de veto sur les décisions les plus importantes ; l'admission d'un nouveau membre en fait partie.

— Mais alors, dis-je, catastrophé, c'en est fini de Homecoming ?

— Non, car les autres membres du Conseil de sécurité ont négocié deux exceptions, la Suisse et le Timor-Oriental. Ils ont fait valoir que les procédures concernant ces deux pays avaient commencé il y a plusieurs années et touchaient quasiment à leur terme. Les Américains ont accordé un délai de six mois aux Nations unies pour traiter la question, dans un sens ou dans l'autre.

— Les Suisses vont adorer qu'on les bouscule.

— En effet, rigola Mitchell. Nous avons un peu d'avance sur eux. Nous avons remis notre dossier d'admission — ou plutôt le Fretilin a remis le dossier que nous lui avons préparé — l'été dernier. L'instruction, qui devait normalement durer un an, a été considérablement écourtée et nous venons d'apprendre qu'une équipe du Conseil de sécurité débarquerait lundi prochain à Dili pour évaluer la candidature du Timor. De son rapport dépendra presque certainement l'issue de Homecoming.

— Avez-vous des motifs particuliers d'être inquiets ?

— Pas vraiment. Nous travaillons sur ce projet depuis vingt-cinq ans. Je me suis moi-même rendu au Timor à plus de cinquante reprises...

Voilà la raison de son passage à Kuala Lumpur, pensai-je, il surveillait les progrès de Homecoming pour Djibo.

— La préparation du dossier a mobilisé plusieurs agents à temps plein pendant près d'un an. C'est d'ailleurs une de vos collègues qui a supervisé la rédaction. Vous la retrouverez sur place, une certaine Lena Thorsen. Joli brin de fille, soit dit en passant.

Tout s'expliquait à présent : la décision de Lena de s'installer sur la Côte ouest à mi-chemin entre le Timor et Toronto, sa relative discrétion depuis deux ans, les réponses évasives de Khoyoulfaz à mes questions la concernant... Au fond de moi, j'avais toujours soupçonné quelque chose de cette nature.

— Est-elle avertie de mon arrivée ? m'enquis-je d'un ton aussi détaché que possible.

— Non. Djibo l'a prévenue qu'il envoyait des renforts mais je ne crois pas qu'il ait mentionné votre nom. Pourquoi ?

— Pour rien. Mais j'ai l'impression que vous vous débrouillez très bien sans moi. Qu'attend Djibo de moi exactement ?

— Que vous donniez un coup de main à Brinkman et Thorsen. Nous n'avons pas droit à l'erreur. Si cette commission retoque notre dossier, Dieu sait combien d'années le Timor-Oriental devra attendre son indépendance.

— Je comprends, mais Djibo n'a rien dit de plus précis ? Une remarque, un commentaire qui pourrait m'éclairer sur ses intentions ?

Mitchell sembla fouiller dans ses souvenirs.

— Ma foi non. Il a juste dit qu'il se sentirait plus rassuré en vous sachant sur place. Franchement, si je ne le connaissais pas si bien, je croirais à de la superstition.

Une question me turlupinait pourtant : pourquoi Djibo ne m'avait-il pas transmis ses instructions lui-même ? Sans doute, pensai-je, pour la même raison qui le poussait à ignorer mes appels.

— Que s'est-il passé le 11 septembre ? lâchai-je brusquement.

Mitchell regarda autour de lui. Une nuée de touristes japonais s'abattait sur la boutique de souvenirs.

— Pas ici, dit-il en se levant. Vous voulez voir *Ground Zero* ?

— Je n'osais pas vous le demander.

9

Dans le taxi lancé à vive allure sur le FDR Drive, Mitchell me remit plusieurs documents : mon billet d'avion, une copie du volumineux dossier préparé par Lena, le projet de Constitution du Timor-Oriental, l'extrait des statuts de l'ONU relatif à l'admission des nouveaux membres et le curriculum vitae des membres de la commission d'enquête. Mitchell arrêta le taxi à Battery Park, à la pointe sud de Manhattan.

— Faisons quelques pas, proposa-t-il.

Quiconque a posé le pied sur le continent américain sait que la lumière y possède une qualité incomparable et confère aux choses les plus simples — une statue, un banc face à l'océan, les branches frémissantes d'un arbre — une aura de perfection. Le ciel était ce matin-là d'un bleu immaculé et la promenade de Battery Park déserte, hormis quelques écureuils qui détalaient au son de nos pas. Mitchell rompit un silence que je commençais à croire surnaturel.

— Vous êtes un garçon de la campagne, à ce que j'ai lu. Moi, j'ai grandi en ville, de l'autre côté de l'East River, dans le quartier de Flatbush. Un authentique *Brooklyn boy*, dit-il en se frappant la poitrine d'un coup de poing qui m'eût étendu KO. Le dimanche, on allait déjeuner chez ma grand-mère à Park Slope puis on venait ici se dégourdir les jambes. La Ville n'avait pas encore aménagé la promenade mais la vue attirait déjà un monde fou.

Je pouvais le comprendre. La statue de la Liberté et Ellis Island réunies côte à côte constituent un tableau inoubliable, propre à ravir l'esthète et chavirer le patriote. Je ne les avais jamais admirées dans d'aussi bonnes conditions.

— Personne ne peut rester insensible à ce spectacle, reprit Mitchell. Je ne connais pas un passant qui, même pressé, ne dirige ses yeux vers le sud pour saluer Miss Liberty. Mon père aussi suivait ce rite mais, au bout d'un moment, il tournait le dos à l'océan et regardait vers le nord où s'édifiaient les tours jumelles. Il leur avait consacré trois ans de sa vie. Il n'était pas l'architecte en chef, ni même un de ses assistants ; il avait simplement dessiné les plans des ascenseurs. C'est lui qui a suggéré de combiner des cabines express et des cabines locales, sur le modèle du *subway* new-yorkais. Quand il a appris que les architectes du John Hancock Center à Chicago avaient suivi la même démarche un an plus tôt, il s'est senti obligé d'écrire à tous les clients auprès de qui il s'était vanté de sa trouvaille.

— Il est mort ?

— Grands dieux, non ! s'écria Mitchell que l'idée semblait amuser. Mais une part de lui s'est éteinte le mois dernier. Il ne travaille plus et il a perdu l'appétit. Enfin bon, il s'en remettra ; ce n'est qu'un sale moment à passer.

L'optimisme des Américains ne finirait jamais de me surprendre. Dans les mêmes circonstances, un Européen aurait pratiquement enterré son père.

— Vous étiez déjà venu ici ? m'interrogea Mitchell.

— Une fois seulement.

— Alors vous ne pourrez pas comprendre ce que je vais vous dire. Quand je regarde Manhattan d'ici, il me semble que je vois encore les tours jumelles. Je sais exactement entre quels bâtiments elles se dressaient, à quelle heure le soleil disparaissait derrière l'une et réapparaissait derrière l'autre. Elles ont laissé une trace indélébile sur ma rétine et sur celle de tous les New-Yorkais.

— Harvey, que s'est-il passé le 11 septembre ?

— Venez, dit-il, remontons Broadway.

Nous marchâmes quelques instants en silence. C'était l'heure du déjeuner. Les cadres de Wall Street traversaient la rue en bras de chemise et s'engouffraient dans des salles de restaurant bondées, sans même un regard pour les soldats en armes qui protégeaient la Bourse. Une colonne de camions-bennes chargés de gravats nous croisa, qui filait vers le sud. Mitchell la suivit des yeux.

— Ils travaillent jour et nuit, samedi et dimanche compris. Ça n'avance pas vite car ils cherchent encore des corps dans les décombres. Ils passeront bientôt au bulldozer.

— J'ai lu qu'il faudrait trois ans pour nettoyer complètement le site.

— Nous le ferons en deux, lança rageusement Mitchell.

L'odeur était plus forte à chaque pas, une odeur de grillé, de béton brûlé et de désolation. Une femme âgée qui émergeait d'une station de métro huma l'air, se boucha les narines et fit demi-tour. Au loin, une fumée cotonneuse et âcre qu'on eût crue sortie des entrailles

115

de la Terre dérivait lentement vers l'East River. Je toussai nerveusement.

— Ils n'arrivent pas à éteindre l'incendie, expliqua Mitchell. Vous réalisez combien de pompiers se sont succédé ici depuis un mois ? Combien de millions de gallons d'eau ils ont déversés sur les ruines ? Et ça fume encore...

La circulation s'était considérablement ralentie. Le courant nous porta devant une petite chapelle, que je reconnus pour l'avoir vue à la télévision. Des centaines de quidams se massaient devant les grilles couvertes de notes manuscrites, de dessins et de prières. Certains se dressaient sur la pointe des pieds pour déchiffrer des messages qui ne leur étaient pas destinés. Beaucoup priaient. Un peu plus loin, deux rangées de barrières interdisaient l'accès au site.

— C'est tout, dit péremptoirement Mitchell.

Il avait l'air profondément énervé, comme si on lui demandait de cautionner ce qu'il tenait pour une mascarade.

— On ne voit pas mieux de l'autre côté ? demandai-je, vaguement déçu.

— Mais il n'y a rien à voir ! explosa mon guide.

Plusieurs passants se retournèrent sur nous. Mitchell les désigna d'un geste furibond :

— Non mais regardez-les ! Ils accourent du monde entier pour contempler une pile de gravats ! D'où admirait-on le mieux les tours ? demandent-ils. Quelle importance puisqu'elles ne sont plus là ! Montez en haut de l'Empire State Building, déguisez-vous en chef des pompiers ou louez un hélicoptère si ça vous chante : vous ne verrez pas ce qui n'existe plus.

Je pris Mitchell par le bras et le tirai à l'écart de la foule avec une véhémence dont je ne me serais pas cru capable. Son couplet sentimental sur son ascensoriste de père m'avait presque attendri mais il me tapait à présent sérieusement sur les nerfs.

— Bon sang, Mitchell, vous allez me dire ce qui s'est passé, à la fin !

— Parce que vous croyez qu'on m'en dit plus qu'à vous ? répliqua-t-il avec un rictus de défiance. Nous avons aidé l'oiseau à faire son nid et un jour il a pris son envol.

— Merci du renseignement ! rétorquai-je sarcastiquement. À quand remonte notre dernier dossier sur Al-Qaida ?

— Qu'est-ce que j'en sais, moi ! 1997 ? 1998 ?

— La deuxième fatwa, c'est nous ?

— Non. Peut-être. Lâchez-moi, maintenant.

Je n'avais pas réalisé que je lui serrais toujours le bras.

— Mitchell, concentrez-vous, c'est important. Que vous a dit Djibo ?

Mitchell rajusta sa veste. Il avait recouvré ses esprits.

— Rien. Personne n'arrive à le joindre. Il passe ses journées en réunion avec les autres membres du Comex.

— De quoi parlent-ils ? insistai-je.

Mitchell sourit, d'un air qui voulait dire : « Je vous croyais plus intelligent que ça. »

10

J'avais d'abord cru à une erreur; Mitchell se serait embrouillé dans les décalages horaires. Je ne pouvais tout de même pas atterrir à Dili trois jours après avoir décollé de New York. Et pourtant si. Au terme d'un périple homérique qui m'avait vu changer d'avion à Los Angeles, Sydney et Darwin, je foulai enfin la piste du minuscule aéroport de la capitale timoraise, sonné mais heureux comme une sardine qui aurait réussi à sauter de la ligne d'emballage d'une conserverie.

Le hall des arrivées était étrangement désert ce vendredi soir et je repérai sans peine le chauffeur que Jane Brinkman avait envoyé à ma rencontre. Il entendait me conduire directement à sa patronne qui m'attendait pour dîner mais j'insistai pour faire au préalable un tour dans les rues de la ville, connaissant l'importance que les Nations unies accordaient à la qualité des infrastructures. Je fus agréablement surpris. La plupart des bâtiments officiels saccagés par les milices pro-indonésiennes en 1999 avaient été reconstruits; les routes, larges et sans nids-de-poule, étaient en meilleur état que je ne l'aurais cru et, bien que la nuit fût déjà tombée, personne ne dormait dans la rue.

Brinkman habitait une ravissante villa coloniale ceinte de murs dans le quartier de Motael. Elle nous attendait sur le perron, prévenue de notre arrivée par le vigile qui nous avait ouvert le portail, et donna une série d'instructions au chauffeur dans une langue que j'imaginais être le tetum. Elle pouvait avoir soixante-cinq ans. Grande et sèche, les cheveux blancs tirés en chignon, elle ressemblait à ces institutrices à la retraite qui se souviennent de chaque enfant passé dans leur classe et vous reprochent, quand vous les croisez par hasard, de ne pas donner plus souvent de vos nouvelles. Elle parlait d'une voix douce mais ferme, dont les sonorités nasillardes trahissaient ses origines de Nou-velle-Angleterre.

— Cher Sliv — vous permettez que je vous appelle Sliv ? —, quelle merveilleuse idée de nous rendre visite ! dit-elle comme si j'avais agi sous le coup d'une impulsion soudaine. Je suis désolée de ne pouvoir vous offrir l'hospitalité mais j'ai promis d'héberger une délégation du Vatican qui arrive ce week-end.

Habile manœuvre, pensai-je. En dépêchant un émis-saire en cette semaine cruciale, le Vatican soutenait implicitement la candidature du Timor-Oriental. Les membres de la commission des Nations unies n'y seraient sûrement pas insensibles.

— Vous avez bien fait, la mis-je à l'aise en lui déco-chant mon sourire de gendre idéal. Me permettrez-vous de me débarbouiller avant le dîner ? Je crains de ne pas être très présentable.

— Mais je vous en prie. Nous passerons à table quand vous serez prêt.

Je m'aspergeai la tête d'eau fraîche puis me rasai, en songeant que rarement mission m'avait paru si bien engagée. Brinkman était de toute évidence une grande professionnelle et je n'avais décelé aucune faille dans le dossier de Thorsen que j'avais lu dans l'avion. Pour être honnête, Lena avait une fois de plus réussi à m'impressionner. Sous sa plume, l'exercice imposé par les Nations unies prenait une tout autre dimension. Une demi-douzaine d'exemples étayaient chaque argument, aucun chiffre n'était cité sans source et l'astérisque accolé à une phrase aussi anodine que «Nous souhaitons exporter nos bananes» renvoyait en annexe à une discussion détaillée sur les moyens de desserrer l'emprise des producteurs équatoriens sur le marché mondial. La comparaison risquait d'être cruelle pour nos amis helvètes : auprès de notre rapport de trois mille pages, leur dossier passerait au mieux pour un plan synoptique.

Je rejoignis Brinkman en me guidant sur le son de sa voix.

— Reprendrez-vous une citronnade? demandait mon hôtesse, toujours aussi pimpante.

— Avec plaisir, Jane, répondit une voix que je ne connaissais que trop bien.

Brinkman et Thorsen ne m'avaient pas entendu arriver. Les deux femmes étaient installées sur la terrasse en bois éclairée aux flambeaux qui surplombait le jardin. Elles prenaient l'apéritif en devisant comme deux vieilles amies. Lena avait laissé repousser ses cheveux qui flottaient librement sur ses épaules. Elle portait un short blanc et une chemisette kaki assortie à ses espadrilles, qui dévoilaient plus de sa peau bronzée que je n'en avais jamais vu en huit ans.

— Hello, Sliv, m'accueillit Lena en tournant la tête dans ma direction.

Hello? Depuis quand Thorsen me donnait-elle du

hello? Je n'étais même pas certain de l'avoir déjà entendue prononcer mon prénom.

— Hello, Lena, répondis-je en voulant croire aux miracles.

Brinkman m'invita à m'asseoir.

— Lena me disait justement que vous vous connaissiez de l'Académie, déclara-t-elle joyeusement, comme si nos retrouvailles étaient la meilleure chose qui lui soit arrivée depuis longtemps.

— Vous aurez mal compris, Jane, ou Lena a mauvaise mémoire. Notre relation remonte à bien plus loin que cela.

— Mais bien sûr, où avais-je la tête? s'exclama Lena. Sliv a travaillé deux ans sous mes ordres à Córdoba.

Cette chère Jane vint à ma rescousse sans même s'en apercevoir :

— C'est donc ça! Je me disais bien que Sliv paraissait sensiblement plus jeune que vous...

— Oh, à peine, protesta Lena.

— Deux ans tout de même, précisai-je avec volupté.

— Vingt-deux mois.

Brinkman nous dévisagea tour à tour et partit d'un petit rire de gorge.

— Eh bien, on dirait que j'ai touché un sujet sensible. Prendrez-vous une citronnade, Sliv?

— Avec plaisir, Jane.

Elle versa le fond de la carafe dans un verre.

— Ça ira très bien, affirmai-je.

— Pensez donc, j'en ai davantage dans la cuisine.

— Ne vous dérangez pas, Jane, dit Lena en sautant sur ses pieds.

— Restez assise, mon chou, j'en ai pour une seconde.

Brinkman disparut, en nous laissant seuls dans la moiteur du soir. J'écrasai un moustique en pleine besogne sur mon avant-bras. Quel imbécile préférait ma peau à celle appétissante et dorée de Lena?

— Que les choses soient bien claires, Dartunghuver...

Le temps des «hello, Sliv» était bel et bien révolu.

— Homecoming est ma mission.

— Personne ne dit le contraire.

— J'y consacre toute mon énergie depuis plus de trois ans...

— Tant mieux pour vous, vous avez dû accumuler une somme de connaissances tout à fait impressionnante.

— À propos, vous avez fait bon voyage?

— Comme ci, comme ça, répondis-je, étonné de cet intérêt soudain pour mes pérégrinations. Quarante-sept heures porte à porte tout de même.

— Sans blague? J'en suis à mon dix-septième séjour, alors vous pensez si je compatis. Un truc en partant : à Darwin, achetez vos journaux avant de passer la sécurité; après, ils ne vendent plus que la feuille de chou locale, qui ne présente aucun intérêt. À moins bien sûr que vous n'aimiez vous rincer l'œil sur une *playmate* en cuissardes se frayant un chemin dans le bush à coups de machette.

— Merci du conseil, mais je n'ai pas l'intention d'établir un camp de base ici.

— Enfoncez-vous ça dans le crâne, Dartunghuver : vous êtes ici sur mon territoire.

— Chut, Brinkman revient.

La maîtresse de maison approchait en effet, une carafe pleine à la main. Thorsen se pencha vers moi, si près que je reconnus son parfum.

— Une dernière chose, murmura-t-elle. La vieille est folle.

— Hein ?

— Et voilà, il suffisait de demander, pépia Brinkman en me resservant. Prenez votre verre, nous passons à table.

Un domestique — le troisième si je comptais bien — apporta l'entrée (un gaspacho) pendant que je m'interrogeais sur le sens des paroles de Lena. Qu'entendait-elle par folle ? J'étais bien placé pour savoir que Thorsen manquait parfois de nuance dans le choix de ses épithètes. Notre hôtesse menait incontestablement grand train mais je n'avais à ce stade aucune raison de douter de ses facultés mentales. Je décidai de la faire parler.

— Jane, laissez-moi vous dire mon admiration : je ne connais pas un agent qui ne rêve de monter une opération aussi brillante que la vôtre.

Le visage de notre hôtesse s'illumina. Elle tapota ses lèvres avec sa serviette avant de me répondre.

— Votre compliment me va droit au cœur mais, de grâce, Sliv, restons prudents : la semaine prochaine promet d'être cruciale.

— Qu'en escomptez-vous au juste ?

— Que nos visiteurs confirment de vive voix le soutien qu'ils ont déjà témoigné à de multiples reprises à notre cause. Il ne faut jurer de rien : même la plus noble institution compte son lot d'intrigants qui peuvent défaire d'un mot ce que nous avons eu tant de mal à construire. Je ne connaîtrai pas le repos avant la promulgation officielle de la Constitution timoraise.

— Nous non plus, Jane, lui assurai-je en pensant qu'elle avait l'air remarquablement consciente des difficultés qui nous attendaient.

— « L'État reconnaît et estime la participation de l'Église catholique au processus de libération du Timor », récita-t-elle solennellement. Vous n'avez pas idée des trésors de diplomatie qu'il m'a fallu déployer pour convaincre ce quarteron de marxistes d'admettre la contribution décisive de notre congrégation. Tenez, Sliv, citez-moi un autre État qui mentionne le rôle de l'Église catholique dans sa Constitution...

— La Pologne ? hasardai-je, pris de court.

— La Pologne ! se gaussa-t-elle comme si j'avais donné tête la première dans un piège grossier. Détrompez-vous, Sliv : la Constitution polonaise rappelle l'héritage chrétien de la Nation — j'ai bien dit chrétien —, pas catholique.

— L'Irlande ?

— Encore mieux ! Figurez-vous que dans la version originale de 1937 l'article 44 de la Constitution irlandaise reconnaissait le rôle spécial de l'Église catholique, mais qu'en 1973 la minorité protestante a réclamé et obtenu sa suppression...

Je réalisai soudain la profondeur du malentendu. Depuis le début du repas, Brinkman discourait sur la visite de la délégation du Vatican. Quand elle avait mentionné une noble institution abritant des affairistes, elle se référait à l'Église catholique, pas aux Nations unies. Lena avait dû remarquer mon changement d'expression car elle porta discrètement sa main à sa joue et se tapota la tempe du bout de l'index.

— Et donc, conclut triomphalement Brinkman, le Timor deviendra d'ici peu le premier État à noter l'apport de l'Église catholique dans sa Constitution. L'affaire fait paraît-il grand bruit à Rome, où mes contacts m'assurent que Sa Sainteté elle-même forme des vœux pour la réussite de notre entreprise. Veuillez m'excuser...

Le domestique se tenait sur le seuil, un téléphone à la main.

— Mais enfin, c'est insensé ! explosai-je dès que Brinkman eût tiré la porte derrière elle. Elle n'a que la religion à la bouche !

— Étonnant, non ? L'indépendance du Timor ne l'intéresse que dans la mesure où elle fait progresser la cause de son Église. Elle croit d'ailleurs dur comme fer que sa délégation du Vatican vient régler les détails d'une prochaine visite officielle du pape.

La vision de Jane Brinkman saluant la foule aux côtés du Saint-Père dans sa papamobile me traversa fugitivement l'esprit.

— Le Comex est au courant ?

Lena haussa les épaules.

— Le Comex, Djibo, tout le monde. Mais notre position locale est beaucoup plus fragile qu'il y paraît. Au début des années quatre-vingt, de graves dissensions ont secoué le Fretilin. Un de ses dirigeants, Xanana Gusmão, a quitté le parti pour fonder son propre mouvement, qui s'est imposé au fil des ans comme l'interlocuteur privilégié des Nations unies. De par ses anciennes fonctions, Gusmão connaît le pacte qui unit le Fretilin et Jesus Now ! et il a choisi de l'endosser, alors que rien ne l'y obligeait.

— Pourquoi ?

— Parce qu'il a pu apprécier par le passé l'étendue des services rendus par l'association mais surtout parce que Brinkman a gagné sa confiance et celle de son épouse australienne. Rappeler Jane à Toronto exposerait le CFR à des conséquences imprévisibles. J'ai eu l'occasion d'exprimer à Djibo ma conviction qu'Homecoming n'y survivrait pas.

Lena ne manquait pas une occasion de rappeler qu'elle avait accès à Djibo. Je me demandai si elle lui avait parlé dernièrement.

— Mais alors qui dirige les opérations ici ?

L'expression victorieuse qui s'afficha sur le visage de Lena me fit aussitôt regretter ma question.

— Moi, évidemment. Et je me débrouille très bien sans vous. Je ne sais d'ailleurs pas où Mitchell est allé pêcher que j'avais besoin de renforts...

J'éprouvai sur le moment un tel sentiment d'injustice que je m'abstins d'informer Lena que Djibo avait personnellement réclamé ma présence à Dili. Pour autant que je puisse en juger, Homecoming était le projet le plus important de ces vingt dernières années. À l'évidence, les honneurs — voire, qui sait, une place au Comex — attendaient l'agent qui serait crédité de son succès. Pourquoi Djibo avait-il offert à Thorsen ce marchepied vers la gloire ? Me jugeait-il moins compétent ? Moins fiable ?

À son retour, Brinkman m'interrogea sur les Bochimans. Se montraient-ils réceptifs aux révélations des Écritures ? Quel pourcentage d'enfants recevait le sacrement du baptême ? Elle se désintéressa soudainement de la question quand je lui appris que les chamans bochimans s'enduisaient le corps de graisse d'antilope pour provoquer les transes leur permettant d'entrer en contact avec les esprits. Je tentai une nouvelle fois — en vain — d'orienter la conversation sur la commission d'enquête. Brinkman répugnait manifestement à discuter du fond de la candidature timoraise. Elle disait faire entièrement confiance à Lena, quand tout indiquait qu'elle avait à peine lu son rapport. Dans ces conditions, je me dépêchai d'avaler mon dessert et demandai la permission de prendre congé.

— Alan va vous conduire à l'hôtel Central, m'informa Brinkman. Lena, peut-être souhaitez-vous profiter de la voiture?

— Je ne sais... balbutia Lena, visiblement tiraillée entre la crainte de partager une banquette avec moi et celle d'endurer une minute de plus la conversation lénifiante de notre hôtesse.

— Certainement, tranchai-je. Nous avons encore pas mal de choses à voir.

Jane nous raccompagna jusqu'au perron. Je remarquai au fond du jardin, presque entièrement dissimulée derrière une haie de buis, la petite chapelle où elle devait faire ses dévotions. Alan manœuvra adroitement entre les massifs et s'inséra sans difficulté dans le trafic. Craignant sans doute que je me répande en commentaires désobligeants sur notre hôtesse, Lena posa un doigt sur ses lèvres en regardant en direction du chauffeur, tandis que, de mon côté, je méditais les similitudes entre les circonstances actuelles et celles, huit années plus tôt, de mon arrivée à Córdoba. Ce soir comme alors, je m'étais présenté au responsable local du CFR pour découvrir qu'une certaine Lena Thorsen avait trompé sa confiance et prétendait désormais m'imposer son autorité.

— Quel est le programme du week-end? m'enquis-je d'un ton neutre.

— Vous devriez vous reposer, estima Lena dont la sollicitude était à peu près aussi crédible qu'un avis de canicule sur Reykjavík.

— Merci, je me sens en pleine forme. Que faites-vous demain?

— Oh, de la paperasse, des petites choses de dernière minute sans intérêt.

— Où ?

— Au QG.

— Ah ! Parce que nous avons un QG ? Et où se trouve-t-il ?

— Dans une suite au dernier étage de l'hôtel Central, avoua Thorsen, l'air aussi défait que si elle venait de divulguer sous la torture une information qu'elle s'était promis de garder secrète.

— Et qui travaille dans ce QG, si je ne suis pas trop indiscret ?

— Pas grand monde. Sept ou huit agents que m'a prêtés Mitchell.

— Pas davantage ?

— Vous croyez que je m'amuse à les compter tous les matins ? Une dizaine. Douze au maximum.

— Quelle classe ? Des 1 ? Des 2 ? insistai-je, plus pour la pousser dans ses retranchements que par réel intérêt.

— Des 1 et des 2. Ça vous va comme réponse ?

— Je passerai me présenter demain matin. Qui sait, j'en connais peut-être certains...

— Ça m'étonnerait, rétorqua Lena un rien trop vite.

Elle avait dû, à l'annonce de ma venue, renvoyer les malheureux qui avaient croisé mon chemin. Je changeai de sujet.

— Quand attendez-vous les membres de la commission d'enquête ?

— Aucune idée, mentit Lena.

— Sachant qu'il n'y a qu'un vol par jour entre Darwin et Dili, je parierais sur une arrivée dimanche soir. Qu'en pensez-vous ?

— C'est possible, admit-elle à contrecœur.

— Vous savez ce qui serait urbain ? C'est d'aller les chercher à l'aéroport et de les emmener dîner, suggérai-je, certain qu'elle avait déjà réservé une table dans le meilleur restaurant de la ville.

— Je m'en souviendrai.

— J'ai vu leur CV, vous savez. Le chef, Cengis Buruk, un Turc, et son adjoint, Sam Hassell, un Américain. Vous avez pris contact avec eux ?

— Pourquoi aurais-je fait une telle chose ? se récria Lena, dont le nez s'allongeait à vue d'œil.

— Pour vous présenter ? Recueillir leurs premières impressions sur le dossier ? Établir un calendrier de travail, peut-être ?

Elle avait naturellement fait les trois à la fois mais se serait fait tuer plutôt que de l'avouer. Alan immobilisa la voiture devant un hôtel luxueux, même selon les standards occidentaux, et jaillit de son siège pour nous ouvrir la porte. Jugeant probablement impoli de gagner sa chambre alors que j'attendais la clé de la mienne, Lena resta à mes côtés à la réception. Je ramassai un dépliant publicitaire sur le comptoir.

— À quelle heure part le groupe pour Atauro demain matin ? demandai-je au préposé qui prenait l'empreinte de ma carte de crédit.

— Six heures, monsieur.

— Et il rentre dimanche dans la soirée ?

— Vers vingt-deux heures, monsieur.

— Inscrivez-moi, je vous prie.

Lena, qui avait suivi notre échange avec une stupeur grandissante, se tourna vers moi, éberluée :

— Vous allez faire de la plongée ?

— Tous les guides touristiques vantent les bancs de corail d'Atauro, expliquai-je avec tout le flegme dont j'étais capable.

— Mais enfin, vous n'y pensez pas! La commission arrive ce week-end. Toute mon équipe est sur le pied de guerre.

— Vraiment? Je croyais que vous n'aviez que des broutilles à régler. Écoutez, Thorsen, si nous cessions les enfantillages? Vous aimeriez que je reste claquemuré dans ma chambre tout le week-end pour pouvoir dire à qui voudrait l'entendre que je récupère du décalage horaire. Eh bien, je ne vous donnerai pas ce plaisir! Je suis pleinement d'attaque et, puisque vous semblez décidée à vous passer de mes services, je vais découvrir les charmes du Timor.

— À la plage? s'étrangla Lena. Je vous l'interdis. Vous resterez à Dili au cas où j'aurais besoin de vous.

— Je vous verrai lundi, dis-je en empochant ma clé et en me dirigeant vers l'ascenseur. Bien le bonjour à Buruk.

11

Le nombre de parties rassemblées ce lundi matin-là autour de la table de conférence ovale du Palais gouvernemental attestait des péripéties rencontrées par le Timor-Oriental dans sa marche vers l'indépendance.

En attendant le début de la réunion, Xanana Gusmão relisait en lissant sa courte barbe grise une note que lui avait fait passer son directeur de cabinet. À cinquante-cinq ans, Gusmão avait sans doute fait plus pour populariser la cause timoraise à l'étranger que n'importe lequel de ses compatriotes. L'un des leaders historiques du Fretilin, il avait progressivement pris ses distances avec l'organisation marxiste, finissant par fonder son propre mouvement dans les années quatre-vingt. Quand en novembre 1991 l'armée indonésienne ouvrit le feu sur la foule dans le cimetière de Santa Cruz, Gusmão avait multiplié les condamnations sur les chaînes de télévision du monde entier, s'attirant au passage les foudres de Suharto qui le fit coffrer l'année suivante et condamner à la détention à perpétuité. Comme cela arrive souvent, son emprisonnement avait conféré à Gusmão une nouvelle dimension. Les Nations unies avaient fait de lui leur nouvel interlocuteur de référence et lui avaient rendu visite à de nombreuses reprises dans sa cellule pour évoquer l'avenir du Timor-Oriental. Libéré en 1999, Gusmão avait été nommé en octobre 2000 speaker du Conseil national, l'organe précurseur du futur Parlement. On lui prêtait l'intention de devenir le premier président du Timor. Il en avait incontesta-blement la stature.

De l'autre côté de la table, Mari Alkatiri, cinquante et un ans, avait lui aussi quelques raisons de croire en sa bonne étoile. Musulman d'origine yéménite, pour-suivi par une certaine réputation d'arrogance, Alkatiri avait participé à la création du Fretilin aux côtés de Gusmão. Contraint à l'exil en 1975, il avait passé près d'un quart de siècle sur le continent africain, en Angola puis au Mozambique. À son retour, les termes parti-culièrement avantageux qu'il avait réussi à obtenir du gouvernement australien dans le partage des futures recettes pétrolières de la mer du Timor avaient propulsé Alkatiri sur le devant de la scène politique. Il avait conduit la liste du Fretilin à la victoire lors des récentes élections de l'Assemblée constituante. Celle-ci avait désigné un gouvernement provisoire, dont Alkatiri avait tout naturellement pris la tête. Il occupait aujourd'hui la très officielle fonction de ministre en chef du gou-vernement et nourrissait probablement les mêmes ambi-tions présidentielles que Gusmão. Les deux hommes, mus par un même sens de l'intérêt national, coopéraient au quotidien mais ne s'appréciaient guère.

À la droite d'Alkatiri siégeait Taur Matan Ruak, nommé quelques mois plus tôt commandant en chef de la Force de défense timoraise.

Ces éminentes personnalités de la scène publique timoraise ne participeraient toutefois pas à nos discus-sions. Il était prévu qu'elles nous abandonnent à la première suspension de séance, laissant à leurs aides de camp le soin de les tenir informées de la progression des travaux.

Lena et moi étions installés côte à côte derrière les membres de l'équipe d'Alkatiri, qui voyaient en nous deux avocats d'un cabinet américain spécialisé dans les affaires internationales. Lena, qui côtoyait Gusmão et Alkatiri depuis maintenant deux ans, passait pour une experte du fonctionnement des institutions onusiennes, ce que, connaissant sa conscience professionnelle, je ne doutais pas qu'elle fût devenue. En me présentant, elle avait vaguement fait allusion à mon expérience des questions de politique publique. Nos honoraires, ainsi que ceux de notre douzaine de collaborateurs, étaient pris en charge par la nouvelle Assemblée constituante, autrement dit par les Nations unies puisqu'il était de notoriété publique que celles-ci réglaient provisoirement les dépenses de fonctionnement du nouveau régime.

Tandis que Lena, vêtue ce matin-là d'un tailleur bleu marine à la coupe particulièrement austère, se penchait vers son voisin pour lui signaler une erreur dans un tableau, j'observais l'improbable duo qui, d'ici quelques minutes, présiderait nos débats. Petit et replet, la soixantaine, Cengis Buruk se résumait presque entièrement à la moustache noire spectaculairement fournie qui barrait son visage et à l'entretien de laquelle il devait consacrer une part importante de ses loisirs. L'on ne pouvait s'empêcher de spéculer sur les motifs qui avaient poussé Buruk à laisser se développer un attribut pileux de telles proportions. Dissimulait-il un bec-de-lièvre, une cicatrice d'honneur ou des incisives mal plantées ? S'efforçait-il de détourner l'attention de son teint cireux d'hépatique ? Tentait-il d'inspirer la terreur chez ses interlocuteurs en exagérant sa troublante ressemblance avec Joseph Staline ? Ou prisait-il tout simplement le contact soyeux du buisson contre sa lèvre inférieure ? Sam Hassell était aussi glabre que son supérieur était hirsute. Ayant sans doute intégré que toute velléité capillaire l'exposerait au ridicule de la comparaison, l'imberbe Hassell arborait un crâne aussi lisse qu'une boule de billard. Une complexion malingre, des membres longs et fins lui conféraient une allure vaguement androgyne. Son développement semblait avoir été stoppé net à cette période douloureusement charnière où un garçon n'a plus la grâce de l'enfant et pas encore l'assurance d'un homme. Il avait la peau très pâle et des yeux bleus clairs comme l'eau qui donnaient l'impression de vous transpercer.

Un long raclement de gorge en provenance de la moustache de Buruk stoppa net les conversations.

Comme s'il n'attendait que ce signe pour se jeter à l'eau, Xanana Gusmão chaussa ses lunettes et commença à lire une déclaration officielle.

— Messieurs les émissaires du Conseil de sécurité, monsieur le Ministre, monsieur le Commandant en chef...

— Merci, monsieur Gusmão, le coupa brutalement Buruk, je propose que nous nous dispensions de ces formalités. Nous avons beaucoup de sujets à aborder aujourd'hui et pas une minute à perdre.

Comme pour illustrer ses paroles, le Turc posa devant lui une pendulette semblable à celle qu'utilisent les joueurs d'échecs. Gusmão bredouilla un vague acquiescement et entreprit de réunir ses notes éparses comme s'il se fût agi d'une tâche extrêmement importante. De l'autre côté de la table, Alkatiri se retenait de sourire.

— Une de vos collaboratrices, énonça Buruk en regardant Gusmão, m'a transmis hier soir un programme de travail d'un optimisme quasi grotesque.

La façon dont Lena se recroquevilla sur sa chaise confirma mes soupçons sur l'identité de la collaboratrice en question.

— Je sais que nous ne disposons que d'une semaine mais avez-vous vraiment une si piètre opinion de notre intégrité, reprit Buruk, que vous estimiez que nous puissions nous forger une opinion en l'espace de six demi-journées de travail ? Et encore le terme de demi-journée est généreux. Pause-déjeuner de deux heures, levée des débats à 16 h 30, je crains, mademoiselle, que vous ne nourrissiez de fâcheux préjugés à l'encontre des fonctionnaires des Nations unies...

— Ce n'est évidemment pas le cas, affirma bravement Lena. Je pensais simplement poursuivre nos travaux dans une atmosphère plus décontractée...

— Comme ce soir où nous devons discuter du plan d'infrastructure timorais autour d'une langouste et d'un bol de sangria ? demanda impitoyablement Buruk en se reportant au programme.

— Nous pouvons rester dans cette salle et commander des sandwiches, proposa Lena d'un ton qui suggérait que son interlocuteur récusait le choix du restaurant uniquement parce qu'il était allergique aux crustacés.

Xanana Gusmão intervint pour désamorcer la tension croissante.

— Je ne doute pas que nous trouverons à nous entendre sur le mode d'alimentation le plus adapté à nos échanges, affirma-t-il avec une rondeur toute diplomatique. En attendant, monsieur Buruk, serait-il indiscret de vous demander quelle est votre opinion préliminaire sur notre dossier ?

Buruk appuya sur un des boutons de sa pendulette comme s'il craignait qu'une réponse trop longue de sa part ne procurât un avantage indu au camp adverse. Mari Alkatiri se pencha légèrement en avant. Il n'attendait visiblement qu'un mot du Turc pour se désolidariser de Gusmão.

— Je ne suis pas certain que nous parvenions à boucler ce dossier dans les limites de temps qui nous sont imparties, déclara Buruk qu'on ne sentait pas exagérément inquiet à l'idée d'un échec. Le Conseil de sécurité me presse de rendre un avis mais, en toute conscience, je ne puis à ce stade lui recommander de reconnaître le Timor-Oriental.

Un frémissement parcourut l'assistance. À ma gauche, Lena enfonçait nerveusement la pointe de son stylo dans les boucles de la date qu'elle avait inscrite devant elle. Je croisai le regard de Sam Hassell ; il était le seul à n'avoir marqué aucune surprise en entendant les propos de son supérieur.

— D'où viennent vos réserves ? s'enquit Alkatiri avec gourmandise.

— Du volet économique du dossier. Je ne suis tout simplement pas convaincu qu'un Timor indépendant puisse subvenir à ses besoins. Le revenu annuel par habitant ne dépasse pas les trois cents dollars et ce ne sont pas les exportations de bois de santal qui financeront les routes et les hôpitaux dont le pays a besoin.

— Nous sommes potentiellement riches grâce à nos importantes réserves d'hydrocarbures off-shore, répliqua Gusmão.

— Vous l'avez dit vous-même : potentiellement. À ce jour, les contrats signés il y a dix ans avec des sociétés pétrolières américaines n'ont encore généré aucune recette substantielle.

— Mais les forages en cours...

Buruk leva la main.

— Nous aurons cette discussion le moment venu. Écoutez, nous partageons le même objectif. Il ne fait aucun doute à mes yeux que le peuple timorais a subi plus que sa part d'injustices au fil des siècles ; sur ce point au moins, votre dossier est extrêmement convaincant. J'espère sincèrement pouvoir rendre un avis favorable à la fin de mon séjour mais il faudra plus qu'une assiettée de langoustes et une promenade en mer pour nous convaincre. Je préférais vous prévenir.

— Merci, dit courtoisement Gusmão en cachant sa déception.

— Je propose que nous établissions un nouveau calendrier de travail en nous concentrant sur les questions économiques et sociales, dit Buruk.

— Excellente idée, approuva Gusmão. J'avais d'autres engagements ce matin mais je vais demander à mon assistante de réaménager mon emploi du temps.

— J'apprécie que vous vous rendiez disponible.

Les choses pénibles avaient été dites, c'était maintenant à qui se montrerait le plus civil.

— Annulez tous mes rendez-vous de la journée, demanda emphatiquement Alkatiri à son directeur de cabinet.

Le reste de la matinée se passa à composer le programme des six prochains jours. On convint de travailler le samedi et le dimanche si besoin était. Les séances plénières se tiendraient dans cette salle mais on se rendrait sur le terrain aussi souvent que nécessaire. Je n'intervins pas une seule fois. Finalement, Buruk se déclara satisfait des progrès réalisés et décréta une pause. Tout le monde se leva pour se dégourdir les jambes. Je m'étais préparé à ce moment et je retins Lena par le bras.

— Lena, murmurai-je en m'assurant que personne ne pouvait nous entendre, avez-vous transmis ma légende à Buruk?

Après les échanges de la matinée, Lena semblait rassurée par l'innocuité de ma question.

— Bien sûr que non.

— Que sait-il de moi?

— Il vous connaît sous votre nom, avocat basé à Londres chez Magee, Stone & McDowell.

— C'est tout?

— Même ça, à mon avis, il l'a déjà oublié.

— Merci, dis-je en la plantant brusquement.

Je marchai sur Hassell qui, comme je m'y étais attendu, se tenait soigneusement à l'écart.

— Sam, l'apostrophai-je de loin, Sliv Dartunghuver.

— Enchanté, dit prudemment Hassell en me tendant une main longue et diaphane.

— De même. Dites, j'ai lu dans le dossier que vous étiez passé par Berkeley.

Son visage s'éclaira, comme celui de tout Américain à l'évocation de son *alma mater*.

— En effet. Master de sciences politiques 1988.

— L'année où je suis arrivé sur le campus, mentis-je. Fac de droit 1991.

— Ah ça par exemple! s'exclama Hassell en me serrant de nouveau la main, bien plus énergiquement cette fois. Grandes années, pas vrai?

— Les plus belles de ma vie.

— Boalt Hall, alors tu as eu Fletcher?

— Fletcher, Dwyer, Mishkin et toute la clique, enchaînai-je en jetant en pagaille les noms de trois vétérans relevés sur le site internet de l'université.

— Mishkin était encore là? Il avait pourtant quoi? soixante-quinze piges?

— Bien tassées si tu veux mon avis, confirmai-je en réalisant avec effroi que je n'avais pas mémorisé les années de naissance du corps professoral.

Je décidai de prendre les devants et de le laisser déminer les sujets piégés.

— Où logeais-tu?

— International House. Et toi?

— Une maison en coloc avec deux Suédois en bas de Bancroft.

— Ah, Bancroft! soupira Hassell avec nostalgie.

— Le Strada et ses cappuccino! renchéris-je en citant le nom du café qui revenait sur tous les blogs d'anciens élèves.

— Le Pacific Film Archive...

— Les disquaires d'occase de Telegraph...

Chaque référence plongeait Hassell dans des abîmes de béatitude, au point que j'en venais à regretter de n'avoir pas fait mes humanités dans ce bastion californien de la contre-culture. Quand nous eûmes évoqué les exploits de l'équipe de football (Go Bears!), la dangerosité des rues de la voisine Oakland et la médiocre ressemblance de certaines caricatures publiées dans le journal du campus, j'orientai la conversation vers des sujets à la fois moins dangereux et plus rentables.

— J'ai vu que tu avais fait toute ta carrière aux Nations unies. C'est une bonne maison?

— Elle a ses lourdeurs, mais je ne me plains pas. Je voyage, je rencontre des gens intéressants et je commence à avoir un peu de pouvoir.

J'aurais pu tenir mot pour mot le même discours sur mon employeur.

— Si nous ne finissons pas trop tard ce soir, nous pourrions prendre une bière.

Hassell rougit légèrement. L'idée qu'on ne l'avait jamais invité à boire un pot me traversa l'esprit.

— Avec plaisir, dit-il.

Je retournai à ma place, où Lena m'accueillit avec sa chaleur coutumière.

— Qu'est-ce qui vous prend de pactiser avec l'ennemi ? marmonna-t-elle entre ses dents tandis que je soulevais le couvercle de mon plateau-repas.

— Hassell n'est pas l'ennemi, répondis-je à mi-voix. Juste un type qui est dans le secret des dieux et que personne n'a jamais pris la peine de faire parler.

— Au cas où vous l'ignoreriez, le règlement interne des Nations unies lui interdit d'entretenir des relations personnelles avec vous pendant une mission officielle.

— Enfin, Lena, il a quand même le droit de saluer un vieux copain de fac, protestai-je en considérant avec perplexité l'étrange mixture verdâtre que mon voisin d'en face aspirait goulûment.

— Qu'est-ce que c'est que ces fariboles ? s'alarma Thorsen en dépliant sa serviette. Il a fait Georgetown et Berkeley, vous n'avez jamais étudié aux États-Unis, que je sache !

— Non, en effet, mais vous connaissez mon penchant pour les belles histoires.

Je repoussai mon plateau et attrapai une feuille de papier et un stylo.

— J'ai besoin que vous m'inscriviez dans la promotion sortie en 1991 de la fac de droit de Berkeley. Je me suis connecté sur le site hier soir, ils offrent plusieurs cours de politique publique. Vérifiez qu'un certain Mishkin enseignait encore à mon époque, je me suis peut-être laissé entraîner un peu loin de mes bases tout à l'heure. Je logeais en bas de Bancroft Avenue, dans une maison que je partageais avec deux Suédois et je n'aurais manqué pour rien au monde une séance du Pacific Film Archive, la cinémathèque du campus.

Je tendis la feuille couverte de notes à Lena, qui me regarda comme si j'étais l'antéchrist.

— Vous êtes complètement fou. Vous avez une idée du nombre de démarches à effectuer pour accréditer votre petite fantaisie?

— Entre l'annuaire des anciens élèves, le bail des Suédois et mon visa d'étudiant, je dirais une centaine.

— Bien davantage! Et vos bulletins de notes? Et vos stages obligatoires? Et votre compte en banque? Qu'est-ce que vous en faites?

— Vous voyez, vous pensez déjà à une foule de détails qui m'avaient échappé. Mais nous n'avons pas beaucoup de temps.

— C'est-à-dire?

— Approximativement quatre à six heures. Dès la fin de la session, Hassell risque d'appeler ses amis aux États-Unis. Notre couverture doit impérativement être établie d'ici là.

— Quatre heures, répéta Lena, sonnée.

— Je vous ai vue faire des choses bien plus difficiles. Et puis la matinée commence à peine à Berlin.

La capitale allemande abritait le département des légendes; des centaines de petites mains y donnaient corps aux biographies sorties de l'imagination des scénaristes.

— Les débats vont bientôt reprendre, réalisa Lena.

— Dites à Gusmão que vous devez vous absenter pour discuter d'une révision de la stratégie avec votre patron à New York. Je couvrirai pour vous.

— Vous n'y connaissez rien.

— Plus que vous ne croyez.

Je regardai autour de nous. L'atmosphère s'était considérablement détendue et les conversations allaient bon train. Buruk louchait sur le dessert de Gusmão. Hassell n'avait pas touché à son plateau et nous fixait obstinément.

— Lena, si vous n'appelez pas Berlin immédiatement, c'est toute l'opération Homecoming qui risque de nous sauter à la figure.

— Vous ne me laissez pas le choix, constata-t-elle rageusement.

— C'est vrai et je m'en excuse mais la connexion que j'ai établie avec Hassell est la seule bonne nouvelle de la matinée.

— Je vous interdis de parler ainsi. Tout se déroulait comme prévu.

— Vraiment ? Écoutez, Lena, que vous le vouliez ou non, nous formons une équipe. Nous réussirons ensemble ou nous échouerons ensemble.

— C'est ma mission, dit-elle comme un enfant au parc dit « c'est mon seau ».

— Notre mission, la corrigeai-je patiemment.

Elle se leva, alla chuchoter quelques mots à l'oreille de Gusmão puis revint vers moi :

— Ma mission, martela-t-elle à voix basse. Ou votre échec, c'est selon.

12

— Tout de même, jetai-je négligemment en faisant signe au barman, vous nous avez porté un rude coup ce matin.

Hassell ne réagit pas. Il faisait tourner les glaçons dans son verre vide. À mon grand étonnement, il avait longuement consulté la carte des alcools du bar de l'hôtel Central avant d'opter pour un double scotch hors d'âge et de prix. Il avait réglé sa consommation avant que je ne puisse sortir mon portefeuille. Pour des raisons évidentes, je n'avais pas insisté.

— La même chose, dis-je en indiquant nos verres vides.

Je m'en tenais prudemment à la bière blonde, une marque américaine « que j'avais découverte à Berkeley ».

Il était 21 heures passées quand Buruk avait enfin consenti à ajourner les débats. Lena avait filé rejoindre ses troupes pour préparer la séance du lendemain et lire les derniers rapports en provenance de Berlin. Quant à moi, exténué par l'effort de concentration qu'il m'avait fallu fournir pour tenir dignement mon rôle tout l'après-midi, j'avais trouvé la force de proposer le coup de l'étrier à Hassell qui n'attendait visiblement que ça. Nous étions assis au bar; dans mon dos, un homme d'affaires portugais

lutinait une jeune fille qui posait à l'étudiante mais que je soupçonnais d'être déjà entrée dans la vie active.

— Désolé, mon vieux, s'excusa Hassell en posant son verre vide, mais la situation est inhabituelle, et pas seulement pour vous. Cela fait treize ans que je travaille aux Nations unies et je n'ai jamais senti de telles tensions au sein du Conseil de sécurité.

— De la part des Américains?

— Pas seulement. C'est vrai que les États-Unis n'ont jamais beaucoup aimé notre organisation et qu'ils traînent régulièrement les pieds pour payer leur cotisation. Les néoconservateurs ne se gênent pas pour clamer que les positions multipolaires de l'ONU érodent progressivement la suprématie américaine. Ils s'alarment aussi de l'explosion du nombre de nouveaux membres : plus d'une trentaine entre 1991 et 2000, contre quatre seulement pendant la décennie précédente.

Il ne m'apprenait rien mais je me gardai bien de le bousculer.

— Cependant, en tant que membre permanent du Conseil de sécurité, les États-Unis auraient pu s'opposer à ces admissions, fis-je remarquer.

— C'est juste, mais si tu observes la liste des membres récents, tu constateras qu'ils se répartissent grosso modo en trois catégories. D'abord les républiques issues du démantèlement de l'URSS; après avoir combattu l'Union soviétique pendant un demi-siècle, tu avoueras que les Américains auraient eu mauvaise grâce à refuser leur indépendance aux pays Baltes et aux Républiques musulmanes. En outre, vu de Washington, chaque parcelle arrachée au territoire de la Communauté des États indépendants affaiblissait Moscou et minait ses chances de redevenir une super-puissance. Dans la deuxième catégorie, on trouve les États nés de l'éclatement de la Tchécoslovaquie et de la Yougoslavie. Quant à la troisième catégorie, elle regroupe une demi-douzaine d'îles du Pacifique (Marshall, la Micronésie, Kiribati, etc.) qui intéressent les États-Unis, non pour leur économie minuscule mais pour leur emplacement stratégique. Washington a passé un accord avec elles : il leur garantit l'indépendance ainsi qu'un flux régulier de subventions contre le droit d'y stationner ses porte-avions ou d'y tester ses missiles.

— En somme, les Américains se sont acheté des avant-postes dans le Pacifique.

— Exactement. C'est assez symptomatique de notre diplomatie. Nous invoquons volontiers les grands principes mais, au fond, nous ne ratifions que les accords qui nous rapportent directement quelque chose.

Je remarquai au passage qu'il avait dit pour la première fois « nous » en parlant des États-Unis.

— Le drame du Timor-Oriental, expliqua-t-il, c'est qu'il ne représente aucun enjeu géostratégique, si ce n'est peut-être pour l'Australie. La Suisse existe, ne serait-ce que par les milliards de dollars qu'elle abrite dans ses coffres ; le Timor, lui, ne pèse rien et, ces dernières semaines, il est devenu un pion dans la lutte d'influence qui oppose les États-Unis et l'ONU. As-tu remarqué comme le Secrétariat général se mobilise pour le Timor ?

— Plus que pour la Suisse, en tout cas.

Les effets de l'alcool, plus que ma piètre plaisanterie, plongèrent Hassell dans une hilarité excessive. Il se pencha vers moi et me dit sur le ton de la confidence :

— Kofi Annan a personnellement insisté pour accélérer le processus de reconnaissance. Il met tout son poids dans la balance, comme pour défier les Américains de s'opposer à l'admission du Timor. «Vous avez le droit de veto», semble-t-il leur dire. «Utilisez-le si ça vous chante mais ne comptez pas sur moi pour vous faciliter la tâche en nuançant mon soutien à la cause timoraise. »

Enfin une information intéressante, pensai-je, à défaut d'être utilisable.

— Je me trompe peut-être mais je ne vois pas les Américains prendre le risque d'exercer leur droit de veto sur un sujet qui, comme tu l'as rappelé, ne revêt qu'un intérêt mineur à leurs yeux.

— Tu ne te trompes pas, dit Hassell, et c'est justement parce qu'ils n'ont pas le courage de s'opposer publiquement à l'admission du Timor qu'ils exercent des pressions sur Buruk afin qu'il rende un avis défavorable.

— Mais quelle pression Washington peut-il exercer sur un fonctionnaire des Nations unies ? demandai-je, les sens soudain en alerte.

— Tu ne vois vraiment pas ? Buruk est turc. Les États-Unis protègent la Turquie en échange d'un accès militaire aérien et terrestre aux territoires du Moyen-Orient.

— Justement, il me semble que les Américains peuvent moins que jamais se permettre de s'aliéner leurs alliés musulmans.

Hassell lampa la fin de son verre et fit signe au barman de lui resservir la même chose.

— Tu as évidemment raison, mais les cadors du

Département d'État ne raisonnent pas comme toi ou moi. Ils se gargarisent de leurs partenaires mais les considèrent au mieux comme des affidés.

— Si vous êtes nos amis, vous nous rendrez bien ce petit service ? avançai-je.

— Quelque chose comme ça. Tu peux me croire, les Turcs sont salement embêtés.

Pas tant que moi, pensai-je.

— Peut-on compter sur Buruk ? demandai-je à brûle-pourpoint.

Ma question ne parut pas surprendre Hassell.

— C'est un type droit. Il ne se livre pas volontiers mais je devine que les pressions qu'il subit ne font que renforcer sa détermination à produire un dossier impeccable. Quand il dit qu'il n'est pas convaincu que les Timorais puissent subvenir à leurs besoins, il exprime le fond de sa pensée. Toutefois, si vous lui démontrez qu'il se trompe, il changera d'avis et ne craindra pas de l'écrire.

C'était déjà ça.

— Personne ne songe à le leur reprocher, poursuivit Hassell, mais les Timorais gagnent moins d'un dollar par jour. Malgré un climat généreux, les rendements agricoles dépassent à peine ceux des États africains les plus arides ; les dix premières entreprises réalisent un chiffre d'affaires cumulé à peine supérieur à celui d'un fast-food de la banlieue de Dallas ; faute d'exportations, le pays ne peut se procurer les devises étrangères dont il aurait besoin pour régler ses achats de biens d'équipement et de matières premières ; le gouvernement provisoire spécule sur d'hypothétiques recettes pétrolières mais n'a aucune expérience en matière de droit des concessions ; il n'a pas développé de plan énergétique alternatif si les forages se révélaient infructueux et, si j'en crois le budget prévisionnel annexé au dossier, il ne prévoit aucun investissement d'infrastructure majeur dans les cinq prochaines années.

J'étais tenté de prendre des notes mais je pressentais que du moment où j'attraperais un crayon, mon voisin se remettrait à surveiller son discours. Au lieu de quoi, je mémorisai ces arguments en me reprochant de ne pas les avoir formulés plus tôt. Hassell pensait juste. Il aurait sans doute fait un excellent agent.

— Nous avons des éléments de réponse sur tous ces points, assurai-je en sachant pertinemment que ce n'était pas le cas. Mais je reconnais que nous avons insuffisamment mis en valeur les atouts économiques du Timor. Nous allons rectifier le tir, fais-moi confiance. Puis-je tout de même te demander une faveur ?

— Ça dépend, sourit Hassell.

— Tenez-nous informés de la progression de votre raisonnement. Les intrigues onusiennes nous dépassent tous mais je détesterais voir Buruk recaler notre dossier sans nous avoir donné une vraie chance de le défendre.

Hassell réfléchit quelques secondes en faisant tourner son verre dans sa main. J'avais eu beau formuler ma requête en des termes anodins, il en comprenait fort bien les sous-entendus : acceptait-il de jouer les informateurs et de me rapporter les confidences de son patron ?

— Bien sûr, dit-il enfin. Nous avons tous intérêt à garder le dialogue fluide.

— Je le pense aussi, ajoutai-je en m'efforçant de dissimuler mon soulagement.

Je commandai une autre bière, et pendant quelques minutes, pas un mot ne fut échangé.

— Il y a une chose que vous devez absolument savoir, lâcha finalement Hassell sans me regarder.

— Je t'écoute.

— Nous avons l'impression que le futur État timorais fait la part un peu trop belle à une certaine association catholique.

Tiens, tiens, pensai-je.

— Tu veux parler de Jesus Now ?

— Oui. J'ai cru comprendre que sa dirigeante avait fait beaucoup pour la cause timoraise mais, dans le contexte actuel, elle la dessert plus qu'autre chose.

— Comment ? demandai-je, curieux malgré moi d'en apprendre un peu plus long sur Jane Brinkman.

— Les Américains ne veulent surtout pas être accusés de soutenir la création d'un État catholique, alors qu'eux-mêmes condamnent les régimes islamiques.

— À l'exception de l'Arabie Saoudite.

— À l'exception notable de l'Arabie Saoudite, je te l'accorde. Mais tu reconnaîtras que le monde musulman verrait probablement comme un fâcheux symbole que le premier pays admis à l'ONU après le 11 septembre soit financé par une association catholique américaine.

— C'est un bon point, concédai-je en réfléchissant. Vises-tu spécifiquement la mention du rôle de l'Église dans le projet de Constitution ?

— Non, pas particulièrement. Il existe un précédent.

— Lequel ? demandai-je, très surpris.

— La Constitution argentine souligne le soutien du gouvernement fédéral à la religion catholique apostolique.

— Je l'ignorais, dis-je en songeant que je n'aimerais pas être à la place de celui qui annoncerait la nouvelle à Jane Brinkman. Mais alors qu'attendez-vous de nous ?

— Eh bien, par exemple que les représentants de Jesus Now ! ne participent pas à nos séances de travail car nous serions contraints de consigner leur présence au procès-verbal...

Nous l'avions échappé belle. Lena avait initialement convié Brinkman à nos débats avant que celle-ci ne se décommande pour cause de visite concomitante de la délégation vaticane.

— Que Gusmão cite moins systématiquement le rôle de la religion dans ses interviews à la presse occidentale et, surtout, surtout, qu'il s'abstienne de créer un ministère des Relations avec l'Église.

— Je transmettrai le message, promis-je, soucieux de montrer que notre échange de bons procédés fonctionnait dans les deux sens. Cela ne devrait pas poser de problèmes.

Hassell finit son verre et laissa une grosse coupure sur le comptoir.

— À mon tour de te poser une question, fit-il, mais ne te crois surtout pas obligé de me répondre.

— Je t'en prie.

— Tu vas trouver que je me mêle de ce qui ne me regarde pas, mais tes relations avec Lena Thorsen ne déborderaient-elles pas légèrement du cadre professionnel ?

Je m'étais attendu à n'importe quelle question, sauf à celle-ci.

— Dans quel sens ?

— Tu comprends très bien ce que je veux dire, sourit finement Hassell. Je vous ai observés toute la journée. On sent de l'électricité entre vous. Beaucoup d'électricité.

J'aperçus immédiatement le bénéfice que je pouvais

tirer de l'erreur d'Hassell. Il aurait d'autant moins de secrets pour moi qu'il croirait partager les miens.

— Tu ne dois en parler à personne, dis-je en prenant un air embarrassé. Notre cabinet proscrit les relations entre collègues.

— Comme si ce genre de choses pouvait se contrôler, ricana Hassell. Rassure-toi, je resterai bouche cousue.

Il sembla méditer ma révélation puis rompit le silence :

— Fichu caractère, Lena, pas vrai ?

Voyant que je ne mordais pas à l'hameçon, il ajouta :

— Deux ans que je la pratique et je n'ai jamais pu lui tirer un mot qui ne concerne directement le Timor ; les avocats sont habituellement plus bavards. Et intraitable avec ça ! Je l'ai vue tancer un de ses collaborateurs, le malheureux en avait pratiquement les larmes aux yeux...

— Ce n'est pas sa faute, le coupai-je plus brutalement que je ne l'aurais souhaité. Tu n'imagines pas ce qu'elle a subi pendant son enfance. Son père est parti sans laisser d'adresse quand elle avait dix ans. Sa mère s'est remise en ménage avec un mécanicien alcoolique qui s'est rapidement autorisé quelques privautés avec sa belle-fille, si tu vois ce que je veux dire. Elle a fugué plusieurs fois et fini par trouver refuge — en mentant sur son âge — dans un foyer pour enfants défavorisés.

— Je ne pouvais pas savoir, se défendit Hassell, très gêné.

— Personne ne peut savoir ! m'emportai-je. Elle était tellement brillante qu'à sa majorité les plus grandes universités américaines lui ont déroulé le tapis rouge. Harvard, Princeton, rien de moins ! Elle a préféré Cambridge afin de ne pas trop s'éloigner de sa mère, qu'elle a continué à voir en cachette jusqu'à ce que le mécano découvre le pot aux roses et expédie maman dans le coma d'une trempe magistrale. C'est sans doute ce qui explique que douze ans après être sortie major de sa promotion, elle consacre encore un jour par semaine à défendre gratuitement les victimes de violences conjugales.

— Excuse-moi, je me sens lamentable.

— Sa dureté est une carapace, murmurai-je en regardant au fond de mon verre. Il faut être stupide pour ne pas s'en apercevoir.

Je réalisai le sens de mes dernières paroles et touchai le bras de mon voisin.

— Je ne disais pas ça pour toi. Promets-moi de ne jamais lui parler de cette conversation, elle me ferait payer cher d'avoir trahi sa confiance.

— Je te le promets, dit précipitamment Hassell, trop heureux de pouvoir réparer sa bévue.

Il fit semblant de bâiller.

— Je vais me coucher, annonça-t-il en se levant. Buruk ne plaisante pas sur les horaires. Désolé encore, pour Lena.

— Sans rancune, mon vieux. Je vais rester un peu. J'ai du travail à finir, ajoutai-je en indiquant mon verre à moitié plein.

Mais quelle mouche m'avait donc piqué? pensai-je en regardant l'Américain appeler l'ascenseur. La conversation, dont j'avais jusque-là admirablement maîtrisé la progression, m'avait échappé dès qu'Hassell avait mentionné le nom de Lena. Quand il avait émis des doutes sur la nature de nos relations, j'avais instantanément estimé que les avantages de son fourvoiement l'emportaient dans une proportion appréciable sur les inconvénients. Outre qu'il se sentirait plus proche de moi, Hassell ne s'étonnerait pas de voir Lena quitter ma chambre au milieu de la nuit ou de nous interrompre en pleine dispute. À l'inverse, si dans le pire des cas et malgré mes mises en garde Sam gaffait, j'en serais quitte pour une sérieuse explication qui ruinerait probablement à jamais mes relations avec Thorsen mais ne compromettrait pas pour autant les chances de succès de Homecoming. Avais-je pour autant besoin de voler au secours de Lena en affabulant sur son enfance dont, inutile de le préciser, je ne connaissais pas la première ligne ? En l'acculant à des excuses, j'avais pris sur Hassell un ascendant psychologique qui pourrait se révéler précieux un jour. Cependant, je savais bien que mon morceau de bravoure n'avait pas procédé du calcul. J'avais répliqué à l'instinct en défendant Lena avec véhémence et passion, comme j'aurais aimé que Youssef ou Maga me défende.

— Pourquoi ? murmurai-je.

Pour intéressante que fût la question, je remis son examen à plus tard. Hassell m'avait fourni plusieurs renseignements essentiels qu'il convenait d'exploiter au plus vite. Je réglai mes consommations et me levai.

Bien qu'il fût près de minuit, la suite dans laquelle Lena avait installé son QG bourdonnait comme une ruche. Une demi-douzaine d'agents étaient pendus au téléphone tandis que les autres martyrisaient leur clavier. Lena, qui avait placé son bureau au fond de la pièce de manière à pouvoir surveiller tout le monde, vint à ma rencontre.

— Pouah, quelle haleine ! m'accueillit-elle en s'éventant avec la main.

— Ma couverture ? demandai-je fébrilement.

— Du cousu main, répondit-elle en me tendant un dossier intitulé «Dartunghuver à Berkeley». Je ne me souviens pas avoir jamais dédié autant de ressources à un sujet qui en valait aussi peu la peine.

Je frappai dans mes mains pour réclamer le silence. Lena sursauta.

— Que faites-vous ?

— Un discours.

Elle envisagea sans doute brièvement de me pousser hors de la pièce mais trop d'yeux étaient déjà braqués sur nous et elle se contenta de chuchoter :

— C'est moi qui commande ici, ne l'oubliez pas.

— Comment le pourrais-je ? répondis-je avec mon plus grand sourire.

Quand le dernier agent eut raccroché, je commençai :

— Bonsoir à tous. Je m'appelle Sliv Dartunghuver. Je suis agent de classe 3 et membre des Opérations spéciales comme Lena. Il y a quelques jours encore, j'ignorais tout de l'opération Homecoming. Ne m'en veuillez donc pas si je pèche parfois par imprécision. Je voudrais avant tout vous remercier pour le travail extraordinaire que vous avez accompli aujourd'hui, poursuivis-je en montrant mon dossier. Vous vous demandez sûrement comment je peux en être aussi sûr alors que je n'ai pas eu le temps de le lire. La réponse est simple : je connais Lena. Elle est la plus grande falsificatrice qu'il m'ait été donné de rencontrer, et savoir qu'elle assure mes arrières suffit à ma tranquillité.

Je ne pus résister à la tentation d'un coup d'œil à Lena. Elle tâchait de rester impassible mais ses joues rosissantes trahissaient sa surprise.

— Nous avons connu un revers ce matin, continuai-je.

Je déduisis du murmure qui accueillit ces dernières paroles que Lena n'avait pas jugé bon d'informer son équipe de la sortie de Buruk. Quelle drôle d'attitude, pensai-je tout en me gardant d'exprimer à voix haute les réserves qu'elle m'inspirait.

— Le chef de la commission d'enquête a déclaré qu'en l'état actuel du dossier il prévoyait de transmettre un avis défavorable au Conseil de sécurité.

Je sentis Lena se raidir à mes côtés tandis qu'une vague d'incrédulité secouait l'assistance. Je levai la main pour enrayer les protestations.

— Toutefois, cette journée s'achève sur une note positive. Sam Hassell, l'adjoint de Buruk, voyant en moi un camarade d'université, m'a fait plusieurs confidences qui vont nous aider à redresser la barre.

Les sourires refleurirent sur plusieurs visages. Lena se détendit imperceptiblement.

— Autant vous prévenir, la semaine qui commence va être dure, pour ne pas dire brutale. Estimez-vous heureux si vous dormez trois heures par nuit. Oubliez le reste du monde et concentrez-vous sur votre travail. Restez courtois en toutes circonstances. Ne cédez pas à l'irritation. Vous jouez une partie de votre carrière. En cas de réussite, vous irez à l'Académie ; en cas d'échec, ce sera la Sibérie.

Les plus vifs pouffèrent.

— Je suis là pour aider. Venez me voir quand vous voulez mais n'oubliez pas que notre chef s'appelle Lena. C'est elle qui connaît le mieux le dossier et c'est elle qui va nous mener à la victoire.

En sept années, Lena ne m'avait souri qu'une seule fois, le jour de notre rencontre comme je la complimentais pour son premier dossier. Le sourire qu'elle me décocha ce soir-là était bien plus beau car je connaissais son prix.

— Merci, Sliv, dit-elle quand eurent cessé les applaudissements. Et maintenant, racontez-nous ce que vous a appris Sam Hassell...

13

— Je ne vous cache pas, confia Buruk en se peignant la moustache avec les doigts, que la commission que je préside a de sérieux doutes sur la capacité des Timorais à survivre avec moins de 400 dollars par an.

La première réunion de travail portait sur l'économie. Les fonctionnaires que Gusmão et Alkatiri avaient prudemment désignés pour les représenter occupaient les places d'honneur mais nous nous préparions, Lena et moi, à animer l'essentiel des débats.

— Nous estimons que ce chiffre ne rend pas justice à la vitalité de l'économie timoraise, protesta justement ma voisine. Les statistiques sur lesquelles vous vous appuyez portent encore la trace du saccage des principaux centres de production par les insurgés à la solde du gouvernement indonésien. Les données de 2001 traduiront à n'en pas douter un vigoureux redressement.

— C'est possible, reconnut Buruk en haussant les épaules, mais je me base sur les chiffres en ma possession.

— Nous considérons surtout, intervins-je, que la notion de revenu par habitant n'est pas la plus pertinente pour mesurer la richesse de la population car elle ne prend pas en compte le coût de la vie qui est, comme vous le savez, particulièrement bas dans ce pays.

— Seriez-vous en train de m'initier au concept de la parité de pouvoir d'achat, monsieur... ?

Il jeta un coup d'œil au chevalet posé devant moi et leva un sourcil.

— Jeune homme...

— Nous retraitons évidemment nos données pour intégrer ce facteur, ajouta Hassell qui paraissait complètement remis de ses excès de la veille. Le revenu ajusté du Timor grimpe péniblement à 550 dollars et reste l'un des dix plus bas du monde.

— Nous pensons que le vrai chiffre est presque deux fois supérieur, énonçai-je calmement.

Buruk en lâcha sa moustache. Il regarda à nouveau mon chevalet et dut juger cette fois qu'il ne ferait pas l'économie de déchiffrer mon patronyme.

— Voilà une bien sérieuse allégation, monsieur Dartunghuver. Saurez-vous l'étayer ?

— Je suppose que vous vous référez à la statistique du Fonds monétaire international ? demandai-je en sachant qu'il n'en existait qu'une seule.

Buruk se tourna vers Hassell qui hocha la tête.

— Le FMI ne disposant pas d'une représentation permanente au Timor, expliquai-je, c'est un employé du bureau de Djakarta qui vient chaque année procéder à un relevé de prix. Il semblerait que, sans doute par manque de temps ou de moyens, cet individu ait limité son investigation à Dili intra-muros les deux dernières années. Or les prix pratiqués à Dili sont nettement supérieurs à la moyenne nationale, dans un rapport qui peut atteindre un à quatre sur le logement ou certains produits de première nécessité. Je tiens à votre disposi-

158

tion l'étude que j'ai pris la liberté de commander la semaine dernière.

— En somme, vous estimez que le FMI surévalue le coût de la vie au Timor.

— Dans des proportions considérables. Mais, en mélangeant les torchons et les serviettes, il commet surtout une grave erreur méthodologique. Si l'on relève les étiquettes dans la capitale, il ne faut pas considérer le revenu national, mais celui des seuls habitants de Dili.

— Soit environ 850 dollars d'après nos calculs, précisa Lena.

— C'est logique, commenta le directeur de cabinet de Gusmão, la vie est plus chère à Dili mais les gens gagnent davantage.

— Vous pouvez documenter ce que vous avancez? demanda brusquement Buruk.

C'était le moment que j'attendais et redoutais à la fois. Lena avait rédigé dans la nuit un faux rapport qu'elle avait attribué à une société australienne ayant pignon sur rue. Le document se composait essentiellement de tableaux faisant apparaître pour chaque catégorie de produits des différences de prix spectaculaires entre Dili et la province. Ainsi, le litre de lait coûtait 20 cents de l'autre côté de la rue contre 6 cents au pis de la vache à Manatuto, idem pour un kilo de riz, un régime de bananes, une visite chez le médecin ou une paire de chaussures. Le rapport ne prouvait strictement rien mais n'en impressionnait pas moins. Richement relié, imprimé sur un élégant papier à grammage élevé, il comportait de nombreux graphiques en couleurs et pas la moindre faute d'orthographe.

Je me levai et portai le document à Buruk qui le feuilleta rapidement et le tendit à Hassell.

— Avez-vous signalé l'erreur au FMI ? s'enquit le Turc pendant qu'Hassell s'efforçait de déceler une incohérence dans le prix de la coupe de cheveux à Fatuberliu.

— J'attendais votre accord. Mais vous connaissez les grandes administrations : elles admettent rarement leurs torts et ne sanctionnent jamais les responsables. Ne vaudrait-il pas mieux annexer notre rapport au dossier pour laisser le temps au FMI de mener sa propre enquête ?

Et à nos spécialistes de pirater son système informatique, aurais-je pu ajouter.

— Sam ? fit Buruk, manifestement excédé.

— C'est du sérieux, estima Hassell en refermant le rapport. Nous vous demanderons probablement une contre-expertise mais, dans l'intervalle, je pense que nous pouvons nous en satisfaire.

— Je vous remercie de votre coopération, dis-je en dissimulant mon excitation. Souhaitez-vous confier l'étude contradictoire à un cabinet en particulier ?

— Prenez qui vous voulez ! explosa Buruk. Ah, je vous assure, quelle brochette d'incapables ! Ça donne des leçons de gouvernance au monde entier et ça ne sait pas calculer une moyenne pondérée.

— Vous trouverez le rapport à votre retour à New York, promit Lena, sachant qu'un de ses juniors était probablement déjà en train de l'écrire.

— Mais même avec un revenu annuel ajusté de 1 000 dollars, les Timorais restent englués en bas du classement, tempéra Hassell.

— Permettez. Une vingtaine d'États ont un revenu inférieur ou égal à ce chiffre.

— Mais ils sont membres des Nations unies depuis

des décennies et je doute que nous les admettrions aujourd'hui.

— Kiribati et Tonga, dont le revenu par habitant dépasse à peine celui du Timor, ont pourtant bien été admis en 1999.

— La situation était différente, se défendit Buruk en reculant sur sa chaise comme s'il refusait de se laisser embarquer dans de spécieuses comparaisons.

Je n'insistai pas davantage car j'avais atteint mon but : Buruk placerait désormais inconsciemment le Timor, pourtant quatre fois plus pauvre, dans la même catégorie que Kiribati et Tonga.

— Vous avez attiré hier notre attention sur la torpeur des exportations, enchaîna Lena. Je vois en relisant notre dossier comment vous avez pu parvenir à cette conclusion. Nous avons en effet omis d'y consigner plusieurs éléments substantiels.

Elle ménagea une pause, dont je profitai pour savourer la rareté du moment : Lena Thorsen venait de critiquer son propre travail.

— Réservons si vous le voulez bien l'examen de la filière pétrolière à une séance ultérieure et penchons-nous plutôt sur les autres locomotives de l'économie timoraise, poursuivit Lena avec un sérieux imperturbable.

— Locomotives ? s'esclaffa Buruk. Vous y allez un peu fort, ma jolie, aucune ne dépasse le million de dollars à l'export.

Hassell me jeta un coup d'œil désolé comme s'il s'excusait pour la phallocratie de son supérieur.

— Aujourd'hui, concéda Lena sans se laisser démonter, mais demain ? Companhia da Madeira, une petite société de la région d'Ambeno, s'apprête à conclure un contrat pluriannuel portant sur plusieurs centaines de tonnes de bois de santal avec une société chimique autrichienne qui approvisionne en huiles essentielles les plus grands groupes de cosmétiques du monde.

— État d'avancement du projet ? s'enquit Buruk sur un ton empreint de scepticisme.

— Les avocats du client ont donné leur accord la semaine dernière. Le contrat est à la signature et la première cargaison d'une valeur de deux millions de dollars prête à partir.

Hassell émit un sifflement involontaire. Le directeur de cabinet d'Alkatiri prenait des notes sans s'émouvoir de n'avoir jamais entendu parler d'un contrat représentant à lui seul le quart des exportations nationales. Je lui parlerais à la première occasion.

— L'industrie du café timoraise, continua Lena, est à l'aube d'une croissance foudroyante. L'une des plus importantes sources de revenus pendant la colonisation portugaise, elle a périclité sous l'occupation des Indonésiens qui avaient instauré un monopole d'État et n'utilisaient pas d'engrais. Par chance, les grands acheteurs internationaux manifestent aujourd'hui un regain d'intérêt pour le café biologique et cherchent à passer des accords avec des coopératives de planteurs. Nous vous transmettrons les résultats d'une enquête réalisée par la plus grande chaîne de cafés du monde : ses clients plébiscitent l'arabica timorais. Après l'avoir goûté, les trois quarts se disent même prêts à le payer un peu plus cher que leur café habituel.

— Combien plus cher ? demanda Buruk.

— 12 à 14 %, répondis-je du tac au tac.

— Ce n'est pas négligeable, apprécia Hassell en inscrivant les chiffres sur son cahier.

— Je vous ferai passer une copie de l'enquête ainsi que des projections détaillées des ventes de café biologique sur les cinq prochaines années, ajouta ma voisine.

— C'est tout ? interrogea Buruk en réprimant un bâillement.

Lena se tourna vers moi. Elle avait tiré toutes ses cartouches. Je baissai discrètement les yeux vers mes notes de la veille. «Ressources naturelles : café, bois de santal, vanille, marbre.» Je me jetai à l'eau.

— Non, évidemment. Comment ne pas citer la plus prometteuse des industries timoraises : la production de caveaux et de plaques funéraires en marbre ?

— Le marbre ? répéta Hassell, interloqué. Vous notez l'existence de carrières au début du rapport mais je ne savais pas qu'elles étaient exploitées.

— Je l'ignorais moi-même encore récemment, avouai-je en énonçant ma première vérité de la réunion. Mais deux puissantes tendances sont actuellement à l'œuvre, dont la conjugaison devrait se traduire par une explosion de l'industrie régionale de la marbrerie funéraire. Pour la première fois depuis des siècles, l'Asie a commencé à vieillir. Conséquence du ralentissement de la natalité et de la politique de l'enfant unique, le taux de décès de la Chine frôle le cap des 7 ‰. Il va croître, lentement mais inexorablement, vers les 9, 10 ou 11 ‰ qu'on observe dans les pays développés. Neuf millions de Chinois meurent déjà chaque année, ils seront bientôt dix puis douze millions. Une aubaine pour les marchands de mort !

L'assistant de Gusmão me regardait comme si j'avais vomi sur ses chaussures. Je modérai mon enthousiasme.

— Dans le même temps, le budget que consacrent les Asiatiques à enterrer leurs proches progresse nettement plus vite que leur revenu moyen. Rien d'étonnant à cela puisqu'une étude britannique montre que lorsqu'un individu disposant d'un revenu annuel de 3 000 dollars gagne un dollar supplémentaire, il est deux fois plus susceptible de le dépenser pour autre chose que des biens de première nécessité. Si l'on songe que les Japonais, le peuple le plus riche d'Asie, dépensent en moyenne... (Je fis mine de reprendre ma respiration. Afin de réduire le risque de proférer une ânerie, je calculai un chiffre en dollars. Lena pourrait toujours jouer sur les taux de change...) 37 000 dollars par enterrement, les perspectives deviennent proprement stupéfiantes.

— Je croyais que les Japonais se faisaient incinérer, fit remarquer Buruk.

Moi aussi, maintenant qu'il le disait.

Je bus une gorgée d'eau pour contenir la panique qui montait en moi. Des photos de cimetières militaires aux tombes alignées me revinrent en mémoire. Confondais-je avec un autre pays ? Ou les Japonais enterraient-ils des cercueils vides en hommage aux soldats dont ils n'avaient pas retrouvé la dépouille ?

— Sliv ? demanda fébrilement Lena.

Non, j'avais bien lu un article sur la question. On ne trouvait plus une place de cimetière à Tokyo. Mais alors enterrait-on les cendres ? Oui, bien sûr que oui : le journaliste expliquait que, lassés d'attendre un emplacement, certains enfants finissaient par disperser les cendres de leurs parents.

— Absolument, certifiai-je en reposant mon verre. Puis ils enterrent les cendres.

— Ah bon, fit Buruk.

— Bref, les Chinois recourent plus volontiers au marbre et cette tendance devrait aller en s'accentuant.

— Combien va chercher la tonne de marbre de nos jours ? se renseigna Hassell.

— Euh, la question ne se pose pas en ces termes. Il n'existe pas de marché du marbre comme il existe un marché de l'or ou du soja.

Du moins l'espérais-je.

— À quoi cela tient-il ? insista Hassell qui, pour un ancien de Berkeley, manquait cruellement d'esprit de corps.

— Aux trop grandes variations de qualité, improvisai-je, ainsi qu'aux coûts de transport qui peuvent représenter jusqu'à la moitié du prix total.

— Justement, demanda Buruk, comment les Timorais comptent-ils acheminer leur production ?

— Mais par bateau, naturellement.

— Je croyais que les mers du coin étaient infestées de pirates.

— Allons, le taquinai-je gentiment, il ne faut pas croire tout ce que l'on raconte.

14

Je compris cette semaine-là le sens de l'expression
«touché par la grâce». J'étais devenu une machine à
produire des scénarios. Ce que j'ignorais, je l'inventais,
sans effort et, curieusement, sans jamais craindre d'être
pris en défaut. Je disais la réalité, au sens où celle-ci
s'ajustait pour correspondre à mes propos. Lorsque
Buruk me poussait dans mes retranchements, je lui ser-
vais un nouveau bobard, généralement encore plus
énorme que le précédent, en l'étourdissant de comparaisons improbables et de statistiques abracadabrantes.
Je noyais ses demandes d'explications sous un torrent
de chiffres, dont la précision était inversement propor-
tionnelle à ma connaissance du sujet. Je jonglais avec
les taux de natalité, les cours de change et les rendements à l'hectare. Je ne disais pas «selon les experts»
mais «selon une étude de l'Université de Tel-Aviv»; à
«une majorité de Timorais» je préférais «57 % des
Timorais», me hasardant parfois au-delà de la virgule.
Comme ces athlètes qui s'entraînent quatre ans pour
les dix secondes d'une finale olympique, j'avais pleinement conscience de vivre le couronnement d'une
décennie de travail. Je puisais à volonté dans le souve-

nir des tombereaux de dossiers qui avaient traversé mon bureau, ma mémoire me renvoyant à la demande des noms et des chiffres que je ne me rappelais même pas avoir stockés. Hassell m'interrogeait-il sur la politique sanitaire du Timor-Oriental que je lui ressortais celle du Lesotho que j'avais écrite cinq ans plus tôt dans une chambre d'hôtel à Minneapolis ; je médusai le président de la société pétrolière nationale en lui décrivant la manière dont ses concurrents liquéfiaient les schistes bitumineux enfouis dans le sous-sol de l'Alberta.

Rien ni personne n'aurait pu me détourner de mon objectif. Mes employeurs souhaitaient l'admission du Timor aux Nations unies ; j'entendais fermement la leur livrer sur un plateau d'argent. J'œuvrais pour Djibo, Gunnar et tous ceux qui m'avaient soutenu pendant mon laborieux apprentissage. Si incroyable que cela puisse paraître, je ne songeais plus à ma carrière et encore moins aux Timorais, sentant confusément que mon empathie à leur égard ne pourrait se développer qu'au détriment de mon efficacité. Le spectacle de la rue m'indifférait et je rendais à peine leur sourire aux passants.

Je me cantonnais d'autant plus facilement dans mon rôle que Lena s'acquittait magistralement du sien. Elle avait convaincu Brinkman de se tenir à l'écart et Gusmão de nous laisser les coudées franches. Son équipe, rapidement dépassée par l'ampleur de la tâche, pilotait désormais le travail d'une douzaine de bureaux répartis sur vingt fuseaux horaires : le matin, Chennai fabriquait les diplômes des experts que j'avais cités la veille, le soir, Stockholm bombardait les manufactures timoraises de demandes de prix pour des quantités extravagantes de bois de santal, et la nuit, Caracas maquillait la carte des eaux territoriales indonésiennes. Lena se réservait les missions les plus délicates. Elle était devenue une pirate informatique redoutable et pouvait permuter deux chiffres sur les serveurs des Nations unies en moins de temps qu'il ne m'en fallait pour me brosser les dents.

Nos relations s'étaient considérablement améliorées. La Danoise semblait même prendre à nos nuits blanches un plaisir inattendu. Elle avait troqué sa légendaire rigidité contre une intensité décontractée qui se transmit rapidement à ses troupes. La pression, le manque de sommeil et l'écrasante charge de travail ne parvinrent jamais à entamer la bonne humeur qui régna cette semaine-là dans notre QG. Ceux qu'effleurait la tentation de se prendre au sérieux n'avaient d'ailleurs qu'à regarder Lena pour revenir à de meilleures dispositions : elle virevoltait avec grâce d'un bureau à l'autre, le sourire aux lèvres, distribuant les conseils comme naguère les remontrances. Sur le coup des cinq heures du matin, elle envoyait ses troupes se reposer un peu. Alors, enfin seuls dans l'immense suite baignée par le soleil levant, nous pointions, alanguis dans le canapé, ses pages de notes afin de nous assurer que nous n'avions rien oublié.

Il avait fallu les insinuations maladroites de Sam Hassell pour réveiller une relation cliniquement morte depuis le douloureux dénouement du dossier Galochat à Córdoba six ans plus tôt. J'ignorais encore ce qui m'avait poussé à défendre Lena. La compréhension tardive que son agressivité ne pouvait prendre ses racines que dans une enfance malheureuse ? Ou la pirouette du scénariste incapable d'admettre que le comportement d'un de ses personnages lui reste insondablement hermétique ? Toujours est-il qu'en chantant publiquement ses louanges — devant Hassell puis, plus tard, devant son équipe — j'avais enfin donné à Lena un motif de m'accorder le bénéfice du doute. Une multitude de signes indiquaient qu'elle me considérait désormais — au moins temporairement — comme un allié et non plus comme un rival. Elle ne remit par exemple jamais en cause ma stratégie qu'un observateur moins indulgent aurait pourtant probablement qualifiée de fuite en avant. À la façon dont elle commentait certaines de mes prestations («Mais où vas-tu chercher tout ça?», «Décidément, tu t'es surpassé, aujourd'hui»), elle reconnaissait implicitement ma supériorité scénaristique. Elle suivait bouche bée mes numéros de funambule et s'il lui arrivait encore de sourciller devant mes divagations, j'aimais à croire que c'était parce qu'elle ressentait un pincement au cœur pour l'équilibriste. Elle me tapait dans la main à la sortie des réunions et gloussait de mes imitations de Buruk brossant sa moustache. Elle me souriait.

Le troisième jour fut consacré au pétrole. Depuis 1992, deux compagnies, l'une américaine, l'autre australienne, exploitaient sans grand succès un gisement sous-marin. Nous convainquîmes Buruk que le gouvernement australien avait donné son accord de principe à un élargissement des eaux territoriales du Timor qui gonflerait mécaniquement le flux de royalties revenant à ce dernier. J'expliquai dans la foulée pourquoi les principaux groupes pétroliers placeraient bientôt le Timor au centre de leur stratégie. Dans le contexte géopolitique actuel, le Japon et la Chine, respectivement les deuxième et troisième consommateurs d'hydrocarbures au monde, s'efforçaient de diversifier leurs sources d'approvisionnement en dehors du golfe Persique et soutiendraient sans réserve la création d'une industrie pétrolière timoraise. J'indiquai sur une carte où les Chinois construiraient les premières raffineries ainsi que les routes maritimes qu'ils emprunteraient pour ravitailler Shanghai. Je discutai enfin de l'opportunité d'édicter une charte environnementale qui protégerait la faune et la flore locales des effets potentiellement dévastateurs d'une industrialisation à marche forcée. Buruk s'enthousiasma pour mon idée, sans remarquer qu'à cette date le Timor rejetait dans l'atmosphère environ 650 fois moins de dioxyde de carbone que le seul État du Kentucky.

Le quatrième jour, nos invités manifestèrent le désir de se dégourdir les jambes. Nous les menâmes d'abord au port de Dili. Avisant un empilement de containers qui rouillaient dans un coin, j'expliquai qu'ils renfermaient la précieuse cargaison de santal mentionnée deux jours plus tôt par Lena. Comme Hassell voulait voir le visa d'expédition, j'interpellai un docker et le convainquis d'arracher une page de son calepin contre la promesse discrète d'un billet de 10 dollars. Hassell examina les gribouillis en tetum et se déclara content. Plus tard, nous visitâmes une coopérative de café biologique, si modeste que la production devait à peine suffire aux besoins de notre QG de campagne. Buruk demanda au propriétaire s'il comptait s'agrandir pour faire face à l'explosion du marché. Le brave homme apprit de ma bouche qu'il venait de se porter acquéreur de 800 hectares supplémentaires grâce au prêt d'honneur que lui avait consenti une ONG néo-zélandaise.

Après un déjeuner bien arrosé, nous reprîmes la route vers l'est pour ce qui devait constituer le clou de la journée. Lena avait en effet organisé dans une carrière de marbre en déshérence une mise en scène digne d'une superproduction hollywoodienne. Une centaine d'ouvriers embauchés le matin même taillaient péniblement le cipolin en plein soleil sous les quolibets d'un contremaître sadique puis l'entassaient dans la benne d'un camion qui, sitôt plein, irait décharger sa cargaison à quelques kilomètres de là dans une carrière similaire. En s'alarmant de la maigreur des journaliers, Hassell me fournit un prétexte pour aller réclamer une pause au contremaître. Je fis au passage remarquer à ce dernier, arrivé la veille du bureau de Djakarta par avion privé, que ses connaissances géologiques laissaient à désirer : ses hommes cassaient du grès depuis des heures ; le marbre, lui, se trouvait de l'autre côté de la carrière.

Le cinquième jour, nous abordâmes le délicat sujet des infrastructures. Je fis croire à Buruk que Comoro et Presidente Nicolau Lobato International constituaient deux aéroports distincts. Je démontrai à Hassell comment, avec ses 400 kilomètres de routes et son unique héliport, le Timor affichait un *Transportation Development Index* finalement à peine inférieur à la moyenne des pays industrialisés (je me gardai évidemment de préciser que dans le calcul de cet indice de mon cru, trains, métros et autoroutes à péage étaient affligés d'une pondération négative). Je me montrai si convaincant que Buruk suggéra de différer la restauration de la principale route du pays qui relie Dili à Baucau en arguant que les sommes économisées seraient mieux employées à construire la station d'épuration dont je lui avais plus tôt dessiné les plans.

Ce soir-là, je retrouvai Sam Hassell au bar de l'hôtel Central. L'Américain s'extasia devant ma casquette aux couleurs de UC Berkeley, que j'avais fait venir à prix d'or quelques jours plus tôt de notre bureau de San Francisco. À son troisième double whisky, il m'avoua que Buruk était impressionné par les progrès accomplis depuis sa dernière visite. Le pays avait non seulement surmonté les déprédations de 1999, mais il était désormais résolument tourné vers l'avenir, prêt à saisir les merveilleuses opportunités qu'offre une économie mondialisée. Buruk était-il disposé pour autant à réviser son jugement et à recommander l'admission du Timor-Oriental ? demandai-je. Hassell en doutait encore. La réunion du lendemain consacrée à la question agricole risquait fort de se révéler déterminante. Prolonger la séance ne m'aurait apporté aucun renseignement supplémentaire, aussi prétextai-je un violent mal de tête pour aller me coucher. Au lieu de quoi je montai rejoindre Lena afin de discuter de notre stratégie.

Nous arrivions à court de miracles. Les tripatouillages statistiques n'ont jamais nourri personne. Ces gamins faméliques qui mendiaient à la sortie des hôtels, ces femmes entassées autour des poubelles des restaurants, Buruk les avait vus comme moi. Prétendre que les Timorais mangeaient à leur faim se retournerait immanquablement contre nous et décrédibiliserait par contagion le reste de notre dossier. Nous nous répartîmes donc les rôles. Le sixième jour, Lena commença par évoquer la mutation des habitudes alimentaires timoraises. Même si les quantités restaient insuffisantes, la valeur nutritionnelle moyenne d'un repas s'approchait progressivement des minima préconisés par l'Organisation des Nations unies pour l'alimentation et l'agriculture. Hassell prenait force notes mais n'avait pas l'air convaincu. Lena se lança alors, tableaux en couleurs à l'appui, dans une laborieuse explication qui tendait à prouver que les Timorais mouraient en moins grand nombre que les populations du Sahel. La démonstration, bien que juste, était insupportable et Buruk y

172

mit un terme sans dissimuler son irritation. J'enchaînai précipitamment en dénonçant la vétusté de l'agriculture nationale : le paysan timorais ignorait jusqu'aux règles élémentaires de l'assolement triennal ou de l'amélioration des sols ; il n'utilisait ni engrais ni amendement ; il ne protégeait pas ses plants contre les insectes ou les parasites ; faute de la rentrer à temps, il abandonnait la majeure partie de sa récolte aux animaux. J'en arrivais au cœur de mon argumentation : qu'il améliore ses rendements agricoles de 5 % par an et le Timor-Oriental éradiquerait la malnutrition en moins d'une décennie.

— Vous conviendrez qu'il s'agit d'un objectif fort raisonnable, m'échauffai-je en mobilisant tout l'enthousiasme dont j'étais encore capable après cinq nuits presque blanches. Laissez-moi vous expliquer comment nous comptons non seulement l'atteindre, mais le dépasser.

— Merci, monsieur Dartunghuver, me coupa Buruk. Je ne souhaite pas vous entendre lire votre ordonnance pour la bonne et simple raison que je conteste votre diagnostic. Le Timor souffre avant tout de sa situation géographique, de son relief montagneux et de son arrosage déplorable. Pensez donc qu'à peine 6 % du territoire sont irrigués...

— Le chiffre réel est plus proche de 8 %, protestai-je pour la forme.

Buruk haussa les épaules.

— En outre, poursuivit-il, la tradition locale du brûlis a durablement appauvri les sols. Vous faites semblant de croire qu'il est possible d'accroître les rendements. J'estime au contraire que ceux-ci vont lentement mais sûrement se détériorer.

Pour une fois, je restai sans voix. Il avait malheureusement raison. Les Timorais, comme leurs voisins indonésiens, avaient abusé de la culture sur brûlis, qui consiste à incendier la terre avant de l'ensemencer. En l'espace de trois ou quatre saisons, le sol a rendu tout ce dont il était capable. L'humus et la microfaune qui le protégeaient ayant disparu, il devient vulnérable à l'érosion de l'eau et du vent et perd progressivement toute fertilité.

— J'ai peur que nous ne nous trouvions face à une équation insoluble, assena Buruk : une population qui augmente et une production agricole qui baisse.

— Le Japon ou l'Angleterre consomment plus de denrées agricoles qu'ils n'en produisent et importent la différence, rappelai-je.

— Allons, Sliv, vous savez bien que leur situation économique le leur permet, sourit Hassell.

— La balance commerciale est déjà lourdement déficitaire, continua impitoyablement Buruk en tirant sur ses moustaches. Les Timorais sont condamnés à l'autosuffisance alimentaire : il en va de leur survie.

Ces deux-là devraient faire du cirque, pensai-je malgré moi. Bacchantes et Glabros vous ont fait rire, réussiront-ils à vous faire pleurer ? Je lançai un regard à Lena. Toute la fatigue de la semaine s'était brusquement abattue sur elle. Son visage livide, ses joues creuses et ses yeux cernés m'émurent au-delà de toute expression.

— Lena, dis-je, pouvez-vous commander une voiture ?

— Tout de suite, répondit-elle mécaniquement en se levant.

Je me tournai vers Buruk.

— Si vous le permettez, j'aimerais vous montrer quelque chose.

Le Turc hésita. Il était de toute évidence tenté de

refuser mais dut estimer qu'il me devait bien une ultime faveur.

— À votre disposition, dit-il en s'inclinant.

— Prenons-nous nos affaires ? se renseigna Hassell.

— Oui, nous ne repasserons pas.

Nous comprenions tous la portée de ma réponse. Même s'il n'avait à l'origine pas exclu de rester une journée supplémentaire, je savais que Buruk espérait repartir le lendemain après nous avoir communiqué son verdict. Je venais implicitement de me ranger à son calendrier.

Je laissai les deux hommes rassembler leurs notes et rejoignis Lena à la porte.

— Où nous emmènes-tu ? demanda-t-elle d'un ton indifférent, comme si elle s'enquérait du but d'une promenade.

— C'est toi qui vas me le dire, chuchotai-je. Connais-tu une vaste plaine non cultivée, située à proximité d'une rivière importante et si possible pas trop loin d'une route ?

— Rien que ça ? dit-elle en souriant tristement.

— Je t'en supplie, Lena. Tu as sillonné le pays en tous sens, fais un effort.

Elle ferma doucement les yeux et l'espace d'un instant je crus qu'elle s'était endormie.

— Le long du Laclo, prononça-t-elle enfin.

— On peut y accéder par la route ?

— Je crois. Il y a une piste qui part de Manatuto à une heure d'ici et qui épouse à peu près le cours de la rivière.

— Tu guideras le chauffeur.

Je montai à l'arrière, entre Buruk et Hassell. Ni l'un ni l'autre ne débordaient de joie à la perspective de notre escapade, *a fortiori* quand je refusai de révéler

175

notre destination. Finalement, Buruk desserra sa cravate et se lança dans le récit détaillé d'un séjour au Tamil Nadu au cours duquel ses hôtes, éminents dignitaires indiens, lui avaient servi de la cervelle de singe noyée dans une sorte de sauce béchamel. Lena, jusque-là concentrée sur la route, réprima un haut-le-cœur, baissa la vitre et passa la tête par la fenêtre. Manatuto : 20 kilomètres, annonçait un panneau.

Buruk, qui ne se laissait pas démonter par le vent qui lui ébouriffait la moustache, racontait qu'après avoir discrètement versé le contenu de son assiette dans sa serviette, il avait eu le plus grand mal à contenir les chiens de son hôte qui s'intéressaient d'un peu trop près à la poche de son pantalon. Hassell, que je soupçonnais de ne pas entendre cette anecdote pour la première fois, s'esclaffait copieusement et insistait pour savoir comment son patron s'était débarrassé du linge compromettant. Buruk se fit un peu prier, «par égard pour Mlle Thorsen», puis consentit à nous révéler qu'il s'était réfugié dans la salle de bains, avait fourré la serviette dans les toilettes et tiré la chasse, pour constater avec effroi qu'il avait bouché la cuvette.

Manatuto : 12 kilomètres. Cette histoire parfaitement ridicule m'empêchait d'ordonner mes pensées au moment où j'en avais le plus besoin. Pire encore, le caractère tragi-comique de la scène m'en rappelait irrésistiblement une autre, que j'espérais pourtant à jamais ensevelie dans les recoins de ma mémoire. Buruk avait repris le rôle de Khoyoulfaz et Hassell celui de Jones mais Lena était toujours à mes côtés et le scénario n'avait pas varié d'un iota : deux affreux descendus d'un avion nous jugeaient sommairement, nous déclaraient coupables et nous menaient à l'échafaud au son de leurs paillardises.

Buruk avait longuement étudié ses options en considérant les débris de cervelle qui tournoyaient dans la cuvette. Un coup léger frappé à la porte le décida à passer à l'action. Il s'agenouilla, releva sa manche et plongea le bras jusqu'au coude dans la cuvette, déclenchant au passage une inondation qui souilla sa tenue d'apparat. Chaque tentative pour déloger la boule de tissu ne faisait qu'enfoncer celle-ci un peu plus profondément dans le siphon et Buruk vit le moment où il devrait, tout en essorant sa chemise, annoncer à la maîtresse de maison qu'il venait d'obstruer ses toilettes avec son dîner. Il avait providentiellement fini par attraper un coin de la serviette. Le siphon avait goulûment aspiré le contenu de la cuvette, renvoyant cependant une prise inattendue : une deuxième serviette qui acheva de dissiper les remords de Buruk.

— Qu'en avez-vous fait ? demanda Hassell au comble de l'hilarité.

— Ah ! ah ! s'exclama le Turc. Voyez-vous, celui qui m'avait précédé avait confectionné un petit baluchon. J'ai défait les nœuds et je m'apprêtais à verser le contenu de la serviette dans la cuvette quand j'ai ressenti l'envie irrépressible de goûter ce mets dont mes voisins de table s'étaient délectés et qui venait de me coûter mon plus beau costume.

— Non ? fit Hassell, incrédule.

— Eh si ! rugit Buruk. Eh bien, je vous le donne en mille : c'est excellent !

— Nous arrivons à Manatuto, annonça Lena d'une voix blanche.

Le chauffeur tourna à droite juste avant l'embouchure du Laclo. Lena ne s'était pas trompée. La piste en terre sinuait entre les montagnes en longeant la rivière sans jamais s'en écarter de plus de quelques centaines de mètres.

— Ralentissez, commandai-je en me penchant vers l'avant.

— Nous sommes arrivés ? demanda Buruk, visiblement vexé que son anecdote n'eût pas remporté un succès plus vif.

— Bientôt, répondis-je distraitement en cherchant dans la touffeur de la végétation des indications sur la qualité des sols.

Nous pénétrâmes dans une épaisse forêt inhabitée et mon anxiété se transforma en panique. Chaque sortie de lacet offrait un panorama plus éloigné de celui que j'avais décrit à Lena et dont je finissais par croire qu'il n'avait jamais existé que dans mon imagination. Que n'avais-je emporté les photos satellite qui traînaient sur ma table de nuit !

— Nous approchons du sommet, indiqua Lena en se retournant. La piste se prolonge encore quelques kilomètres.

La dernière phrase m'était évidemment destinée. Rien ne garantissait que le paysage serait plus propice de l'autre côté, essayait de me dire Lena.

— Vous arrêterez la voiture au sommet, ordonnai-je assez fort pour réveiller Hassell qui s'était assoupi.

Le chauffeur se gara au bord de la piste. Je me dirigeai avec une feinte nonchalance vers un massif de santal qui obstruait la vue, en sachant que de ce qui se trouvait derrière dépendait bien plus que l'avenir du Timor-Oriental ou un siège au Comité exécutif.

Je retins ma respiration, écartai les branchages et souris en découvrant l'exact paysage que j'avais décrit à Lena une heure plus tôt. Un touriste se serait extasié devant les mille nuances de vert qui tapissaient les pentes escarpées à perte de vue mais je ne pouvais détacher mes yeux d'un autre spectacle : la rivière, blottie dans une trouée en contrebas, décrivait une longue boucle pour contourner une colline surplombant une vaste étendue en friche.

— Ravissant point de vue, bougonna Buruk dans mon dos.

— Messieurs, je tenais à vous faire admirer le site retenu par le ministre de l'Agriculture pour son programme pilote d'amélioration des sols, déclamai-je, un rien grandiloquent.

— Et en quoi consiste-t-il, ce merveilleux programme ?

Je n'avais pas fait tout ce chemin pour laisser la mauvaise humeur de Buruk contrarier mes plans.

— Relief montagneux, techniques inadaptées, érosion des sols, énonçai-je : vous avez identifié tout à l'heure avec une rare sagacité les problèmes auxquels est confrontée l'agriculture timoraise. Le gouvernement, qui ne possède malheureusement pas votre clairvoyance, a chargé il y a quelques mois une agence en conseil environnemental islandaise de lui dresser un plan d'action.

— Pourquoi n'en avons-nous jamais entendu parler ? demanda d'un ton soupçonneux Hassell. Les Nations unies sont censées approuver toutes les dépenses supérieures à 100 000 dollars.

— L'agence en question a accepté de travailler *pro bono* dans un premier temps, à condition de se voir confier la rédaction du cahier des charges et la supervision des travaux. J'ai eu entre les mains une version provisoire du rapport qu'elle remettra la semaine prochaine à Xanana Gusmão. Je ne crois pas m'avancer en affirmant que ses conclusions vont révolutionner l'agriculture timoraise.

— Tout de même, ronchonna Hassell, vous auriez dû nous le signaler.

— Laissez-le parler, Sam, protesta Buruk, enfin intéressé.

— Le sol timorais, expliquai-je, est intrinsèquement fertile, grâce entre autres aux arbres présents depuis des millénaires sur ces coteaux et qui l'ont puissamment chargé en matière organique.

— Alors comment se fait-il qu'il n'y pousse rien ?

— Rien de comestible, voulez-vous dire, car certains bambous peuvent croître d'un mètre en l'espace de vingt-quatre heures. Mais vous avez partiellement raison : les végétaux qui nous intéressent — disons les plantes potagères pour faire simple — ont besoin d'eau ou, plus exactement, d'une irrigation relativement constante. C'est par là que pèche le Timor : ses cinq ou six principaux cours d'eau desservent à peine quelques pourcents du territoire, quand les experts de ce cabinet islandais calculent qu'ils pourraient en arroser près du quart !

— Allons donc ! s'exclama Buruk. À qui ferez-vous croire ça ?

— Observez donc le parcours de cette rivière, dis-je en ignorant sa remarque. Voyez comme en sortant de la forêt elle contourne ce monticule par la gauche en n'arrosant au passage qu'un ravin pierreux de toute façon incultivable.

— Eh bien ?

— Si au contraire elle contournait l'obstacle par la droite, elle suivrait la ligne de crête pendant une centaine de mètres puis s'abandonnerait à la ligne de plus grande pente et traverserait en diagonale ce plateau en forme de losange qui mesure trois bons kilomètres carrés et pourrait, bien arrosé, faire vivre cinq cents familles selon nos calculs.

— Attendez, m'arrêta Buruk. Vous parlez de détourner une rivière ?

— Où est le problème ? Nous la faisons temporairement sortir de son lit en sachant que la topographie du plateau se chargera de l'y faire rentrer. Suivez mon doigt, dis-je en tendant le bras. Dans la nouvelle configuration, le Laclo serpente jusqu'au coin le plus à l'est du losange, passe sous ce gros promontoire rocheux et s'enfonce dans la forêt où il ne tarde pas à retrouver le lit actuel. Croyez-moi, il s'agit d'une opération infiniment moins lourde que la construction d'un barrage ou de canaux d'irrigation.

— Nous avons abusé des barrages dans les années soixante-dix, commenta sentencieusement Buruk comme s'il tenait à s'approprier une part de responsabilité dans ce fourvoiement.

— Comptez-vous faire sauter la colline à la dynamite ? demanda Hassell.

— Ce serait la solution la plus simple et sans doute la moins coûteuse. Toutefois, pour des considérations écologiques évidentes, nos experts préconisent de déplacer le monticule de quelques mètres.

Lena tressaillit.

— C'est impossible ! s'écria Hassell.

— Détrompez-vous ! répliquai-je en sentant le sang battre contre mes tempes. Avez-vous déjà déplacé un pâté de sable ? Le procédé est à peu près identique : on glisse une plaque ultrafine sous la base de la colline et on la tire de quelques mètres.

— Formidable ! s'enthousiasma Buruk, manifestement peu versé dans la science des travaux publics.

— Je ne vous cache pas qu'il s'agit d'une opération onéreuse à laquelle nous ne recourrons pas systématiquement, concédai-je, en partie pour apaiser Lena. Nos experts ont identifié 87 sites prioritaires qui, réaménagés, nourriront trente mille familles supplémentaires. Nous devrons parfois raser une butte ou transpercer la roche mais, dans la plupart des cas, nous nous contenterons d'opérations de terrassement relativement anodines.

— Trente mille familles, répéta Buruk, songeur. Mais où trouverez-vous le financement ?

— Plusieurs organisations non gouvernementales se sont déjà engagées à hauteur de quelques millions de dollars, mais je préfère être franc avec vous : nous comptons sur la générosité des Nations unies. Vous avez assuré sans sourciller les dépenses de fonctionnement du Timor ; vous avez aujourd'hui l'occasion unique de l'aider à investir pour son avenir.

— Nous ne vous décevrons pas, assura gravement Buruk.

— Mais il y aura des formulaires à remplir, ajouta Hassell.

— Justement, rebondis-je, comment se présente le calendrier ? Cengis, je crois que vous aviez prévu d'attraper le vol de demain, n'est-ce pas ?

— Absolument. Nous vous laisserons vous reposer, vous l'avez bien mérité.

— Lena, continuai-je prudemment, je crois que nous devrions remettre à nos amis une copie du rapport provisoire de Baldur, Furuset & Thorberg. Qu'en pensez-vous ?

Lena fixait encore les méandres du Laclo. Elle tourna la tête dans ma direction et je lus avec stupeur dans ses yeux le seul sentiment que je ne me serais jamais attendu à y trouver : l'admiration.

— Bien entendu, opina-t-elle, mais pourquoi ne pas leur fournir la version finale ?

— L'avez-vous reçue ? demandai-je en redoutant un quiproquo qui viendrait tout gâcher.

— Je l'attends dans la soirée, répondit-elle en me gratifiant d'un sourire étincelant. Nous aurons toute la nuit pour la revoir.

DEUXIÈME PARTIE

Washington

1

— La réunion va bientôt commencer, m'informa Olga. Voulez-vous patienter avec les autres invités ?

Je ne pus retenir un soupir de soulagement. C'est donc ainsi que me considérait la secrétaire ukrainienne d'Angoua Djibo : comme un invité. Le message de son patron s'apparentait pourtant davantage à une convocation qu'à une invitation. Il me sommait de comparaître devant le Comité exécutif — la plus haute instance du CFR, basée à Toronto — le 3 décembre 2001 à 11 heures. Une sourde appréhension liée à l'absence d'ordre du jour avait quelque peu calmé mon excitation à l'idée d'être enfin présenté aux six personnes qui tenaient mon sort entre leurs mains.

— Avec plaisir, acquiesçai-je.

Olga ouvrit une porte derrière son bureau et m'introduisit dans une petite pièce qui ressemblait à la salle d'attente d'un dentiste pour milliardaires. Disparaissant presque entièrement dans un canapé en cuir monumental, Jane Brinkman et Lena Thorsen devisaient aimablement, une tasse de café à la main, sans pouvoir toutefois dissimuler une pointe de nervosité.

— Oh, hello, jeune homme ! dit Brinkman. Vous arrivez juste à temps...

— C'est une habitude chez lui, commenta Lena en se levant.

Voyant que j'hésitais sur le sens de sa remarque, elle ajouta :

— Une bonne habitude, bien sûr. Bonjour, Sliv.

Je ne me souvenais pas l'avoir jamais vue aussi apprêtée. Elle portait un tailleur gris perle et un bustier en fine dentelle noire. Discrètement maquillée, les cheveux relevés en un chignon parfait, il ne lui manquait que les longs gants blancs pour ressembler en tout point à une héroïne hitchcockienne.

— Bonjour, Lena, dis-je en regrettant de n'être pas Cary Grant.

Nous nous dévisageâmes gauchement, chacun attendant que l'autre prenne l'initiative. Une poignée de main paraissait dérisoire au regard de ce que nous avions vécu à Dili. Mais alors quoi ? Une étreinte ? Une bise ? Bien que tenté par cette dernière option, je n'étais pas prêt à courir le risque d'essuyer une rebuffade, surtout devant Brinkman. Je tendis la main. Lena hésita à la saisir, peut-être déçue par mon manque de témérité, puis finit par la serrer.

— Je suis contente de te voir, dit-elle en se rasseyant. Tu as fait bon voyage ?

— Excellent, merci, répondis-je en restant prudemment debout. Depuis un certain vol Dili-Reykjavík, j'avais perdu l'habitude de partir et d'arriver dans la même semaine.

Les deux femmes rirent de mon trait d'esprit, Lena peut-être un peu plus fort que celui-ci ne le méritait.

— Et le boulot, ça va ? demanda-t-elle.

— Oh, tu sais ce que c'est. Après avoir déplacé des

montagnes dans la forêt tropicale, j'ai un peu de mal à trouver la motivation pour corriger des virgules dans un rapport de la Banque mondiale.

Je ne plaisantais qu'à moitié. Pour la première fois de ma carrière, j'avais été incapable de reprendre mon poste en rentrant du Timor. Sur les conseils de Gunnar, j'étais allé me ressourcer chez ma mère à Húsavík, où j'avais essentiellement dormi, coupé du bois et dormi.

— Et toi ? Quand as-tu quitté Dili ?

— Deux semaines après toi, répondit Lena. J'aurais pu disperser l'équipe et coordonner les dernières opérations depuis Los Angeles mais j'ai préféré garder tout le monde sous la main. J'en ai profité pour rencontrer Gusmão et Alkatiri. Ils me chargent de te transmettre leurs remerciements. Cependant, entre nous, ils s'alarment du coût des travaux que tu as fait miroiter à Buruk...

— À chaque jour suffit sa peine, lançai-je, passablement irrité par tant d'ingratitude.

Un pesant silence s'installa. J'aurais aimé relancer la conversation mais aucune question ne me venait à l'esprit. En outre, même si Brinkman feignait d'être absorbée dans sa Bible de voyage, je savais qu'elle ne perdait rien de notre échange.

— Si tu as le temps après la réunion, nous pourrions aller grignoter un morceau ? proposai-je enfin.

— Mais oui, pourquoi pas ? approuva Lena d'un ton aussi faussement désinvolte que le mien.

La porte s'ouvrit opportunément à cet instant.

— Si vous voulez bien me suivre, annonça Olga.

Une violente décharge d'adrénaline me parcourut le corps. Le grand moment était arrivé. Je doutais de m'entendre dévoiler la finalité du CFR aujourd'hui mais j'allais au moins apprendre l'identité des six membres du Comex. Lena partageait de toute évidence mon énervement : elle avait jailli du canapé comme de starting-blocks. Brinkman, quant à elle, marqua ostensiblement sa page comme si elle craignait d'être soupçonnée d'impatience.

Olga nous conduisit à un ascenseur privé. Avec une première clé, elle ouvrit la porte d'un compartiment spécial, qui révéla une serrure compliquée dans laquelle elle introduisit une seconde clé dorée. La cabine s'ébranla, sans qu'il fût possible de dire avec certitude si elle montait ou descendait. Je croisai le regard de Lena et lui souris mécaniquement. Elle méritait incontestablement d'être ici, pensai-je, mais désormais, c'était chacun pour soi.

Après une vingtaine de secondes, la cabine s'immobilisa. Il y aura Djibo, supputai-je alors que s'écartaient lentement les portes, Khoyoulfaz, Verplanck, Karvelis, Shao et Lassiter. J'avais beau retourner ces six noms dans ma tête depuis des mois, je retins ma respiration et bandai instinctivement mes muscles en prévision d'un coup de théâtre.

— Bonjour, mes amis ! s'écria chaleureusement Djibo en nous cueillant à la sortie de l'ascenseur et en nous obstruant — volontairement ou non — la vue.

Djibo s'inclina devant Brinkman, dont il porta la main à sa bouche.

— Merci d'avoir fait l'effort d'être des nôtres, Jane. Lena, quel plaisir de vous revoir après tant d'années !

D'années ? À l'entendre au Timor, j'avais cru que Lena déjeunait avec Djibo une fois par semaine.

— Et Sliv, mon garçon, comme j'ai été inspiré de faire appel à vous ! Vous nous avez vraiment sauvé la mise.

— N'exagérons rien, tempérai-je modestement en sentant Lena se raidir à mes côtés.

Djibo se retourna vers une salle aussi vaste qu'un terrain de basket-ball, à l'épaisse moquette beige et dont les parois entièrement vitrées offraient une vue spectaculaire sur le quartier des affaires de Toronto. Au fond de la pièce, les cinq autres membres du Comex étaient assis autour d'une table en acajou en forme de fer à cheval, à l'intérieur de laquelle on avait disposé une table plus petite et trois chaises. Ils souriaient mais n'avaient apparemment pas l'intention de se lever pour nous accueillir.

— Installez-vous, je vous en prie, lança Djibo en regagnant son fauteuil.

Brinkman prit le siège de droite. Lena sonda mes intentions du regard. Comme elle hésitait, je m'assis d'autorité au milieu.

— Contrairement à Jane qui est une habituée de ce cénacle, commença Djibo en s'adressant à Lena et moi, vous comparaissez devant nous pour la première fois, aussi vais-je demander à mes collègues de se présenter.

Je réalisai avec stupeur que Brinkman connaissait la composition du Comex et qu'elle se serait sans doute fait un plaisir de me la révéler si seulement j'avais songé à l'interroger. Quel piètre détective je faisais !

— Zoe Karvelis, déclara à notre gauche une belle femme brune d'environ quarante-cinq ans. Je suis directrice des Ressources humaines du CFR et membre du Comité exécutif depuis 1997.

— Nous nous connaissons déjà, sourit Yakoub Khoyoulfaz. Pour votre information, j'ai rejoint le Comex en 1990.

Le fauteuil suivant était occupé par Djibo, qui confirma ce que j'avais toujours soupçonné :

— J'ai l'honneur de présider cette assemblée depuis 1993, indiqua le Camerounais. J'en étais devenu membre cinq ans plus tôt.

— Claas Verplanck, dit un homme grand et mince aux traits anguleux. Nous nous sommes rencontrés à Krasnoïarsk. Je dirige l'Inspection générale et suis membre du Comex depuis 1985.

Je me souvenais évidemment de Verplanck. Il était venu à l'Académie nous vanter les mérites du corps qu'il dirigeait. J'avais poliment écouté son laïus en implorant le ciel que mon rang me permît de rejoindre le Plan ou les Opérations spéciales.

— Ching Shao, ânonna sa voisine en nous faisant l'amabilité de prononcer son nom à l'occidentale. Je suis vice-présidente du Plan et membre du Comex depuis 1996.

Jusqu'à présent, j'avais quasiment réalisé un sans-faute. Mes hypothèses sur l'harmonie géographique, culturelle et religieuse du Comex se trouvaient pleinement confirmées. Mieux, j'avais deviné à un ou deux ans près la date à laquelle chaque membre avait pris ses fonctions. Mais l'occupant du dernier fauteuil n'était ni Jim Lassiter, ni un des autres candidats que j'avais identifiés. C'était un homme blanc d'environ soixante-quinze ans, aux membres fragiles comme des allumettes mais dont le regard noir et extraordinairement mobile témoignait d'une vivacité intacte.

— Pierre Ménard. Je suis agent hors classe et membre du Comité exécutif depuis 1966, récita l'inconnu avec un accent français prononcé.

Je ne saurais dire laquelle de ces révélations m'étonna le plus sur le moment. Que Ménard — dont le nom m'était rigoureusement inconnu — siégeât dans cette assemblée depuis avant ma naissance ou qu'il n'eût pas dépassé le rang relativement modeste d'agent hors classe. Le Français dut remarquer ma perplexité car il me décocha un clin d'œil complice.

— Merci, mes chers collègues, reprit Djibo. Jane, Lena, Sliv, si nous vous avons réunis aujourd'hui, c'est pour vous faire part d'une grande nouvelle : le Conseil de sécurité de l'ONU annoncera demain qu'il se range à l'avis de la commission d'enquête et recommande officiellement l'admission du Timor-Oriental. La ratification par l'Assemblée générale n'est désormais plus qu'une formalité et devrait intervenir dans les prochains mois.

Je serrai victorieusement mon poing sous la table. La décision du Conseil de sécurité ne constituait pas à proprement parler une surprise mais nous vivions depuis des semaines dans la crainte qu'un événement malencontreux (comme une nouvelle attaque contre les États-Unis ou un coup de force des Indonésiens) ne reléguât le rapport de Buruk aux oubliettes.

— Notre organisation tirera bientôt des bénéfices inestimables de son investissement dans Homecoming, poursuivit Djibo : nos agents bénéficieront d'un statut d'extraterritorialité dans un tiers des pays du globe, nos communications physiques seront désormais acheminées par la valise diplomatique et nous disposerons d'un siège permanent à l'ONU qui, s'il ne nous confère aucun poids politique, nous permettra au moins d'être informés en amont des projets de résolutions. Mais nous avons également conscience d'avoir contracté une dette à l'égard du peuple timorais. Nous participerons au financement de plusieurs projets d'infrastructure et nous soutiendrons le développement des industries exportatrices. Je m'apprête d'ailleurs à titre personnel à passer commande d'un mausolée en authentique marbre du Timor. J'invite mes collègues à en faire autant.

— Pas question ! rétorqua Khoyoulfaz. J'aurais trop peur de me faire refiler du grès.

Je déduisis de l'éclat de rire général que les membres du Comex s'étaient tenus étroitement informés de la progression des travaux de la commission d'enquête.

— Des centaines d'agents ont pris part à l'opération Homecoming, nota Djibo, mais aucun ne peut se prévaloir d'une contribution aussi décisive que la vôtre.

L'heure des remerciements était arrivée.

— Chère Jane, comment vous exprimer notre gratitude pour avoir eu l'idée de proposer l'aide du CFR aux leaders du Fretilin il y a de cela vingt-cinq ans ? Vous avez épousé la cause du Timor comme on embrasse un sacerdoce, sans jamais laisser les innombrables embûches qui ont émaillé votre parcours entamer votre engagement. La couverture que vous avez patiemment construite au fil des ans a résisté à la curiosité de nos partenaires et aux enquêtes approfondies du Conseil de sécurité. Mais votre principale réussite aura consisté à préserver l'harmonie parmi des leaders indépendantistes parfois plus soucieux de leur carrière personnelle que du sort de leur pays. Jane, je tiens à vous adresser, au nom du Comité exécutif et des milliers d'agents qui bénéficieront à un titre ou à un autre des retombées d'Homecoming, nos plus vifs remerciements.

Lena et moi joignîmes nos applaudissements à ceux des six membres du Comex. Brinkman leva la main pour réclamer le silence.

— Je vous en prie, dit-elle humblement, je n'ai fait que suivre la voie qui m'était tracée.

— Lena, enchaîna Djibo sans s'attarder sur l'ambiguïté de cette réponse, vous avez rejoint le projet

Homecoming au moment où celui-ci entrait dans une phase critique. Au cours des trois dernières années, vous avez efficacement secondé Jane, faisant preuve d'une abnégation et d'une puissance de travail qui vous ont gagné sa confiance et notre respect. La préparation d'un dossier d'admission aux Nations unies constitue une tâche cyclopéenne, dont vous vous êtes remarquablement acquittée compte tenu du peu de temps qui vous était imparti. J'ai enfin entendu dire que vous aviez fourni un solide appui logistique à Sliv dans la dernière ligne droite. Nous vous en remercions infiniment.

Je me fis un devoir d'applaudir d'autant plus chaleureusement que je jugeais l'éloge de Djibo un peu chiche. Lena n'avait pas secondé Brinkman, elle l'avait portée à bout de bras. Le Camerounais se montrait tout aussi injuste en réduisant le concours que m'avait apporté ma collègue à sa dimension logistique. La vérité — que je rectifierais quand viendrait mon tour —, c'est que j'avais vécu cette semaine-là le rêve de tout scénariste : pouvoir improviser librement sans craindre d'être démenti.

Tous les regards se tournèrent vers Lena. J'étais sans doute le seul à avoir remarqué qu'elle s'était sentie offensée par les commentaires de Djibo. Hésitant à exprimer ses doléances à voix haute, elle opta au bout du compte pour une observation maladroite.

— Merci. Je tiens quand même à souligner qu'à ce jour la Suisse n'a toujours pas formellement déposé son dossier d'admission.

Du Lena tout craché, constatai-je avec agacement. Quel besoin avait-elle de se pousser du col en rappelant aux membres du Comex ce qu'ils ne pouvaient ignorer ?

— C'est tout à fait exact et vous n'en avez que davantage de mérite, déclara Djibo, légèrement surpris. J'en viens maintenant à vous, Sliv...

Je bombai instinctivement le torse.

— Les mots me manquent pour décrire l'admiration que nous a inspirée votre performance à Dili. Débarquant au milieu d'une situation délicate, pour ne pas dire compromise, vous avez... Oui, Lena?

— Pardonnez-moi de vous interrompre, mais je ne crois pas que l'on puisse dire que la situation était compromise.

— Le mot est en effet un peu fort, acquiesçai-je. Même s'il est vrai que Buruk avait émis de sérieuses réserves sur notre dossier.

— Sérieuses? Tu plaisantes, j'espère? s'écria Lena en se tournant vers moi.

— Non, pourquoi? Comment les qualifierais-tu?

— De réserves d'usage, tout au plus.

— S'il vous plaît! tonna Djibo.

Il nous dévisagea tour à tour avec incrédulité, comme s'il nous soupçonnait d'interpréter un numéro préparé à l'avance. À ma profonde consternation, Karvelis chuchota quelques mots à l'oreille de Khoyoulfaz. Pierre Ménard, lui, réprimait carrément un fou rire. Par la faute de Lena et de son ego surdimensionné, nous venions tous les deux de nous ridiculiser devant le Comex.

— Allons, allons, reprit Djibo d'un ton artificiellement joyeux, l'heure n'est pas à l'exégèse mais à la célébration. Je disais donc, Sliv, que mes collègues et moi avons été sidérés par la sûreté de jugement et l'audace dont vous avez fait preuve en vous abouchant avec un membre de la commission d'enquête puis en échafaudant cette fable d'une économie timoraise au bord du décollage. Je me garderai cependant d'inscrire vos exploits au programme de l'Académie, de peur qu'un étudiant moins doué que vous ne se mette en tête de vous imiter.

Jamais Djibo ne m'avait témoigné tant d'égards. Khoyoulfaz, Verplanck et Karvelis m'observaient eux aussi avec bienveillance. Seule Shao demeurait étrangement impassible.

— Nous sommes comblés, sans être pour autant surpris, poursuivit Djibo. Vous aviez déjà rendu un service inestimable à cette assemblée en recommandant l'abandon de la falsification physique. Peu d'agents peuvent à un si jeune âge se vanter d'avoir marqué par deux fois l'histoire de notre organisation. Je ne crois pas prendre beaucoup de risques en prédisant qu'il y en aura d'autres.

J'inclinai la tête, trop ému pour répondre mais pas suffisamment pour ne pas remarquer que Lena s'était abstenue de m'applaudir. Curieusement, je ne parvenais pas à lui en vouloir. Les paroles de Djibo m'avaient plongé dans une telle euphorie que j'aurais trouvé des circonstances atténuantes à Pol Pot lui-même.

— C'est tout ce que nous avions à vous dire aujourd'hui, termina Djibo. J'espère que vous avez prévu de rester quelques jours à Toronto et que nous aurons le plaisir de vous revoir d'ici votre départ.

— Je suis désolé, confiai-je à mi-voix à Lena qui paraissait déjà prête à décamper.

— Tiens donc ! rétorqua-t-elle. Et de quoi ?

— De ce qu'a dit Djibo. Ce n'est pas ce que je pense. Tu m'as apporté beaucoup plus que du soutien logistique.

— Sans blague ?

197

— Nous formions une équipe. Je n'aurais rien pu faire sans toi.

Elle me toisa d'un regard courroucé.

— Parce que tu crois que je l'ignore ? C'est à eux qu'il fallait le dire.

— Bien sûr. Mais je voulais d'abord te le dire à toi. Quoi ? Qu'y a-t-il ?

Lena me faisait signe de me retourner. Khoyoulfaz s'avançait à notre rencontre.

— Beau travail, les enfants, nous félicita l'Azéri. Sliv, je peux te dire un mot ?

— Bien sûr. Tu m'attends, Lena ?

Je suivis mon chef à l'écart.

— Djibo et moi souhaiterions te voir un moment si c'est possible.

— Maintenant ?

— Pourquoi, tu as plus important à faire ? ironisa Khoyoulfaz.

— C'est que... je devais déjeuner avec Lena.

Yakoub regarda par-dessus mon épaule.

— Ce sera pour une autre fois, dit-il. Elle vient de filer.

2

Angoua Djibo et moi partagions une passion pour les cartes anciennes, à cette différence près que lui avait les moyens d'assouvir la sienne. Plusieurs spécimens rares ornaient les murs de son bureau. Je m'approchai pour contempler sa dernière acquisition, une carte médiévale de l'Empire mongol.

— De quand date-t-elle exactement ? me renseignai-je.

— De la deuxième moitié du XIIIe siècle, répondit Djibo. Les Mongols avaient envahi la région correspondant à l'actuelle Bulgarie mais la Serbie résistait encore. Le khan régnait alors sur un territoire cinq à six fois plus vaste que l'Empire romain.

— Stupéfiant.

— Si l'on veut, maugréa Khoyoulfaz.

— Les Mongols dévastèrent Chirvan, l'ancien Azerbaïdjan, en 1235, expliqua suavement Djibo. Yakoub porte encore le deuil.

— Excuse-moi si je ne partage pas ton enthousiasme pour l'héritage de Gengis Khan, grommela son compère du Comex en prenant place à une petite table en verre.

Djibo me fit signe de m'asseoir. Je ne l'avais pas remarqué plus tôt mais il avait de larges poches sous les yeux.

— Savez-vous ce qui nous a le plus épatés, Yakoub et moi? commença-t-il. C'est la façon dont vous êtes parvenu à neutraliser Jane Brinkman.

— Je n'ai pas grand mérite, confessai-je. Une délégation du Vatican lui rendait justement visite cette semaine-là. Elle s'est montrée plutôt soulagée quand nous avons proposé de l'excuser auprès de Buruk.

À la vérité, c'était Lena qui s'était chargée de cette corvée. J'avais pour ma part soigneusement évité Brinkman pendant tout mon séjour. À présent, une question me brûlait les lèvres.

— Que fait une Jane Brinkman au CFR? formula à ma place Djibo, dont la capacité à lire dans les pensées de ses interlocuteurs était proverbiale.

— J'avoue m'être posé la question.

— Vous n'êtes pas le seul. Jane a suivi une voie malheureusement assez banale au sein de notre organisation. Son dossier de recrutement la qualifie de pratiquante catholique occasionnelle et, de fait, il semblerait qu'elle se soit tournée vers la religion sur le tard.

— Avez-vous identifié le facteur déclencheur?

— Pas précisément, non. C'est une histoire compliquée, dont je ne suis même pas certain de connaître tous les détails. Toujours est-il qu'un jour mon prédécesseur la convoqua et l'informa qu'elle ne serait jamais cooptée au Comex. Je crois honnêtement que Jane se fichait comme d'une guigne d'entrer au Comex. Ce qui la motivait avant tout, c'était de connaître la finalité du CFR. Elle s'est alors enfoncée dans une forme de dépression bien connue de nos psychologues, qu'ils ont baptisée « syndrome de la quête interrompue ».

— Quels en sont les symptômes ? demandai-je anxieusement afin de pouvoir les identifier le cas échéant.

— Une insoutenable sensation de vide. L'agent perd le goût du travail. Certains restent des années sans produire un dossier.

— On en guérit ?

— Le plus souvent, oui.

— Comment ?

— Presque toujours de la même façon : en embrassant une nouvelle cause, religieuse pour les uns, politique ou militante pour les autres. C'est ce qui s'est produit avec Brinkman. Elle a redécouvert sa foi catholique et, pendant quelques années, sa couverture évangélisatrice a remarquablement servi nos intérêts. Puis, insensiblement, nos préoccupations ont commencé à diverger, au point que Jane a refusé de constituer le dossier d'admission du Timor et que nous avons dû faire appel à Lena.

— Que va-t-elle devenir ?

— Brinkman ?

Djibo consulta sa montre.

— À l'heure où nous parlons, Zoe Karvelis l'avise de sa promotion au rang de conseillère spéciale du président.

— Elle conservera son traitement, à condition de renoncer à ses fonctions opérationnelles, ajouta Khoyoulfaz.

Bref, on la mettait au placard. Djibo croisa mon regard, craignant peut-être d'y lire une marque de désapprobation. Voyant que je ne bronchais pas, il poursuivit :

— Mais assez parlé de Brinkman. Yakoub et moi

vous devons des excuses. Nous n'avons pas retourné vos appels après le 11 septembre.

— Je me suis dit que vous aviez d'autres chats à fouetter, mentis-je pour ne pas trop laisser paraître ma curiosité.

— Nous avons été occupés, concéda Khoyoulfaz. Mais pas au point de justifier de tenir notre meilleur agent dans l'obscurité pendant quatre mois.

Je laissai passer le compliment mais je mentirais si je disais qu'il ne me fit pas plaisir.

— Un léger retour en arrière s'impose, dit Djibo. Vous connaissez le rôle qu'a joué le CFR dans la création puis dans l'essor d'Al-Qaida. Après l'effondrement du bloc communiste, les relations conflictuelles entre l'Islam et l'Occident nous semblaient représenter la principale menace à la paix. Toutefois, la communauté internationale, qui baignait alors dans une sorte d'angélisme béat, restait insensible à nos arguments dans lesquels elle ne voyait que délire de Cassandre.

Je m'en souvenais fort bien. C'était l'époque où un historien américain, Francis Fukuyama, prenait argument des récentes victoires de la démocratie pour prédire la fin de l'Histoire.

— Nous avons alors entrepris de radicaliser les positions des deux parties afin d'en faire ressortir plus clairement le danger, une technique qui, comme vous le savez, avait fait ses preuves en d'autres circonstances. Nous avons identifié un leader crédible, Oussama Ben Laden, et fait de lui le porte-parole d'un islam radical et belliqueux. Dans le même temps, nous favorisions l'émergence aux États-Unis d'un courant néoconservateur fondé sur la conviction que le modèle démocratique américain, supérieur à tous les autres, méritait d'être propagé dans le reste du monde, éventuellement par la force.

Je tendis l'oreille, car si le volet islamique m'était familier, je n'avais jamais imaginé qu'il pût posséder son symétrique côté américain. Ainsi donc, le CFR avait participé à l'élaboration du corpus théorique des néoconservateurs. Le plan de Djibo m'apparut soudain dans toute sa logique et — pourquoi prétendre le contraire? — dans toute sa splendeur.

— Et puis la situation nous a échappé, lâcha brutalement Khoyoulfaz.

Djibo le fusilla du regard. Les deux hommes avaient manifestement chacun sa lecture des événements.

— Nous avons en effet rencontré quelques difficultés, nuança le Camerounais. Plusieurs aspects du discours d'Al-Qaida, comme la violation des Lieux saints pendant la guerre du Golfe, suscitaient une adhésion extraordinaire dans les madrasa, multipliant dons et adhésions.

Avait-il délibérément cité ce dossier parce que j'en étais l'auteur? Le sentiment de culpabilité qui m'avait serré le ventre au Soudan me submergea à nouveau.

— Ben Laden révéla en outre de prodigieuses dispositions pour la clandestinité. Sachant qu'il ne pourrait jamais rivaliser avec la CIA sur le plan technologique, il cloisonna son organisation avec une méticulosité paranoïaque. Lui-même se réfugia au Soudan puis dans les montagnes afghanes, où il pouvait compter sur le soutien des populations. Au même moment, les musulmans modérés condamnaient sa rhétorique moins fermement que nous ne l'avions espéré. Répugnant à s'exprimer, ils laissaient progressivement les intégristes incarner l'image de l'Islam dans le monde...

— Pendant que les néoconservateurs se frottaient les mains, achevai-je.

— Exactement, approuva Djibo, visiblement heureux de me voir adopter son point de vue. La radicalisation des mollahs leur donnait raison et justifiait qu'ils durcissent leurs positions, au risque d'irriter encore un peu plus lesdits mollahs.

— La boucle était bouclée, résuma acerbement Khoyoulfaz.

— On peut le voir ainsi. En tout état de cause, la civilisation occidentale n'a pas tendu la main aux musulmans modérés. Chaque bloc s'est replié sur lui-même en construisant son identité sur la détestation de l'autre.

Jusqu'ici, Djibo ne m'avait quasiment rien appris que je n'eusse deviné moi-même. Une question demeurait, de loin la plus importante.

— Les attaques du 11 septembre ? demandai-je en retenant ma respiration.

— Nous ont pris absolument par surprise, compléta aussitôt Djibo.

Un immense soulagement m'envahit, presque aussi fort que celui que j'avais ressenti en apprenant que je n'avais pas tué John Harkleroad.

— Plus exactement, nous savions depuis 1998 qu'Al-Qaida cherchait à frapper les États-Unis mais nous étions loin d'imaginer qu'elle agirait sur le sol américain et surtout qu'elle était capable d'une telle sophistication.

Khoyoulfaz renifla avec mépris.

— Ce que Yakoub essaie subtilement de vous faire comprendre, ironisa Djibo, c'est que certains membres du Comex m'ont mis en garde dès 1998...

— 1997, rectifia Khoyoulfaz.

— ... dès 1998 contre les dangers de notre politique.

Je crois avoir à l'époque pris mes responsabilités, en admettant que j'étais déçu par la tournure que prenaient les événements et en appelant les membres du Comex à me faire part de leurs suggestions pour renverser la situation. Autant vous le dire tout de suite, les volontaires ne se sont pas bousculés.

— Il était trop tard, ronchonna Khoyoulfaz.

— Sans doute. Maintenant, Sliv, j'imagine que vous vous demandez si le CFR peut être tenu pour responsable des attaques du 11 septembre...

Pour une fois, la prescience de Djibo ne m'impressionnait pas : la question me taraudait depuis le début de notre entretien. Je hochai gravement la tête.

— Si vous le voulez bien, je laisserai Yakoub vous répondre, se défaussa le Camerounais.

— Le Comex estime que l'intervention du CFR, pour infortunée qu'elle fût, n'est pas responsable des événements du 11 septembre, récita lentement Khoyoulfaz en détachant chaque mot. La menace identifiée par Angoua au début des années quatre-vingt-dix reposait sur des causes bien réelles : la collision entre l'Islam et l'Occident était inscrite dans l'Histoire. Nous avons tenté de l'éviter et nous avons échoué.

Khoyoulfaz et Djibo se turent pour me laisser réfléchir. J'étais rompu aux subtilités du langage diplomatique, aussi visualisai-je instantanément derrière la position officielle les débats passionnés qui avaient dû déchirer le Comex. Djibo semblait avoir réussi à imposer sa version des faits. Le Comex le créditait d'avoir identifié la menace (sous-entendu, lui et pas les autres), avant de noter que celle-ci reposait sur des causes bien réelles. Le choix des termes était révélateur : «la collision entre l'Islam et l'Occident inscrite dans l'Histoire» laissait peu de chances à l'Humanité d'infléchir son destin et relativisait l'échec de Djibo, à qui le Comex reconnaissait même le mérite d'avoir tenté d'éviter la catastrophe. Le Camerounais avait sauvé sa tête mais ses détracteurs ne l'avaient pas absous pour autant, comme en témoignaient deux termes particulièrement sévères : son intervention était «infortunée» (ce qui était tout de même moins accablant que «intempestive») et il avait «échoué».

— *Nous* avons tenté de l'éviter et *nous* avons échoué, répéta Djibo en insistant sur le pluriel.

Il avait suivi mon raisonnement et essayait de me dire quelque chose. Soudain, je compris. Khoyoulfaz avait précisé qu'il exprimait la position du Comex. Pas celle de la majorité des membres du Comex. Je me tournai vers Yakoub.

— Nous sommes derrière Angoua, dit-il.

Je dévisageai mon chef. Dans son regard, la loyauté l'emportait sur la colère mais il paraissait me retourner la question : Et toi, Sliv, que crois-tu ?

C'était une bigrement bonne question. Bien que pris de court, j'adhérai instinctivement à la version de Djibo. Elle correspondait à l'image que je me faisais du Camerounais : un visionnaire audacieux qui ne fuyait pas ses responsabilités. Pendant quatre mois, j'avais vécu avec la crainte d'apprendre que le CFR avait cautionné, voire initié les attentats du 11 septembre ; je découvrais aujourd'hui que les membres du Comex se flagellaient pour n'avoir pas su les éviter. Au vu des éléments en ma possession, la responsabilité du CFR n'était pas engagée. Nous n'avions pas déclenché ces attaques.

— Je me range à l'avis du Comex, déclarai-je.

L'atmosphère se détendit d'un seul coup. Je sentis que les deux hommes avaient réellement redouté ma réaction. Cela ajouta à mon soulagement.

Djibo reprit :

— Le Comex a voté la formation d'un groupe de travail qui sera investi d'une double mission. La première consistera à reprendre l'ensemble de nos interventions des dix dernières années sur tous les sujets ayant trait à Al-Qaida, à Ben Laden et aux néoconservateurs américains.

— Nous allons avoir le FBI, la CIA et la moitié des services secrets de la planète sur le dos, expliqua Khoyoulfaz. L'enquête durera probablement des années et dépassera en intensité toutes celles que nous avons connues aux Opérations spéciales.

Je goûtai l'euphémisme.

— Et la deuxième mission ? demandai-je.

— Nous souhaitons contenir le risque d'embrasement entre l'Occident et l'Islam, répondit Djibo.

Si j'en jugeais par ma soirée à la mosquée de Khartoum, cette tâche s'annonçait bien plus délicate.

— Avez-vous des motifs d'inquiétude particuliers ?

— À ce stade, pas vraiment. Dans ses premières déclarations après les attaques, Bush a expressément demandé aux Américains de ne pas faire l'amalgame entre terroristes et musulmans. Même prudence de l'autre côté : les principaux États musulmans ont condamné les attentats et exprimé le souhait que les coupables soient arrêtés et châtiés.

— Les imams me tracassent davantage que les politiciens, avouai-je. Ils tiennent des propos effrayants.

Que nous leur avons largement soufflés, aurais-je pu ajouter.

— Nous n'avons pas la prétention de réconcilier les États-Unis et le monde arabe, répondit Djibo, mais uniquement d'éviter l'incident qui, dans le contexte actuel, pourrait mettre le feu aux poudres.

— En bref, d'éviter l'escalade, résuma Khoyoulfaz.

Autant la première mission procédait d'une logique élémentaire, autant la seconde me laissait perplexe.

— En quoi cela rentre-t-il dans les attributions du CFR ?

— En rien, reconnut Djibo. Voyez-y une occasion de réparer nos erreurs.

Et de nous racheter une conscience, pensai-je.

— C'est Yakoub, en sa qualité de président des Opérations spéciales, qui dirigera ce groupe de travail.

— Personne ne me semble plus qualifié, dis-je très sincèrement.

— Je suis en train de constituer mon équipe, déclara Khoyoulfaz. J'aimerais que tu en fasses partie.

Une décharge d'adrénaline me parcourut le corps. J'attendais ces mots depuis mon retour du Soudan.

— J'accepte, évidemment.

— Bienvenue au club, mon garçon ! lança jovialement l'Azéri en me tendant la main.

— Pas si vite, le coupa Djibo.

Il ne s'était manifestement pas attendu à me voir accepter aussi rapidement ma mission.

— Je me dois de vous mettre en garde, Sliv. Vous ne rabibocherez pas l'Islam et l'Occident aussi facilement que vous avez abusé Cengis Buruk. Et les risques en cas d'échec sont infiniment plus grands, tant pour vous que pour le CFR. À partir d'aujourd'hui, vous jouez à balles réelles.

— J'en ai conscience, articulai-je en m'efforçant à la solennité.

Au fond de moi cependant, l'excitation l'emportait sur la gravité. Ma mission au Timor m'avait donné un aperçu de la petite Histoire. Je tenais maintenant ma chance d'influencer la grande.

3

Khoyoulfaz ne perdit pas de temps. Trois jours plus tard, notre équipe se réunissait dans les bureaux du CFR à Washington, DC.

L'un de ses membres était Harvey Mitchell. Je n'avais guère été surpris de retrouver l'Américain, dont le rôle dans l'opération Homecoming prouvait qu'il bénéficiait de la confiance du Comex.

J'avais également reconnu Ling Yi, une de mes camarades de Krasnoïarsk, surnommée « la source de référence » pour sa prodigieuse mémoire des chiffres. À sa sortie de l'Académie, Ling avait travaillé deux ans à Toronto, avant de s'installer à Hong Kong d'où elle étudiait le modèle économique chinois. Nous nous étreignîmes cordialement.

J'avais entendu parler du dernier membre de l'équipe sans l'avoir jamais rencontré. Pedro Barreda était péruvien. Diplômé de l'Académie à la fin des années quatre-vingt, il officiait désormais à l'Inspection générale et était considéré comme l'un des possibles successeurs de Claas Verplanck et, par voie de conséquence, comme un futur membre du Comex. Gunnar, qui avait croisé son chemin, me l'avait décrit comme un bourreau de travail.

Khoyoulfaz avait incontestablement réuni une jolie brochette. Nous étions tous passés par l'Académie. Mon jeune âge — je rendais cinq ans à Ling Yi — faisait de moi le moins gradé du lot. Cependant, la composition de notre groupe me laissait perplexe. Khoyoulfaz mis à part, j'étais le seul membre des Opérations spéciales autour de la table. La présence de représentants du Plan pouvait à la limite se défendre — Ben Laden était pour ainsi dire né à Toronto — mais celle de Barreda n'admettait qu'une explication : l'Inspection générale entendait garder un œil sur nos travaux. Les derniers jours avaient singulièrement égratigné ma représentation idéalisée du Comex. Entre les compromis âprement négociés et les farouches luttes d'influence, on était loin de l'assemblée de sages se comprenant à demi-mots que je m'étais longtemps plu à imaginer.

Une dernière chose me chiffonnait :

— À ma connaissance, remarquai-je après que chacun se fut présenté, aucun d'entre nous ne parle arabe.

Je vis à la réaction de Barreda qu'il partageait ma préoccupation.

— Tu permets, protesta Khoyoulfaz. Je parle arabe.

— Vous le lisez ? interrogea Barreda sans détour.

— Mieux que vous ne le pensez.

Je maudis ma bêtise. Comment avais-je pu oublier que Khoyoulfaz était musulman ? Je comprenais mieux à présent sa défiance vis-à-vis de Djibo. Et pourtant, Yakoub était un modéré ; je ne l'avais même jamais vu prier. Ce qui appelait une autre question : comment un Youssef aurait-il réagi en apprenant que le CFR avait pratiquement porté Al-Qaida sur les fonts baptismaux ?

Une désagréable intuition était en train de se former en moi.

— Combien d'agents musulmans connaissent notre rôle dans la création d'Al-Qaida? demandai-je soudain.

Khoyoulfaz parut sur le point de dire quelque chose puis se ravisa.

— Où veux-tu en venir? intervint Barreda.

Je regardai mon chef; il était encore occupé à peser sa réponse. Je résolus de lui laisser une chance de nous révéler lui-même la vérité.

— Je m'étonne juste que Yakoub n'ait pu trouver un arabophone digne de figurer dans ce groupe. J'en connais personnellement plusieurs.

L'Azéri soupira.

— Une vingtaine d'agents musulmans ont travaillé sur Al-Qaida, mais je suis le seul à connaître le plan dans sa globalité, avoua-t-il enfin.

Il eût été d'autant plus cruel de lui demander pourquoi que j'entrevoyais la réponse : déjà à l'époque, Djibo mesurait l'audace de son plan et craignait d'être désavoué par sa base. Ne pouvant décemment souffler sur les braises du djihad sans l'approbation de la faction musulmane du CFR, il avait trouvé sa caution en la personne de Yakoub Khoyoulfaz, alors tout juste nommé au Comex et sans doute beaucoup plus influençable qu'aujourd'hui. Je ressentis un brusque élan de compassion pour mon patron et volai à sa rescousse :

— Naturellement, dis-je comme si pareil cloisonnement était monnaie courante. Et si vous nous expliquiez plutôt ce que vous attendez de nous...

Khoyoulfaz saisit aussitôt la perche que je lui tendais :

— À l'heure où nous parlons, des milliers d'employés de la CIA épluchent la biographie d'Oussama Ben Laden, en se demandant comment un fils de famille saoudien a pu créer à leur nez et à leur barbe l'organisation terroriste la plus meurtrière de tous les temps. Ils rouvrent leurs dossiers, exhument leurs vieilles photos satellite, font traduire les messages qu'ils avaient interceptés à l'époque mais avaient archivés sans les lire. Ils interrogent les prisonniers qu'ils ont capturés en Afghanistan : Quand as-tu rejoint Al-Qaida ? Quand en avais-tu entendu parler pour la première fois ? Où et quand as-tu rencontré Ben Laden ? Ils reconstituent progressivement un semblant de chronologie, qu'ils confrontent avec celle du Mossad : Pouvez-vous confirmer la présence d'Al-Zawahiri en Égypte en 1993 ? Savez-vous comment il avait passé la frontière ?

Khoyoulfaz marqua une pause.

— Cette enquête n'est pas comme les autres. Nous ne pouvons pour une fois pas parier sur l'incompétence ou la paresse de nos adversaires. Certains d'entre eux ont perdu un ami ou un proche dans les attentats. Tous sans exception veulent voir les coupables croupir en prison ou griller sur la chaise électrique.

À ma droite, Mitchell serrait les mâchoires. Je n'avais pas réalisé jusqu'alors que nous lui demandions de travailler indirectement contre son propre gouvernement.

— Nous travaillerons simultanément sur deux fronts, exposa Khoyoulfaz. Sliv et Harvey, vous analyserez tous les dossiers touchant de près ou de loin à Ben Laden. Corrigez les erreurs les plus flagrantes sans passer par les canaux habituels et profitez-en pour mettre à jour la liste des sources référentes dans le monde arabe. Vous avez budget illimité.

— C'est-à-dire ? s'enquit Harvey.

— Illimité, répéta Khoyoulfaz d'un ton qui indiquait qu'il n'appréciait pas d'être interrompu. Ling, vous ferez équipe avec Pedro. Votre objectif : empêcher les événements du 11 septembre de prendre des allures de joute initiale dans un futur Armageddon des civilisations. Que les choses soient bien claires : Al-Qaida n'est pas la nébuleuse tentaculaire que décrivent les journaux, mais une organisation essentiellement saoudienne, composée d'une poignée de fanatiques presque tous identifiés.

— En somme, l'exact opposé de ce que nous faisons croire à la CIA depuis dix ans, fit sarcastiquement remarquer Barreda.

Khoyoulfaz choisit de ne pas relever.

— Je me fiche d'où vous travaillez. Nous nous réunirons dans cette salle chaque jeudi à 10 heures jusqu'à nouvel ordre. Aucune absence ne sera tolérée. Et maintenant, rompez.

Plutôt satisfaits d'avoir été appariés, Mitchell et moi nous retirâmes dans un petit bureau équipé d'un accès à la base de données de Toronto. Entre 1990 et 1998, le CFR avait produit quatorze dossiers sur Ben Laden et Al-Qaida, depuis le choix du nom de l'organisation jusqu'aux circonstances dans lesquelles Oussama avait été déchu de sa nationalité saoudienne. Nous nous les répartîmes sans logique particulière, à l'exception de mon propre dossier que je plaçai d'office sur la pile d'Harvey. Chacun conserva une copie des dossiers de l'autre.

Je décidai de prendre mes quartiers à Washington pendant quelques semaines et m'établis dans un hôtel du quartier de Foggy Bottom, au milieu des assistants parlementaires et des officiers de renseignement que j'espérais duper. Je commençai par lire les quatorze dossiers, dont la plupart, postérieurs à 1993, m'étaient inconnus. Avec le recul, on distinguait nettement trois périodes dans l'action du CFR.

La première, qui s'étendait approximativement de 1990 à 1992, s'ouvrait avec la création d'Al-Qaida, un petit chef-d'œuvre signé Angoua Djibo. Sachant la méfiance qu'inspirerait un scénario trop léché aux analystes de la CIA, le Camerounais avait résisté à la tentation de situer la naissance de l'organisation trop précisément dans l'espace ou le temps et romancé plusieurs scénarios, tous également plausibles. Dans l'un, la réunion fondatrice s'était déroulée en novembre 1989 dans les montagnes pakistanaises ; dans un autre, c'était en janvier 1990 dans une grotte en Afghanistan. Djibo recourait ici à un procédé particulièrement efficace : quand circulent plusieurs versions d'un même récit, les observateurs peinent tellement à débrouiller les circonstances de l'événement qu'ils en oublient de se demander si celui-ci a réellement eu lieu. Puis les auteurs des dossiers suivants avaient méticuleusement tissé un réseau de relations fictives entre Al-Qaida et les innombrables organisations djihadistes du monde islamique, en rendant par exemple la bande de Ben Laden coresponsable de plusieurs attentats au Yémen dans lesquels elle n'avait trempé ni de près ni de loin.

De 1993 à 1997, le CFR s'était attaché à faire d'Al-Qaida le principal ennemi des États-Unis. Soudain, Ben Laden était partout. En Somalie où il contrecarrait l'opération Restore Hope ; au Soudan où il assistait le Djihad islamique égyptien dans sa tentative d'assassinat du président Moubarak ; et même indirectement à New York : si Ramzi Youssef, l'auteur du premier attentat contre le World Trade Center, prétendait avoir agi seul, ne l'avait-on pas arrêté dans une cache pakistanaise réputée appartenir à Al-Qaida ? À nous lire, Ben Laden brassait des centaines de millions de dollars, ouvrait un nouveau camp d'entraînement chaque semaine et signait des fatwas comme Sinatra des autographes. La réalité était bien plus modeste : Al-Qaida n'avait pas participé au tiers des actions que nous lui attribuions et ne comptait qu'une demi-douzaine d'implantations.

Si seulement nous nous étions arrêtés là.

Malheureusement, Angoua Djibo avait repris la plume en janvier 1998. «Les États-Unis ont correctement identifié la menace que représente Al-Qaida mais se trompent lourdement sur sa nature», écrivait-il. «Parce qu'ils luttèrent jadis à ses côtés contre l'occupation soviétique en Afghanistan, les dirigeants de la CIA voient d'abord en Ben Laden un leader militaire pour qui la destruction de l'État d'Israël constituerait l'objectif essentiel. Or Ben Laden a sensiblement infléchi son discours depuis cette époque. Il ne se contente plus d'exiger l'évacuation des Lieux saints par les infidèles, il en appelle désormais à l'anéantissement pur et simple de la civilisation occidentale en érigeant l'assassinat de citoyens américains au rang d'acte sacré. En choisissant de traiter ces déclarations par le mépris, la Maison Blanche donne paradoxalement l'impression de douter de ses valeurs et de refuser le débat, alimentant au passage la réputation de couardise qui est la sienne dans le monde musulman.» Djibo préconisait donc d'adresser à l'Amérique un message si violent qu'elle ne pourrait l'ignorer. «Comment réagira-t-elle ?» se demandait-il. «Lancera-t-elle une de ces vastes opérations de séduction dont elle a le secret ? Réexaminera-t-elle ses alliances au Proche-Orient ? Ou, jugeant l'affrontement inévitable, se mettra-t-elle enfin en ordre de bataille ? Il est encore trop tôt pour le dire mais, en tout état de cause, je recommande d'agir sans tarder, avant qu'Al-Qaida ne devienne réellement la menace formidable qu'elle n'est pour l'instant que sur le papier. »

Ce « message violent » que recommandait Djibo, c'était la nauséabonde fatwa de février 1998 attribuée à Ben Laden et à trois autres leaders islamistes, dont la lecture me donnait envie de vomir. « Il est du devoir de chaque musulman de tuer un Américain, soldat ou civil, chaque fois qu'il en a la possibilité, afin de se conformer à la parole d'Allah tout-puissant qui demande de combattre les infidèles jusqu'à l'extinction du tumulte et de l'oppression. » Même en me replaçant dans le contexte, j'avais du mal à saisir le raisonnement de Djibo, y voyant au mieux un quitte ou double terriblement hasardeux et au pire un répugnant appel au pogrom. La tentative du Camerounais avait d'ailleurs connu un sort infamant : Bill Clinton n'avait jamais mentionné la fatwa en public ; les journaux américains avaient relégué la nouvelle en page intérieure et la politique du Département d'État n'avait pas dévié d'un iota. Six mois plus tard, des explosions coordonnées devant les ambassades américaines au Kenya et en Tanzanie faisaient plus de deux cents victimes. Le CFR n'avait plus rien écrit sur Al-Qaida depuis.

Je ne me sentais pas le droit de juger Djibo. Le Comex l'avait fait avant moi, au terme d'une instruction que j'imaginais pénible mais rigoureuse. Connaissant le Camerounais, il avait dû offrir sa démission. Je l'espérais vivement, en tout cas.

Je chassai provisoirement ces pensées de mon esprit et m'attelai à un examen approfondi de mes sept dossiers, en me demandant comme toujours qui était le plus susceptible de les éventer. Selon moi, Ben Laden et sa clique ne présentaient pas un grand danger. Ils avaient trop bénéficié de nos interventions pour se risquer à les exposer au grand jour. Je croyais le Saoudien suffisamment intelligent pour s'être rapidement approprié le mérite de la création d'Al-Qaida. Comme Andreas Baader avant lui, il ne manquait d'ailleurs jamais une occasion de corroborer notre narration. Ne venait-il pas récemment de déclarer au micro d'Al-Jazira : « Le nom d'Al-Qaida est né par hasard il y a bien longtemps. C'est ainsi que nous appelions les camps d'entraînement des moudjahidin établis par feu Abu Ebeida El-Banashiri. Le nom est resté. » Les membres de l'organisation ne demandaient d'ailleurs qu'à répandre les circonstances de sa naissance, quitte à exagérer le rôle qu'ils y avaient joué. Ainsi, début 2001, Djamal Al-Fadl s'était-il enorgueilli à son procès (il était jugé pour sa participation à l'attentat contre l'ambassade de Nairobi) d'avoir participé à la création d'Al-Qaida aux côtés de Ben Laden et d'Al-Zawahiri. De notre point de vue, ce témoignage valait de l'or. Il me rappelait celui du cinéaste Claude Chabrol qui prétendait avoir assisté à la projection d'un film qui n'existait que dans mon imagination.

Les Américains me soucièrent davantage, jusqu'à ce que je prenne la mesure de l'insigne faiblesse de leur dispositif de renseignement. En croisant plusieurs sources (rapports semi-publics du National Security Advisor, confidences d'anciens du renseignement, estimations de nos propres antennes locales), je parvins à la conclusion que la CIA disposait d'à peine une douzaine d'agents arabophones sur la région du golfe Persique, soit trois fois moins que notre seul bureau du

Caire. Nous les connaissions de surcroît presque tous par leur nom pour les avoir utilisés comme plate-forme de distribution pendant notre phase de dissémination de rumeurs. Et donc le contrôle systématique des sources dont avait parlé Khoyoulfaz devait donner à peu près ceci. Jack (à Langley) : «Dis donc, John, le grand patron demande si nous sommes sûrs de la présence de Ben Laden au Soudan en février 93.» John (à Islamabad) : «Affirmatif. Selon ma source, il est arrivé fin 92 et reparti début 96.» Jack (méfiant) : «Elle a un nom, cette source?» John (vexé) : «Ali. C'est un des gardes du corps d'Hassan Al-Tourabi.» Jack : «Ali? A-L-I? Sois gentil, appelle Bill pour moi et vois ce qu'il sait.» John : «Allô, Bill, si je te dis Ben Laden au Soudan? Février 93?» Bill (à Riyad) : «Dans le mille, mon pote. Je le tiens du neveu du cuisinier d'Al-Tourabi. Mustafa.» John : «Avec un *f* ou *ph*? C'est pour cet abruti de Jack à Langley.» Bill (rire gras) : «Avec un *f* comme fils de pute, bien sûr !» On l'aura compris, Ali et Mustafa — deux pseudonymes — émargeaient au CFR.

Nous avions bien entendu commis quelques erreurs. La plupart ne prêtaient toutefois pas à conséquence et pouvaient aisément être mises sur le compte du mystère qui entourait Al-Qaida. Le seul dossier que je repris de fond en comble portait sur l'opération Bojinka. En 1995, trois sinistres individus n'appartenant pas à Al-Qaida avaient projeté d'assassiner le pape Jean-Paul II et de détourner douze avions de ligne sur des bâtiments parmi lesquels figuraient les quatre cibles du 11 septembre. Par un heureux concours de circonstances, leurs plans avaient été déjoués et l'un d'entre eux avait été appréhendé à Manille. Flairant l'aubaine, un agent paresseux du CFR s'était empressé d'associer le nom de Mohammed Djamal Khalifa, beau-frère de

Ben Laden, au financement de l'opération. Il avait produit à la va-vite un dossier de qualité tout juste acceptable, en omettant de documenter plusieurs des transactions financières qui constituaient la trame même de son récit. Un crack en informatique du bureau de Moscou passa trois jours à localiser les archives de la banque philippine puis à reconstituer les flux un à un.

J'appelais chaque soir Harvey pour faire le point. Il se montrait moins optimiste que moi, alors même qu'il ne décelait aucune faille substantielle dans ses dossiers. Les services secrets américains, qu'il parait d'une prescience illimitée, lui inspiraient un respect quasi religieux et il me confia un jour qu'il se retournait constamment dans la rue de peur d'être filé. D'une certaine façon, sa paranoïa avait du bon car elle me forçait à élever mes exigences à un niveau que je croyais jusque-là réservé à Lena Thorsen. Pour le reste, je n'avais pas lieu de me plaindre : Harvey était d'un commerce agréable et m'offrait un angle de vue incomparable sur le fonctionnement des médias américains.

Lors de nos réunions hebdomadaires, Ling et Pedro ne se montraient guère plus inquiets. Certes, dans plusieurs capitales musulmanes, l'effondrement des tours du World Trade Center avait suscité des scènes de liesse populaire inédites depuis l'assassinat d'athlètes israéliens aux Jeux olympiques de Munich en 1972. La réaction des gouvernements avait été autrement réconfortante. Même des États réputés hostiles à l'Amérique comme la Libye, la Syrie ou la Corée du Nord avaient condamné les attaques. Des milliers d'Iraniens avaient défilé dans les rues de Téhéran une bougie à la main. Seul Saddam Hussein avait déclaré que les États-Unis récoltaient le fruit de leurs crimes contre l'humanité (n'étant pas à une contradiction près, il avait ensuite assuré le peuple américain de sa sympathie). De son côté, la Maison Blanche se gardait de jeter de l'huile sur le feu. Après quelques tâtonnements, George W. Bush avait enfin arrêté son message vis-à-vis de la communauté musulmane : l'islam était une grande religion et il ne laisserait pas une poignée de fanatiques la dévoyer. C'était une position plus subtile qu'elle n'en avait l'air : Bush assurait les musulmans modérés de son soutien tout en prenant implicitement acte de leur incapacité à résorber l'intégrisme. Il s'estimait désormais investi de cette responsabilité et le prouva dès le mois suivant, en ordonnant le bombardement des montagnes afghanes où s'était censément réfugié Ben Laden. Aucun de ses alliés n'osa lui faire remarquer qu'il entrait *de facto* en guerre contre un État musulman. Les talibans dénoncèrent bien « une attaque contre l'islam » mais leur cote de sympathie était au plus bas et leurs protestations n'émurent guère l'opinion. La communauté internationale reconnaissait aux États-Unis le droit de pourchasser le cerveau des attentats du 11 septembre et tant pis pour ceux qui lui avaient fourni un point de chute. Cependant, les Américains, qui pilonnèrent pendant des semaines les grottes de Tora Bora où s'étaient repliées les forces talibanes à la chute de Kaboul, ne parvenaient pas à capturer Ben Laden. Ils se consolèrent en installant une Autorité intérimaire à la tête de l'Afghanistan, première étape dans la longue marche vers un nouveau régime démocratique.

Le jour où il nous annonça cette bonne nouvelle, Pedro ne put s'empêcher de remarquer que les Américains ne faisaient toujours pas mine de modérer leur soutien à Israël, alors que celui-ci expliquait en grande partie leur impopularité dans le monde arabe.

Je reformulai ses paroles :

— Au fond, ce que tu veux dire, c'est que les Américains ont commencé à traiter les conséquences du djihad, mais qu'ils ne se sont toujours pas attaqués aux causes ?

— Les causes ? Quelles causes ? demanda Harvey, un peu plus agressivement que nécessaire.

Pedro me jeta un regard perplexe, comme s'il doutait qu'Harvey pût supporter la vérité.

— Eh bien, par exemple votre soutien quasi inconditionnel à Israël, expliqua-t-il. Le monde arabe aimerait vous voir afficher la même détermination en faveur de la création d'un État palestinien.

Rappeler sa nationalité à Mitchell était particulièrement maladroit de la part de Pedro. Car si Harvey se sentait tiraillé entre son patriotisme et sa loyauté envers le CFR, il n'en avait pour l'instant rien montré.

— Ou votre double langage sur les droits de l'homme et la démocratie, lança Ling que j'avais également connue plus fine.

— Quel double langage ? protesta Harvey. Nous voulons apporter la démocratie au monde et nous n'avons pas honte de le dire. J'imagine que tu veux parler de nos liens historiques avec l'Arabie Saoudite ? Et puis d'ailleurs...

Il se mordit la lèvre, comme s'il en avait trop dit.

— D'ailleurs quoi ? répéta Ling, goguenarde.

— Rien.

— Tu trouves qu'une Chinoise est mal placée pour te donner des leçons sur le terrain des droits de l'homme ? Allez, avoue. Mais tu sais, je suis prête à te faire une liste des sujets sur lesquels je suis en désaccord avec mon gouvernement.

— On sera bien avancés, maugréa Harvey.

— C'est tout ? intervint soudain Khoyoulfaz, sifflant la fin de la récréation.

Ling baissa la tête. Je vis qu'elle regrettait de s'être emportée. Harvey ne semblait pas particulièrement fier non plus. Khoyoulfaz reprit :

— À ceux qui l'auraient oublié, je rappelle que les agents du CFR laissent leur nationalité au vestiaire. Bon, je crois que notre mission touche à son terme. La CIA n'a pas détecté notre intervention. Les Américains ont enfin compris le sens du mot « djihad » ; donnons-leur le temps d'enterrer leurs morts et de capturer Ben Laden : ils réfléchiront plus sereinement après. En attendant, je place notre groupe en sommeil. Continuez à suivre l'actualité et restez sur vos gardes. Quelque chose me dit que nous n'en avons pas fini avec cette histoire.

4

À mon réveil le 30 janvier 2002, j'allumai la télévision, curieux de savoir ce que les médias islandais avaient retenu du traditionnel discours sur l'état de l'Union. Chaque année, le président américain expose aux parlementaires, dans un discours considéré comme l'un des temps forts de la démocratie américaine, ses plans législatifs pour l'année à venir.

Le sujet fit l'ouverture du journal de Sjónvarpio, la chaîne nationale islandaise. George Bush avait marqué les esprits en réunissant sous l'expression d'« Axe du Mal » les trois pays que les États-Unis soupçonnaient de financer le terrorisme. La formule avait fait mouche. Comme le soulignait le présentateur, elle renvoyait au nom de la coalition jadis constituée par le IIIᵉ Reich et ses alliés. Le terme de « mal » (« *evil* » en anglais), particulièrement violent et d'un emploi sans précédent à ma connaissance dans les affaires diplomatiques, ne présageait rien de bon non plus.

Je remis mon petit déjeuner à plus tard et me connectai sur le site internet de la Maison Blanche où je téléchargeai le texte intégral du discours. Comme je m'y attendais, la guerre contre le terrorisme se taillait la part du lion; Bush rappelait les accomplissements des cent derniers jours : la reconstruction de New York, la libération de Kaboul, l'instauration de la démocratie en Afghanistan. «Ce que nous avons trouvé dans ce pays», disait-il, «nous confirme que la guerre contre le terrorisme ne fait que commencer. Des dizaines de milliers de terroristes entraînés sont encore en liberté et nous les poursuivrons où qu'ils se cachent.» Il dévoilait ensuite deux grands objectifs. Le premier consistait, sans surprise, à fermer les camps d'entraînement et à traduire les terroristes en justice. Le second marquait en revanche une évolution brutale dans la rhétorique américaine : la Maison Blanche se disait déterminée à empêcher les États favorables au terrorisme de menacer les États-Unis ou leurs alliés avec leurs armes de destruction massive. Ces États, Bush n'hésitait pas à les nommer. «Certains pays se tiennent tranquilles depuis le 11 septembre mais nous connaissons leur vraie nature. La Corée du Nord se constitue un arsenal de missiles et d'armes de destruction massive tout en affamant ses citoyens. L'Iran court après les mêmes armes, pendant qu'une poignée de dirigeants non élus répriment les aspirations du peuple iranien à la liberté. L'Irak continue à afficher son hostilité vis-à-vis des États-Unis et à soutenir le terrorisme. Le régime irakien s'efforce depuis dix ans de produire de l'anthrax, des gaz innervants et des armes nucléaires. (...) C'est un régime qui a quelque chose à cacher au monde civilisé. De tels États et leurs alliés forment un Axe du Mal, qui s'arme pour menacer la paix dans le monde. En cherchant à se procurer des armes de destruction massive, ces régimes posent un danger grave et croissant. Ils pourraient fournir ces armes à des terroristes, attaquer nos alliés ou essayer de faire chanter les États-Unis.

Dans tous les cas, notre indifférence aurait des conséquences catastrophiques. »

Je composai le numéro de Khoyoulfaz sur ma ligne protégée. Il décrocha presque aussitôt.

— Tu as vu ? demanda-t-il d'une voix essoufflée.

— Je viens de lire le texte. Je ne comprends pas où il veut en venir.

— Moi non plus. Que l'Iran, l'Irak et la Corée du Nord ne portent pas les États-Unis dans leur cœur n'est un secret pour personne. Mais quel intérêt a-t-il à les montrer ainsi du doigt ?

— Il dit qu'ils cherchent à se procurer des armes de destruction massive...

— Son père disait déjà la même chose...

— Et il n'avait pas tort. Tout de même, je suis surpris qu'il évoque le programme nucléaire irakien. Les inspections de l'ONU ont clairement établi qu'il avait été démantelé.

— Ce n'est pas ce que te diront les néoconservateurs. Ils pensent que Saddam a conservé un programme parallèle.

— Encore faudrait-il pouvoir le prouver.

J'entendis Yakoub donner une adresse à un chauffeur de taxi.

— Disposeraient-ils d'un élément nouveau ? suggéra-t-il.

— Par exemple ?

— Un expert en physique nucléaire qui disparaît du jour au lendemain, un vol d'ogives dans un dépôt de l'Armée rouge, ce genre de choses.

Une idée me vint :

— J'ai peut-être un moyen de le savoir : Abhishek Kumar.

— Le patron d'Hô Chi Minh-Ville ? dit Yakoub. Tu le connais ?

— Mieux, il me doit un service.

Quelques années plus tôt, les Opérations spéciales avaient coincé un agent sans scrupules qui s'était lancé en franc-tireur dans une vaste entreprise de manipulation des cours du pétrole. Lors de l'enquête interne qui s'était ensuivie, l'Inspection générale avait tenté de faire porter le chapeau au bureau d'Hô Chi Minh spécialisé dans les matières premières, et notamment à son jeune patron indien, coupable selon elle de n'avoir pas repéré plus tôt ce qui se tramait sous ses yeux. J'avais contesté cette version des événements, en rappelant que Kumar n'avait fait qu'obéir à un ordre de mission dûment paraphé par Toronto, et pointé les failles des procédures de l'Inspection générale qui n'avaient pu empêcher un obscur agent du Plan d'engager l'une des plus importantes initiatives de l'histoire du CFR sans l'aval de sa hiérarchie. Claas Verplanck s'était finalement fendu d'une lettre d'excuses à Kumar qui me vouait depuis lors une gratitude embarrassante.

Je parvins à joindre Abhishek plus tard dans la journée. Il partageait notre perplexité, ignorant comme nous sur quels éléments s'appuyait Bush pour invoquer une résurgence du programme nucléaire irakien. Il promit toutefois de se renseigner.

Mon téléphone portable sonna deux mois plus tard, alors que j'attendais au pied de mon immeuble le taxi qui devait m'emmener à l'aéroport. Je partais rejoindre Maga et Youssef à Boston pour quelques jours de vacances.

— Dartunghuver, dis-je en priant pour qu'il s'agît d'un faux numéro.

— Sliv, mon ami! jubila une voix au fort accent indien que j'aurais reconnue entre mille.

— Abhi? Comment vas-tu?

— Bien, bien. Écoute, tu t'intéresses toujours à l'uranium?

— Hélas, répondis-je en pensant que la conversation qui débutait n'était pas de celles qu'on souhaite avoir assis à l'arrière d'un taxi.

— Ah! ah! Alors écoute bien : un rapport secret, qui circule actuellement dans les milieux du renseignement, prétend que l'Irak aurait tenté d'acheter cinq cents tonnes d'uranium au Niger il y a deux ans.

J'en lâchai mon sac de voyage.

— Ce rapport, tu l'as vu?

— Non. Mais les Américains, eux, l'ont forcément eu entre les mains. Ils ont envoyé un ancien ambassadeur mener sa propre enquête sur place, un certain Joseph Wilson. Il a rencontré les correspondants locaux de la CIA et tous les gens qui comptent dans l'uranium au Niger.

— Officiellement?

— Non, mais sans beaucoup se cacher non plus. Cela dit, il semblerait que Wilson n'ait pas gobé l'histoire; il a avoué à plusieurs de ses interlocuteurs qu'il doutait de l'authenticité du rapport.

— Et toi, qu'en penses-tu?

— Je suis sceptique. Le Niger exporte environ trois mille tonnes d'uranium par an; cinq cents tonnes peuvent difficilement passer pour une erreur d'arrondi.

— Certes. En tout cas, merci du tuyau.

— Je reste ton obligé, dit Kumar en raccrochant sans me laisser le temps de le contredire.

Le taxi s'arrêta en double file. Je fourrai un billet dans la main du chauffeur avec une vague excuse puis remontai chez moi en soupirant. L'appel d'Abhi avait réveillé un pénible souvenir vieux de sept ans : pressé d'aller chercher Maga et Youssef à l'aéroport de Córdoba, j'avais bâclé l'examen d'un dossier indigent et laissé passer une erreur dont le coût s'était révélé astronomique. Je ne commettrais pas deux fois la même bêtise.

Je rallumai mon ordinateur. Je ne trouvai aucune trace sur internet d'un éventuel achat d'uranium nigérien mais lus attentivement la biographie de Joseph Wilson. On ne pouvait imaginer candidat plus qualifié pour la mission décrite par Abhi. Wilson avait effectué toute sa carrière dans le corps diplomatique, occupé plusieurs postes en Europe et en Afrique (dont Niamey entre 1976 et 1978), avant de devenir l'assistant de Bill Clinton pour les questions africaines.

J'appelai Khoyoulfaz et lui rapportai aussi fidèlement que possible ma conversation avec Kumar.

— Quel est ton sentiment? demanda-t-il après m'avoir écouté.

— Wilson n'est pas le genre de type qu'on déplace sur un coup de tête. Nous ignorons le contenu de ce rapport, mais les Américains l'ont manifestement jugé assez convaincant pour dépêcher un de leurs meilleurs spécialistes en urgence.

— Tu saurais t'en procurer une copie?

J'avais ma petite idée sur la question.

— Peut-être, indiquai-je, volontairement évasif, mais ce ne sera pas donné.

— Combien?

— Difficile à dire. Cinquante mille dollars?

— Tu peux monter jusqu'à cent mille, mais j'ai besoin d'un reçu.

Les mois qui suivirent marquèrent un net durcissement de la position américaine. Le 1er juin, George Bush s'adressa aux officiers de l'académie militaire de West Point. Sans citer expressément l'Irak, il fustigea une fois de plus les pays qui s'équipaient d'armes chimiques et nucléaires, avant de conclure sur une note messianique : «La cause de notre pays a toujours dépassé le simple souci de notre défense. Nous avons une formidable occasion d'imposer une paix juste de par le monde en substituant à la pauvreté, la répression et la rancune l'espoir d'un jour meilleur.» Le lendemain, le *New York Times* mit en garde les États-Unis contre la «tentation d'envahir unilatéralement les autres pays ou de renverser les autres gouvernements».

Bush démentait pourtant préparer la guerre. «Je n'ai pas de plan de guerre sur mon bureau», déclara-t-il à trois reprises au cours du mois de mai. Fin juillet, le *Washington Post* et le *New York Times* décrivirent cependant en détail les diverses options stratégiques qu'étudiait le Pentagone. Certains officiers penchaient pour l'endiguement ; d'autres pour une attaque prioritaire sur Bagdad ; plus aucun ne doutait que les États-Unis entreraient bientôt en guerre contre l'Irak.

Khoyoulfaz réactiva notre groupe de travail au début du mois d'août.

— Ce que j'aimerais comprendre, exposa-t-il en préambule, c'est ce qui rend les Américains tellement certains que Saddam Hussein leur cache quelque chose. Les inspecteurs des Nations unies n'ont-ils pas détruit toutes les armes non conventionnelles qu'ils ont trouvées après la guerre du Golfe ?

— Toutes celles qu'ils ont trouvées, rebondit Mitchell, mais pas nécessairement toutes celles qui existaient.

La défiance qu'inspirait Saddam Hussein aux Américains remontait au début des années quatre-vingt-dix. Après la guerre du Golfe, les États-Unis avaient accepté de déléguer aux Nations unies le soin d'évaluer et de détruire les programmes d'armement non conventionnel irakiens dont personne ne mettait en doute l'existence. Saddam avait fait usage de gaz toxiques à plusieurs reprises par le passé, contre son ennemi juré, l'Iran, et contre sa propre population kurde. Il s'en était toutefois bien gardé pendant la guerre du Golfe, sans doute par peur de représailles nucléaires.

Les inspecteurs de l'UNSCOM, la commission spéciale mise en place par les Nations unies, s'étaient rapidement plaints des entraves qu'ils rencontraient dans l'exercice de leur mission. Leurs descentes, théoriquement inopinées, semblaient presque toujours avoir été annoncées et leurs interlocuteurs s'obstinaient à nier l'évidence, même quand on leur agitait des fioles d'anthrax sous le nez. La politique d'obstruction systématique de Saddam s'était de l'avis général révélée désastreuse. L'UNSCOM avait renforcé ses contrôles et découvert plusieurs stocks d'armes biologiques. Les États-Unis avaient argué de l'attitude irakienne pour refuser d'assouplir les sanctions économiques votées par le Conseil de sécurité. Ils avaient même réussi à convaincre les Nations unies de les laisser bombarder directement les installations militaires irakiennes en septembre 1996 puis en décembre 1998. Certains experts nuançaient toutefois cette analyse : en refusant ostensiblement de coopérer, Saddam avait selon eux conforté son image de leader du monde arabe et encore un peu plus terni l'image des États-Unis dans la région.

— Je comprends les Américains, affirma Pedro Barreda. On ne peut avoir aucune confiance dans Saddam Hussein. Chaque fois qu'il jurait avoir renoncé aux armes chimiques, l'UNSCOM découvrait un nouveau stock de toxine botulique.

— Le poison le plus puissant connu à ce jour, rappela Ling. Cinq cents grammes suffiraient à tuer les six milliards d'êtres humains vivant sur cette planète.

— Je sais tout cela, bâilla Khoyoulfaz, mais en quoi la situation a-t-elle évolué dernièrement ?

— L'Amérique a été attaquée, remarqua sourdement Harvey.

— Surtout, elle n'a plus aucune information sur ce qui se passe en Irak depuis la disparition de l'UNSCOM, ajoutai-je.

La commission des Nations unies n'avait pas résisté aux rumeurs selon lesquelles la CIA dirigeait les recherches de plusieurs de ses représentants. Elle avait retiré ses inspecteurs dès 1998 et avait été dissoute l'année suivante.

— Or, sans informations, les États-Unis sont libres d'imaginer le pire, acheva Pedro. D'ailleurs, franchement, quand on connaît la haine que voue Saddam à la famille Bush, on ne peut pas leur donner complètement tort.

J'avais lu tous les rapports de l'UNSCOM et je me permis d'intervenir.

— La question est de savoir si Saddam a pu reconstituer ses programmes chimiques dans les deux ou trois dernières années. Déjà en 1998, l'inspecteur Scott Ritter notait que les Irakiens avaient démonté la plupart de leurs installations, en avaient éparpillé les pièces à travers le pays et qu'il leur faudrait à peine quelques mois pour les réassembler.

— Nous voilà bien avancés, soupira Khoyoulfaz. Savons-nous au moins sur quels éléments se base Bush pour prétendre que Saddam a relancé son programme nucléaire ? Sliv ?

Je racontai dans quelles circonstances j'avais appris l'existence d'un rapport indiquant que l'Irak avait acheté cinq cents tonnes d'uranium au Niger. Harvey n'en croyait pas ses oreilles.

— Tu as ce rapport ? demanda-t-il.

— Depuis avant-hier.

J'en sortis une copie de mon cartable pour la faire circuler. Harvey me l'arracha pratiquement des mains.

— Que dit-il exactement ?

— Qu'après plusieurs visites préparatoires, l'ambassadeur irakien au Vatican, Wissam al-Zahawie, aurait signé un accord avec le gouvernement nigérien en juillet 2000 pour l'achat de cinq cents tonnes d'uranium.

— C'est fichtrement bien documenté, en tout cas, commenta Harvey en feuilletant les courriers, fax et télex annexés au rapport.

— Connaît-on l'auteur ? demanda Ling.

— Non, mais ça n'a rien de surprenant. Seul un membre haut placé de l'administration irakienne ou nigérienne a pu assembler tous ces documents. Il serait fou de s'identifier.

— Qu'est-ce qui le motive, selon toi ? interrogea Harvey.

— L'argent, naturellement. J'ai payé cent mille dollars la version que tu as entre les mains.

Je n'en concevais aucune fierté. Un quart de cette somme revenait à un intermédiaire, un agent retraité de la Stasi du nom d'Otto Dreppner qui s'était reconverti dans le lucratif trafic de renseignements. J'avais rencontré Dreppner quelques années plus tôt, quand j'avais eu besoin de crédibiliser un dossier sur les archives de

232

la police secrète est-allemande. C'était un petit homme replet au regard las qui possédait l'immense qualité de ne jamais poser une question qui ne fût strictement indispensable.

Harvey émit un sifflement admiratif et s'absorba encore plus intensément dans sa lecture.

— Je ne te sens pas convaincu, nota Pedro.

— Non, en effet. On trouve par exemple en annexe les minutes détaillées d'une prétendue réunion secrète entre des émissaires venus d'Irak, d'Iran et de quelques autres pays désireux de former une alliance militaire contre les États-Unis. J'ai du mal à croire qu'on désigne un secrétaire de séance dans ce genre de colloque.

— Qui t'a vendu le rapport ? demanda Khoyoulfaz.

— Un nommé Rocco Martino, qui a longtemps travaillé pour le Sismi, les services secrets italiens, avant de s'établir à son compte.

— Que sait-on sur lui ?

— Rien, à part qu'il a été arrêté à deux reprises pour tentative d'extorsion et possession de chèques volés.

— Comment prétend-il être entré en possession du rapport ? s'enquit Pedro.

— Il refuse de le révéler.

J'hésitai un instant puis me jetai à l'eau.

— L'ambassade du Niger à Rome a été cambriolée l'année dernière. Le rapport de police signale la disparition de plusieurs blocs de papier à en-tête.

— C'est peut-être une coïncidence, remarqua Harvey.

— Bien sûr, ironisa Khoyoulfaz. Autre chose, Sliv ?

Je rougis de honte et secouai la tête, choisissant de garder pour moi le commentaire de Dreppner. « Si tu veux mon avis », avait-il ricané en me signant mon reçu, « Martino a pondu le rapport lui-même. La prochaine fois que tu seras prêt à dépenser cent bâtons, donne-les-moi directement, je te fignolerai quelque chose de meilleur.»

— Bon, oublions un instant les circonstances dans lesquelles ce rapport nous est arrivé, proposa Khoyoulfaz, bon prince, et dis-nous plutôt ce que tu en penses.

— Il ne tient tout simplement pas debout, répondis-je, pas mécontent de changer de sujet. Kumar, à qui j'en ai transmis une copie, est encore plus réticent que moi. Nous avons trois réserves principales. La première tient à l'ampleur de la transaction. Dix tonnes d'uranium suffisent à fabriquer une tête nucléaire; quel que soit l'état d'avancement de leur programme, je vois mal les Irakiens acheter une telle quantité d'uranium et les Nigériens leur vendre l'équivalent de deux mois de production.

Yakoub hocha la tête. Harvey, lui, se retenait de m'interrompre.

— Deuxièmement, les Nigériens n'exploitent pas eux-mêmes leurs mines. Ils ont confié cette tâche à un consortium emmené par une entreprise publique française. De par son adhésion au traité de non-prolifération nucléaire, la France s'engage à ne pas vendre d'uranium aux pays ne disposant pas de l'arme atomique, or rien n'indique qu'elle ait jamais dérogé à ses obligations. Enfin, et c'est pour moi l'argument essentiel, le Niger n'a rien à gagner à vendre son minerai à l'Irak...

— Tu permets? intervint Harvey. Sais-tu combien coûtent cinq cents tonnes d'uranium?

Ling me devança.

— Au cours de l'époque, à huit dollars la livre, cinq cents tonnes iraient chercher autour de neuf millions, calcula-t-elle.

— Peuh ! fit Harvey. Saddam serait prêt à payer bien davantage.

— Sans doute, concédai-je. Cinquante, cent millions peut-être, dans tous les cas un chiffre bien inférieur à l'aide internationale dont bénéficie le pays.

— Les États-Unis à eux seuls versent huit millions par an, rappela Ling qui aurait pu citer tout aussi facilement le montant de l'aide japonaise à Madagascar.

— C'est un bon point, concéda Harvey, mais les fonctionnaires nigériens sont trop mal payés pour avoir ce genre de scrupules.

— J'y ai pensé, mais même en admettant qu'ils puissent obtenir les autorisations nécessaires à l'extraction de cinq cents tonnes supplémentaires, tes fonctionnaires ne parviendraient jamais à transporter la marchandise sans se faire remarquer. L'ensemble de la production est traitée sur place et les Français contrôlent la seule route qui quitte la mine.

Harvey se tut, manifestement à court d'arguments.

— Bon travail, déclara Khoyoulfaz comme s'il se réjouissait de voir taillé en pièces un rapport qui lui avait coûté un dixième de million de dollars. Harvey, Sliv, je vous charge de discréditer ce tissu d'âneries.

— Cela ne devrait pas être trop difficile, annonçai-je. Il semblerait que l'ancien ambassadeur que la CIA a envoyé sur place soit parvenu aux mêmes conclusions que nous.

— Nous en revenons donc au point de départ, dit Khoyoulfaz, songeur. Sur quels éléments Bush s'appuie-t-il ?

Un long silence s'établit, que brisa finalement Harvey :

— Un peu de patience. Si la Maison Blanche espère convaincre le Congrès et bâtir une coalition, elle va bientôt devoir abattre ses cartes.

5

Harvey avait vu juste.

Un mois plus tard, le 7 septembre, le Premier ministre britannique, Tony Blair, rencontra George Bush à Camp David et l'assura du soutien de la Grande-Bretagne. Lors de la conférence de presse qui suivit, Bush déclara sans ambages : « Saddam Hussein est en possession d'armes de destruction massive. »

Le lendemain, le *New York Times* révélait en première page de son édition dominicale que l'administration irakienne cherchait depuis quatorze mois à se procurer des milliers de tubes en aluminium renforcé. Selon des officiels américains, ces tubes entraient dans la fabrication de centrifugeuses spécialement destinées à l'enrichissement d'uranium. « Ces transactions », poursuivait l'auteur de l'article, « ne sont pas le seul signe de l'intérêt renouvelé des Irakiens pour les armes nucléaires. Saddam Hussein a rencontré à plusieurs reprises au cours des derniers mois les meilleurs physiciens nucléaires du pays et aurait souligné, selon des sources américaines, l'importance de leur contribution dans sa lutte contre l'Occident. (...) Les faucons rappellent que la CIA avait sous-estimé l'ampleur et l'état d'avancement du programme nucléaire irakien avant la guerre du Golfe et craignent que Washington n'attende d'avoir des preuves formelles pour passer à l'action. La preuve recherchée, selon eux, risque fort d'être un champignon atomique.»

Plusieurs poids lourds de l'administration Bush firent le tour des plateaux de télévision dans la foulée, confirmant implicitement que la Maison Blanche avait orchestré ces fuites. Invité de la célèbre émission *Meet the Press*, le vice-président Cheney revint sur le programme nucléaire irakien. «Nous essayons encore d'assembler les pièces du puzzle mais une chose est certaine : Saddam essaie de se procurer l'équipement dont il a besoin pour enrichir de l'uranium et construire une bombe atomique. (...) Quand a-t-il commencé? Pendant le régime des inspections? En 1998, quand les inspecteurs ont quitté le pays? Plus récemment? Nous l'ignorons, de même que nous ignorons quand sa première bombe sera prête.» Le même jour sur CNN, Condoleezza Rice, la conseillère du président sur les questions de sécurité nationale, reprit à son compte la sinistre formule du *New York Times* sur le champignon atomique.

Mais le discours qu'attendait le monde entier était celui que devait prononcer George Bush devant les Nations unies le 12 septembre. Khoyoulfaz nous proposa de le suivre ensemble dans les bureaux du CFR à Washington. Je me félicitais de la tournure que prenaient les événements : Bush entendait manifestement privilégier la voie diplomatique. Il s'était donc rangé à l'avis de Tony Blair et du ministre des Affaires étrangères Colin Powell, désavouant au passage son vice-président et son ministre de la Défense, tous deux partisans de l'action unilatérale.

Le président américain fit une fois de plus ce jour-là la preuve de ses talents de communicateur. Vêtu du costume bleu marine et de la cravate rouge qui ne le quittaient plus depuis un an, il trouva d'emblée le ton juste. «Nous sommes réunis un an et un jour après une attaque terroriste qui a plongé mon pays, et des ressortissants de nombreux autres, dans la douleur. Hier, nous avons commémoré la mort des innocents qui ont péri en cette matinée horrible. Aujourd'hui, nous tournons notre attention vers l'obligation urgente de protéger d'autres vies, sans illusion et sans crainte.»

Il récolta ses premiers applaudissements en annonçant que les États-Unis rejoindraient prochainement l'Unesco dont ils s'étaient retirés en 1984 puis enchaîna avec quelques généralités sur la menace terroriste avant de se concentrer sur l'Irak. «En un lieu, dans un régime, nous rencontrons tous ces dangers, dans leurs formes les plus dangereuses et les plus agressives, exactement le type de menace agressive que les Nations unies sont faites pour affronter.»

— Tiens, *exit* l'axe du mal, remarqua Pedro Barreda.

Harvey, qui prenait frénétiquement des notes, lui fit signe de se taire. Pendant un bon quart d'heure, Bush rappela les multiples infractions dont Saddam Hussein s'était rendu coupable depuis la fin de la guerre du Golfe : il avait tenté d'assassiner l'émir du Koweït et un ancien président américain (le propre père de Bush), continué à fabriquer des armes chimiques malgré ses promesses du contraire, dissimulé d'importants stocks de gaz moutarde et agrandissait en ce moment même des installations pouvant servir à la production d'armes biologiques.

«En 1995, après quatre années de supercheries,

l'Irak a fini par admettre qu'il avait eu un programme accéléré d'armement nucléaire avant la guerre du Golfe. Nous savons maintenant que, s'il n'y avait pas eu cette guerre, le gouvernement irakien aurait été détenteur de la bombe nucléaire au plus tard en 1993. »

Cette dernière phrase fit sursauter Khoyoulfaz, qui se tourna vers moi. Je haussai les épaules en signe d'impuissance.

« L'Irak continue encore aujourd'hui à dissimuler d'importantes informations au sujet de son programme nucléaire, notamment en ce qui concerne la conception d'armes, le détail des achats, les données relatives aux expériences, un inventaire des matières nucléaires et les documents ayant trait à l'aide fournie par des pays étrangers. L'Irak emploie des scientifiques et des techniciens du nucléaire compétents. Il dispose toujours de l'infrastructure nécessaire pour fabriquer une arme atomique. »

— Pas trop tôt, murmura Khoyoulfaz en se redressant sur son siège. Maintenant, mon petit père, voyons ce que tu as en magasin.

« L'Irak a essayé à plusieurs reprises d'acheter des tubes d'aluminium extra-dur utilisés dans l'enrichissement de l'uranium destiné à une arme nucléaire. »

— Mais encore ? pressa l'Azéri à la fureur d'Harvey qui n'osait plus réclamer le silence.

« Si l'Irak achetait des matières fissiles, il serait en mesure de fabriquer une arme nucléaire en moins d'un an. Les médias irakiens contrôlés par l'État ont fait état de nombreuses réunions entre Saddam Hussein et ses scientifiques du nucléaire, ce qui laisse planer bien peu de doutes quant à son appétit continu pour ce genre d'armes. »

— Pas nouveau, le coup des réunions, s'enhardit à commenter Pedro.

«L'Irak a aussi une force de missiles de type Scud d'une portée supérieure aux 150 kilomètres autorisés par l'ONU. Les travaux effectués dans les installations réservées aux essais et à la production montrent que l'Irak fabrique de nouveaux missiles de longue portée qui pourraient faire un grand nombre de morts dans la région.»

— C'est tout? s'étonna Khoyoulfaz quand il devint clair que Bush ne fournirait aucun renseignement supplémentaire sur les programmes d'armement irakiens.

— Laissons-le finir, suggéra Ling. Il garde peut-être le meilleur pour la fin.

Mais Bush abordait maintenant la partie politique de son discours. Il énumérait les points sur lesquels les États-Unis jugeraient désormais Saddam. Si celui-ci voulait réellement la paix, il supprimerait toutes ses armes de destruction massive, retirerait son soutien aux terroristes et cesserait de persécuter ses minorités ethniques et religieuses. L'Amérique travaillerait en coopération avec le Conseil de sécurité des Nations unies à la rédaction d'une résolution reflétant ces engagements, une opération que le président américain présentait comme une formalité mais qui, je le savais, nécessiterait de longues semaines de négociations.

Khoyoulfaz éteignit la télévision sans attendre la fin des applaudissements.

— Qu'en pensez-vous? demanda-t-il.

— Il a clairement démonté le double jeu de Saddam, répondit Harvey. Et la CIA semble avoir constitué un sacré dossier.

— Au contraire, objecta Pedro, je relève assez peu d'éléments nouveaux.

— Je ne sais pas ce qu'il te faut, riposta Harvey en feuilletant ses notes. «Si l'Irak achetait des matières fissiles, il serait en mesure de fabriquer une arme nucléaire en moins d'un an.» «L'Irak a une force de missiles de type Scud d'une portée supérieure aux 150 kilomètres autorisés par l'ONU.»

— Mais il n'apporte aucune preuve de ce qu'il avance. Si la CIA a réellement connaissance de ces missiles, Bush aurait dû citer leur emplacement et leur nombre exact.

— Allons, tu crois vraiment qu'il va dire «Saddam a caché 50 missiles sol-air d'une portée de 250 kilomètres dans une caserne de pompiers de la banlieue de Tikrit»?

— Et pourquoi pas? s'entêta Pedro. C'est à lui qu'incombe la charge de la preuve.

— Ce genre d'informations ne franchit jamais le seuil des états-majors, décréta Harvey avec l'autorité d'un général cinq étoiles.

— Sliv? demanda Khoyoulfaz en se tournant vers moi.

— Je suis d'accord à la fois avec Harvey et avec Pedro. Depuis dix ans, Saddam se moque impunément des Nations unies; il était grand temps que quelqu'un expose sa rouerie à une tribune officielle. D'un autre côté, je suis surpris que Bush soit resté aussi vague dans ses allégations. Si j'oublie les infractions anciennes commises pendant la période des inspections et les déclarations invérifiables sur le thème «Saddam nous cache des choses», je ne retiens que deux informations réellement tangibles : l'Irak détiendrait des missiles d'une portée supérieure à 150 kilomètres et tenterait d'acheter des tubes en aluminium renforcé, le second point ne faisant d'ailleurs que corroborer l'article du *New York Times* de dimanche dernier.

— Justement, rebondit Khoyoulfaz. Qu'avez-vous trouvé sur ces fameux tubes ?

Je regardai Harvey, qui travaillait avec moi d'arrache-pied sur le sujet depuis trois jours. Il me laissa répondre.

— Les faits tout d'abord. En 2000, l'Irak a passé commande de 60 000 tubes d'aluminium auprès d'une société d'import-export de Hong Kong. Détails importants : l'alliage demandé, référence 7075-T4, est connu pour sa résistance et sa durabilité ; les tubes avaient un diamètre extérieur de 81 millimètres et une épaisseur de paroi de 3,3 millimètres. La CIA a intercepté le fax de commande et l'a transmis à son unité spécialisée dans les questions d'armement, qui a rapidement conclu que la seule finalité de ces tubes était la fabrication d'une centrifugeuse du type de celles utilisées pour enrichir l'uranium.

— La seule, vraiment ? fit dubitativement Khoyoulfaz.

— C'est toute la question, en effet. J'ai réussi à m'entretenir avec deux ingénieurs du Département de l'Énergie, en me faisant passer pour un journaliste anglais désireux de vérifier les informations du *New York Times*. Ils m'ont avoué sous le couvert de l'anonymat ne pas souscrire à la version de la CIA. Les tubes en question sont deux fois moins gros que ceux qu'employait le programme nucléaire irakien avant la guerre et à peine assez solides pour être intégrés dans une centrifugeuse.

— À quoi serviraient-ils, alors ? demanda Ling.

— Ce n'est qu'une supposition, mais ces tubes ressemblent presque exactement à ceux dont se servent les

Irakiens pour fabriquer leurs lance-fusées conventionnels.

— Pourquoi ne pas l'avoir dit? s'étonna Khoyoulfaz.

— Ils m'assurent tous deux l'avoir fait mais la CIA
leur aurait répondu que les Irakiens utilisaient vraisemblablement un autre type de centrifugeuse, développé
dans les années cinquante par un scientifique autrichien
nommé Gernot Zippe.

— On dirait un mauvais scénario...

— Attendez la suite. Joint par Harvey, Zippe a catégoriquement exclu l'hypothèse de la CIA. Le modèle
de centrifugeuse qu'il a mis au point fonctionne avec
des tubes deux fois plus courts et dont la paroi ne
dépasse pas un millimètre d'épaisseur. Pour en avoir le
cœur net, j'ai contacté David Albright...

— Son nom me dit quelque chose, murmura Ling
qui retenait moins facilement les noms que les chiffres.

— Il a longtemps travaillé pour l'Agence internationale de l'énergie atomique. C'est lui qui, dans les
années quatre-vingt-dix, a évalué le programme nucléaire de Saddam.

— Que pense-t-il de l'article du *New York Times*?
demanda Khoyoulfaz.

— Il a appelé Judith Miller dès lundi pour contester
la version de la CIA. Miller lui aurait répondu qu'elle
prenait bonne note de son avis mais qu'il ne reflétait
pas celui de la majorité des personnes qu'elle avait
interrogées.

— Que sait-on de cette journaliste?

Je me tournai vers Harvey qui avait fait la tournée de
ses contacts dans la presse.

— Je n'ai pas eu le temps de creuser, déclara-t-il,
mais elle est *a priori* au-dessus de tout soupçon. Trente

ans de métier, spécialiste du Moyen-Orient. Elle a remporté le prix Pulitzer l'année dernière pour une série d'articles sur les réseaux du terrorisme international.

Une moue de perplexité plissa le visage de l'Azéri.

— Qu'êtes-vous en train de nous dire ? Que la CIA transmet des informations à la Maison Blanche tout en les sachant erronées ?

— Non, évidemment, dis-je. J'ai plutôt l'impression qu'elle se sert de ces tubes comme d'un moyen de diversion parce qu'elle détient d'autres éléments plus accablants.

— Pourquoi ferait-elle une telle chose ? demanda Pedro.

Harvey répondit à ma place.

— Il y a quantité d'explications possibles. Parce qu'elle veut protéger ses sources au sein de l'administration irakienne ; parce qu'elle espère prendre Saddam la main dans le sac le moment venu...

— N'oublions pas, ajoutai-je, que les inspecteurs ont quitté l'Irak. Si la CIA expose ses soupçons, elle prend le risque que Saddam ferme ou déplace ses installations comme il l'a déjà fait par le passé.

— Il y a peut-être deux sortes de tubes, suggéra Ling. Après tout, l'article du *New York Times* fait référence à plusieurs transactions.

— Ou alors acheteurs et vendeurs utilisent un code, renchérit Pedro. L'Irak commande des tubes de 81 millimètres et la société chinoise expédie des tubes plus fins.

— C'est peu probable, pour deux raisons. D'abord, selon mes informateurs, la CIA a réussi à intercepter une des livraisons l'été dernier ; les tubes saisis correspondaient parfaitement à la description figurant sur la facture. Ensuite, les Irakiens n'ont pris aucune précaution qui indiquerait qu'ils avaient conscience de commettre un acte illégal : ils ont publié leurs spécifications sur internet, collecté des devis auprès de plusieurs sociétés de trading et discuté les prix comme n'importe quel acheteur.

— Ils ont vraiment agi avec une troublante légèreté, nota Harvey.

— Ou comme s'ils n'avaient rien à cacher, nuança Khoyoulfaz.

Il s'empara d'une bouteille d'eau et se servit un verre d'un air pensif.

— Pensez-vous que la CIA et la Maison Blanche puissent délibérément mentir en prétendant détenir la preuve que l'Irak a relancé son programme nucléaire ? lâcha-t-il de but en blanc.

La question était manifestement destinée à Harvey et moi. Pedro et Ling nous observaient avec intérêt.

— Tout dépend de la façon dont vous formulez la chose, répondis-je. Comme je l'indiquais tout à l'heure, j'ai tendance à penser que cette histoire de tubes n'est qu'un des nombreux éléments dont dispose la Maison Blanche, et sûrement pas le meilleur. Pourtant, en lui consacrant sa une, le *New York Times* a placé l'administration Bush face à un dilemme. Soit elle confirme implicitement en s'exposant au courroux de gens comme David Albright...

— Soit elle dément et prend le risque de fragiliser son message... compléta Pedro.

— Pourquoi ? demanda Ling.

Je cherchai une analogie pour bien me faire comprendre.

— As-tu déjà vu un procureur citer des témoins à décharge dans une affaire criminelle ? Non, évidemment, car le procureur n'a qu'un objectif : faire condamner l'accusé. S'il commence à admettre que certaines pièces à conviction sont moins solides qu'elles n'en ont l'air, il va semer le doute dans l'esprit des jurés et affaiblir l'ensemble de son réquisitoire.

Ling hocha la tête mais Khoyoulfaz n'était pas convaincu.

— Pour reprendre ta comparaison, ne crois-tu pas que ton procureur court un risque bien plus grand à exhiber une pièce à conviction dont il sait pertinemment qu'elle ne résistera pas à une contre-expertise ? Surtout si, comme tu le suggères, il dispose d'autres preuves pour emporter l'adhésion du jury ?

— *A fortiori*, s'il sait que tous ses arguments seront passés au crible, insista Pedro. Regarde ce qu'Harvey et toi avez découvert en trois jours. D'autres vont accomplir le même travail et, le jour où ils publieront leurs conclusions, la CIA se mordra les doigts de n'avoir pas joué cartes sur table.

— Harvey ? dis-je, ébranlé par l'assurance de Pedro.

— Je n'imagine pas un instant que le président puisse tromper le peuple américain sur un point aussi grave. Si sa culpabilité était avérée, il serait passible d'*impeachment*.

— Vraiment ? m'étonnai-je. Pourtant, Bill Clinton avait bien menti sous serment.

Le visage d'Harvey s'éclaira, comme chaque fois qu'il abordait le sujet de la Constitution américaine.

— L'*impeachment* ne se justifie qu'en cas de trahison, de corruption ou de crime et délit majeur. C'est dans cette dernière catégorie que Kenneth Starr, le procureur de l'affaire Monica Lewinsky, a tenté de ranger le parjure de Clinton. Le débat a alors roulé sur la question de savoir ce qui constituait un «délit majeur». Une majorité de députés et de sénateurs a finalement considéré que si le président avait menti, il l'avait fait sur un sujet d'ordre essentiellement privé et sous la pression d'un procureur partisan, et qu'en conséquence la charge de délit majeur ne pouvait raisonnablement être retenue contre lui.

Cet épisode, qui m'avait laissé le souvenir d'un déballage formidablement impudique, acquérait dans la bouche d'Harvey une noblesse digne du vote de 1964 sur les droits civiques.

— Aucun pays n'attache plus d'importance que les États-Unis aux principes de sa gouvernance, continua Harvey. Nos Pères fondateurs, dans leur immense sagesse, accordaient une importance égale aux trois branches exécutive, législative et judiciaire.

Je m'abstins de signaler à Harvey que Montesquieu avait livré dès 1748 des pages décisives sur la séparation des pouvoirs.

— Vous semblez redouter que George Bush n'envahisse l'Irak sur la foi de renseignements douteux. Il n'en a tout simplement pas le droit. Article 1, section 8 de la Constitution : «Le Congrès aura le pouvoir de déclarer la guerre, d'accorder des lettres de marque et de représailles, et d'établir des règlements concernant les prises sur mer et sur terre.»

— Je croyais que Roosevelt avait lui-même déclaré la guerre au Japon après l'attaque de Pearl Harbor, objecta Ling.

Elle n'aurait pu faire davantage plaisir à Harvey, qui se sentit autorisé à approfondir son exposé.

— Tu fais sans doute référence à son célèbre «discours de l'infamie» mais Roosevelt dit à la fin — je cite de mémoire : «Je demande au Congrès de déclarer que, depuis la vile attaque du 7 décembre 1941, les

247

États-Unis d'Amérique sont en guerre contre l'Empire du Japon. »

Ling haussa les épaules :

— Quelle différence entre déclarer la guerre et demander au Congrès de le faire ?

Harvey considéra la Chinoise avec effroi, comme si elle venait de cracher dans un bénitier.

— Mais enfin, c'est pourtant clair. Le président exprime sa recommandation et le Congrès statue en toute indépendance. Vois-tu, en 1787, les délégués de la Convention constitutionnelle s'apprêtaient à approuver une version légèrement différente de l'article 1 — « Le Congrès aura le pouvoir de *faire* la guerre » — quand James Madison attira l'attention sur le danger qu'il y aurait à placer les responsabilités de déclarer et de conduire la guerre entre les mêmes mains. Il suggéra par conséquent de remplacer le terme « faire » par « déclarer » et de déléguer au président le soin de « repousser les attaques soudaines ».

— Mais le président ne peut-il pas déployer des troupes sans l'autorisation du Congrès ? s'obstina Pedro. Les États-Unis n'ont jamais déclaré la guerre au Vietnam, que je sache.

— Excellente question, Pedro ! exulta Harvey qui décernait maintenant des bons points comme un animateur de jeu télévisé. Je ne vais pas m'étendre sur les différences entre une guerre et un engagement militaire, mais sache que même dans ce dernier cas le président a besoin de l'autorisation du Congrès.

Peut-être parce qu'il ne nous sentait pas entièrement convaincus, l'Américain ajouta :

— Croyez-moi, Bush ne partira pas en guerre sur un malentendu. La Constitution encadre strictement ses prérogatives et s'il s'avisait d'en tester les limites, les juristes du Congrès se feraient un plaisir de lui taper sur les doigts. Et puis n'oublions pas le pouvoir judiciaire : un citoyen peut toujours porter plainte contre le président s'il estime que celui-ci a enfreint la Constitution.

Harvey exsudait une telle confiance que, sur le moment, personne n'osa le contredire.

6

Le lendemain, le *New York Times* consacra un nouvel article aux tubes en aluminium. Judith Miller y révélait que les experts du renseignement avaient longuement débattu de leur possible usage avant d'ajouter : «Toutes les agences de renseignement s'accordent désormais à dire que ces tubes ne peuvent servir qu'à construire des centrifugeuses.» Elle reconnaissait l'existence de voix dissidentes minoritaires au sein du Département d'État et du Département de l'Énergie mais concluait sans équivoque : «Les meilleurs experts techniques et physiciens nucléaires (...) partagent l'évaluation de la CIA.»

Nous passâmes, Harvey et moi, les deux semaines suivantes à éplucher le livre blanc publié par le White House Irak Group, un groupe de travail présidé par Karl Rove, le plus proche conseiller de George Bush. Nous constatâmes que l'argument des missiles à longue portée reposait essentiellement sur les témoignages d'anciens soldats de Saddam, aussi suggérai-je que nous nous intéressions d'un peu plus près à ces déserteurs si commodément bavards.

J'ai du mal à reconstituer l'état d'esprit qui était le

nôtre en ce mois de septembre. Harvey avait finalement reconnu la duplicité de la CIA dans l'épisode des tubes en aluminium mais persistait à croire que George Bush en était la première victime. Personnellement, j'en doutais. Bush Senior avait dirigé les services secrets américains et n'avait pu manquer de mettre son fils en garde contre les avis parfois trop catégoriques de Langley. À ce malaise latent s'ajoutait un certain sentiment de culpabilité : les nuages s'amoncelaient au-dessus de notre tête et je n'avais toujours pas accompli la moindre percée. Khoyoulfaz ne m'en faisait pas encore la remarque mais je voyais bien qu'il était un peu déçu.

Un matin que je travaillais sans entrain dans ma chambre d'hôtel, j'envoyai subitement valser mes notes et attrapai le rapport italien que m'avait procuré Dreppner. Quelque chose clochait dans ces pages, quelque chose qui allait au-delà de l'authenticité du document, mais je n'avais jusqu'à présent pas réussi à mettre le doigt dessus. Je trouverai aujourd'hui, pensai-je en basculant mon siège en arrière, dussé-je y passer la journée.

Il me fallut six heures. Aux deux tiers du rapport environ, un intermédiaire nigérien identifié par la seule initiale N. suggérait de recourir aux services d'un transporteur international du nom de Giovanneli. Nous avions trouvé deux sociétés — éminemment respectables au demeurant — pouvant répondre à cette description : une entreprise familiale bolognaise, Giovanelli e Fratelli, et la filiale milanaise d'un groupe de logistique, Giovanelli International Shipping Services. Naturellement, ni l'une ni l'autre n'avait le moindre client irakien ou nigérien et j'en avais déduit que l'auteur du rapport avait inventé un patronyme italien afin d'établir un lien avec la nationalité de Rocco Martino. Je me rappelais à présent m'être arrêté sur ce paragraphe lors de ma première lecture. Mon œil avait noté un détail, que mon esprit avait laissé s'enfuir. Mais lequel?

— Guido Giovanneli, murmurai-je enfin.

Le nom de famille Giovanneli est très courant mais il s'écrit rarement avec deux «n» et un «l». Je l'avais pourtant déjà rencontré sous cette forme : Guido Giovanneli donnait une conférence en première année de l'Académie sur le déclin de la représentation syndicale en Europe depuis la Seconde Guerre mondiale. Quinteros, le directeur de l'Académie, nous avait présenté ce vieillard à la voix chevrotante comme l'un des meilleurs spécialistes des relations sociales sur le Vieux Continent.

Je me connectai sur un site de généalogie italienne, qui renvoyait pour chaque patronyme saisi par l'utilisateur le nombre approximatif d'individus qui le portaient. Je testai toutes les variantes. On comptait plusieurs milliers de Giovanelli, presque autant de Giovannelli, mais un seul Giovanneli.

Je restai longuement pensif devant l'écran.

Je décrochai enfin le téléphone et réservai une place sur le premier vol pour Toronto.

7

Je sonnai vers 23 heures à la porte d'Angoua Djibo.
Le président du Comex habitait au trente-cinquième
étage d'une tour résidentielle qui dominait le lac Onta-
rio. Il m'ouvrit en robe de chambre, un verre de vin à la
main. Les notes d'une suite pour violoncelle de Bach
s'échappaient du séjour.

— Bonsoir, Sliv, m'accueillit-il sans rien laisser
paraître de sa surprise. Entrez, je vous en prie.

— Pardonnez-moi de vous déranger aussi tard, Angoua, mais je devais absolument vous parler en dehors
du circuit habituel.

— Bien sûr, dit Djibo comme s'il recevait chaque
soir plusieurs visites similaires.

Il s'effaça pour me laisser passer. L'intérieur du
Camerounais ressemblait à son bureau. Les murs tapis-
sés de lambris étaient couverts de peintures modernes.
Deux lampes vertes semblables à celles qu'on trouve
dans les bibliothèques dispensaient une lumière tami-
sée et studieuse. Je ne pus m'empêcher de remarquer
sur une console Art déco une photo récente représentant mon hôte en jaquette aux côtés d'une jeune femme
en robe de mariée. Peu d'agents sont mariés. Je n'avais

jamais imaginé que Djibo pût avoir une femme et encore moins une fille de mon âge. J'aurais donné cher pour savoir ce que son épouse connaissait du métier de son mari.

— Voyons, asseyez-vous, dit Djibo en m'indiquant la meilleure place, un fauteuil en cuir chocolat qui faisait face à l'immense baie vitrée donnant sur le lac. Voulez-vous boire quelque chose ?

— Merci, non. Je suppose que Yakoub Khoyoulfaz vous tient informé des progrès de notre groupe, ou plutôt de son absence de progrès.

Djibo hocha la tête, sans que je pusse savoir s'il partageait mon appréciation.

— Vous savez peut-être alors que nous avons acquis auprès d'un intermédiaire italien un rapport qui tendrait à prouver que l'Irak a acheté cinq cents tonnes d'uranium au Niger.

— Yakoub m'a parlé de ce rapport. Il dit que c'est vous qui en avez découvert l'existence. Félicitations.

— Oh, je ne m'en vante pas. Je l'ai payé une petite fortune alors que tout porte à croire qu'il s'agit d'un faux.

— Qui en serait l'auteur ?

— Jusqu'à ce matin, j'aurais parié sur l'intermédiaire lui-même, mais je pense à présent que les responsables appartiennent au CFR.

— Quoi ?

J'avais ménagé mes effets afin de pouvoir observer la réaction de Djibo. Il s'était écrié puis avait instinctivement regardé en direction de la chambre à coucher comme s'il craignait d'avoir réveillé sa femme. Il avait l'air sincère — pour autant que je puisse en juger.

— Sur quoi vous basez-vous pour dire cela ? demanda-t-il à voix basse.

Je lui présentai les stades successifs de mon raisonnement. Il parut un peu déçu en m'entendant assener mon argument massue.

— Mais vous le dites vous-même, il s'agit d'un nom très courant.

— Pas orthographié de cette façon. La meilleure preuve en est que les deux transporteurs que nous avons identifiés s'appellent Giovanelli, avec un « n » et deux « l ». J'ai eu l'occasion d'y réfléchir dans l'avion ; laissez-moi vous exposer comment les choses se sont déroulées, à mon avis. Première étape : l'auteur du rapport cherche à établir une connexion avec l'Italie afin d'expliquer comment Martino aurait pu entrer en possession du document. Cela n'a *a priori* rien d'évident : comment introduire une touche italienne dans un dossier irako-nigérien ? Réfléchissez-y et vous verrez que l'idée de la société de transport est assez astucieuse. Deuxième étape : il ouvre un annuaire italien à la rubrique « Transporteurs », avise deux entreprises homonymes et se fait la réflexion que cette confusion ne peut que le servir. Troisième étape : il rédige son rapport ; au moment d'insérer le nom du transporteur, son inconscient le trahit et lui souffle l'orthographe sous laquelle il a pour la première fois rencontré le nom « Giovanneli ».

Djibo avait attentivement suivi mon exposé et je compris à son silence qu'il était occupé à en reconstituer l'enchaînement.

— Il est possible que les choses se soient passées comme vous le dites, admit-il enfin. Mais ne négligez-vous pas les autres explications ? Après tout, l'auteur a pu commettre une erreur typographique.

— J'en doute vraiment. Il l'aurait remarquée. L'orthographe «Giovanneli» est vraiment choquante pour qui a l'habitude des langues latines.

— Mais pas pour un Africain.

— Justement. Un Africain aurait scrupuleusement recopié le nom du transporteur, de peur de commettre une erreur.

— Vous avez probablement raison. Supposons que votre explication soit la bonne : l'auteur du rapport a rencontré un Giovanneli...

— *Le* Giovanneli. Il n'en existe qu'un dans toute l'Italie.

— Mais nous ne sommes pas les seuls à le connaître...

— Allons, Angoua, le raisonnai-je gentiment. Si vous admettez que l'auteur d'un rapport falsifié connaît le dénommé Guido Giovanneli, où se portent vos soupçons : vers sa femme de ménage ou vers les académiciens du CFR ?

La musique s'était arrêtée. Djibo se leva machinalement et inséra un autre disque dans la platine. Bientôt les premières mesures du *Clavier bien tempéré* s'élevèrent dans la nuit.

— Qu'attendez-vous de moi au juste ? demanda-t-il en se rasseyant.

— Le Comex est-il engagé dans une opération secrète ?

Je m'étais rendu à Toronto uniquement pour poser cette question. Djibo me dévisagea longuement, comme s'il s'interrogeait sur l'opportunité de me répondre.

— Le Comex n'a approuvé qu'une seule mission : celle que dirige Yakoub et dont vous faites partie, déclara-t-il enfin.

— Vraiment ?

— Je vous donne ma parole, dit Djibo en choisissant charitablement de mettre mon insolence sur le compte de la fatigue.

— C'est ce que je craignais d'entendre, soupirai-je.

— Craignais?

— Enfin, Angoua, ne réalisez-vous pas ce qui est en train de se passer? Le CFR fabrique des sources sur lesquelles les Américains pourront s'appuyer pour envahir l'Irak.

— C'est inconcevable, balbutia Djibo, sonné par ma franchise.

C'était pour une fois à mon tour de lire dans ses pensées : après le fâcheux épisode de la création d'Al-Qaida, le CFR ne pouvait pas se permettre d'être associé à un nouveau cafouillage. Il n'y survivrait tout simplement pas.

— Avez-vous des raisons d'imaginer qu'un des membres du Comex ait pu prendre une telle initiative sans vous consulter? me renseignai-je pour la forme.

— Bien sûr que non, répondit Djibo en hochant vigoureusement la tête.

— Une équipe de mercenaires qui travaillerait pour la CIA? insistai-je. Réfléchissez, je vous en prie.

Djibo s'efforçait de recouvrer ses esprits mais ma révélation l'avait visiblement dévasté. Il repoussa son verre vide loin de lui comme pour résister à la tentation de le remplir à nouveau.

— Vous avez raison, acquiesça-t-il enfin. Trouvons le motif et il nous mènera aux coupables.

— Avez-vous enregistré des défections récemment?

— Aucune.

— Un ancien agent?

— Nous trouvons toujours un accord amiable avec ceux qui nous quittent.

— L'argent?

— Je ne l'exclurais pas à ce stade, toutefois j'en doute. Nous rémunérons très correctement nos collaborateurs.

— Reste l'idéologie. Les néoconservateurs auraient-ils fait des émules au sein du CFR?

C'était à mes yeux l'explication la plus plausible. Une poignée d'agents américains, viscéralement convaincus de la complicité de Saddam Hussein dans les attentats du 11 septembre, prenaient l'initiative de fabriquer eux-mêmes les pièces à conviction. Djibo avait dû y penser lui aussi car il pesa soigneusement sa réponse.

— Non, je dirais presque au contraire. Mes collègues du Plan désapprouvent pour la plupart l'interventionnisme des néoconservateurs. J'ai dû batailler ferme pour imposer mes vues.

— Justement. Je sais que vous vous êtes énormément investi dans cette initiative, parfois contre l'avis de certains membres du Comex. Je suis un peu gêné de vous demander cela, mais se pourrait-il qu'un de vos ennemis essaie de vous déstabiliser?

Djibo sourit — tristement — pour la première fois de la soirée.

— Je crains que notre discussion avec Yakoub ne vous ait donné une regrettable image des hautes instances du CFR. N'ayez aucune inquiétude de ce côté-là. C'est la raison qui gouverne nos débats, et non l'ambition ou un quelconque esprit de revanche. Les membres du Comex n'hésitent pas à exprimer leur opinion mais ils se rangent sans état d'âme à l'avis de la majorité.

— Et en cas d'égalité?

— La voix du président compte double.

Bien qu'ignorant cette disposition, j'en saisis aussitôt une implication essentielle. Le Camerounais n'avait eu besoin de convaincre que deux des cinq membres du Comex pour dégager sa responsabilité des événements du 11 septembre. À moins bien entendu qu'il ne se soit abstenu de participer au scrutin. Si Djibo lut dans mes pensées, il se garda cette fois de répondre à la question que je n'osais pas formuler à voix haute.

— Je prendrais volontiers un verre, à la réflexion, dis-je.

— Je n'ai que du vin.

— Cela fera très bien l'affaire, répondis-je en me rappelant que mon hôte ne se hasardait jamais en deçà des grands crus.

Je me levai et m'approchai de la fenêtre. Un mince croissant de lune baignait le lac d'une lumière pâle quasi surnaturelle. Djibo me tendit un verre généreux. Sa main tremblait très légèrement.

— Vous sentez-vous capable de débusquer le traître ? demanda-t-il en sachant pertinemment que j'étais venu lui offrir mes services.

— Le ou les traîtres, car rien ne dit qu'il agit seul. Oui, je pense que nous avons une chance de les coincer. Ils ont commis une première erreur, ils en feront d'autres. En outre, nous possédons sur eux un avantage immense, qu'il nous faut préserver à tout prix : ils ignorent que nous les avons détectés.

Je trempai mes lèvres dans le vin en déplorant de ne pouvoir m'abandonner à sa complexité.

— Je rentre demain matin à Washington, annonçai-je. J'ai voyagé sous une fausse identité, personne ne saura que je vous ai rendu visite. Il est de la plus haute importance que vous ne rapportiez pas un mot de cette conversation à qui que ce soit. Je n'écarte personne *a priori*.

— Si, dit Djibo, vous m'écartez, moi. Pourquoi être venu me trouver?

— J'ai envisagé d'agir seul, répondis-je en fuyant son regard, et puis je me suis dit que j'allais avoir besoin de moyens, de protection peut-être.

— Mais pourquoi moi? insista-t-il. Vous auriez pu vous tourner vers Yakoub...

C'est vrai, pensai-je soudain. Et pourtant l'idée ne m'avait pas effleuré l'esprit. Khoyoulfaz m'avait menti une fois, pour mon bien sans doute, mais il m'avait menti. Djibo, lui, m'avait toujours dit la vérité, même quand celle-ci avait été dure à entendre. Il avait gagné mon respect sans jamais le considérer pour acquis. Il me traitait en égal. Une discussion que nous avions eue quatre ans plus tôt me revint brusquement en mémoire. Angoua, à qui je demandais pourquoi je devrais lui faire confiance, avait répliqué qu'il ne pouvait répondre à cette question à ma place.

— Parce que j'ai confiance en vous, avouai-je en le regardant dans les yeux.

— Je t'en remercie, répondit Djibo en me tutoyant pour la première fois.

Je repris un peu plus vite qu'il n'eût été nécessaire :

— Nous disposons de peu de temps, or mes journées sont déjà bien remplies. Avec votre permission, j'aimerais constituer une petite équipe, des agents avec qui j'ai déjà travaillé et dont je réponds personnellement.

— Je me charge de les faire intégrer dans le groupe de Yakoub. Il me réclame justement des renforts. À qui penses-tu?

— Youssef Khrafedine et Magawati Donogurai.

— Je m'en doutais. Tu ne crains pas la réaction de

Youssef quand il apprendra que le CFR a participé à la création d'Al-Qaida ?

Djibo persistait à employer le terme de «participation» quand d'autres auraient bien mieux reflété le fond de ma pensée. Je doutais que Youssef appréciât la distinction.

— Si, admis-je, mais je pense pouvoir en faire mon affaire.

— Alors c'est entendu.

— Lena Thorsen, dis-je en me demandant brièvement si elle-même m'eût choisi dans les mêmes circonstances.

— Tu aurais tort de te passer de ses services.

— Je songeais enfin à Gunnar Eriksson.

— Gunnar ? tiqua le Camerounais. Quelle drôle d'idée !

— Il connaît le fonctionnement du CFR mieux qu'aucun de nous, justifiai-je.

— Je ne dis pas le contraire, mais je préférerais que tu désignes quelqu'un d'autre, déclara Djibo, confirmant au passage mon obscur pressentiment selon lequel les membres du Comex se méfiaient de Gunnar.

— Mais pourquoi me priverais-je de son expérience ? insistai-je en espérant susciter des confidences.

Je lus une fois de plus dans les yeux du Camerounais qu'il m'avait percé à jour.

— Écoute, je ne m'oppose pas au choix de Gunnar mais je souhaiterais qu'il opère en marge du groupe de Yakoub.

Je fis mine d'ignorer que sa formule de politesse cachait en fait un ordre.

— Nous devrions pouvoir travailler ainsi.

— J'appellerai Yakoub dès demain matin, conclut

Djibo, manifestement soulagé d'avoir trouvé un compromis. En attendant, je vais te montrer ta chambre.

Voyant que j'allais protester, il ajouta :

— Dors quand tu le peux. Tu n'en auras sans doute pas souvent l'occasion dans les mois à venir.

8

Après une bonne nuit de sommeil, je conviai par téléphone les membres de mon équipe à une réunion à Reykjavík deux jours plus tard. Gunnar accepta sans se faire prier, Maga sauta sur l'occasion de sécher les cours et Youssef cessa de rechigner quand je mentionnai le patronage de Djibo. Restait Lena. Je composai son numéro à Los Angeles. Elle décrocha à la première sonnerie.

— Thorsen.

— Lena, Sliv à l'appareil.

— Sliv ? dit-elle d'une voix plus étonnée que ravie. Que fais-tu à Toronto ?

— Oh rien de spécial, mentis-je en regrettant de n'avoir pas masqué mon numéro d'appel. Comment vas-tu ?

— Depuis quand ma santé t'intéresse-t-elle ?

Devant cet accueil chaleureux, je décidai d'abréger les politesses et d'aborder directement le motif de mon appel.

— Djibo m'a demandé d'enquêter sur un sujet hautement sensible. Je suis en train de monter mon équipe : veux-tu en faire partie ?

— De quoi s'agit-il? demanda Lena, soudainement intéressée.

— C'est confidentiel. Nous nous réunissons après-demain à Reykjavík. Je t'en dirai plus à ce moment-là.

— Une minute, je regarde mon agenda.

Elle posa le combiné. J'entendis le bruit des pages qu'on tournait.

— Jeudi matin? proposa-t-elle en reprenant le téléphone. Disons 11 heures : je coincerai l'aller-retour sur l'Islande entre une séance de yoga et un rendez-vous chez le coiffeur.

— Écoute, Lena, je n'aime pas beaucoup qu'on se paie ma tête...

— Non mais, sérieusement, tu espères vraiment que je vais sauter dans le premier avion sans un mot d'explication?

— D'autres l'ont fait! ripostai-je, piqué au vif.

— Laisse-moi deviner : M. et Mme Khrafedine? Stéphane Brioncet? Mais non, quelle idiote! C'est sûrement ce bon vieux Gunnar... C'est pour lui épargner la fatigue d'un voyage que vous vous réunissez à Reykjavík?

— Ne mêle pas Gunnar à ça. Et considère que la demande émane de Djibo.

— Vraiment? Pourquoi ne m'appelle-t-il pas lui-même?

— Parce qu'il préfère ne pas apparaître en première ligne.

— Lui ou le Comex?

— Lui. Écoute, décide-toi, je ne t'en dirai pas davantage.

Pendant quelques secondes, je n'entendis plus rien. Je crus que nous avions été coupés. Enfin, Lena reprit sur un ton sarcastique :

— Il t'a encore demandé de sauver le monde, n'est-ce pas ?

— Je ne vois pas de quoi tu veux parler.

— Sliv Dartunghuver, l'homme qui rétablit les situations compromises, tonitrua-t-elle comme si elle présentait une vedette de music-hall.

— Lena...

— Un contrôle inopiné des Nations unies ? Ayez le réflexe Dartunghuver : il répondra sans ciller aux questions des inspecteurs et fera passer votre économie balbutiante pour le nouvel Eldorado.

— Tu as fini ?

— Attention cependant, ses services ne sont pas à la portée de toutes les bourses. Comptez deux à trois milliards pour une intervention standard, voire plus s'il lui prend l'idée de déplacer un massif montagneux.

— Tais-toi ou je raccroche.

— Qu'y a-t-il ? Tu es gêné ? Tu n'étais pas si modeste l'hiver dernier devant le Comex.

— Et toi, tu ne comprends pas ce que j'essaie de te dire ? m'écriai-je au comble de la fureur. Le CFR est en danger et j'ai besoin de toi.

La réponse de Lena mit un moment à me parvenir. Je sus qu'elle se réjouissait de m'avoir extorqué cet aveu de faiblesse.

— Tu as besoin de moi ? J'ai bien entendu ? Et que gagnerais-je à te donner un coup de main ? demanda-t-elle froidement.

— Tu veux dire au-delà du soulagement d'avoir sauvé la vie de milliers d'agents ?

— Peuh ! Garde ce genre d'arguments pour Gunnar Eriksson.

— La gratitude du Comex, hasardai-je en regrettant aussitôt mes paroles.

— Oh, vraiment ? Je m'y vois déjà. Lena, dit-elle en contrefaisant la voix de Djibo, nous vous remercions pour le soutien logistique que vous avez apporté au super-agent Dartunghuver. Sans les verres d'eau que vous lui serviez régulièrement, il serait probablement mort de soif.

— Tu es injuste...

Elle suffoqua.

— Moi, injuste ? Moi, injuste ?

Elle reprit son souffle et je sentis qu'elle essayait de se dominer. Finalement, elle reprit :

— Ça suffit, j'en ai assez entendu. Tu peux effacer mon numéro de ta mémoire. Je ne travaillerai plus jamais avec toi. Quant à Djibo, s'il a besoin de mes services, il n'a qu'à m'appeler directement. Et encore, dis-lui d'y mettre les formes : je serais fichue de l'envoyer promener, tout président du Comex qu'il est.

Je raccrochai de justesse avant elle, en proie à une rage prodigieuse. Je voulais bien admettre quelques torts : sans doute aurais-je dû corriger Djibo quand il avait minimisé le rôle de Lena devant les membres du Comex ; je n'avais pas non plus saisi l'occasion de réparer cet oubli lors de ma conversation ultérieure avec Angoua et Yakoub. Thorsen pouvait-elle pour autant me jeter la pierre si le Comex tenait sa prestation en si piètre estime ? Buruk lui-même n'avait-il pas d'emblée jugé son dossier insuffisant, et ce malgré les trois années qu'elle y avait consacrées ? Si encore nous avions pu en discuter... Mais la Danoise avait snobé mon invitation à déjeuner et, pris par mes nouvelles fonctions, je n'avais pas trouvé le temps de la rappeler. Encore sous le coup de la colère, je décidai de ne pas remplacer Lena. Elle avait vaguement laissé entendre qu'elle pourrait déférer à une requête poliment formulée par Djibo, mais je voyais mal le Camerounais céder au chantage d'un agent de classe 3. Il me suffirait de l'informer que Thorsen refusait de travailler sous mes ordres.

Deux jours plus tard, nous tînmes notre première réunion dans mon salon, plus discret que la salle de réunion de Baldur, Furuset & Thorberg. Gunnar, qui avait rencontré Maga et Youssef quelques années plus tôt, leur offrit ses vœux de bonheur pendant que je mettais de l'eau à chauffer. J'étais nerveux. Si je tenais le soutien de Gunnar pour acquis, j'ignorais en revanche comment j'avais pu assurer Djibo de l'indulgence de Maga et Youssef. Je me raccrochais à l'espoir qu'il existait une façon imparable de présenter la situation à mes amis et qu'après avoir écouté attentivement mon exposé ils avaliseraient sans réserve la politique du Comex.

J'avais répété mon texte et, pendant quelques minutes, je sentis que mon auditoire souscrivait à mes arguments. Youssef semblait partager l'analyse historique de Djibo sur la fracture grandissante entre l'Occident et l'Islam. Il opina plusieurs fois du chef pendant le long développement que je consacrai à la Fraction armée rouge et eut même un murmure approbateur quand je racontai comment l'invention de la Bande à Baader avait contraint la société allemande à se prononcer sur la question terroriste. Avec un peu de chance, il serait parvenu aux mêmes conclusions que Djibo si Maga, toujours plus vive que son mari, ne s'était pas écriée :

— Pour l'amour du ciel, ne nous dis pas que le CFR a trempé dans la création d'Al-Qaida !

Je sentis la tension monter brusquement d'un cran. Gunnar, qui depuis un moment tournait sa cuillère dans son thé, la choqua contre la tasse et la reposa sur la soucoupe.

— Je vais vous expliquer pourquoi cette idée n'était pas aussi mauvaise qu'elle en a l'air, dis-je en pensant qu'il était encore un peu tôt pour me désolidariser de Djibo.

— Bonne chance, lâcha sourdement Youssef en croisant les bras.

J'exposai en détail le plan de Djibo : du choix d'Oussama Ben Laden jusqu'à la revendication par Al-Qaida d'attentats commis par d'autres en passant par mon propre dossier sur la guerre du Golfe.

— Quoi ! s'exclama Youssef. Mais alors tu es au courant depuis dix ans ?

— Neuf, rectifia Gunnar qui m'avait aidé à l'époque à boucler mon scénario. Un dossier épatant. C'est à peine si j'ai changé une virgule. Un an après, plus un musulman n'ignorait que les Américains étaient passés par l'Arabie Saoudite pour envahir l'Irak.

— Et ça nous avance à quoi ?

— C'est la réalité, Youssef, dit Gunnar en posant sa tasse. Les Américains ont foulé les Lieux saints de l'islam, que ça te plaise ou non. Djibo cherchait simplement à dévoiler la vérité : il voulait que les musulmans admettent qu'ils ne supportent pas la présence d'infidèles sur leur terres et que, simultanément, les Américains prennent conscience de la défiance qu'ils suscitent dans le Golfe. Idéalement, les deux parties s'assiéraient autour d'une table pour sortir de cette impasse.

— Idéalement, marmonna Youssef.

— Les choses ne se sont malheureusement pas passées ainsi, repris-je. Al-Qaida a gagné en influence et l'administration Clinton n'a pas pris la mesure du danger. En 1998, Djibo a brusquement fait grimper les enchères, contre l'avis de certains membres du Comex.

— Laisse-moi deviner. Il a distribué des photos de Ben Laden avec des oreilles de Mickey dans les mosquées?

— Presque, admis-je, honteux. Mais avant de vous révéler son idée, je veux que vous sachiez que je la condamne absolument.

— Est-ce à dire que tu approuves le reste?

— Je ne sais pas si j'approuve mais je peux comprendre. En revanche, je ne trouve aucune excuse à la dernière initiative de Djibo.

— Je crains le pire, murmura Maga.

— Et tu as raison. C'est Djibo qui a écrit la fameuse fatwa qui ordonne aux musulmans de tuer des Américains, militaires ou civils, chaque fois qu'ils en ont l'occasion.

— Quoi!

— Le fumier! s'emporta Youssef en bondissant sur ses pieds comme s'il entendait demander immédiatement réparation au Camerounais.

— Je n'aurais jamais cru Angoua capable d'une telle bourde, commenta Gunnar, le seul à garder son calme.

— Moi non plus, avouai-je péniblement.

— Comment peut-il être encore en poste après un pataquès pareil? s'interrogea Gunnar à voix haute.

— Il n'a sans doute pas jugé nécessaire de démissionner, persifla Youssef en faisant les cent pas.

— Peut-être les membres du Comex ont-ils estimé que Djibo connaissait la situation mieux que personne et qu'il restait le mieux placé pour corriger ses propres erreurs.

Je me retrouvais bien malgré moi à prendre la défense du Comex.

— La preuve... ironisa Youssef.

— Quel rôle a joué le CFR dans les attentats ? s'enquit Maga.

— Aucun. Les attaques du 11 septembre ont pris le Comex totalement par surprise.

Youssef s'approcha de moi avec un air méfiant et me regarda droit dans les yeux, ses cent kilos de muscles pressés contre mon corps, comme s'il espérait me voir reculer.

— En es-tu bien sûr ?

— J'en suis certain, répondis-je sans céder d'un pouce. Je travaille depuis neuf mois avec Yakoub Khoyoulfaz sur la séquence des événements. La dernière intervention du CFR remonte à février 1998.

Youssef s'écarta et me toisa d'un regard méprisant.

— Peu importe, je vous tiens pour responsables, toi et tes camarades du Comex.

— Youssef ! s'écria Maga.

— Quoi, «Youssef» ! Regarde Sliv ! Il participe à la plus vaste conspiration criminelle des cent dernières années et tout ce qu'il trouve à dire pour sa défense, c'est que Djibo a remis son mandat en jeu ! Quelle grandeur d'âme, en vérité !

— Je sais ce que tu ressens, déclarai-je le plus calmement possible. Je suis passé par là.

— Ah oui ? Tu n'y es pas resté longtemps, on dirait ! Mais c'est vrai que tu as la mémoire courte : la dernière fois, tu croyais avoir tué un homme et ça ne t'a pas empêché d'aller faire le toutou à l'Académie.

— Tu dépasses les bornes, Youssef, dis-je en sentant la colère monter en moi.

— Et toi, tu n'en as jamais eu !

— Tout doux, mes agneaux, dit Gunnar en s'interposant vivement entre nous.

Je me laissai écarter sans opposer de résistance, bouleversé par ce subit déferlement de rancœur. Même à Barcelone, Youssef ne m'avait jamais parlé ainsi.

— À cause de toi, les musulmans du monde entier sont montrés du doigt ! rugit-il entre les bras de Gunnar qui l'emmenait dans un coin de la pièce. On nous conspue ! On nous diabolise ! Alors que nous sommes un peuple pacifique !

— Pacifique ? m'étranglai-je. Et comment appelles-tu Ben Laden à ce compte-là ? Un barbu débonnaire ?

— C'est un fanatique égaré par la haine.

— Cette foule qui partait lyncher l'ambassadeur américain à Khartoum aux cris d'« *Allah Akbar* » ?

— Des victimes des manigances de Djibo !

— Des victimes ? Les bras m'en tombent, Youssef. Il y a tout de même une différence entre créer une association terroriste sur le papier et encastrer des avions de ligne dans des gratte-ciel : c'est Ben Laden qui a du sang sur les mains, pas Djibo.

— Allons donc ! Il a jeté de l'huile sur le feu pendant des années.

— Sans doute, mais ce feu, qui l'avait allumé ? Au fond de toi, tu le sais très bien : ce sont les mollahs comme ton père, toujours prompts à lancer l'anathème, qui réclament le droit d'adorer leur dieu mais veulent convertir par l'épée ceux qui en vénèrent un autre.

— Je t'interdis de parler de mon père ! mugit Youssef.

— Soit, parlons plutôt de ta petite personne. Veux-tu que je te dise ? Si Djibo a éprouvé le besoin d'écrire son dossier, c'est parce que des gens comme toi n'ont pas le courage de s'élever contre l'intégrisme.

— Comment oses-tu ? hurla Youssef, déclenchant une nouvelle intervention de Gunnar.

— Je t'ai observé au Soudan. Pas une seule fois tu n'as tenu tête à ton père ! Les occasions ne manquaient pourtant pas.

— Je n'étais pas rentré depuis dix ans et je me mariais ! Tu crois vraiment que c'était le moment de faire un esclandre ?

— Oh non, sans doute pas. Laisse s'écouler une autre décennie, le temps que la charia règne sur la moitié de la planète et que Maga ait demandé l'asile politique aux États-Unis.

Je regrettai ces paroles sitôt qu'elles eurent franchi mes lèvres. Youssef se libéra d'un coup de reins de l'étreinte de Gunnar et marcha lentement vers moi.

— Je te demande pardon, Youssef. Je n'aurais pas dû dire ça.

— Sliv, articula-t-il d'une voix d'où toute trace de colère avait disparu, jusqu'à aujourd'hui, tu étais mon meilleur ami. Mais avise-toi encore une fois de mêler Maga à nos discussions et je te tuerai de mes propres mains.

— Ça n'arrivera plus, je te le promets.

— Sliv a raison, dit une voix derrière moi.

Nous nous tournâmes vers Maga qui s'était rassise et nous dévisageait, les bras fermement croisés.

— Qui a raison ? demanda Youssef, incrédule.

— Sliv. Il exprime ce que je n'ai pas eu la force de t'avouer au Soudan. Ces trois semaines en compagnie de ta famille ont été un double supplice : celui, prévisible, d'endurer les sermons de ton père ; celui, infiniment plus décevant, de voir l'homme que j'aime prendre sa potion sans protester.

— Mais enfin, Maga, tu sais bien que je n'approuve

pas les positions de mon père, bégaya Youssef qui n'avait pas vu le coup partir.

— Ça, c'est ce que tu dis, riposta impitoyablement Maga. Il serait peut-être temps de le prouver. Rappelle-toi les coups de fil qu'a reçus ton père le 11 septembre. Je comprends peut-être mal l'arabe mais je n'ai pas eu l'impression qu'il était dévoré par le chagrin. Nous aurions dû quitter la maison ce jour-là.

— Pour aller où? demanda Youssef d'une voix misérable.

Son monde s'effondrait. Il me faisait pitié, à présent. J'aurais aimé lui ouvrir mes bras mais je n'osais pas.

— N'importe où. À l'hôtel. Dans la rue.

— Mais c'est ma seule famille, gémit Youssef.

— Elle ne te mérite pas, affirma Maga d'un ton implacable que je ne lui connaissais pas. Pas encore. Un jour peut-être.

Youssef ne répondit rien. Je devinai qu'il passait mentalement en revue les innombrables péroraisons de son père en se demandant comment il avait pu manquer tant d'occasions d'affronter ce dernier.

— Je t'aiderai, murmura doucement Maga comme si Gunnar et moi n'étions pas dans la pièce.

Elle se leva et passa son bras sous celui de son mari. Youssef avait beau la dominer d'un demi-mètre, en cet instant c'est lui qui ressemblait à un petit garçon.

— Nous allons faire un tour, annonça Maga. Continuez sans nous.

9

Je restai un moment à contempler la porte, encore sous le choc de la violente dispute qui m'avait opposé à Youssef.

— Je suppose qu'il fallait en passer par là, commenta placidement Gunnar en se resservant une tasse de thé. Mais ça fait beaucoup de choses à avaler, même pour un vieux grognard comme moi.

— Je sais. J'ai préféré tout leur révéler en une seule fois. Vous croyez que j'ai eu tort ?

— Non. Il s'en remettra. Il a de la chance d'être tombé sur une fille aussi chouette.

Il me jeta un coup d'œil en coin, dont je ne saisis que trop bien la signification : pourquoi ne me trouvais-je pas une compagne comme Maga ?

— Dis-moi, reprit Gunnar, tu n'as pas peur qu'il commette une bêtise ? Je devrais peut-être le faire suivre...

Il s'était efforcé de donner à sa dernière phrase le tour d'une plaisanterie mais je voyais qu'il était inquiet.

— Ne craignez rien : il n'agira pas sous le coup d'une impulsion.

J'étais moins tranquille que je n'en avais l'air. Certes, Youssef luttait habituellement contre son tempérament, qu'il savait péremptoire. Mais les présentes circonstances n'avaient rien d'habituel.

— Que disais-tu tout à l'heure sur Angoua ? demanda Gunnar.

— Il semblerait qu'il ait sauvé sa tête de justesse. D'après moi, Yakoub et au moins un autre membre du Comex réclamaient son départ.

— Je me demande surtout comment à l'époque il a réussi à convaincre ses pairs du bien-fondé de sa fatwa.

— À mon avis, il a mis tout son poids politique dans la balance. Les derniers arrivés comme Karvelis et Shao n'ont pas osé bousculer la hiérarchie.

— C'est possible, dit Gunnar, songeur. Mais trêve de spéculations : qu'attends-tu de nous ?

Je lui racontai comment j'étais progressivement arrivé à la conclusion que des membres du CFR fournissaient des fausses preuves à l'administration Bush. Il en resta comme deux ronds de flan.

— Inimaginable ! Qu'as-tu fait quand tu t'en es aperçu ?

— Je me suis rendu à Toronto pour faire part de mes découvertes à Angoua.

Gunnar leva un sourcil :

— Tiens ? Et pourquoi lui ?

Il était le deuxième à me poser la question et je lui servis la même réponse qu'à Djibo.

— Je n'aurais pas dû ?

— Si, si, protesta mollement Gunnar.

— Allons, je vois bien que vous avez quelque chose sur le cœur, insistai-je.

— Eh bien, disons qu'à ta place je ne me serais pas spontanément tourné vers Angoua, encore moins après ce que tu viens de m'apprendre sur la précarité de sa situation.

— Pourquoi cela?

— Réfléchis. Le 11 septembre a considérablement terni son aura. Même si le Comex l'a officiellement exonéré de toute responsabilité, plusieurs membres ont perdu foi en lui. Je ne vois qu'un cas de figure dans lequel il pourrait regagner leur confiance : s'il s'avérait que, durant toutes ces années, une entité autre qu'Al-Qaida avait également conspiré à la destruction de l'Occident.

— L'Irak, murmurai-je, stupéfait de ne pas y avoir pensé moi-même.

— La découverte d'un programme nucléaire irakien reléguerait les attentats du 11 septembre au second plan, si tant est que cela soit possible. Elle fournirait surtout une merveilleuse échappatoire à Djibo. « Ainsi vous pensiez que j'exagérais la menace islamiste », dirait-il. « Nous l'avons au contraire sous-estimée : depuis presque vingt ans, un pays musulman, adversaire déclaré des États-Unis, cherche à se procurer l'arme atomique. »

— Êtes-vous en train de dire que vous soupçonnez Djibo de diriger les faussaires?

— Absolument pas. Je me borne à te faire remarquer qu'entre tous les membres du Comex tu es allé trouver le seul qui possède un mobile.

Les paroles de Gunnar m'emplirent de consternation. J'avais cru malin de passer par-dessus la tête de ma hiérarchie en contactant directement le président du Comex; je n'avais peut-être réussi qu'à me jeter dans la gueule du loup.

— La prochaine fois, lâcha Gunnar, viens m'en parler d'abord.

Je compris à son ton bourru que je l'avais blessé. Ma confiance en Gunnar n'avait rien à envier à celle que j'éprouvais pour Djibo. Cependant, pour des raisons qui m'échappaient, j'avais préféré me confier au Camerounais. Je le regrettais, à présent.

— Maga et Youssef vont intégrer le groupe de Khoyoulfaz, annonçai-je. Ils m'aideront à éplucher les preuves de l'administration Bush. Quant à vous, j'aimerais que vous dressiez une liste des suspects.

— Je ne rejoins pas l'équipe de Yakoub ?

— Cela ne me paraît pas nécessaire, répondis-je en espérant que Gunnar ne me demanderait pas de détails. Vous travaillerez aussi bien depuis Reykjávik.

— Tant mieux. Je perdrai moins de temps dans les avions, se réjouit-il avec une pointe d'ironie dans la voix.

Je cherchai en vain une trace de déception sur son visage. S'il connaissait les raisons de sa mise à l'écart, il n'en montrait rien.

— Comment souhaites-tu que je procède ?

— Eh bien, Guido Giovanneli donne son cours depuis dix-huit ans...

— À raison de 20 élèves par promotion, cela nous donne 360 suspects.

— Auxquels il faut ajouter les membres du Comex et tous les agents qui sont intervenus au moins une fois à l'Académie pendant les vingt dernières années.

— C'est un travail de Romain !

— Personne n'est aussi qualifié que vous pour le mener à bien.

— Admettons, maugréa Gunnar. Je vais établir une fiche sur chaque agent. J'en ai personnellement rencontré la plupart. Je me limite à ceux qui sont en activité ?

— Ils le seront presque tous. Personne n'entre à l'Académie passé quarante ans.

— C'est juste. Que cherches-tu exactement ?

— Un mobile : besoin d'argent, sympathie idéologique pour les États-Unis, hostilité au Comex ou à son président...

— Le motif religieux ?

— Je ne l'écarte pas à ce stade. Regardez particulièrement du côté des musulmans et des chrétiens pratiquants et des spécialistes des questions d'armement. Ah, et n'oubliez pas les agents qui parlent arabe ou ont produit un dossier sur le Moyen-Orient.

— Me voilà bien avancé.

— Pour être honnête, je doute que vous coinciez les coupables sur leur seule biographie. Mais ils commettront tôt ou tard une nouvelle erreur qui nous permettra de réduire la liste des suspects.

— Espérons-le, dit pensivement Gunnar, car pour l'instant celle-ci risque d'être plutôt longue.

10

Maga et Youssef rentrèrent en fin d'après-midi, alors que la panique commençait à me gagner. Je sus en ouvrant la porte que j'avais eu tort de m'inquiéter. Maga avait les yeux rouges mais arborait un large sourire. Quant à Youssef, il me tomba dans les bras avant que je ne pusse dire un mot.

— Excuse-moi, vieux, j'ai dit des choses abominables.

— Je ne t'ai pas épargné non plus.

— L'exigence fait la valeur de l'amitié, dit-il en me pressant contre son cœur.

Je m'écartai de lui et le dévisageai en le tenant par les épaules. Il avait l'air aussi soulagé que moi.

— Entrez, dis-je pour dissiper l'émotion qui me submergeait.

Maga reprit sa place sur le canapé comme si les quelques heures qui venaient de s'écouler n'avaient été qu'une parenthèse. Youssef, lui, avait envie de parler.

— Tu te rappelles cette discussion que nous avons eue à Khartoum ?

— Laquelle ? Il y en a eu tellement.

— Celle sur la finalité du CFR. Je te disais que j'espérais de tout mon cœur qu'elle était compatible avec mes croyances.

— Je m'en souviens, déclarai-je prudemment, attendant de voir où il voulait en venir.

— Djibo qui crée Al-Qaida avec l'aval du Comex, c'est mon pire cauchemar qui devient réalité. Crois-le ou non, je suis entré au CFR pour promouvoir le dialogue entre les peuples.

— Je te crois.

— Et tout à coup, je réalise que je travaille depuis treize ans pour une organisation qui monte les religions les unes contre les autres. Comment te sentirais-tu à ma place ?

— Abusé. Trahi. En colère.

Il sembla surpris de me voir abonder dans son sens.

— Exactement. Maintenant, explique-moi pourquoi j'ai tort.

— Tu n'as pas tort. Mais tu dois remettre les choses en perspective. J'ai eu le rapport original de Djibo entre les mains. C'est un document extraordinaire, qui annonce toutes les grandes mutations du monde avec cinq ou dix ans d'avance et alerte les États-Unis et l'Europe sur l'intégrisme religieux à l'heure où ils ont encore les yeux rivés sur le bloc soviétique. À cet instant, Djibo est convaincu que l'Occident peut encore enrayer la montée de l'islamisme — à condition d'agir sans tarder. Il a un seul objectif en tête : éviter un nouveau choc des civilisations.

— J'ai peine à le croire. Il devait savoir qu'en structurant les groupuscules terroristes la création d'Al-Qaida aurait l'effet inverse.

— C'est là que tu te trompes. Cette méthode avait fait ses preuves et, d'ailleurs, elle aurait sans doute fonctionné sans la coupable négligence de l'administration Clinton. Au passage, ne va pas t'imaginer que les membres du Comex ont regardé leur plan s'enliser sans réagir. Selon mes informations, ils ont sommé Djibo de rectifier le tir dès 1997. Malheureusement, on connaît le résultat : la funeste fatwa de février 1998.

— Ne me dis pas que tu excuses le Comex cette fois encore.

— Non. Djibo a réagi comme un joueur de baccara ruiné qui tend les clés de sa maison au croupier en espérant se refaire sur une dernière main. Mais je comprends la logique de sa démarche. S'ils avaient pris cette fatwa au sérieux, les États-Unis auraient encore pu éradiquer Al-Qaida.

— Ce que tu essaies de me dire, résuma Youssef, c'est que Djibo n'a jamais voulu déclencher le 11 septembre.

— J'irais même plus loin : il a tout fait pour l'empêcher.

— Mais il a lamentablement échoué.

— Nous ne saurons jamais comment les choses auraient tourné sans l'intervention du CFR. Pas très différemment à mon avis, dis-je en exprimant mon intime conviction.

— Y a-t-il des musulmans au Comex ? intervint Maga.

— Un seul à ma connaissance : Yakoub Khoyoul-faz.

— Ce n'est pas forcément lui que j'aurais choisi pour me représenter, grogna Youssef.

— Au contraire, affirma énergiquement Maga. Je n'imagine pas de meilleur porte-parole.

— Quelle a été sa position dans toute cette affaire ? demanda Youssef en regardant son épouse de travers.

— Il a voté contre la fatwa puis demandé — sans succès — la tête de Djibo.

— Hum, grommela-t-il, comme s'il regrettait de ne pouvoir accabler Khoyoulfaz.

— Le Comex n'a rien contre l'islam, Youssef.

— C'est possible, mais il devrait rester à l'écart de la religion.

— Et se concentrer sur le baptême de Cortés ou la géométrie dans les fourmilières? répliquai-je en citant les deux premiers dossiers qui me vinrent à l'esprit. Allons, tu aurais rendu ton tablier depuis longtemps. Mais attends de connaître tous les détails avant de juger. Il semblerait qu'au moins une des pièces à conviction sur lesquelles la Maison Blanche s'appuie pour stigmatiser Saddam ait été fabriquée par des agents du CFR...

Je racontai mon histoire pour la deuxième fois de la journée. À l'incrédulité initiale succéda une franche excitation quand j'expliquai à mes amis que Djibo m'avait chargé de débusquer les traîtres. J'avais déjà remarqué que Youssef n'était jamais aussi fier d'appartenir au CFR que quand celui-ci pourchassait ses brebis galeuses.

— Vous ferez officiellement partie du groupe de Yakoub, basé à Washington. En réalité, vous chercherez surtout des indices permettant de remonter la piste des faussaires. De son côté, Gunnar établira la liste des suspects.

— J'ai hâte de m'y mettre! s'écria Youssef.

— Et moi d'envoyer valser mes bouquins de marketing, ajouta Maga.

On sonna.

— Tu attends quelqu'un? demanda Youssef, sur le qui-vive.

— Personne.

— C'est peut-être Gunnar? hasarda Maga.

J'ouvris la porte et me trouvai nez à nez avec Nina Schoeman.

— Salut, Dartunghuver, dit-elle en me plantant une bise sur la joue.

— Nina, quelle surprise!

— Bonne ou mauvaise?

— Mais bonne, naturellement.

— Non, je dis ça parce qu'on ne t'a pas beaucoup vu ces derniers temps à la boîte. Et comme Monsieur ne répond pas au téléphone...

Je savais qu'elle travaillait toujours chez Baldur, Furuset & Thorberg, où Gunnar, qui avait fini par surmonter ses préjugés, l'appréciait désormais à sa juste valeur.

— J'ai enchaîné les missions à l'étranger. Je repars ce week-end aux États-Unis.

— Tant mieux pour toi. Bon, tu m'invites à prendre un verre ou on taille une bavette sur ton paillasson?

— Entre, entre, l'invitai-je en regrettant, comme souvent avec Nina, de manquer de repartie. Qu'est-ce que je te sers?

— Une bière. Bien fraîche. Tu as ça en stock ou tu as aussi débranché ton frigo?

— Il doit m'en rester une.

Nous fîmes irruption dans le salon où Youssef et Maga s'étaient déjà levés.

— Tu me présentes? demanda Nina qui avait à peine sourcillé devant le double mètre de Youssef.

— Nina Schoeman, une camarade d'université que j'ai retrouvée récemment. Maga et Youssef Khrafedine, que j'ai connus en mission il y a une dizaine d'années à Hawaï.

Nina ignora les mains tendues et distribua deux nouvelles paires de bises. Youssef était un peu gêné. Maga se retenait de rire.

— Vous êtes aussi dans le conseil environnemental? s'informa Nina.

— Non, je travaille à la Banque mondiale à Toronto, dit Youssef.

— Et moi, j'ai repris des études de commerce à Boston, ajouta Maga.

— Mes pauvres, laissa tomber Nina sans autre forme d'explication. Elle vient, cette bière, Dartunghuver?

— On s'en occupe, dis-je en filant à la cuisine.

Quand je revins, Maga et Nina discutaient comme si elles s'étaient toujours connues. Youssef paraissait subjugué par la nouvelle venue.

— Tu mates mon tee-shirt? lança Nina.

— Oui, avoua Youssef, un peu gêné. Ce sont les Clinton?

J'avais tout de suite reconnu la caricature de l'ancien couple présidentiel. Hillary demandait à son époux ce qu'il regrettait le plus de ses années à la Maison Blanche. «Les dessous-de-table», répondait Bill en levant rêveusement les yeux au ciel.

— Je ne comprends pas, dit Youssef.

— Tu es bien le seul, rigola Nina.

— Tu as déjà oublié ce qui se passait sous la table du Bureau ovale, mon chéri? demanda malicieusement Maga.

Youssef piqua un fard et détourna le regard.

— Oh, ça va! dit Nina. Je préfère un président qui s'offre une petite turlute de temps en temps à l'autre demeuré qui ne sait même pas prononcer «nucléaire».

— Sans blague? m'étonnai-je. Bush ne sait pas dire «nucléaire»?

— Tu n'as jamais remarqué? Il parle de «bombe nu-qué-laire». Ça rend ses conseillers chèvres.

— Il devrait dire «bombe atomique», remarqua Maga, ça coule tout seul.

— Il pourrait surtout apprendre à dire «nucléaire», oui! rétorqua Nina. Ce n'est quand même pas trop demander!

Nous lui accordâmes que le droit d'utiliser l'arme atomique devrait être assorti de l'obligation de savoir la nommer.

— Justement, rebondit Nina, je passais voir si tu étais libre ce soir. Je vais à une réunion sur la situation en Irak.

— Ç'aurait été avec plaisir, mais Maga et Youssef repartent demain et j'avais prévu de passer la soirée avec eux.

— Compris.

— Transmets mes salutations à Einar.

— Oh, ce sac à bière n'est plus dans le paysage. Quand il a pigé que je ne coucherais jamais avec lui, il a tenté sa chance avec Eva et s'est pris un gros râteau. On ne le reverra pas de sitôt.

Youssef s'empressa de changer de sujet :

— Ce groupe auquel tu appartiens, que fait-il exactement?

— Nous essayons d'empêcher les États-Unis d'envahir l'Irak, expliqua-t-elle aussi simplement qu'elle aurait avoué travailler à un vaccin contre le cancer depuis sa cuisine.

— Vous ne croyez pas que Saddam possède des armes de destruction massive? demanda Youssef qui cherchait toujours à connaître l'opinion de son interlocuteur, même quand il disposait d'infiniment plus d'éléments que ce dernier.

Nina haussa les épaules.

— Évidemment que non. Les inspecteurs des Nations unies ont passé le pays au peigne fin pendant des années. Ils ont détruit tout ce qui pouvait servir de près ou de loin à fabriquer des bombes.

— Des bombes peut-être, mais *quid* des gaz toxiques qu'a utilisés Saddam contre les Kurdes ?

— Attends, comprends-moi bien : Saddam Hussein est une immonde crapule qui mérite cent fois de pourrir en enfer. Je pense juste qu'il n'a plus les moyens de nuire à qui que ce soit, et surtout pas aux Américains.

— Tout de même, la CIA semble disposer d'indications plus que sérieuses selon lesquelles il aurait réactivé son programme nucléaire.

— Nuquélaire, corrigea Maga.

— Allons donc ! Tu as entendu Bush aux Nations unies il y a quinze jours : ils n'ont rien à se mettre sous la dent. Sois sûr que s'ils avaient un vrai début de preuve, on en aurait déjà vu la couleur ! Tiens, il paraît que Cheney répète à qui veut l'entendre que l'Irak a récemment acheté cinq cents tonnes d'uranium au Niger. Pas cinq cents grammes. Pas cinq cents kilos. Cinq cents tonnes. Non mais franchement...

Ce n'était sans doute pas le moment de révéler à Nina que j'avais dépensé l'équivalent d'un siècle de revenu d'une famille africaine pour me procurer ledit rapport.

— Qu'es-tu en train d'insinuer ? demandai-je. Que les États-Unis fabriquent des fausses preuves pour justifier l'invasion de l'Irak ?

Nina écarquilla les yeux comme si j'avais déclaré croire au Père Noël.

— Enfin, Sliv, tout le monde le sait... La Maison Blanche passe commande des mensonges dont elle a besoin et la CIA les lui sert le lendemain sur un plateau.

— Tu ne crois pas que tu exagères un peu? Je veux bien que la CIA prenne parfois quelques libertés avec la vérité mais de là à dire qu'elle a érigé le mensonge d'État au rang des beaux-arts...

Je lus dans le regard de Nina que j'étais en train d'aggraver mon cas.

— Est-ce que le nom «Opération Northwoods» te dit quelque chose?

— Vaguement... Ça a quelque chose à voir avec Cuba, n'est-ce pas?

— Oh, si peu... Il s'agissait seulement de mettre en scène de faux attentats terroristes contre des intérêts américains et d'en rejeter la responsabilité sur Cuba afin de justifier une intervention militaire contre Fidel Castro.

— C'est ce que proposait la CIA, en tout cas. Mais si j'ai bonne mémoire, la Maison Blanche n'a jamais signé l'ordre de mission.

— C'est vrai, concéda Nina. Elle n'a pas eu les mêmes scrupules avec le projet Mockingbird. Pendant un quart de siècle, un bureau secret directement rattaché à la direction de la CIA a payé des journalistes américains pour qu'ils inondent les médias d'articles sur les dangers du communisme.

— C'est prouvé? demanda Youssef d'un ton sceptique.

— Si c'est prouvé? s'étrangla Nina. Le Church Committee, une commission sénatoriale, a révélé toute l'affaire en 1975.

J'avais déjà noté cette tendance des Américains à

exorciser leurs démons lors de séances de déballage magistralement chorégraphiées, pendant lesquelles les parlementaires s'émouvaient à grand tapage de pratiques qu'ils toléraient depuis la nuit des temps.

— Le ministre de la Défense de l'époque s'appelait Donald Rumsfeld, ajouta Nina. Sûrement une coïncidence...

— Tu ne crois pas que les temps ont changé? dit Maga.

— Oh si, les États-Unis font bien pire aujourd'hui! Leur perversion juridique ne connaît plus la moindre limite. L'armée américaine s'affranchit de la Convention de Genève en refusant aux détenus de Guantanamo le statut de prisonnier de guerre. Elle peut ainsi les garder indéfiniment en captivité sans même leur notifier de chefs d'accusation.

Je savais tout cela et pourtant j'avais besoin de gens comme Nina pour me le rappeler périodiquement.

— Comment espérez-vous empêcher la guerre? demandai-je.

— Tu veux dire à part en massant nos chars à la frontière irakienne?

— À part ça, dis-je en souriant.

— En faisant un ramdam de tous les diables. En criant la vérité sur les toits. En écrivant aux élus de chaque pays de la coalition pour les placer face à leurs responsabilités.

— La seule responsabilité que se reconnaissent les membres du Congrès, intervint Maga, c'est celle qu'ils ont envers le peuple américain. Ils se fichent pas mal des bleus à l'âme d'Amnesty International ou du jugement de l'Histoire.

— Tu as parfaitement raison. C'est pourquoi nous allons concentrer nos efforts sur les pays européens.

Blair, Aznar, Berlusconi feraient bien d'y réfléchir à deux fois avant de s'engager aux côtés des États-Unis. Nous n'empêcherons sûrement pas la guerre d'éclater, mais comptez sur nous pour que les complices de cette mascarade paient le prix fort pour leur inconséquence. Qu'est-ce qu'il y a, Dartunghuver ? Je te fais marrer ?

Je n'avais pas pu m'empêcher de sourire en entendant Nina menacer de représailles les chefs d'États dont elle n'était même pas ressortissante. Je savais pourtant au fond de moi qu'elle avait raison : il serait infiniment plus facile de faire chanceler l'opinion publique britannique ou australienne que d'ébranler les certitudes d'un parlementaire du Midwest.

— Du tout, me défendis-je. Je regrette simplement de ne pas être là la semaine prochaine pour t'aider à coller des timbres.

— C'est ça, fais le mariole. Tu ne perds rien pour attendre : je vais m'occuper de te forger une conscience politique.

Maga se retenait depuis trop longtemps. Elle explosa de rire et proposa à Nina de l'accompagner à sa réunion. Les deux filles partirent bras dessus bras dessous.

11

Yakoub Khoyoulfaz se réjouissait autant que moi de l'arrivée de Maga et Youssef — quoique pour des raisons différentes. De son point de vue, deux nouveaux agents n'étaient pas de trop pour traiter le flot continu de renseignements qui se déversait désormais sur nos bureaux. La Maison Blanche était en effet engagée dans deux batailles cruciales et faisait feu de tout bois.

La première se déroulait dans les coulisses des Nations unies, où les membres permanents du Conseil de sécurité négociaient pied à pied la formulation de la résolution que George Bush avait appelée de ses vœux quelques semaines plus tôt. Les États-Unis plaidaient pour une déclaration sans ambiguïté qui les autoriserait par avance à renverser Saddam si celui-ci contrevenait à ses obligations de désarmement. La Russie et la France rechignaient pour leur part à donner un blanc-seing à la Maison Blanche. Selon elles, il revenait aux Nations unies de se prononcer sur les éventuelles suites à donner à une infraction irakienne. Le débat pouvait paraître technique mais il était essentiel : si le Conseil de sécurité accédait aux demandes du Département d'État, il remettait son jugement entre les mains de l'Amérique et endossait implicitement un statut d'observateur.

La deuxième bataille était intérieure : Bush cherchait à s'assurer le soutien du Congrès, sans lequel, disait-il, Saddam ne prendrait jamais les menaces américaines au sérieux. Il réclamait des pouvoirs exceptionnellement larges — à la hauteur de la gravité de la situation, prétendait-on dans son entourage —, ce qui plongeait dans l'embarras les élus démocrates, tiraillés entre la crainte de trahir l'esprit de la Constitution et celle de sembler chipoter leur soutien.

Le 1er octobre, le Conseil national de renseignement, un organisme rassemblant des représentants des différents services secrets américains, livra un rapport national d'évaluation sur les programmes d'armement irakiens. Bien que le document fût classé Secret Défense, la Maison Blanche en avait laissé filtrer les conclusions dans la presse : il était désormais rigoureusement établi que Saddam Hussein possédait des armes de destruction massive. J'appelai immédiatement Dreppner en espérant qu'il pourrait me procurer un exemplaire du rapport.

— Ça devrait être faisable, estima-t-il sans chercher à connaître mes motifs. Il en circule probablement déjà plusieurs dizaines de copies à l'heure où nous parlons.

— Combien ?

— Une minute, dit-il comme s'il devait consulter un tarif.

Il me laissa en attente un peu plus longtemps que cela.

— Cinquante mille dollars, annonça-t-il finalement.

— D'accord, répondis-je en pensant que j'aurais été prêt à payer dix fois plus.

Dreppner se racla la gorge.

— Je ne devrais pas vous dire ça, mais selon un de mes contacts, une version résumée déclassifiée sera mise en ligne sur le site de la CIA dans les prochains jours.

— J'apprécie votre franchise, mais il me faut la version intégrale.

— Je vous rappellerai demain pour convenir d'un rendez-vous.

J'allai frapper à la porte de Maga et Youssef, qui avaient pris une chambre dans le même hôtel que moi, pour leur annoncer la nouvelle. Youssef était sorti. Maga m'écouta à peine.

— Je crois avoir trouvé quelque chose, dit-elle, très excitée.

Enfin ! pensai-je. Notre enquête parallèle n'avait jusqu'ici donné aucun résultat.

— Raconte, dis-je en prenant une chaise.

— C'est cette histoire de tubes en aluminium. La CIA a intercepté les premières commandes il y a deux ans. Tu ne t'es jamais demandé pourquoi elle avait attendu le mois dernier pour ébruiter l'information ?

— Si, bien sûr. Elle a de toute évidence soigneusement choisi son *timing* : un an après le 11 septembre et quelques jours avant le discours de Bush aux Nations unies.

— Nous sommes bien d'accord. Mais tant qu'à mettre la nouvelle en scène, pourquoi ne pas avoir organisé une conférence de presse ? Un George Tenet expliquant, schémas à l'appui et tubes à la main, comment fabriquer une centrifugeuse aurait été autrement plus spectaculaire qu'un article dans le *New York Times*.

— Enfin, Maga ! C'est un procédé vieux comme le monde. La CIA laisse dire qu'elle est à l'origine de la fuite mais se réserve la possibilité de démentir en cas de problème.

— Quel problème? Si elle a réellement intercepté une cargaison de tubes en aluminium, elle n'a rien à craindre.

— Sauf si elle a jugé à l'époque que ces tubes ne pouvaient pas servir à produire des centrifugeuses.

Maga secoua la tête.

— Je ne doute pas de la réalité de ces transactions, mais je pense que les analystes du Pentagone sont rapidement parvenus à la conclusion que les tubes étaient destinés à la fabrication de missiles traditionnels. Oh, il s'est sûrement trouvé quelques va-t-en-guerre pour prétendre que Saddam avait ressuscité son programme nucléaire mais les faits sont têtus et la raison a tout de même dû finir par l'emporter.

— Qu'es-tu en train de dire? Que la fuite ne vient pas de la CIA?

— Qu'elle ne vient *peut-être* pas de la CIA. Supposons un instant que j'ai raison. Un mystérieux informateur approche Judith Miller et lui révèle toute l'affaire, en omettant de préciser que la CIA a depuis longtemps écarté la théorie des centrifugeuses. Miller flaire le scoop et cherche à vérifier les faits. Elle appelle ses antennes dans le monde du renseignement. Branle-bas de combat à Langley. Tenet convoque sa garde rapprochée et demande d'où vient la fuite. Silence dans la salle. Tenet se tourne en urgence vers Rumsfeld. Il réclame des instructions précises : doit-il détromper Miller? Il ne peut quand même pas confirmer. « Ni l'un ni l'autre », lui répond Rumsfeld après en avoir discuté avec Cheney. « Contentez-vous de laisser dire. Il sera toujours temps de démentir officiellement. »

— Après ce que nous a dit Nina, tu vas peut-être me

trouver fleur bleue mais j'ai du mal à croire que la CIA puisse prendre tant de libertés avec la vérité.

— Si j'ai appris une chose en vivant aux États-Unis, c'est que la forme y importe infiniment plus que le fond. Mentir sous serment est un crime mais on n'a jamais envoyé personne en prison pour avoir laissé une rumeur se propager.

— Désolé, m'excusai-je en secouant la tête, mais tu ne m'as toujours pas convaincu.

À ma grande surprise, Maga sourit :

— Je m'en doutais. C'est pourquoi j'ai gardé le meilleur pour la fin. Si tu échafaudais un tel scénario, quelle serait ta source de référence ?

Je compris enfin où elle voulait en venir.

— Un article de journal, évidemment. De tous les médias, la presse écrite est celui qui inspire le plus de respect.

— Quel journal ? demanda Maga.

— Le *Washington Post* ou le *New York Times*. *USA Today* ne fait pas d'investigation et le *Wall Street Journal* est trop ouvertement républicain.

— Continue.

— Je choisirais un journaliste expérimenté...

— Judith Miller a trente ans de bouteille.

— Réputé...

— Elle a obtenu le prix Pulitzer au début de l'année.

— Spécialiste de l'Irak et des questions d'armement.

— Elle a couvert la guerre du Golfe pour le *New York Times* et elle doit son Pulitzer à une série d'articles sur le terrorisme international.

J'essayai d'affiner le profil de la source idéale :

— Elle aurait la confiance de son patron, qui la sou-
tiendrait dans l'adversité.

— Elle passe ses vacances avec Arthur Sulzberger,
le propriétaire du *New York Times*.

— Vraiment ?

— Et tu ne devineras jamais la meilleure : elle faisait partie des destinataires des enveloppes piégées à
l'anthrax l'année dernière.

Je fronçai les sourcils.

— Tu ne vois pas ? Cela la rend plus susceptible
qu'un autre journaliste d'avoir des préjugés contre un
pays engagé dans la production d'armes biologiques.

— Évidemment...

Maga me regardait anxieusement, à la recherche d'un
signe d'approbation.

— C'est du bon boulot, Maga, déclarai-je, impressionné par la somme d'informations qu'elle avait réu-
nie en si peu de temps. Je crois que tu tiens quelque
chose : si je voulais accréditer un scénario, je le ferais
surgir sous la plume de Judith Miller.

— À cette différence que ton scénario à toi serait un
peu meilleur que cette abracadabrante histoire de tubes
en aluminium !

— Un peu meilleur ? Attention, tu vas me vexer !

Je réfléchis aux perspectives qu'ouvrait cette découverte.

— Reste à savoir comment nous allons exploiter
ça...

— Miller représente notre seule chance de remonter
jusqu'aux traîtres. Plaçons-la sur écoutes.

— Ou piratons son ordinateur, suggérai-je en déplorant une nouvelle fois l'absence de Lena. Qui sait, elle
a peut-être échangé des emails avec son indicateur.

On entendit le glissement d'une carte dans la serrure

magnétique et un Youssef dégoulinant de sueur fit son entrée, une serviette autour du cou. Il avait dû faire sensation dans la salle de gym.

— Maga t'a raconté ? lança-t-il en attrapant une bouteille d'eau dans le minibar.

— Oui. Je vais recommander à Djibo de mettre Miller sur écoutes.

Youssef faillit s'étrangler.

— Depuis quand nous arrogeons-nous le droit de fouiller dans la vie privée des gens ?

Maga posa discrètement un doigt sur ses lèvres, me demandant ainsi de ne pas révéler à Youssef que cette idée émanait d'elle.

— Depuis qu'une bande de renégats détourne les méthodes du CFR pour essayer de déclencher une guerre, répondis-je.

— La fin justifie les moyens, c'est ça ? avança sardoniquement Youssef.

— En quelque sorte.

— Dis donc...

Je serrai instinctivement les poings en vue d'une nouvelle confrontation. Youssef, qui avait remarqué mon geste, s'interrompit brusquement.

— Je ne veux pas qu'on se dispute, confia-t-il d'un ton las en s'asseyant sur le lit.

— Moi non plus, Youssef.

— Ne renonce pas à tes principes, c'est tout ce que je te demande. Souviens-toi quand tu as sollicité ta réintégration après la mort de John Harkleroad. Tu avais tellement honte que tu ne donnais même plus signe de vie.

Comment aurais-je pu oublier ? Cette première année à l'Académie avait été la plus triste de mon existence.

— C'est différent cette fois-ci.

— Vraiment?

— J'ai promis à Djibo de tirer cette affaire au clair et j'ai la ferme intention d'aller jusqu'au bout.

— Djibo, l'homme qui écrit des fatwas à ses heures perdues?

— Il pensait bien faire, Youssef. Ne revenons pas là-dessus, je t'en prie.

— Mais tout le monde pense bien faire! As-tu jamais entendu quelqu'un avouer : «J'ai entrevu une occasion de foirer dans les grandes largeurs et j'ai foncé tête baissée»? Non, évidemment, l'enfer est pavé de bonnes intentions. Je me méfie de ton Djibo : il t'a déjà menti une fois et il n'hésitera pas à recommencer s'il y trouve un intérêt.

— Il ne m'a pas menti.

— Excuse ma franchise, vieux, mais dans le cas présent, ton indulgence confine au révisionnisme. Enfin, je ne sais pas ce qu'il te faut! Il t'a fait croire que tu avais tué un homme. Tu aurais pu te balancer par la fenêtre!

— Il agissait pour mon bien! criai-je en sentant inexplicablement les larmes me monter aux yeux.

Youssef remarqua mon désarroi et adoucit son ton :

— Et pour le sien aussi. Ce que je veux te dire, c'est que Djibo est plus retors que Maga et toi ne voulez bien le croire. Alors fais-moi plaisir : garde la tête froide.

— Compris. Merci, Youssef, dis-en en écrasant une larme au coin de mon œil.

— Pas de quoi, dit-il en s'engouffrant dans la salle de bains.

Le lendemain matin, j'appelai Gunnar pour l'informer des récents développements. Il me chanta une nouvelle fois les louanges de Maga avant, chose plus surprenante, de m'avouer qu'il partageait les réserves de Youssef.

— Il a raison. Tant que nous n'aurons pas définitivement écarté Angoua de la liste des suspects, nous serions stupides de l'aviser des progrès de l'enquête. D'ailleurs, tu n'as pas besoin de lui pour mettre Miller sur écoutes. Adresse-toi à Dreppner, il se fera un plaisir de te rendre ce service.

— Moyennant vingt-cinq mille dollars, je n'en doute pas. Mais comment justifier une telle dépense auprès de Yakoub?

— Ton barbouze ne peut pas te faire crédit un mois ou deux?

— Si vous le connaissiez, vous ne poseriez pas la question.

— Zut. Bon, je le prendrai sur mon budget en racontant un bobard à Baldur.

— Je n'osais pas vous le demander.

— Mais il me faudra...

— Un reçu, le coupai-je. Je sais.

— Bon, bon, grommela Gunnar, vexé. Tu veux savoir où j'en suis de mes recherches?

— C'est aussi un peu pour ça que j'appelais.

— Pour faire court, j'ai découvert quelques éléments intéressants, mais encore rien qui puisse nous aider à identifier les traîtres.

Je soupirai. Je n'avais pu m'empêcher d'espérer une bonne nouvelle.

— Par exemple?

— Eh bien, tout d'abord, l'un de mes informateurs m'a fait part d'une distinction capitale dans les règles de fonctionnement du Comex.

Je tendis instinctivement l'oreille, comme chaque

fois qu'il était question de la mécanique interne de l'organe dirigeant du CFR.

— Figure-toi que quand un membre du Comex souhaite écrire un dossier, dit Gunnar, il doit le soumettre à ses pairs et recueillir au moins quatre avis favorables en plus du sien.

— Autrement dit, deux voix dissidentes suffisent pour torpiller le dossier...

— C'est extrêmement rare apparemment mais la situation a failli se présenter en 1998 quand Djibo a exposé son projet de fatwa.

— Khoyoulfaz a voté pour, même s'il le regrette aujourd'hui.

— Je comprends qu'il s'en morde les doigts car Verplanck, lui, avait voté contre.

— Ainsi sa voix aurait pu faire la différence...

— À l'époque, oui, mais Yakoub a laissé passer sa chance. Quand il a lâché Djibo, il était déjà trop tard : il semblerait que trois voix soient nécessaires pour destituer le président du Comex.

— Verplanck, Khoyoulfaz, il en manque une.

— Les lignes ne bougeront plus, décréta Gunnar. Ni Claas ni Yakoub ne font le poids face à Angoua.

Je n'avais de fait jamais envisagé Claas Verplanck sous les traits d'un rebelle. Le Néerlandais souffrait d'un déficit de charisme qui lui laissait bien peu de chances dans une lutte d'influence contre Djibo. J'étais moins catégorique concernant Khoyoulfaz. L'Azéri avait l'étoffe d'un leader. Malheureusement pour lui, Djibo paraissait avoir celle d'un parrain.

— Je m'intéresse également aux académiciens qui ont quitté le CFR, poursuivit Gunnar.

— Il y en a?

— Une demi-douzaine. Sur quatre cents personnes, ce n'est pas grand-chose.

— Pourquoi s'en vont-ils?

— Un d'entre eux a démissionné pour des raisons personnelles. Il se plaignait de ne pas réussir à concilier son métier avec une vie familiale équilibrée.

J'étais mal placé pour lui jeter la pierre.

— Et les autres? demandai-je.

— J'ai ma petite idée. Ils ont tous démissionné peu après leur quarantième anniversaire...

— Et alors?

— Une rumeur persistante veut que ce soit l'âge auquel le Comex indique aux cadres les plus prometteurs s'ils ont une chance d'être cooptés.

— Oh!

Je pensai à tous les agents plus âgés que moi qui étaient passés par là. Stéphane Brioncet. Harvey Mitchell. Alfredo Quinteros. Pauvres diables. J'essayai d'imaginer la scène. Qui notifiait la nouvelle? Djibo? Zoe Karvelis? Quelle était la formule consacrée? « Courage, mon vieux, vous ne saurez jamais pourquoi vous avez travaillé mais nous sommes sacrément fiers de vous compter dans nos rangs »?

— Comment vous l'ont-ils annoncé, Gunnar?

— Quoi donc? dit-il en feignant de ne pas comprendre.

— Que vous ne feriez jamais partie du Comex.

— Les choses se sont déroulées un peu différemment dans mon cas.

— Comment? insistai-je.

— Je te raconterai à l'occasion.

Il me restait à espérer que ladite occasion surviendrait de mon vivant.

— En tout cas, on ne peut pas taxer le CFR de mesquinerie, reprit Gunnar. Les cinq agents démissionnaires sont partis avec un bon paquet.

«Nous trouvons toujours un accord amiable avec ceux qui nous quittent», avait dit Djibo. Comme si l'argent pouvait rétrospectivement donner un sens à leur vie.

— Bref, aucun n'a de raison particulière d'en vouloir au CFR. D'autres pistes?

— Je me concentre sur le mobile idéologique, sans grand succès pour le moment. Je connais personnellement deux des trois agents qui ont façonné la pensée des néoconservateurs et je réponds d'eux comme de moi-même.

— Et le troisième?

— Il s'est découvert une passion subite pour l'ornithologie. Il a récemment été muté au bureau de Wellington.

— Ce n'est pas une couverture?

— J'en doute. Son prochain dossier porte sur le régime alimentaire de l'albatros des Galápagos et il a obtenu de son patron l'autorisation d'aller se documenter sur place.

— Ce n'est pas drôle, dis-je sombrement. Toutes nos pistes finissent en impasse.

— Ah, j'ai tout de même fait une découverte qui t'intéressera. Sais-tu combien j'ai recensé d'Américains parmi mes presque quatre cents suspects?

— Je l'ignore. Probablement une cinquantaine.

— Détrompe-toi. Ils ne sont que dix-neuf.

— Seulement?

— N'est-ce pas? Ce chiffre est très bas par rapport à la proportion de la population américaine dans le monde. Par comparaison, les quinze pays membres de l'Union européenne, à peine plus peuplés, sont représentés par cent cinquante agents.

— Comment est-ce possible ?

— Je ne me l'explique pas. Nous possédons pourtant de solides implantations aux États-Unis. L'économie américaine est peut-être tout simplement trop florissante.

J'avais peine à mettre un tel écart sur le compte de facteurs aussi triviaux que le taux de chômage ou le salaire d'embauche des jeunes diplômés. J'avais déjà noté — en m'en réjouissant — que les Américains n'exerçaient pas sur le CFR le même contrôle que sur le reste du monde. Ils n'étaient par exemple que deux dans ma promotion de l'Académie et n'occupaient aucun des postes les plus prestigieux de l'organisation. Une sous-représentation aussi criante constituait toutefois un mystère que je me promis d'élucider.

— Tout cela est passionnant, soupirai-je, mais ne nous avance guère.

— Je sais, reconnut Gunnar. Je crains que les mobiles des coupables soient enfouis bien plus profondément que toi et moi ne pouvons l'imaginer.

12

Je passai le plus clair du mois d'octobre à travailler sur le rapport national d'évaluation que m'avait procuré Otto Dreppner. À la demande de Yakoub, je présentai mes conclusions lors d'une de nos traditionnelles réunions du jeudi.

— Ce qui frappe avant tout, commençai-je, c'est le ton incroyablement péremptoire des «jugements clés» placés en exergue du rapport. Je cite : «Nous savons avec un haut degré de certitude que : 1) L'Irak poursuit, voire développe, ses programmes d'armement chimique, biologique et nucléaire en contravention des résolutions des Nations unies; 2) Nous ne détectons pas certaines portions de ces programmes; 3) L'Irak possède des armes et des missiles chimiques ou biologiques proscrits par les résolutions; 4) L'Irak pourrait fabriquer des armes nucléaires en quelques mois à compter du moment où il acquerrait une quantité suffisante de matière fissile.» Quiconque s'en tiendrait à la première page du rapport — et on peut penser que ce sera le cas de la majorité des parlementaires — serait convaincu que l'Irak possède des armes de destruction massive.

— Qu'est-ce qui te dit que ce n'est pas le cas? demanda Harvey.

— Eh bien, aussi curieux que cela puisse paraître, le reste du rapport est beaucoup moins catégorique. On dirait même par moments que c'est un bureaucrate soucieux de ménager ses arrières qui tient la plume.

J'avais surligné quelques passages.

— «Bien que nous ayons peu d'informations spécifiques sur les stocks d'armes chimiques en Irak, Saddam a probablement stocké des réserves d'au moins 100 tonnes et de peut-être 500 tonnes d'agents entrant dans la composition d'armes chimiques.»

— Difficile d'être plus vague, jugea Pedro.

— Ou encore : «Saddam a probablement autorisé ses officiers à utiliser des armes chimiques ou biologiques dans certaines circonstances bien précises.» Les mots «probablement», «peut-être» et «nous supposons que» reviennent pratiquement à chaque ligne mais disparaissent comme par magie de la version déclassifiée accessible au public.

— On ne conduit pas un pays à la guerre avec des peut-être, rétorqua Harvey.

— Tout à fait d'accord avec toi, dit malicieusement Maga en prenant la remarque de l'Américain à contresens.

— Tu parlais de matière fissile, le rapport évoque-t-il l'achat d'uranium nigérien? interrogea Ling.

— Oui, attends que je retrouve le passage. Voilà : «Début 2001, le Niger et l'Irak travaillaient encore sur les détails d'une transaction portant sur 500 tonnes de yellowcake. Nous ignorons l'état actuel des négociations.»

— C'est aberrant, commenta Ling. À quoi sert d'envoyer un expert sur place si l'on ne tient aucun compte de son opinion?

— Idem pour les tubes en aluminium, ajoutai-je. On a fait taire les avis discordants. Tout à coup, plus personne ne doute que les tubes servent à fabriquer des centrifugeuses.

— Le rapport contient-il au moins des éléments nouveaux? s'enquit Pedro.

— Un seul, mais il est d'importance. Saddam disposerait d'unités mobiles de production d'armes biologiques, des camions aménagés en laboratoires où seraient cultivées des bactéries hautement toxiques. Principal avantage : les camions sont facilement déplaçables en cas d'inspection.

— Quel crédit accordes-tu à cette histoire? demanda Yakoub.

— Eh bien, le rapport repose essentiellement sur le témoignage d'un déserteur irakien qui prétend avoir participé à la construction des unités mobiles et à qui les Américains ont donné le nom de Curveball...

— Curveball? répéta Ling. Qu'est-ce que ça veut dire?

— C'est un terme de base-ball, expliqua Harvey. Il désigne une balle trompeuse, dotée d'un fort effet, qui tombe brusquement à l'approche du batteur.

— Drôle de nom pour un informateur, nota Pedro.

— Attends d'entendre le reste de l'histoire, répondis-je. Rafid Ahmed Alwan — le patronyme réel de Curveball — débarque à Munich en novembre 1999. Au contrôle des passeports, il demande l'asile politique en racontant qu'il a détourné des fonds publics irakiens et qu'il risquerait la mort en rentrant dans son pays. Il livre cependant une tout autre histoire aux agents du BND — les services secrets allemands — chargés de recueillir sa déposition. Sorti major de la meilleure école de chimie de Bagdad en 1994, il aurait rejoint le programme d'armes biologiques dirigé par Rihab Rachid Taha, une scientifique dévoyée surnommée «Dr Microbe» par les inspecteurs des Nations unies. Son rôle : superviser la construction de laboratoires mobiles dédiés au brassage d'agents biologiques.

— Comment sais-tu tout ça ? demanda Harvey.

— Par un ancien du BND, répondis-je en évitant de mentionner Dreppner.

— Continue, dit Khoyoulfaz qui connaissait déjà l'histoire.

— Les Allemands jugent crédible le témoignage d'Alwan et adressent un rapport à la DIA...

— Defense Intelligence Agency, précisa Harvey. La petite sœur de la CIA, rattachée au ministère de la Défense.

— Plus tard, les rapports du BND atterriront également au Winpac, une agence inter-office créée en 2001 pour évaluer les programmes d'armement des ennemis des États-Unis. Curveball gagne progressivement la confiance des Allemands. Il faut dire que ses aveux contiennent une foule d'anecdotes frappées au coin de l'authenticité. Curveball explique par exemple que les opérations les plus dangereuses avaient toujours lieu le vendredi, jour saint en Irak, car les inspecteurs des Nations unies menaient naïvement moins de raids ce jour-là. Il raconte aussi comment, dans un de ses premiers postes, ses collègues louaient au noir les Land Cruisers de service pour des réceptions ou des mariages. Il entre surtout dans des détails qui intéressent au plus haut point les experts de la DIA. Le Dr Microbe avait avoué aux inspecteurs des Nations unies n'avoir jamais trouvé de solution satisfaisante pour sécher la suspension semi-solide qui contient les germes de culture. Curveball, lui, prétend le contraire. Il révèle enfin que les laboratoires étaient assemblés dans un silo à grain à Djerf al-Nadaf, à vingt kilomètres au sud-est de Bagdad.

— A-t-on confirmation de tout ça ? demanda nerveusement Pedro. C'est à ce jour ce que j'ai entendu de plus effrayant sur Saddam.

— Youssef s'est rendu à Bagdad pour en avoir le cœur net. Il est rentré hier.

— Tu es allé en Irak ? s'écria Harvey, éberlué.

— En faisant un arrêt au Soudan, répondit Youssef. J'ai effectué la dernière partie du trajet avec le passeport de mon frère afin de ne pas laisser de traces.

— C'est son côté agent secret, plaisantai-je.

— Cela fait-il de moi une *James Bond girl* ? minauda Maga.

Tout le monde éclata de rire, sauf Harvey qui n'aurait pas eu l'air plus ébahi si Youssef s'était vanté d'avoir joué aux petits chevaux avec Saddam.

— Si tu nous racontais plutôt ce que tu as découvert sur place ? proposai-je.

— Eh bien, commença Youssef, Curveball présente tous les symptômes de l'affabulateur congénital. Bien coaché, il pourrait même prétendre à un prix au concours du meilleur premier dossier...

— Il a menti ? demanda Pedro.

— Sur toute la ligne. Tu peux retenir son nom et oublier le reste. Il est bien passé par l'école de chimie de l'Université de Bagdad mais en est sorti dans les derniers de sa promotion. Il n'a pu travailler avec le Dr Microbe en 1997-98 pour la bonne raison qu'il s'était fait virer du Chemical Engineering and Design Center en 1995 pour — je vous le donne en mille — outrage aux mœurs. Il a ensuite occupé divers petits boulots à Bagdad, parmi lesquels chauffeur de taxi. Ah, j'allais oublier, il a également passé quelques semaines en prison, encore que sa mère soit restée très vague sur les chefs d'accusation.

— Tu plaisantes ? s'affola Harvey. Tu es en train de nous dire que le meilleur témoin de la CIA est un repris de justice ?

— Ses amis préfèrent évoquer sa nature généreuse et rebelle mais, dans les grandes lignes, c'est à peu près ça.

Harvey se passa la main sur le visage.

— Ne te formalise pas, Youssef, mais j'aimerais bien savoir comment tu as réussi là où la CIA s'est cassé les dents.

— Oh, je ne me formalise pas, déclara tranquillement Youssef. La CIA n'a jamais interrogé la famille de Curveball.

— Enfin, c'est impossible ! s'écria Harvey.

— À vrai dire, intervins-je, nous ne sommes même pas certains que les Américains connaissent l'identité de Curveball.

— Pourquoi le BND ne la leur révèle-t-il pas ?

— Parce que les Allemands ont aussi leurs petits secrets : il semblerait que des entreprises bavaroises aient vendu du matériel interdit à Saddam dans les années quatre-vingt-dix avec la bénédiction de Berlin. Mon informateur suggère une autre explication : le BND ferait pression sur la CIA afin que celle-ci lui restitue les archives de la Stasi qu'elle a saisies à la chute du Mur. Peu importe, d'ailleurs : les Allemands prétendent que Curveball ne parle pas anglais, qu'il déteste les Américains et refuse catégoriquement de les rencontrer.

— Encore un bobard, indiqua Youssef. Les murs de

la chambre de Curveball sont couverts de posters d'acteurs américains. En outre, d'après sa mère, il parle très correctement l'anglais.

— Comme si la CIA ne pouvait pas aligner un agent germanophone...

Harvey protestait pour la forme mais le cœur n'y était plus.

— Sait-on au moins si les Allemands ont passé Curveball au détecteur de mensonge ? s'enquit Pedro.

— Pas à ma connaissance, répondit Youssef.

— À la décharge des Américains, intervins-je, plusieurs autres déserteurs irakiens corroborent le témoignage de Curveball.

— Vraiment ? fit Harvey en retrouvant des couleurs.

Maga se chargea d'anéantir ses derniers espoirs.

— On sait ce qu'il faut penser de ces déserteurs, dit-elle. Avez-vous déjà entendu parler de l'INC ?

— L'Iraqi National Congress ? Bien sûr, fit Harvey. C'est le principal parti d'opposition à Saddam.

— Tu oublies de dire que l'INC est une création des Américains, qui ont nommé à sa tête un certain Ahmed Chalabi, au parcours très controversé. La famille de Chalabi a fui l'Irak quand il avait douze ans et a trouvé refuge en Angleterre puis aux États-Unis. Après une brève carrière scientifique, notre lascar a fondé une banque, qui a fait faillite dans des conditions plus que douteuses...

— Quel rapport avec Curveball ? demanda Ling.

— Il existe un pacte tacite entre la CIA et l'INC, expliqua Maga. Si Chalabi aide les États-Unis à renverser Saddam, il deviendra le nouveau président de l'Irak...

— Je ne vois pas ce qu'un tel accord a de répréhensible, maugréa Harvey sans pour autant contester l'interprétation de Maga. On appelle ça la *realpolitik*.

— Je n'ai pas dit qu'il était répréhensible. Mais il ouvre la porte à certaines dérives, comme quand la CIA confie à l'INC qu'elle aimerait prouver que Saddam a maintenu son programme de fabrication d'anthrax. « Pas de problème, répond Chalabi, nous allons vous trouver un des ingénieurs qui travaillent sur le programme. » Parfois cet ingénieur existe vraiment ; parfois l'INC enrôle un biologiste, le prépare pour l'interrogatoire, voire, dans certains cas, lui apprend à passer le test du polygraphe.

— L'INC fabrique de faux témoins ? s'offusqua Pedro.

— Il n'a même pas besoin de les rémunérer. Saddam a assassiné tellement de gens que l'INC trouve toujours quelqu'un prêt à raconter ce que la CIA a envie d'entendre.

— En admettant que ces pratiques existent, qu'est-ce qui te rend si certaine que les choses se sont déroulées ainsi dans le cas de Curveball ? demanda Harvey.

— Disons que je me base sur le niveau de fiabilité des précédents transfuges. Juge plutôt. En juin 2001, un ingénieur irakien qui demande l'asile politique indique que les missiles à tête bactériologique construits par l'équipe de Curveball sont stockés à Karbala ; bizarrement, les photos satellite ne révèlent aucune installation suspecte. En février 2002, l'INC présente le major Mohammed Harith à la DIA. Celui-ci prétend avoir acheté sept camions Renault en vue de les transformer ultérieurement en laboratoires mobiles ; d'après l'expert qui l'interroge, il ne fait que régurgiter son texte. Le mois dernier encore, un officiel irakien du nom d'Abdul Hamid Al-Wahadi...

Je coupai brutalement Maga :

— Comment l'appelles-tu ?

— Abdul Hamid Al-Wahadi. Pourquoi ?

— Pour rien, assurai-je en m'efforçant de me rappeler où j'avais déjà entendu ce nom. Continue.

— Ce fonctionnaire raconte au MI-6 que les laboratoires mobiles servent officiellement à enrichir en protéines de la nourriture pour animaux ; les Anglais sont tellement sceptiques qu'ils ne prennent même pas la peine de présenter Al-Wahadi à la CIA.

Un long silence suivit la démonstration de Maga. Finalement, Youssef résuma le sentiment général :

— Quelque chose m'échappe. Les Américains commencent par disqualifier le témoignage d'un Mohammed Harith, avant de s'en servir pour corroborer celui, tout aussi discutable, de Curveball. Comme si deux mensonges concordants équivalaient à une demi-vérité.

— Je n'entrevois qu'une explication, dit Maga. Plusieurs factions s'affrontent à l'heure où nous parlons au sein de la CIA : d'un côté, des néoconservateurs ultra-patriotes qui veulent à tout prix régler son compte à Saddam ; de l'autre, des professionnels à la recherche de la vérité, qui refusent de céder à la pression politique et médiatique ambiante.

— Sliv ? demanda Khoyoulfaz en voyant que je souhaitais intervenir.

— J'ai oublié de mentionner un élément qui va dans le sens de la théorie de Maga. Le Département d'État a réussi à faire annexer au rapport national d'évaluation un mémo d'une dizaine de pages qui exprime une vision bien différente de celle de la CIA, notamment sur la question du programme nucléaire. L'auteur estime — je cite de mémoire — que « les preuves actuelles ne permettent pas d'aboutir à la conclusion irréfutable que l'Irak suit une démarche structurée et exhaustive visant à acquérir des armes nucléaires ».

— On dirait la plaidoirie d'un avocat qui en appelle au doute raisonnable des jurés, nota judicieusement Pedro.

Le Péruvien faisait référence à l'une des pierres angulaires du système judiciaire américain : si les jurés ont un doute raisonnable sur la culpabilité du prévenu, ils ont le devoir de l'acquitter.

— Harvey, dis-je, peux-tu nous rappeler comment la jurisprudence définit le doute raisonnable ?

— Un doute qui ferait hésiter une personne raisonnable à l'heure de prendre une décision cruciale, récita mécaniquement Harvey.

— Se pourrait-il que certains fonctionnaires du Département d'État aient les guibolles qui flageolent ? s'interrogea Maga.

— Colin Powell n'a jamais caché qu'il avait des doutes sur l'existence d'armes de destruction massive, avançai-je. C'est d'ailleurs pourquoi il défend si farouchement l'option diplomatique : il pense que Bush n'osera jamais déclencher la guerre si les inspecteurs des Nations unies ont formellement établi que Saddam a démantelé son arsenal.

J'avais confiance dans l'intégrité de Powell. Le Secrétaire d'État avait su concilier sens de la hiérarchie et indépendance d'esprit tout au long de sa brillante carrière. Ouvertement — quoique modérément — républicain, il avait servi dans les quatre dernières administrations. Son expérience du combat et sa compréhension des enjeux diplomatiques lui conféraient une perspective proprement unique dans la *situation room* où militaires pur sucre et crânes d'œuf n'ayant jamais tiré un coup de feu se disputent traditionnellement l'oreille du président. Powell professait que l'Amérique ne devait s'engager dans une opération militaire qu'à condition de pouvoir répondre par l'affirmative à un certain nombre de questions. Ses intérêts vitaux était-ils engagés ? Disposait-elle du soutien de l'opinion nationale ? De celui de la communauté internationale ? Avait-elle épuisé tous les recours diplomatiques ? Analysé les coûts et les risques auxquels elle s'exposait ? Les détracteurs de la doctrine Powell avaient décerné à son auteur le surnom de «guerrier réticent» (*reluctant warrior*), sans se rendre compte qu'ils lui rendaient ainsi un magnifique hommage.

— J'aimerais en être certain.

Nous nous tournâmes vers Khoyoulfaz. C'était sa première intervention depuis le début de la réunion. Il attendait toujours que chacun eût exprimé son avis avant de livrer le sien.

— Comme tout le monde autour de cette table, je tiens Colin Powell en haute estime. C'est un gentleman et un des monstres sacrés de l'Amérique, peut-être même le dernier. Et pourtant, j'ai l'impression qu'il ne fait à l'heure actuelle qu'interpréter un rôle dans un film qui le dépasse.

— Un rôle ? tiqua Harvey. Quel rôle ?

— Le sien. Celui du général qui sert son pays avant son président, son président avant ses soldats et ses soldats avant lui-même. Celui de l'homme d'honneur qui fait la guerre à contrecœur mais qui pourtant la fait car l'avenir du monde libre en dépend. Entre nous, qui peut vendre cette guerre aux Américains ? Cheney ? Il y a encore deux ans, il dirigeait l'un des premiers fournisseurs du Pentagone. Rumsfeld ? Celui-là aime tellement le bruit des bottes que je ne serais pas surpris d'apprendre qu'il organise des manœuvres dans son jardin.

Quant à la CIA, je n'en parle même pas : entre la baie des Cochons et l'Irangate, elle est à peu près aussi douée pour monter une opération militaire que moi pour prédire la météo...

— Bush ? hasardai-je.

— Impossible. Sur qui se défausserait-il en cas de pépin ? Sur ce coup, Bush a encore plus besoin de fusibles qu'un électricien. Alors il pousse Powell le vétéran sur le devant de la scène. «Colin, vous allez étudier attentivement ces rapports et vous me direz si je n'ai pas raison d'être inquiet. — Bien, monsieur le président, mais nous devons associer les Nations unies. — Faites ce que vous jugez bon, Colin, mais au bout du compte je prendrai les décisions qui me semblent justes pour protéger le peuple américain. — Naturellement, monsieur le président.»

Khoyoulfaz imitait si parfaitement les intonations traînantes de Bush que Harvey regarda autour de lui pour s'assurer qu'il n'avait pas été transporté dans le Bureau ovale.

— Non, croyez-moi, dit Yakoub en reprenant sa voix normale, ce bon vieux Powell constitue tout à la fois l'alibi et l'atout maître de la Maison Blanche.

— Je me demande s'il en est conscient, déclara pensivement Youssef.

Je l'espérais de tout cœur car je venais de retrouver pourquoi le nom du déserteur irakien mentionné par Maga avait sonné familièrement à mes oreilles. Abdul Hamid Al-Wahadi n'existait pas. C'était un patronyme que j'avais inventé et attribué à un moudjahid imaginaire dans mon dossier sur Al-Qaida neuf ans plus tôt.

13

Je gardai ma découverte secrète pendant quelques jours, le temps d'en étudier soigneusement les implications.

Djibo, que l'épisode Giovanneli n'avait jamais totalement convaincu, devrait désormais se rendre à l'évidence : des agents renégats au sein du CFR œuvraient à convaincre le monde que Saddam Hussein détenait ou cherchait à se procurer des armes interdites.

Le rôle que jouait la CIA dans toute cette affaire — complice ou victime — me restait toutefois désespérément obscur. Car de deux choses l'une : soit les Américains connaissaient l'existence du CFR et recouraient à ses services chaque fois qu'ils souhaitaient façonner l'opinion internationale ; soit ils s'étaient fait piéger — sciemment ou non — par l'INC qui leur avait fourgué un déserteur bidon. Quand on connaissait le budget de fonctionnement de la CIA, la seconde hypothèse était à peine moins effrayante que la première.

L'apparition d'Abdul Hamid Al-Wahadi faisait par ailleurs voler en éclats la théorie selon laquelle l'auteur du rapport Niger aurait orthographié le nom de Giovanneli sous sa forme la plus rare par inadvertance. En employant pour la deuxième fois un patronyme aussi étroitement associé au CFR, les faussaires faisaient plus que signer leur forfait : ils jouaient au chat et à la souris avec nous et plus particulièrement avec moi. Ils me savaient sur leurs traces et me rappelaient de la plus humiliante des manières qu'ils conservaient une bonne longueur d'avance. Oh, bien sûr, leur effronterie nous fournissait un nouvel indice : Gunnar pourrait rayer de sa liste de suspects les agents qui n'avaient jamais eu accès à mon dossier Al-Qaida. J'étais malheureusement prêt à parier qu'ils n'étaient guère nombreux. Je partageais avec les autres lauréats du prix du meilleur premier dossier le douteux privilège de voir chacune de mes productions disséquée par les exégètes de tout poil : des dirigeants de l'Académie à l'affût d'un nouveau concept scénaristique aux directeurs d'antenne qui m'enviaient ma réussite précoce, en passant par les bataillons de jeunes agents en panne d'inspiration qui cherchaient dans mes intrigues l'embryon d'une saga.

J'avais rarement éprouvé un tel sentiment d'impuissance. Quatre semaines après avoir flairé la piste des félons et pris un peu vite l'engagement de les débusquer, quels éléments tangibles pouvais-je présenter à Djibo ? Les conversations téléphoniques de Judith Miller n'avaient fait que confirmer ce que nous savions déjà : la journaliste du *New York Times* était une redoutable professionnelle à l'esprit pénétrant et à la langue bien pendue, qui ne donnait pas vraiment l'impression de se laisser embobiner par ses interlocuteurs, qu'ils s'appellent Scooter Libby (le directeur de cabinet de Dick Cheney) ou Condoleezza Rice. Youssef s'était appuyé en vain les milliers de pages de rapports des inspecteurs des Nations unies. Maga connaissait désormais les statuts de l'INC mieux que son président mais

316

peinait à établir un lien entre le CFR et l'organisation d'Ahmed Chalabi. Quant à Gunnar, il n'avait rien de plus substantiel à se mettre sous la dent que des statistiques sur l'augmentation de l'âge moyen des académiciens.

Pour couronner le tout, les nuits blanches dont je payais ces pitoyables résultats commençaient à peser sur mon efficacité au sein du groupe de Yakoub. Je me déchargeais honteusement d'une part substantielle de mes obligations sur le malheureux Harvey, qui, s'il s'en était aperçu, avait l'élégance de ne pas le faire remarquer. Un soir, pour me faire pardonner, j'invitai mon camarade à dîner dans le *steak house* le plus réputé de Washington. Il accepta avec un plaisir non dissimulé.

Nous attendîmes trois quarts d'heure au bar qu'une table se libérât, vidant trois bols de cacahuètes et un nombre bien plus considérable de bières pression. Quand le chasseur proposa enfin de nous placer, je lui emboîtai le pas en titubant.

— Souhaitez-vous boire quelque chose ? lança Karen, notre serveuse, qui avec ses couettes blondes, sa croix en argent autour du cou et son tablier trop ajusté devait incarner un fantasme d'assistant parlementaire texan.

— Je m'en tiendrai à la bière, dis-je, mais mon ami prendra sûrement du vin.

Harvey étudia longuement la carte des vins, dont les innombrables variations se résumaient comme toujours aux États-Unis à une alternative fondamentale : cabernet ou merlot ? Finalement, il décida de se fier au jugement de Karen, dont je soupçonnais que l'expérience en matière de boissons fruitées se limitait au coca-cola aromatisé à la cerise.

— Que me conseillez-vous ?

— Notre suggestion du jour. C'est un cabernet très bien charpenté, long en bouche, dont la finesse n'est pas sans rappeler celle d'un merlot.

— Je prends, dit Harvey.

Réunir dans la même gorgée les deux cépages vedettes de l'œnologie américaine avait un prix : quatorze dollars le verre. Si Harvey maintenait la cadence, la soirée promettait de laisser un trou dans mon budget.

— Avez-vous fait votre choix ? s'enquit la serveuse. Nous avons plusieurs *specials* ce soir. En entrée...

— Un steak, la coupai-je.

Je compris au sourire dépité que m'adressa la jeune femme qu'elle n'avait pas l'habitude d'être interrompue à l'orée de son morceau de bravoure.

— Naturellement, dit-elle en écartant une mèche peroxydée du bout des doigts, mais nous avons plusieurs sortes de steak.

— Donnez-moi une livre de ce que vous avez de meilleur.

— Toutes nos pièces sont excellentes. Il m'est difficile d'en recommander une en particulier.

— Vraiment ? J'avais cru que vous étiez bouchère, lâchai-je narquoisement en désignant son tablier.

Harvey intervint avant que je n'aggrave mon cas.

— Mettez-lui un *sirloin*, Karen. Quelle cuisson, vieux ?

— Saignant.

— Un *porterhouse* pour moi, à point. Avec une assiette de frites et des haricots verts.

— C'est noté, dit notre serveuse en tournant dédaigneusement les talons.

— Enfin, qu'est-ce qui te prend ? s'emporta Harvey. Tu ne l'as même pas laissée réciter les *specials* ! Tu cherches à la vexer ou quoi ?

— Mais pas du tout !

— Tu sais que ces filles travaillent au pourboire ? Maintenant, elle va croire que tu l'as dans le nez et elle va mal s'occuper de nous.

— Tu veux dire qu'elle va nous apporter de la mayonnaise au lieu du ketchup ?

Harvey éclata de rire.

— Tu es déjà soûl ?

— C'est possible, souris-je, un peu honteux d'avoir embarrassé mon invité. Il fait chaud, non ?

Ma chemise trempée de sueur collait à la banquette en moleskine.

— Plus qu'à Reykjavík, ça c'est sûr ! s'esclaffa Harvey.

— Quel cinéma ils font aussi avec leur barbaque...

— Crois-moi, mon vieux, tu n'en as jamais mangé d'aussi bonne.

D'aussi chère, c'était acquis. D'aussi bonne, je demandais encore à voir.

— Tu sais, confiai-je, je voulais vraiment te remercier. Tu en as mis un sacré coup dernièrement. De mon côté, j'ai été un peu plus occupé que prévu. Un vieux dossier qui s'est réveillé.

— Pas de souci, l'ami. Tu en aurais fait autant pour moi. Dis donc, j'ai regardé cette histoire de Mohammed Atta. Il y a quelque chose qui cloche là-dedans.

Mohammed Atta était le terroriste saoudien qui avait coordonné les attaques du 11 septembre. Il pilotait lui-même le Boeing 767 qui avait percuté la première tour du World Trade Center. Peu après les attentats, un employé de l'ambassade d'Irak à Prague travaillant en sous-main pour les services secrets tchèques avait confié à son officier traitant avoir reconnu dans la photo d'Atta un homme qui avait rendu visite au consul irakien en avril 2001. La CIA avait ouvert une enquête, dont tout portait à croire qu'elle avait établi les faits de façon irréfutable puisque depuis plus d'un an Dick Cheney invoquait régulièrement cette rencontre pour étayer l'hypothèse de la collusion entre Al-Qaida et le régime de Saddam Hussein.

— Ne me dis pas qu'Atta n'a jamais mis les pieds à Prague...

— Attends, c'est plus compliqué que ça.

Karen approchait avec nos boissons. Elle posa délicatement son verre de vin devant Harvey et fit claquer sur la table ma chope remplie à ras bord.

— Oups, lâcha-t-elle en considérant la flaque qui se formait au pied du bock.

— Pas de problème, dis-je d'un ton résigné.

Elle jeta une poignée de serviettes en papier dans ma direction puis décampa en tortillant de la croupe.

— Qu'est-ce que je t'avais dit ? gémit Harvey.

— Je m'en souviendrai. Bon alors, Atta...

— J'ai parlé à ton ami allemand. Un homme plein de ressource.

Je l'avais mis à contrecœur en contact avec Dreppner.

— Je t'avais prévenu. Il a des antennes partout. J'imagine qu'il avait eu vent de cette histoire ?

— Oh oui, soupira Harvey. On ne parle que de ça à Langley. En septembre dernier, quand cet agent double a reconnu Atta, les archivistes ont ressorti les photos que prend la CIA du moindre visiteur qui se pointe dans n'importe quelle ambassade irakienne du monde.

— Ont-ils identifié Atta ?

— Pas formellement. Le cliché est un peu flou et le type dessus paraît plus baraqué qu'Atta. Mais les physionomistes de l'Agence n'ont pas non plus catégori-

320

quement exclu qu'il s'agisse de lui. Le FBI a par ailleurs reconstitué ses déplacements. Il est sorti deux fois des États-Unis en 2001 : en janvier pour rencontrer Ramzi Binalshibh, un de ses complices, en Allemagne et en juillet pour retrouver le même Binalshibh en Espagne. Dans les deux cas, il n'a pris aucune précaution particulière et a utilisé son propre passeport.

— Ce qui rend d'autant plus douteuse l'hypothèse d'une escapade secrète à Prague.

— Ce n'est pas fini. La rencontre à l'ambassade d'Irak a eu lieu le 9 avril. Or, le 4 avril, Atta est en Virginie — une caméra de surveillance l'a filmé en train d'encaisser un chèque de huit mille dollars. Le 11, il signe un bail pour un appartement à Coral Springs. Les 6, 9, 10 et 11 avril, plusieurs appels sont passés depuis son téléphone portable en Floride.

— Les appels ne prouvent rien. Il a pu prêter son téléphone à un comparse.

— C'est exactement ce que prétend Paul Wolfowitz. D'après lui, Atta a parfaitement pu faire l'aller-retour entre le 4 et le 11 avril en utilisant un pseudonyme.

— Quel dommage qu'il n'ait pas conservé sa carte d'embarquement, ironisai-je.

Harvey piqua du nez dans son verre de vin. Il n'aimait pas m'entendre plaisanter sur l'incurie de la CIA.

— Le *porterhouse*?

— Pour moi, annonça Harvey en reprenant des couleurs.

Karen posa mon assiette au milieu de la table et la poussa dans ma direction avec autant de condescendance que s'il se fût agi d'une écuelle de croquettes.

— Un autre verre de vin ? susurra-t-elle d'une voix de miel à Harvey.

— Pas pour l'instant, merci.

— Je prendrais bien une autre bière, dis-je en indiquant mon verre vide.

— S'il en reste, répondit aimablement notre serveuse.

Je considérai mon *sirloin steak*, niché dans un écrin de brocolis. Il était consciencieusement brûlé, comme si Karen avait demandé au chef de le repasser quelques minutes à la poêle.

— Alors ? demanda anxieusement Harvey.

— Le plaisir des yeux précède celui des papilles.

Je mastiquai longuement la première bouchée, en pensant que mon palais n'avait pas été à pareille fête depuis une certaine anesthésie chez le dentiste.

— Excellent, commentai-je en me servant une copieuse ration de frites.

— Meilleur qu'en Argentine ?

— Peut-être un rien moins goûteux, mais tellement plus robuste ! Et toi ?

— Au-delà de toutes mes espérances.

Harvey confirmait une réflexion que je m'étais faite un jour en entendant un grand-père qualifier sa *Caesar salad* de « phénoménale » : les Américains sont d'autant moins avares de compliments gastronomiques qu'ils s'aventurent eux-mêmes rarement au-delà des œufs sur le plat.

— Bref, résumai-je, c'est toujours la même histoire. La CIA lève un lièvre, l'inspecte sous toutes les coutures et, contre toute évidence, y voit une nouvelle preuve de la duplicité de Saddam.

— Ça commence à tourner au procédé, admit Harvey. D'abord l'achat d'uranium au Niger, ensuite les tubes en aluminium, la confession de Curveball et maintenant les mauvaises fréquentations de Mohammed Atta.

— Tu oublies les pseudo-déserteurs de l'INC.

— Ce que je trouve stupéfiant, c'est qu'à part peut-être dans le cas de Curveball, tous les faits sont sur la table. Qu'est-ce qui empêche la presse d'enquêter comme nous le faisons ?

— La peur de ramer à contre-courant, peut-être ? suggérai-je en me demandant si Harvey était vraiment aussi niais qu'il en avait l'air.

— Allons donc ! C'est le rôle des médias d'alerter l'opinion sur les dérives de l'exécutif. Tu n'as jamais entendu parler du quatrième pouvoir ?

Karen, qui passait, posa une chope de bière au bord de la table sans me regarder. Le sourire gêné d'Harvey me jeta dans une rogne prodigieuse.

— Le quatrième pouvoir ? explosai-je. Et si nous parlions plutôt du deuxième ?

— Le législatif ? Pourquoi ? demanda Harvey en gardant un œil sur les tables voisines.

— Oh, pour rien... Peut-être parce qu'après tes grandes envolées sur la gouvernance j'ai été un peu surpris de voir le Congrès accorder si facilement les pleins pouvoirs à Bush pour envahir l'Irak.

— C'est la démocratie, pontifia Harvey. Il y a eu débat et le peuple s'est prononcé.

— Débat ? Tu oses appeler ça un débat ? Au Sénat, une seule séance a suffi à emballer l'affaire ! Que les Républicains aient été au garde-à-vous, je peux à la limite le comprendre ! Mais que les Démocrates, tétanisés à l'approche des *mid-terms*, votent 29-21 en faveur de la guerre, ça, ça me dépasse !

— Ils n'ont pas voté pour la guerre, tempéra Harvey, manifestement soucieux de contenir ma colère dans des proportions acceptables. Ils ont autorisé le président à faire usage de la force pour appliquer les résolutions des Nations unies.

— Tu te racontes des histoires, mon petit père. La vérité, c'est qu'après avoir lu un rapport national d'évaluation farci d'à-peu-près, ils ont approuvé un texte à sens unique sans y changer une virgule.

— Ce n'est pas faute d'avoir essayé. L'opposition a déposé cinq amendements.

J'émis un sifflement moqueur :

— Cinq amendements ? C'est ce que j'appelle un pilonnage en règle... Remarque, quand on voit que Barbara Lee, qui demandait au président de travailler avec les Nations unies pour résoudre pacifiquement la crise, a vu sa proposition retoquée à 83 %, on comprend que les volontaires ne se soient pas bousculés au portillon...

— Où veux-tu en venir ? demanda un Harvey décontenancé. Crois-moi, si Bush a mené le Congrès en bateau, l'Histoire ne sera pas tendre avec lui.

— Mais, mon pauvre Harvey, qu'est-ce qu'on en a à foutre de l'Histoire ? C'est ici et maintenant qui comptent. Où est passée la capacité de révolte des Américains ? En avez-vous seulement une ?

— Fais attention, Sliv...

Les muscles d'Harvey roulaient dangereusement sous sa veste. Il n'avait pas l'air de plaisanter. Tant mieux. Il était temps que nous ayons une discussion sérieuse.

— On se connaît depuis quand, toi et moi ?

— Un an, grommela Harvey.

— Un peu plus, même. Depuis le premier jour, il y a une question qui me taraste mais je n'ai jamais trouvé le courage de te la poser.

— Vas-y, on dirait que le moment est arrivé, dit Harvey en fixant mon verre de bière d'un air résigné.

— Je n'ai pas compris la léthargie de la population américaine lors des dernières élections présidentielles. Où était-elle quand les juges de la Cour suprême décidaient dans leur bureau lambrissé à qui revenait la Floride ?

— Devant sa télévision évidemment, où voulais-tu qu'elle soit ?

— Je ne sais pas, dans la rue peut-être.

— Qu'est-ce que ça aurait changé ? Vous autres Européens, vous pensez résoudre les problèmes en défilant avec des pancartes...

— Ce n'est pas moins efficace que de rester le cul vissé sur son canapé, rétorquai-je acidement. D'ailleurs, si j'ai bonne mémoire, c'est en manifestant que vous avez mis un terme à la guerre du Vietnam ou que les Noirs ont obtenu le droit de s'asseoir à l'avant des bus.

— Allons donc, c'est la Cour suprême qui a aboli la ségrégation.

— Parce que la rue le demandait !

— Tu crois vraiment que les juges de la Cour suprême regardent passer les cortèges depuis leur balcon ? Ils interprètent la Constitution, pas les banderoles des beatniks !

Harvey en revenait toujours aux Pères fondateurs. Je ne gagnerais rien à le braquer sur le sujet.

— Mais tu as raison, admit-il à contrecœur. C'est la masse qui gouverne. Regarde Nixon : il prenait des sondages au petit déjeuner avec ses œufs et son café. Pendant quatre ans, il a cru pouvoir sortir honorablement du bourbier vietnamien. Et puis un beau matin, il a réalisé que la bataille de l'opinion était définitivement perdue et il a envoyé Kissinger négocier un cessez-le-feu avec le Viêt-cong.

— Justement, tu ne crois pas que l'élection de 2000 méritait d'être tranchée autrement que par neuf vieillards ?

Pour rien au monde je ne l'aurais avoué à Harvey, mais ce 11 décembre où William Rehnquist, le *Chief Justice* de la Cour suprême, avait ratifié la victoire de George Bush, j'avais fondu en larmes comme un gosse. Je ne m'apitoyais pas sur Al Gore, je pleurais l'honneur d'un peuple qui préférait entériner une injustice que reconnaître ses insuffisances.

L'Américain prit un air offensé.

— Ces vieillards, comme tu les appelles, sont les meilleurs juristes du pays. S'ils ont estimé en leur âme et conscience qu'un recompte des voix de la Floride serait anticonstitutionnel, je crois qu'on peut leur faire confiance.

— En leur âme et conscience ? Laisse-moi rire ! Les cinq juges nommés par un président républicain se sont prononcés en faveur de George Bush, tandis que les quatre qui avaient été nommés sous une administration démocrate soutenaient Al Gore. Alors pour la confiance, tu repasseras !

— Et à qui aurais-tu confié le soin de désigner le vainqueur ? interrogea Harvey qui ne se donnait plus la peine de dissimuler son énervement.

Je ne comprenais même pas qu'il pût poser cette question, tant la réponse me paraissait évidente.

— Mais au peuple, Harvey !

— Allons donc ! Avec les avocats des deux camps sur les dents, recompter la Floride aurait pris des semaines.

— Mais qui te parle de recompter la Floride ? Il fallait appeler à un nouveau vote. Et pas seulement en Floride, dans tout le pays.

— Tu délires, commenta abruptement Harvey.

— Je ne vois pas pourquoi. Trop d'irrégularités ont entaché le premier vote. Dans l'Ohio, certains électeurs ont attendu six heures avant de passer dans l'isoloir. Franchement, tu trouves normal que les habitants de la première puissance mondiale doivent prendre un jour de congé pour accomplir leur devoir de citoyen ?

— Certaines machines à voter étaient cassées. Ce n'est tout de même pas ma faute.

— Vous ne vous êtes jamais demandé pourquoi la vieille Europe votait encore comme au temps des chevaux ? Les urnes ne tombent pas en panne, elles. Et puis aucun Européen n'a jamais donné sa voix à un candidat en croyant voter pour un autre...

— Si tu veux parler des bulletins papillons de Palm Beach, je t'accorde qu'ils ont semé une certaine pagaille...

— Déjà, il faudrait qu'on m'explique pourquoi, dans une élection nationale, chaque comté imprime ses propres bulletins. Ceux de Palm Beach étaient si mal fichus qu'en les tenant de travers celui qui voulait perforer la case d'Al Gore votait pour Pat Buchanan. Du coup, celui-ci s'est retrouvé avec 2 000 voix de plus que prévu, alors que le sort de la Floride et, par conséquent, celui de toute l'Amérique s'est joué à 537 voix.

Je n'avais pas la prétention d'apprendre quoi que ce soit à Harvey mais j'aurais aimé qu'il défende la position de la Cour suprême au lieu de me fixer avec cet air apathique. Je m'enhardis :

— D'ailleurs, cette erreur sur les bulletins nous semblerait aujourd'hui anecdotique si le frère de Bush n'avait pas, dans l'année précédant l'élection, déchu de leurs droits civiques 96 000 repris de justice affligés d'une fâcheuse tendance à voter démocrate.

— Il ne faisait qu'appliquer la loi en vigueur dans son État, objecta Harvey.

— Je le sais très bien, mais avait-il besoin d'engager à grands frais une société privée qui a allégrement rayé des listes des milliers de Noirs dont le seul crime consistait à avoir un homonyme en prison ?

— Arrête ! cria Harvey en émergeant enfin de sa torpeur.

Pas trop tôt, pensai-je. J'avais enfin obtenu une réaction, mais à quel prix ? Harvey paraissait anéanti.

— Arrête, Sliv. Je ne suis pas fier de la façon dont cette élection s'est déroulée. Aucun Américain ne l'est. Mais c'est de l'histoire ancienne, tout ça. Nous avons tourné la page.

— Excuse-moi d'insister, mais pourquoi n'avez-vous pas appelé à un nouveau vote ? Cite-moi une seule raison.

— Je ne sais pas.

— Réfléchis, j'ai tout mon temps.

Je me sentais soudain étrangement lucide. Je piquai mon steak froid du bout de ma fourchette : c'était de la semelle.

— La peur du ridicule, avoua enfin Harvey. Organiser un deuxième scrutin, ç'aurait été admettre que nous avions été incapables d'élire un président la première fois. Tu l'as peut-être oublié, mais les délibérations ont duré cinq semaines, cinq semaines pendant lesquelles l'Amérique a été paralysée. Les entreprises ne prenaient plus de décisions, la Bourse piétinait, nos partenaires se demandaient s'il y avait encore un pilote dans l'avion.

Comme il était symptomatique de l'entendre mettre

l'accent sur les conséquences économiques de la crise quand j'en faisais exclusivement une affaire de principes.

— Tous les jours, la presse internationale titrait sur les défaillances de notre système électoral. Le monde entier avait les yeux braqués sur nous.

— C'est qu'il attend beaucoup de l'Amérique.

— Trop, murmura Harvey.

C'était la première fois que je l'entendais douter de son pays.

— Peut-être. Mais vous nous avez habitués à une telle exigence par le passé que nous espérions vraiment une autre réaction de votre part. Pardonne ma franchise, mais vous n'avez pas été à la hauteur de l'Histoire.

— Nous aurions dû recompter, reconnut Harvey. Au minimum, nous aurions dû recompter.

Curieusement, sa reddition ne me causait aucun plaisir.

— Vois-tu, repris-je, je ne peux pas m'empêcher de penser que cette élection a donné à Bush un fantastique sentiment d'impunité. C'est comme si une digue s'était effondrée et qu'une mer de cynisme avait recouvert le pays. Si j'ai pu leur faire croire que j'ai été élu, doit penser Bush, il ne devrait pas être difficile de leur faire avaler que Saddam distille de l'anthrax dans sa cuisine.

— Tu exagères. Il est tout de même un peu plus subtil.

— Mais l'opinion américaine l'est-elle ? Cette histoire d'armes de destruction massive rentre dans les crânes comme dans du beurre. Quand tu me racontes les aventures de Mohammed Atta, j'ai l'impression que Bush aurait aussi bien pu convaincre le Congrès d'envahir la Mongolie-Extérieure pour fermer ses manufactures de cornichons atomiques.

Harvey soupira.

— Que veux-tu ? Une part de moi sait que tu as raison, mais l'Amérique est en guerre et, qu'on le veuille ou non, Bush est son président.

— Mais Bush n'est pas l'Amérique. Il n'est que le locataire de la Maison Blanche et un locataire dont quelque chose me dit que son bail ne sera pas renouvelé.

— Je n'en mettrais pas ma main à couper, répliqua prophétiquement Harvey en roulant sa serviette en boule.

Notre discussion lui avait coupé l'appétit. Il avait à peine entamé son steak.

— Tu connais le *Pledge of Allegiance* ? dit-il subitement.

— Je crois. «Je prête allégeance au drapeau des États-Unis...» Quelle est la suite, déjà ?

— «Je prête allégeance au drapeau des États-Unis, et à la République qu'il représente : une nation sous Dieu, indivisible, avec liberté et justice pour tous.»

Je ne pus m'empêcher de sursauter au «sous Dieu» — un ajout que les écoliers américains devaient au président Eisenhower — qui contredisait de manière flagrante le principe pourtant inscrit dans la Constitution de la séparation de l'Église et de l'État.

— J'ai récité ce serment tous les matins pendant quinze ans, dit Harvey, qui paraissait perdu dans ses souvenirs. Il est gravé dans mon cœur et dans celui de chaque Américain.

Ces paroles me rappelèrent celles qu'avait prononcées Youssef quelques années plus tôt. Je venais d'apprendre que Gunnar et Khoyoulfaz avaient mis en scène la mort de John Harkleroad pour me guérir une bonne fois de ma funeste tendance à la désinvolture. Dans l'euphorie du moment, j'avais trouvé des excuses à mes deux bourreaux mais Youssef, lui, s'était montré moins clément. «Tu peux m'affamer, me jeter en prison ou me torturer», avait-il expliqué, «mais tu ne m'empêcheras jamais de raisonner. Voilà ce que je leur reproche : ils ont faussé ton jugement.»

Harvey dut prendre mon air songeur pour de la défiance car il reprit :

— Ne me demande pas de renier mon allégeance au drapeau américain, Sliv, je t'en prie.

— Je ne te le demanderai pas, déclarai-je en éprouvant pour la première fois un peu de cette assurance qui brûlait en Youssef. À condition que tu en reconnaisses une autre, encore supérieure.

— À qui ? demanda anxieusement Harvey. Au CFR ?

— À l'esprit humain, répondis-je, en espérant passionnément que nous parlions de la même chose.

14

Cet esprit humain que je révérais par-dessus tout, l'administration Bush se chargea dans les semaines suivantes de lui donner des funérailles nationales. Chaque jour, Donald Rumsfeld ou Condoleezza Rice plantaient un nouveau clou dans son cercueil. Des drones bourrés de gaz moutarde menaçaient de s'écraser sur New York à tout moment. Les chimistes de Saddam brassaient de l'anthrax comme un laitier du yaourt. Ben Laden avait rencontré le directeur des services secrets irakiens en 1996 au Soudan. Quant au fossoyeur en chef, alias Dick Cheney, il s'en tenait aux arguments habituels, ceux-là mêmes que ses propres analystes déclaraient irrecevables depuis des mois : les tubes en aluminium servaient à fabriquer des centrifugeuses ; Saddam s'approvisionnait en uranium nigérien ; Mohammed Atta avait ses entrées dans les ambassades irakiennes d'Europe de l'Est. Seul Colin Powell paraissait encore capable d'articuler un raisonnement. Je puisais dans chacune de ses prestations un réconfort démesuré.

Notre groupe s'épuisait en vain à la manœuvre. L'extraordinaire puissance de feu de la Maison Blanche avait soudainement frappé d'obsolescence l'arsenal du

CFR. Des procédés que j'avais vus renverser des régimes africains rayaient à peine la carapace du discours présidentiel. Le *New York Times* et CNN, nos deux alliés historiques, boudant les argumentaires détaillés que nous leur préparions, nous avions provisoirement reporté tous nos efforts sur Fox News, le canal officiel du Parti républicain. Las ! Des cent dépêches qui atterrissaient quotidiennement sur son bureau, le directeur de la rédaction extrayait avec un flair infaillible la plus spectaculairement mensongère. Les chaînes de télévision avaient déjà désigné leurs envoyés spéciaux en Irak et, s'imaginant renouer avec la tradition du grand reportage, leur faisaient apprendre trois mots d'arabe que ceux-ci régurgiteraient à l'antenne. Les régies publicitaires approchaient discrètement les annonceurs pour savoir s'ils accepteraient d'apparaître entre une interview de Tommy Franks et une chronique sur les nouvelles lunettes à vision nocturne des Marines. Bref, l'Amérique se préparait pour le plus grand lancement commercial de son histoire.

Les profits s'annonçaient gargantuesques. Car si une chose ne faisait aucun doute, c'était bien l'appétit des téléspectateurs pour tout ce qui touchait de près ou de loin aux aspects militaires du conflit en gestation. Fox News, dont les journalistes semblaient constamment lutter contre la tentation d'annoncer le début des hostilités, battait des records d'audience et tondait la laine sur le dos d'une CNN trop timorée. Des vétérans des médias aussi respectés que Dan Rather ou Peter Jennings se gargarisaient d'expressions comme « théâtre des opérations », « force de projection » ou « frappes chirurgicales ». Les *networks* ressortaient de la naphtaline des généraux septuagénaires dont le prestige se mesurait moins aux barrettes qui ornaient leur uniforme qu'au nombre d'heures d'antenne qu'ils avaient assurées pendant la guerre du Golfe.

Les semaines se suivaient, chacune plus frustrante que la précédente. Le 8 novembre, le Conseil de sécurité adopta à l'unanimité la résolution 1441 qui enjoignait à l'Irak de désarmer sous peine de s'exposer à de « sérieuses conséquences ». Les inspections, qui débutèrent peu après, donnèrent lieu à la comédie habituelle : les inspecteurs — notamment ceux qui prêtaient une oreille complaisante aux théories de la CIA — déploraient l'obstructionnisme des Irakiens, tandis que ceux-ci prenaient le monde à témoin de leur prétendue bonne volonté. Le 7 décembre, le gouvernement de Saddam Hussein communiqua aux Nations unies un rapport de douze mille pages, que les Américains condamnèrent si rapidement qu'on pouvait se demander s'ils avaient pris le temps de le lire. Le 19 décembre, Hans Blix, le chef des inspecteurs, expliqua aux membres du Conseil de sécurité pourquoi le calamiteux passif de l'Irak en matière d'engagements non tenus le dissuadait d'accorder trop de crédit aux déclarations de Saddam. On s'inquiéta beaucoup de certains stocks d'anthrax dont une inspection de 1998 avait consigné l'existence. Les Irakiens prétendaient avoir procédé à leur destruction mais ne pouvaient en apporter la preuve ; les Américains exigeaient leur réapparition, sûrs de marquer des points dans tous les cas de figure : soit les Irakiens retrouvaient l'anthrax et confirmaient implicitement qu'ils avaient menti ; soit ils persistaient dans leur version et donnaient au porte-parole de la Maison Blanche l'occasion de pérorer sur les milliers de litres de substance toxique qui manquaient à l'appel.

Je passai les fêtes de Noël à Húsavík avec ma mère, en pensant aux millions de petits Américains qui trouveraient une figurine GI Joe au pied du sapin, et regagnai Washington dans les premiers jours de janvier. Il y régnait un froid de gueux, accentué par un vent glacé venu du Canada qui balayait le corridor du Nord-Est. Le Potomac était gelé. Les touristes avaient déserté Pennsylvania Avenue, donnant à la Maison Blanche des allures de citadelle abandonnée, et trouvé refuge à la Bibliothèque du Congrès où battait encore le cœur de l'Amérique.

Pendant ce temps, retranché dans son donjon, Bush construisait méthodiquement sa coalition. Je l'imaginais, les pieds sur le bureau ovale, pendu au téléphone du matin au soir, cochant sur une liste les noms de pays qu'il n'aurait pas su placer sur la carte. L'animal maniait avec un art consommé la carotte et le bâton, promettant contrats et subventions à ses partisans et barrières douanières à ses contradicteurs. L'Oncle Sam n'avait plus arrosé ses amis aussi largement depuis le plan Marshall ; la manne se chiffrait en milliards de dollars.

Chaque nouveau ralliement donnait lieu à communiqué. Dans la bouche du président, des puissances aussi notables que la Lettonie ou l'Ouganda devenaient tout à coup des « alliés majeurs dont le soutien nous conforte dans notre juste cause ». À ma grande tristesse, l'Islande rejoignit les rangs de la coalition. Au moins n'enverrait-elle pas de soldats sur place comme l'Angleterre, l'Australie ou la Pologne.

Les médias parlaient à peine des inspections qui continuaient pourtant d'aller bon train. Comment leur en vouloir quand Donald Rumsfeld décrétait avec une désarmante candeur que « l'absence de preuves [de l'existence d'armes de destruction massive] n'est pas la preuve de leur absence » ? Il était de plus en plus évident que la Maison Blanche n'avait accepté ces inspections que pour complaire aux Nations unies et qu'elle n'en tiendrait aucun compte.

Le 18 janvier, quelques dizaines de milliers de manifestants emmenés par le révérend Jesse Jackson sillonnèrent les rues de Washington par − 15 °C. Les journaux télévisés leur consacrèrent moins d'une minute. Nina, à qui Gunnar avait signalé ma présence dans la capitale américaine, me demanda par email si j'avais défilé. Je n'eus pas le courage de lui répondre.

Le 20, le ministre français des Affaires étrangères, Dominique de Villepin, déclara dans une conférence de presse que «rien, absolument rien» ne justifiait la guerre. Je sus en entendant ses propos à la radio qu'ils marquaient un tournant. Le Français avait cru composter son billet pour la postérité; il venait en réalité d'anéantir les dernières chances de résoudre le conflit par la voie diplomatique. Pourquoi un Saddam déjà réputé pour son caractère fuyant déférerait-il aux exigences de l'ONU maintenant qu'un des membres du Conseil de sécurité avait publiquement exprimé son opposition à la guerre? Quant aux États-Unis, qu'iraient-ils s'exposer, en présentant une deuxième résolution aux Nations unies, à l'humiliation d'un veto?

Mais il serait injuste d'accabler Villepin. J'appris un peu plus tard par Dreppner qu'au moment même où le Français prononçait ces paroles George Bush créait par décret présidentiel le Bureau pour la reconstruction et l'aide humanitaire (ORHA), un organisme chargé de coordonner les différents aspects de l'administration de l'Irak après la victoire des États-Unis. La guerre n'avait pas démarré que les bureaucrates réglaient déjà les détails de l'occupation.

On comprendra pourquoi j'en avais gros sur le cœur en pénétrant, le 28 janvier en début de soirée, dans le hall du Hay-Adams, l'un des plus prestigieux hôtels de Washington, situé à un jet de pierre de la Maison Blanche. Je me faufilai entre plusieurs couples en tenue de soirée qui attendaient des taxis et montai directement au dernier étage, où Gunnar, arrivé le jour même de Reykjavík, avait par je ne sais quel miracle réussi à se faire attribuer la suite présidentielle. C'est Youssef qui m'ouvrit. Les traits tirés et l'œil sombre, il arborait sa mine des mauvais jours.

— Entre, dit-il.

Je jetai mon manteau sur un fauteuil Empire, impressionné malgré moi par les dimensions de la chambre.

— Maga n'est pas là ?

— Gunnar lui fait faire le tour du propriétaire. Je crois qu'ils sont dans la salle de bains.

— Tu n'allumes pas la télé ?

— Bush parle à 21 heures. D'ailleurs, je me demande pourquoi nous sommes ici. Si ça se trouve, son texte est déjà en ligne.

C'est moi qui avais insisté pour que nous suivions ensemble le discours sur l'état de l'Union. Je n'en escomptais aucun miracle mais, un peu égoïstement sans doute, je n'imaginais pas vivre cette épreuve sans mes amis à mes côtés.

Justement, Maga et Gunnar débouchèrent de la salle de bains en riant. Gunnar me donna une bourrade amicale.

— Sliv, mon garçon, comment vas-tu ?

— Un peu le cœur en berne. Et vous ?

— Ça faisait au moins dix ans que je n'avais pas mis les pieds à Washington. Dieu, que j'aime cette ville !

— Il faut dire que vous en profitez dans de bonnes conditions, notai-je en souriant.

— C'est que j'arrive à un âge où l'on ne voit plus de raisons de se refuser grand-chose. Je te sers un apéritif?

— Pas tout de suite. Je me réserve pour plus tard. Je risque d'en avoir besoin.

— Maga?

— Un bloody Mary si vous avez de quoi.

— Oh, j'ai de quoi, tu peux me croire.

Gunnar fit coulisser un panneau en bois qui révéla un bar digne des plus belles heures de la Prohibition.

— Un coca, Youssef? demanda-t-il en saisissant adroitement une mignonnette de vodka parmi la centaine de bouteilles alignées devant lui.

— Bon sang, Gunnar, si vous croyez que j'ai le cœur à boire!

— Quelque chose te tracasse, mon garçon? s'enquit imperturbablement Gunnar en ouvrant une brique de jus de tomate.

— Vous croyez? Nous avons descendu en flammes tous les arguments de Bush, et pourtant dans un quart d'heure ce guignol enfilera les mensonges comme des perles en regardant les Américains dans le blanc des yeux!

Je partageais la détresse — et la fatigue — de Youssef. Personne n'avait travaillé plus dur que moi depuis un an. Non pas que la besogne m'eût jamais effrayé, mais j'expérimentais pour la première fois les traces qu'elle laisse quand le succès n'est pas au rendez-vous.

— C'est à n'y rien comprendre, en effet, reconnus-je. Même le mensonge le plus mal ficelé s'enracine sans difficultés dans l'opinion.

— Mal ficelé? rétorqua Youssef. Tu oublies que la

moitié de l'argumentaire de la Maison Blanche sort du cerveau des petits génies du CFR...

— C'est justement ce qui me chagrine. Malgré tous nos efforts, nous n'avons isolé que trois interventions des traîtres : le rapport Niger, l'article de Judith Miller sur les tubes en aluminium et le témoignage factice d'un déserteur irakien. Gunnar, comment auriez-vous réagi si je vous avais soumis ces dossiers à l'époque où je travaillais chez Baldur ?

La réponse de Gunnar fusa, comme s'il avait considéré la question de son côté :

— Peut mieux faire. Le rapport Niger en impose mais le scénario ne résiste pas à l'examen. Idem pour les tubes en aluminium, encore que les traîtres ont eu une idée de génie en faisant tenir le stylo à Judith Miller. Quant au déserteur, il ne s'agit techniquement pas d'un scénario mais d'une simple corroboration.

— Exactement, opinai-je. Sans vouloir paraître présomptueux, je ne peux pas m'empêcher de penser que j'aurais fait beaucoup mieux que ça, surtout si j'avais disposé de moyens illimités.

— Peut-être les falsifications plus subtiles nous ont-elles échappé ? suggéra Maga.

— J'en doute. Nous avons disséqué le rapport national d'évaluation ligne à ligne, nous les aurions forcément remarquées.

— Où veux-tu en venir ? intervint Gunnar.

— Nous avons toujours supposé que les traîtres étaient plusieurs et extrêmement bien organisés. J'en arrive à me demander si nous n'avons pas fait fausse route et si notre homme n'agit pas seul et avec les moyens du bord.

Un silence sceptique accueillit mes paroles.

— Pourquoi pas ? dit finalement Maga. Ça expliquerait bien des choses, entre autres pourquoi nous avons tant de mal à l'identifier.

La liste des suspects que tenait Gunnar comportait encore une centaine de noms. Il n'en avait pas rayé un seul depuis plusieurs semaines.

— Vous vous rendez compte ? poursuivis-je sur ma lancée. Un agent isolé qui provoque une guerre ?

— Parce que c'est ainsi que tu le vois ? tempêta Youssef. Comme une performance sportive ?

Il affecta un ton officiel :

— Dans l'épreuve reine «Déclenchement de conflit armé en solitaire», la victoire revient cette année à un magnifique dossier sur les armes de destruction massive en Irak.

— Ne sois pas bête. Je faisais simplement remarquer que les temps changent. Il y a encore dix ou vingt ans, une telle opération aurait probablement mobilisé cinquante agents.

— Tu parles d'un progrès.

— Il est 9 heures, dit Gunnar.

Il alluma la télé et éteignit la lumière. L'obscurité envahit la pièce, puis, progressivement, les traits de Bush apparurent sur l'écran géant tandis que les applaudissements du Congrès crépitaient de toutes parts.

— On se croirait au cinéma, murmurai-je.

— Je sais tellement ce qu'il va dire que je pourrais lui servir de prompteur, lança Maga en se laissant tomber dans le canapé.

Elle se trompait, au moins partiellement. Après avoir évacué les questions intérieures (les impôts, l'assurance-maladie, la politique énergétique), Bush créa la surprise en dévoilant un plan spectaculaire d'aide en faveur des trente millions d'Africains frappés par le virus du sida.

— Qu'il est malin! commenta Gunnar avec une pointe d'admiration dans la voix.

— Un vrai bienfaiteur de l'humanité, ricana Youssef.

Bush, qui se préoccupait également de la santé des Américains, annonça ensuite que l'État consacrerait six milliards de dollars à l'achat de vaccins contre l'anthrax, le botulisme, la peste et le virus Ebola.

— Que je sois pendu si ces quatre maladies combinées représentent cent cas par an aux États-Unis, remarquai-je.

— Mieux vaux prévenir que guérir, ironisa Youssef.

— En tout cas, vous noterez l'habileté de la transition, dit Gunnar qui, pour un peu, aurait pris des notes.

Car Bush arrivait maintenant au cœur de son intervention. «Il y a presque trois mois, le Conseil de sécurité a donné à Saddam Hussein une dernière chance de désarmer. Depuis, ce dernier n'a montré que mépris pour les Nations unies et pour l'opinion internationale. Les inspecteurs ne sont pas là pour passer au peigne fin un pays grand comme la Californie. Leur métier consiste à vérifier que l'Irak est bien en train de désarmer. C'est aux Irakiens de révéler où ils cachent leurs armes interdites puis de les détruire. Rien de tout cela ne s'est encore produit.»

Commença alors une fastidieuse litanie. Bush accusait Saddam d'être toujours assis sur 25 000 litres d'anthrax, 38 000 litres de toxine botulique, 500 tonnes de sarin, de gaz moutarde et d'agent innervant. Les Irakiens assuraient avoir détruit leurs stocks mais ne pouvaient en apporter la preuve.

Curveball connut son quart d'heure de gloire warholien. Le président ne le cita pas nommément, se contentant de mentionner «trois transfuges irakiens». Des frissons d'horreur parcoururent les travées du Congrès quand Bush décrivit le fonctionnement des fameux laboratoires mobiles. Enfin, il aborda la question du programme nucléaire irakien.

« Le gouvernement britannique a appris que Saddam Hussein avait récemment tenté de se procurer une quantité substantielle d'uranium en Afrique. »

— Pardon ? s'étrangla Youssef.

— Vous croyez qu'il fait référence à la transaction du Niger ? demanda Maga.

— J'en ai l'impression, dis-je. D'après Dreppner, le MI-6 a mis la main sur une copie du rapport de Rocco Martino.

— Ils ont dû en transmettre un résumé à Langley, supputa Gunnar.

— Ainsi, même si la CIA ne croit pas au rapport, elle peut maintenant évoquer des « signaux multiples et concordants ».

C'est tellement simple, pensai-je.

— Tu crois qu'il a conscience de tout ça ? interrogea brusquement Maga.

— Qui donc ?

— Bush. Est-ce qu'il sait que le rapport Niger est un faux ?

— Que le loustic qui te l'a vendu a un casier judiciaire long comme mon bras ? ajouta Youssef. Que l'ambassade du Niger à Rome a été cambriolée ? Que les Français contrôlent la seule route qui quitte la mine ?

— Probablement pas. D'ailleurs, Harvey te dirait que le président n'a pas à connaître tous les détails.

— Powell les connaît, lui, répliqua Youssef. Qu'attend-il pour intervenir ?

— Chut ! siffla Gunnar. Écoutez.

« ... au Conseil de sécurité de se réunir le 5 février pour étudier les preuves de la défiance de l'Irak vis-à-vis du reste du monde. Le Secrétaire d'État Colin Powell présentera des faits et des renseignements sur les programmes d'armement irakiens, sur la façon dont ce pays abuse les inspecteurs des Nations unies et sur les liens qu'il entretient avec des groupes terroristes. »

— On dirait que tu seras bientôt fixé, commenta Maga.

Youssef se leva et alla éteindre la télévision, stoppant Bush au beau milieu d'une envolée sur la contribution de l'Amérique à la paix dans le monde.

— Hé ! protesta Gunnar. J'aurais bien aimé connaître la fin. Le gentil cow-boy va-t-il nous débarrasser de l'insolent rastaquouère ?

— Ça ne me fait pas rire, Gunnar, répliqua sèchement Youssef.

Il nous enveloppa d'un regard dédaigneux qui n'épargna même pas son épouse.

— Regardez-vous, affalés dans votre canapé à distribuer les bons points. C'est plus facile que de balayer devant sa porte, pas vrai ? Mais qui a créé Al-Qaida ? Qui a monté l'Islam contre le reste du monde ? La CIA peut-être ?

— Calme-toi, Youssef, implora Maga.

— Me calmer ? D'ici un mois, les bombes pleuvront sur Bagdad et tu voudrais que je me calme ? Mais ne vois-tu pas ce qui est en train de se passer, Maga ? Djibo, Sliv, toi, moi, nous serons bientôt responsables de la mort de milliers d'innocents et nous restons les bras croisés sans rien faire ?

Je connaissais Youssef. Il ne déblatérait jamais à vide.

— Que suggères-tu ? demandai-je.

— Ma foi, c'est très simple. Je vais tout raconter.

15

Je dévisageai Youssef avec stupéfaction. Il était parfaitement calme. Je réalisai soudain qu'il mettait à exécution un plan mûri de longue date.

— C'est le moment de vérité, expliqua Youssef en tirant une chaise et en s'asseyant à califourchon. On peut encore arrêter la guerre, à condition de tout déballer : l'existence du CFR, la fatwa, le faux rapport Niger...

— Je ne pense pas...

— Ne te fatigue pas, me coupa-t-il. Tu vas tenter de me dissuader en invoquant l'intérêt supérieur du CFR, mais je ne marche pas.

— Comment peux-tu dire ça alors que ni toi ni moi ne connaissons la raison d'être du CFR ?

— Justement. Peut-être le CFR vaut-il une guerre. Mais je refuse de laisser cette question à l'appréciation de Djibo. Pour moi, il a perdu toute légitimité le jour où il a rédigé sa fatwa.

— Où veux-tu en venir ? Tu vas supplier Djibo de te révéler la finalité du CFR ? Il ne le fera pas.

— À moi non, admit Youssef. À toi, peut-être.

— Et s'il refuse ?

— Alors nous adresserons une confession détaillée aux dix plus grandes agences de presse du monde.

— Allons, tu sais très bien que je ne le ferai pas.

— Mais moi, si.

— Tu me demandes de menacer Djibo ?

— Tout juste.

— Et pourquoi me chargerais-je de tes basses besognes ?

Youssef secoua la tête.

— Tu n'as pas compris. Je ne te demande pas de me répéter ce que t'aura dit Djibo, mais seulement de décider en ton âme et conscience si la survie du CFR justifie le sang qui va couler.

— Et tu me croiras sur parole ?

— Je te croirai.

— Depuis quand te fies-tu à mon jugement moral ? demandai-je, abasourdi.

— Depuis que tu as eu le courage de m'avouer que tu avais participé à la naissance d'Al-Qaida.

Devant mon ahurissement, Youssef expliqua :

— Pour moi, c'était le signe que tu avais bel et bien changé. En s'apercevant que le CFR avait enfanté un monstre, l'ancien Sliv se serait retiré dans la forêt islandaise pour lécher ses blessures ; le nouveau a supplié pour qu'on lui laisse une chance de corriger ses erreurs.

— Je n'avais pas le choix.

— Moi non plus. Vois-tu, l'équilibre du CFR repose sur un pacte implicite entre le Comex et les agents. Nous servons une organisation dont nous ignorons la finalité parce que nous croyons ses dirigeants animés d'une véritable exigence morale. Prends mon exemple. Je suis passé par des hauts et des bas — j'ai douté du CFR quand j'ai soupçonné mon chef de faire grimper le prix du pétrole pour de mauvaises raisons ; j'ai repris confiance en lui quand j'ai constaté qu'il traquait impitoyablement ses renégats — mais, l'un dans l'autre, j'avais l'impression d'œuvrer dans la bonne direction. Angoua Djibo a brisé ce pacte. Pour assouvir je ne sais quel fantasme démiurgique, il a embarqué des milliers d'agents dans une opération que l'écrasante majorité d'entre eux auraient jugée ignoble s'il avait pris la peine de leur demander leur avis.

— Tu oublies de préciser qu'il bénéficiait du soutien du Comex...

— Et toi, tu devrais cesser d'en parler comme s'il s'agissait d'une entité quasi divine. Les membres du Comex ne sont que des êtres humains, six personnes de chair et de sang comme nous, qui ont leur propre histoire et leurs propres doutes. Au demeurant, la sagesse des deux que je connais personnellement ne m'a pas particulièrement sauté aux yeux ces derniers temps.

— Tu n'as jamais rencontré les quatre autres...

— C'est bien pourquoi je ne les laisserai pas décider pour moi si l'armée américaine doit ou non pilonner Bagdad.

— Tu te rends compte que tu risques de faire imploser le CFR ?

— C'est le problème de Djibo, pas le mien. Il aurait dû y penser avant de jouer avec le feu.

Maga semblait mal à l'aise. Je devinais qu'elle avait eu connaissance des intentions de son mari bien avant ce soir.

— Et toi, Maga ? demandai-je.

— Ce qui est bon pour Youssef l'est aussi pour moi, déclara-t-elle. Nous nous rangerons à ton avis.

Je me tournai vers Gunnar. Il n'avait pas encore prononcé un mot mais son regard étincelant disait assez clairement ce qu'il pensait des méthodes de Youssef.

— Tu ne manques pas de toupet! écuma-t-il. Si j'avais vingt ans de moins, je te collerais une bonne trempe.

Je n'aurais su dire s'il plaisantait. Les années n'étaient pas la seule chose qui le séparait de Youssef.

— Je remercie le ciel de notre différence d'âge, répondit narquoisement ce dernier.

— Et il se paie ma tête en prime! J'ai bien envie de te faire écrouer...

— Gunnar! s'écria Maga en bondissant sur ses pieds.

— Laisse, Maga, dit fermement Youssef. Gunnar se figure qu'il peut m'impressionner comme un bizuth. J'ai dû manquer de clarté tout à l'heure. La confession détaillée à laquelle je faisais allusion est en sécurité dans un coffre. Elle le restera si je rentre sain et sauf à mon hôtel ce soir.

Gunnar me jeta un regard désespéré, comme s'il s'excusait de ne pouvoir m'être d'un plus grand secours.

— Que pensez-vous de mon plan? l'interrogea Youssef.

Gunnar haussa les épaules.

— Il est absurde, naturellement, mais je ne t'apprends rien.

— Vous fierez-vous au jugement de Sliv?

— Écoute, bonhomme! éclata Gunnar, excédé. Tu me mets le couteau sous la gorge, soit. Maintenant ne viens pas me demander d'aimer la sensation de la lame contre ma carotide. J'ai mille fois plus confiance en Sliv que dans les ayatollahs de ton espèce. Là, tu es content?

— Content, non, mais soulagé, répondit Youssef en se levant. Au moins les choses sont dites. Vous ne m'aimez pas. Rassurez-vous, le sentiment est réciproque.

— Tu parles d'un scoop ! ricana Gunnar.

— Ainsi donc, je suis un ayatollah ? Mais vous, Gunnar, vous êtes un bourgeois ! Regardez cette chambre : elle en dit tellement long sur vos priorités. Vous appartenez à une organisation qui peut changer le monde pour le meilleur ou pour le pire et la seule chose qui vous intéresse, c'est l'épaisseur de la moquette de votre bureau et vos frais de déplacement. Après trente ans de carrière, vous n'êtes même pas directeur d'antenne et votre dernier dossier, qui remonte à dix ans, portait sur l'impact de la mythologie islandaise dans les règles du hockey sur glace !

— Tu l'as lu ? se renseigna Gunnar comme s'il désirait sincèrement connaître l'opinion de Youssef.

— Vous et vos semblables êtes la plaie de cette organisation. Cynique, égoïste et paresseux, au point que je me demande pourquoi on ne vous a pas encore collé en retraite anticipée !

— Tu aimes les secrets ? En voilà un : Djibo adore le hockey.

Youssef faillit ajouter quelque chose mais nous tourna brusquement le dos et se dirigea vers la fenêtre. Maga courut le rejoindre. J'étais pétrifié. Mes deux amis les plus proches venaient de s'envoyer la vaisselle à la figure et je n'avais même pas tenté de les séparer. Sans doute savais-je au fond de moi que leurs points de vue étaient irréconciliables. Youssef était incontestablement un ayatollah et Gunnar de manière non moins certaine un bourgeois, pourtant cela ne m'empêchait pas de les aimer tous les deux.

— Je boirais volontiers une vodka, annonçai-je en reprenant mes esprits.

— Je savais que tu y viendrais, répondit Gunnar, qui ne paraissait pas affecté outre mesure par les critiques qu'il avait essuyées.

— Je suis désolé, Gunnar.

— Ça n'a aucune importance, minimisa-t-il en me tendant un godet rempli à ras bord.

— C'est moi qui vous ai attiré dans ce traquenard...

— Écoute, Sliv, tu n'as rien à te reprocher. Mais j'ignore comment va réagir Djibo. Il n'aime pas qu'on lui force la main.

— Nous le saurons bientôt, affirma Youssef à l'autre bout de la pièce. Sliv va l'appeler tout de suite.

— À cette heure ?

— Pourquoi ? Tu as peur de le réveiller ?

Au contraire, je ne me représentais que trop bien la scène. Djibo avait éteint la télévision et méditait à sa fenêtre, un verre de bourgogne à la main.

— Prends mon téléphone, conseilla Gunnar. La ligne est protégée.

J'expirai lentement plusieurs fois avant de composer le numéro. Tout allait trop vite. Mille pensées contradictoires se bousculaient dans mon crâne. Youssef avait raison. Il avait tort. Je connaîtrais bientôt le secret du CFR. C'en était fini de mes chances de rejoindre un jour le Comex.

Djibo décrocha à la première sonnerie. Il ne veut pas réveiller sa femme, songeai-je machinalement.

— Angoua, dis-je, le cœur battant. Dartunghuver.

— Bonsoir, Sliv.

La voix du Camerounais nous enveloppa aussi nettement que s'il s'était trouvé parmi nous. Une cantate de Bach jouait en arrière-plan.

— Vous êtes sur haut-parleur, Angoua. Je suis avec

349

Gunnar Eriksson, Youssef Khrafedine et Magawati Donogurai.

— Bonsoir à tous, dit Djibo après une infime hésitation.

— Angoua, je ne vais pas tourner autour du pot. Youssef ici présent menace de révéler l'existence du CFR pour empêcher la guerre en Irak.

— Oh? fit Djibo, comme si son garagiste l'informait qu'il avait oublié la révision des 100 000 kilomètres.

— Il a rédigé un document très explicite...

— J'imagine. Et à quelles conditions renoncerait-il à mettre son projet à exécution?

— Il exige que vous me révéliez la finalité du CFR.

— Rien que ça? Et pourquoi à toi?

— Il pense que vous refuseriez de la lui révéler...

— Il a raison.

— Il s'en remet à mon jugement. Si je pense que le CFR mérite de survivre, il détruira sa confession.

— Et si tu estimes le contraire?

J'hésitai.

— Alors nous aurons tous un gros problème.

— Je vois.

J'admirais le sang-froid du Camerounais. Il n'avait pas prononcé un mot qui ne fût strictement nécessaire.

— J'ai besoin de réfléchir, dit-il. Je te rappelle plus tard.

Youssef m'arracha le combiné des mains.

— Je crains que ce ne soit impossible, déclara-t-il en veillant à rester courtois. Les termes du marché sont clairs. Décidez-vous.

— Il me faut en référer au Comex, résista Djibo qui s'efforçait manifestement de gagner du temps.

— Vous les informerez ultérieurement, dit Youssef. Ils comprendront.

— Je dois d'abord...

— Vous n'avez pas le choix, Angoua, le coupa Gunnar.

— Mais...

— Faites ce qu'il dit, intima sèchement Gunnar comme s'il s'adressait à un agent débutant.

Djibo se tut, me laissant une fois de plus spéculer sur ce qui autorisait Gunnar à apostropher aussi cavalièrement le président du Comex.

— Écoute, Sliv, reprit ce dernier, voici ce que je te propose. Le 5 février, Colin Powell s'exprimera devant les Nations unies. Je connais personnellement Colin et je le tiens en très haute estime. J'ai encore un minuscule espoir qu'il parvienne à empêcher cette folie. Viens suivre son intervention avec le Comex. S'il persiste dans la voie militaire qu'a tracée Bush ce soir sans apporter la preuve que l'Irak a enfreint la résolution du Conseil de sécurité, je te révélerai la finalité du CFR. Tu en feras ensuite ce que bon te semble.

J'interrogeai Youssef du regard. Il hocha la tête.

— C'est entendu, Angoua. Merci.

Il avait raccroché.

16

L'auditorium du Conseil de sécurité des Nations unies était plein à craquer. La mine terreuse, engoncé dans son costume gris à la boutonnière ornée d'un minuscule drapeau américain, Colin Powell semblait au moins aussi nerveux que moi. Il avait du mal à détacher les yeux de ses notes et joignait fermement les mains comme s'il craignait qu'elles le trahissent à la première occasion. Derrière lui, à sa droite, George Tenet, le directeur de la CIA, arborait le masque impassible du joueur de poker qui vient de relancer avec une paire de deux.

« Monsieur le président, monsieur le Secrétaire général, mes distingués collègues, je voudrais tout d'abord vous remercier d'avoir fait l'effort d'être présents aujourd'hui. C'est un jour important pour nous tous qui devons évaluer si l'Irak se conforme à la résolution 1441 du Conseil de sécurité. »

— Qui est le voisin de gauche de Tenet ? demanda Djibo. On dirait un gorille.

Comme personne ne répondait, je me crus autorisé à intervenir :

— John Negroponte, l'ambassadeur américain auprès des Nations unies.

Un grommellement indistinct accueillit ma réponse. Je n'aurais su dire de qui il émanait. J'étais assis à la même place qu'un an plus tôt, à égale distance entre le téléviseur et les six membres du Comex dont je sentais les regards sur ma nuque.

«La résolution 1441 donnait à l'Irak une dernière chance de se conformer aux demandes du Conseil de sécurité ou de faire face à de sérieuses conséquences. Les membres présents le jour du vote savaient exactement ce qu'il fallait entendre par cette expression.»

— Alors pourquoi ne pas l'avoir clairement dit? rouspéta une voix chevrotante que j'attribuai sans hésitation à Pierre Ménard.

Des six membres du Comex, le vieillard était le seul qui avait paru heureux de me revoir quand les portes de l'ascenseur s'étaient ouvertes devant moi. Yakoub Khoyoulfaz avait esquissé un discret geste de la main dans ma direction. Verplanck, Shao et Karvelis avaient quant à eux si soigneusement évité mon regard que je me demandais si Djibo ne m'avait pas à mon insu fait endosser le rôle de Youssef.

«Vous comprendrez au vu des éléments que je vais vous présenter que Saddam Hussein et son régime s'efforcent de dissimuler qu'ils fabriquent des armes de destruction massive.

«Je voudrais commencer par vous faire écouter une conversation que mon gouvernement a interceptée et qui a eu lieu le 26 novembre dernier, la veille de la reprise des inspections des Nations unies en Irak. Elle se déroule entre deux officiers supérieurs, un colonel et un général de brigade de la Garde républicaine, l'unité d'élite de l'armée irakienne.»

Deux voix crachotantes s'élevèrent dans un silence

de mort, tandis que la traduction du dialogue s'affichait sur un écran géant.

«Colonel : Nous avons une question au sujet de la prochaine réunion avec Mohamed El Baradei [le directeur de l'Agence internationale de l'énergie atomique].

«Général : Oui?

«Colonel : Nous avons ce véhicule modifié. Que devons-nous dire si quelqu'un le voit?

«Général : Tu n'as pas de véhicule modifié. Tu n'en as jamais eu.

«Colonel : Mais j'en ai un!

«Général : D'où vient-il? De l'atelier?

«Colonel : De la société Al-Kindi.

«Général : Bon, je passerai te voir ce matin. J'ai des commentaires à faire. J'ai peur que vous ayez laissé traîner quelque chose.

«Colonel : Non, nous avons tout évacué.

«Général : Je passerai demain.»

J'avais tressailli en entendant le nom d'Al-Kindi.

— Oui, Sliv? dit Djibo. Tu connais cet enregistrement?

Je me retournai :

— C'est la première fois que je l'entends mais j'en avais déjà lu une transcription. Je suis plus que circonspect quant à son authenticité.

— Pourquoi? demanda Verplanck en fronçant les sourcils.

— Nous avons découvert l'identité des deux protagonistes, bien que celle-ci ne figure dans aucun document officiel. À partir de là, nous avons mené notre propre enquête. L'officier que Powell présente comme colonel n'a été promu à ce rang que le mois dernier.

— Quel était son grade avant cela? s'enquit Verplanck.

— Lieutenant-colonel. Le 26 novembre dernier, il participait à des manœuvres dans la province de Nassiriya, à plusieurs centaines de kilomètres de l'endroit où cette conversation est censée avoir eu lieu.

— Ça ne prouve rien, estima Verplanck. Vous avez pu vous tromper.

— Connaissez-vous la société Al-Kindi? demanda Zoe Karvelis.

— Il existe deux Al-Kindi, expliquai-je. Un centre de recherches basé à Mossoul, dont le nom revient fréquemment dans les rapports d'inspection des années quatre-vingt-dix, et une usine de fabrication de vaccins vétérinaires située à Abou Ghraib, dans la banlieue de Bagdad.

— On peut raisonnablement supposer que le général fait référence au centre de recherches, non? supputa Verplanck.

— Ou qu'Al-Kindi lui fournissait des vaccins pour ses chevaux.

— Ses chevaux?

— C'est vrai, dis-je. Powell aurait dû préciser que ces deux officiers servent dans la cavalerie.

Un lourd silence accueillit ces mots.

— Merci, Sliv, déclara finalement Djibo. Tu peux intervenir chaque fois que tu le jugeras utile.

Je me retournai vers l'écran en m'efforçant de retrouver le fil de l'exposé.

« Saddam Hussein a monté un haut comité pour l'encadrement des inspections », poursuivait Powell. « Imaginez un peu : l'Irak a un comité de haut niveau chargé de surveiller les inspecteurs des Nations unies — pas de coopérer avec eux, pas de les aider, mais de les espionner et de les empêcher de faire leur travail. Ce comité rend compte directement à Saddam Hussein. Il est dirigé par le vice-président irakien, Taha Yassine Ramadan, et compte parmi ses membres le propre fils de Saddam, Qoussaï.»

Je me permis d'apporter quelques précisions :

— Il oublie de rappeler que ce sont les États-Unis qui ont souhaité que les inspecteurs disposent d'interlocuteurs attitrés au plus haut niveau de l'administration irakienne. La présidence de Ramadan est purement honorifique. Quant à Qoussaï, il occupe des fonctions comparables à celles d'un ministre de l'Intérieur dans le gouvernement de son père. Sa présence au sein d'une telle instance n'a rien de surprenant.

«Nous savons que Qoussaï Hussein a fait transférer toutes les armes interdites des résidences de Saddam. Nous savons aussi que des officiels irakiens, des dirigeants du parti Baath ainsi que des scientifiques dissimulent des objets interdits à leur domicile.»

— Là, il s'appuie sur les témoignages de quatre transfuges. Le premier d'entre eux a quitté l'Irak en 1997 et ne fait que rabâcher les vieilles scies de l'époque. Le deuxième est le cousin d'un des dirigeants de l'INC; je ne lui accorde aucun crédit. Le troisième est le seul à avoir accepté de se soumettre au détecteur de mensonge, où il a lamentablement échoué. Quant au quatrième transfuge, Abdul Hamid Al-Wahadi...

Je m'arrêtai juste avant de révéler qu'Al-Wahadi était sorti de mon imagination. Le Comex devait continuer à ignorer l'existence des traîtres.

— Oui? fit Verplanck.

— Il n'existe tout simplement pas, assurai-je en espérant que mon ton péremptoire contenterait le patron de l'Inspection générale.

Je réfutai ainsi une dizaine d'arguments de Powell. Mon esprit fonctionnait à plein régime. Parmi les milliers de faits, de noms ou de chiffres qui flottaient librement entre mes oreilles, je capturais celui dont j'avais besoin avec l'aisance d'un chasseur de papillons. J'évoquais un rapport pour découvrir avec ravissement que j'étais capable d'en réciter des paragraphes entiers, je restituais d'interminables noms arabes sur lesquels ma mémoire n'avait eu jusqu'alors aucune prise, je faisais mentalement pivoter des cartes d'état-major pour les superposer aux photos satellite scandaleusement légendées dont Powell parsemait son exposé. J'éprouvais à nouveau cette vertigineuse sensation d'invincibilité entrevue à Dili. Corriger un Secrétaire d'État se révélait, à ma grande surprise, aussi grisant que de modeler l'économie du Timor, comme si rétablir la vérité et l'inventer constituaient les deux faces d'une même pièce.

«Nous sommes particulièrement préoccupés par l'existence d'unités mobiles de production d'agents biologiques. Notre source, un ingénieur chimiste irakien, supervisait un des sites qui fabriquaient ces unités.»

— Le transfuge auquel Powell fait allusion s'appelle Curveball. Il vit en Allemagne, sous la protection du BND. Les Américains ne l'ont jamais rencontré.

«En 1998, il a personnellement assisté à un accident dramatique : douze techniciens sont morts d'avoir été exposés aux agents biologiques.»

— Si, comme le suppose la CIA, ces techniciens ont été contaminés à l'anthrax, l'organisme de Curveball aurait dû sécréter des anticorps. Or non seulement les examens se sont révélés négatifs, mais le médecin qui a pratiqué la prise de sang a noté dans son rapport que Curveball présentait tous les symptômes d'une gueule de bois carabinée.

«Un major de l'armée irakienne a confirmé que

l'Irak possédait un centre de recherche sur les unités biologiques mobiles.»

— En avril 2002, la CIA concluait pourtant à l'inauthenticité du témoignage de Mohammed Harith. Je cite : «La plupart de ses assertions sont disponibles sur internet. Le reste est incorrect ou ne peut être vérifié.» Le mois suivant, la DIA ajoutait : «Les propos d'Harith sont peu fiables; certains relèvent de la fabrication pure et simple. En outre, Harith a manifestement été coaché par l'INC.»

«Ces unités mobiles sont peut-être au nombre de dix-huit. Je vous laisse imaginer combien il sera difficile de les localiser parmi les milliers de camions qui sillonnent l'Irak tous les jours.»

Je me servis un verre d'eau. Ces allégations étaient si vagues que je ne me donnais même pas la peine de les pourfendre.

Ménard toussa bruyamment. Je sentais les regards des membres du Comex dans mon dos, sans pouvoir me défaire de l'étrange impression que j'étais en train de passer un examen en en sachant plus que l'examinateur. Yakoub, qui connaissait pourtant le sujet presque aussi bien que moi, me laissait me dépêtrer des questions pièges de Verplanck, auxquelles je répondais désormais sans me retourner. J'avais une conscience aiguë de l'enjeu. De mes paroles dépendaient l'avenir du CFR et le sort de milliers d'agents. De celles de Powell, la guerre et la révélation d'un secret après lequel je courais depuis presque douze ans.

Si l'Américain disposait d'une preuve irréfutable de la duplicité de Saddam, il ne semblait pas pressé de la produire. Il n'avait encore fourni aucun document nouveau, hormis quelques photos satellite de hangars dont il nous demandait de croire qu'ils abritaient les trompettes de l'Apocalypse.

« Saddam Hussein a tenté de se procurer des tubes d'aluminium auprès de onze pays différents. Tous les experts qui ont analysé les tubes entrés en notre possession s'accordent à dire qu'ils peuvent être utilisés dans une centrifugeuse. »

— Il y a moins d'un mois, le 10 janvier, Powell, Cheney, Rumsfeld et Rice ont reçu un rapport classé secret intitulé « Pourquoi l'Irak achète des tubes en aluminium — Ce que pense l'Agence internationale de l'énergie atomique ». Je n'ai pas lu ce document mais j'en connais les grandes lignes : les spécialistes de l'AIEA, du ministère de l'Énergie et de l'INR estiment à une écrasante majorité que les tubes servent à fabriquer des lance-roquettes tout ce qu'il y a de plus conventionnels.

— Peux-tu nous rappeler ce qu'est l'INR ? demanda Djibo.

— C'est la centrale de renseignements interne du Département d'État. Elle emploie environ trois cents personnes.

— À qui rend-elle compte ?

— Au Secrétaire d'État lui-même, Colin Powell.

— C'est bien ce qui me semblait, soupira Djibo.

« Un cadre d'Al-Qaida a reconnu qu'il s'approvisionnait en agents biologiques auprès du régime irakien. »

— Powell fait vraisemblablement référence à Ibn al-Cheikh al-Libi. Al-Libi dirigeait un des camps d'entraînement d'Al-Qaida en Afghanistan. Arrêté en décembre 2001 par les forces de sécurité pakistanaises qui l'ont remis aux autorités américaines, il a coopéré avec les interrogateurs du FBI, avouant notamment avoir formé Zacarias Moussaoui et Richard Reid. Il a cependant toujours nié la moindre relation avec le régime de Saddam. Comme elle jugeait les méthodes du FBI trop douces, la CIA a transféré al-Libi en Égypte, où elle lui a extorqué de nouveaux aveux sous la torture.

— Quel genre de torture ? demanda Karvelis.

— Al-Libi a été enterré vivant, révélai-je en regardant Colin Powell discourir sur les droits de l'homme en Irak.

« Mes chers collègues, nous avons une obligation vis-à-vis de nos citoyens. Nous avons une obligation vis-à-vis du Conseil de sécurité, dont les injonctions doivent être obéies. Nous n'avons pas écrit la résolution 1441 pour entrer en guerre. Nous l'avons écrite pour préserver la paix. Nous l'avons écrite pour donner une dernière chance à l'Irak.

« L'Irak, jusqu'ici, n'a pas saisi cette chance.

« Nous ne devons pas reculer. Nous devons assumer notre devoir et nos responsabilités envers les citoyens des États membres du Conseil de sécurité.

« Monsieur le président, je vous remercie. »

Un tonnerre d'applaudissements salua la conclusion de Powell. Tenet et Negroponte n'étaient pas les moins enthousiastes.

Djibo éteignit la télévision.

— Cela a dû être un moment extraordinairement pénible pour Colin, lâcha-t-il. J'ai eu parfois l'impression en l'entendant qu'il prononçait sa propre oraison funèbre. J'espère pour lui que le châtiment ne sera pas à la hauteur de la faute.

Powell m'inspirait à moi aussi des sentiments mitigés. Il avait prôné la voie diplomatique quand les faucons de l'administration Bush pressaient déjà le doigt sur la détente. Il avait mis sa réputation dans la balance pour arracher la résolution 1441. En privé, il fustigeait l'optimisme exagéré d'un Rumsfeld, soulignant le danger pour les États-Unis d'apparaître comme une force d'occupation au Moyen-Orient. Mais le poids du devoir l'avait emporté sur la force de l'évidence. Il n'avait pas démissionné, allant jusqu'à accorder son crédit à une mascarade, dont, s'il n'en était pas l'instigateur, il était devenu aujourd'hui l'un des plus éminents complices. Comme Harvey, il s'était trouvé écartelé entre deux loyautés. Comme Harvey, il avait vu la vérité en face et il avait baissé les yeux.

— Et maintenant, Sliv, que dirais-tu de retourner ta chaise ? demanda Djibo. J'ai une histoire à te raconter.

TROISIÈME PARTIE

Toronto

1

Les innombrables fois où je m'étais demandé ce que j'éprouverais en entendant ces mots, le bonheur supplantait si largement tous les autres sentiments que je m'étonnai d'abord d'en ressentir aussi peu.

C'était curieusement le soulagement qui dominait, et encore — oserai-je l'avouer — moins celui d'avoir réussi que de n'avoir pas échoué. Je quittais enfin les rangs laborieux et surpeuplés de ceux dont le succès ne vient jamais couronner les efforts. J'avais atteint l'objectif que je m'étais fixé. J'étais arrivé quelque part. Restait à savoir où, tant il était probable que les révélations de Djibo me forceraient à choisir entre mes convictions personnelles et ma promesse à Youssef. Dans un cas, je risquais de perdre un ami; dans l'autre, je devenais le fossoyeur du CFR. Charmante alternative...

Je tournai ma chaise vers les six membres du Comex, en espérant puiser dans leur regard un peu de cette sérénité qui me faisait si cruellement défaut. Las... Khoyoulfaz murmurait à l'oreille de Djibo, qui semblait perdu dans ses pensées; Karvelis se servait un verre d'eau; Verplanck prenait des notes; Ménard relisait les siennes; Shao croisait les bras. Tous connaissaient le secret du CFR et aucun n'avait l'air apaisé. Moi qui les avais pris pour des surhommes, je les vis soudain pour ce qu'ils étaient : des généraux fourbus, écrasés par les responsabilités et consumés par la peur d'être démasqués. Je m'arrêtai tout particulièrement sur Zoe Karvelis, la dernière à avoir été cooptée. Rien dans le regard fatigué de la Grecque n'indiquait qu'elle eût été transformée par les révélations que j'étais sur le point de recevoir, ni même qu'elle fût aussi heureuse qu'à l'époque où elle avait remis son premier dossier au directeur de l'antenne de Thessalonique. Une angoisse terrifiante me submergea : et si mes meilleurs jours au CFR étaient derrière moi?

— Il y a une part de vérité dans les rumeurs qui circulent sur la création du CFR, débuta Djibo, mais je pense que tu conviendras, après l'avoir entendue, que la véritable histoire est encore plus captivante que tout ce que tu aurais pu imaginer. Tout commence en France, à la fin de l'année 1791, quand un chevalier excentrique se lance dans les affaires. Son nom : Pierre Ménard.

— Votre ancêtre? demandai-je, incrédule, en me tournant vers le vieillard homonyme.

— Huit générations nous séparent. Un représentant de chacune d'entre elles a siégé au Comex.

Ceci expliquait pourquoi je n'avais jamais entendu parler de Ménard avant l'année précédente. Le Français avait été coopté sur son nom, pas sur son mérite. J'en conçus une légère déception.

— Ménard, reprit Djibo, lance un établissement financier spécialisé dans le négoce des titres de rentes. L'époque s'y prête. Deux ans plus tôt, l'Assemblée constituante a aboli les privilèges. Les métayers sont encouragés à racheter les terres qu'ils cultivent. Cela tombe bien : les nobles ont besoin d'argent. Craignant pour leur vie, nombre d'entre eux émigrent dans l'urgence et sont prêts à liquider leur patrimoine foncier à vil prix. En cette période enfiévrée où acheteurs et vendeurs ne redoutent rien tant que de se faire escroquer, Ménard dispose d'un atout formidable qui coupe court à toutes les arguties : l'historique des transactions seigneuriales depuis Louis XIV, qu'il a compilé en écumant les archives locales. Au gentilhomme, il explique, chiffres à l'appui, qu'une vergée d'étang ne se vend pas le même prix que son équivalent en forêt ; au fermier, que la rivière qui traverse sa parcelle renchérit celle-ci d'un bon quart. Il monnaie habilement sa réputation de Salomon en prélevant quelques pourcents sur chacune des affaires qu'il arrange. Bientôt, Paris ne lui suffit plus. Afin d'élargir ses débouchés, il ouvre des bureaux à Londres, Amsterdam et Berlin, où s'est progressivement réfugiée l'essentiel de sa clientèle.

— N'est-il pas lui-même tenté de quitter la France ?

— Avec le recul, c'est évidemment ce qu'il aurait dû faire, convint Ménard. Mais mon aïeul ne se croyait pas en danger. Il n'était pas né noble, il l'était devenu en 1782 quand Louis XVI l'avait nommé chevalier de l'ordre du Saint-Esprit, sur la recommandation du marquis de La Fayette.

— L'ordre du Saint-Esprit ? S'agirait-il d'une distinction catholique ?

— À l'origine, oui. Henri III, qui en fut le fondateur en 1578, choisit ce nom car il était né et avait été couronné roi de France le jour de la Pentecôte. Au fil des ans, l'Ordre s'est ouvert aux aristocrates et aux officiers. En 1791 cependant, l'Assemblée constituante prononce sa dissolution et défend à ses membres de continuer à s'en réclamer.

— Toutefois, Ménard ignore l'interdiction, scellant par là même sa perte, intervint Djibo qui paraissait soucieux de conserver la maîtrise du récit.

— Que lui est-il arrivé ?

— Il est arrêté en juillet 1792, déféré à la prison du Grand Châtelet dans l'attente de son jugement et assassiné dans sa cellule lors des massacres de Septembre.

— Les massacres de Septembre ? Je n'en ai jamais entendu parler.

— Ce n'est pas l'épisode le plus glorieux de la Révolution française. Excités par Santerre et Marat, une poignée de barbares sanguinaires investissent les principales prisons de Paris et trucident à la baïonnette plus d'un millier de détenus. Ménard se trouve au mauvais endroit au mauvais moment.

Je ne voulais pas sembler indélicat mais je ne voyais toujours pas bien où Djibo souhaitait en venir.

— Si vous me racontez cette histoire...

— C'est parce que Pierre Ménard est l'inspirateur du CFR, compléta le Camerounais.

— Son inspirateur ? répétai-je, surpris par le choix du qualificatif.

— Quelques semaines avant son arrestation, Ménard embauche trois collaborateurs pour diriger ses bureaux à l'étranger : un Anglais, Jack Abernathy, un Néerlandais, Jan Peter Diepenbrock, et un Allemand, Wilhelm Hüfnagel. Il rencontre les trois hommes séparément mais leur tient le même discours : la Compagnie française des rentes n'est qu'une façade...

— C'est ce que signifient les initiales CFR ? m'exclamai-je, incrédule. Compagnie française des rentes ?

— Moins romantique que Consortium de Falsification du Réel, n'est-ce pas? lança Ménard en s'invitant à nouveau dans la conversation.

— Une façade abritant une opération de falsification de grande envergure, poursuivit imperturbablement Djibo. Il s'agit, selon les propres termes de Ménard, de «faire accroire une réalité autre que celle communément reçue». Pour cela, explique-t-il, il sera nécessaire «d'ouvrir des comptoirs dans le monde entier» et «de recruter des esprits frais dans toutes les classes de la société». Abernathy, Diepenbrock et Hüfnagel bombardent Ménard de questions mais le Français refuse d'en dire davantage. «Je ne vous ai pas choisis au hasard», se borne-t-il à indiquer. «Non seulement je crois pouvoir dire que vous apprécierez mon projet mais je suis convaincu que vous le servirez à la perfection. Laissez-moi régler quelques détails et je vous révélerai la véritable nature de notre entreprise.» Quinze jours plus tard, Ménard était incarcéré. Quatre mois plus tard, il était mort.

— Comment se débrouilla-t-il pour communiquer ses instructions? demandai-je en sentant l'impatience me gagner.

— À la fin de l'été 1792, sans nouvelles de Ménard, Abernathy débarque au bureau parisien de la Compagnie française des rentes, où on l'informe que le Français a été arrêté. Abernathy se convainc rapidement que ses interlocuteurs n'ont aucune idée des visées souterraines de leur employeur. Il glane toutefois les noms de Diepenbrock et d'Hüfnagel, ainsi que l'adresse de l'épouse de Pierre, Constance, chez qui il se rend dans la foulée.

— A-t-elle gardé le contact avec son mari?

— Oui. Elle le visite une fois par semaine — elle est d'ailleurs la seule autorisée à le faire. Toutefois, la discussion semble plutôt rouler sur l'avenir matériel de Constance que sur le grand œuvre de son mari.

— Je croyais les Ménard très fortunés...

— Ils l'étaient, acquiesça Djibo, mais Pierre a investi toute la fortune du ménage dans son affaire, laissant à son épouse à peine de quoi subvenir à l'éducation de leurs deux fils.

— Balivernes ! s'écria Ménard. Il lui a coupé les vivres parce qu'elle lui sortait par les yeux.

— Ça, mon cher Pierre, c'est vous qui le dites, constata placidement Djibo.

— Oh, je sais de quoi je parle, nous autres les Ménard, nous ne restons jamais mariés bien longtemps, ricana le Français en me décochant un clin d'œil comme si le récit de ses frasques extraconjugales s'était frayé un chemin jusque dans la presse à scandale islandaise.

— Cela explique sans doute pourquoi l'arbre généalogique de votre famille ne remonte qu'à Philippe Auguste, nota Djibo, pince-sans-rire.

— S'il vous plaît ! intervins-je, excédé par ces enfantillages.

Djibo lança un regard furibond à Ménard avant de poursuivre son récit :

— Abernathy explique à Constance qu'il a besoin d'instructions de son époux pour assurer la gestion de la Compagnie française des rentes. Il reprend espoir en apprenant que Ménard consacre ses nuits à couvrir d'une écriture minuscule une fine bandelette de papier, qu'il dissimule le jour entre deux moellons. Constance s'engage à faire sortir le document...

— Moyennant un écu, ne put s'empêcher d'ajouter Ménard.

— Abernathy, rongé par un mauvais pressentiment,

décide de prolonger son séjour à Paris. Le mercredi suivant, il accompagne Constance au Grand Châtelet. Elle passe moins d'un quart d'heure à l'intérieur de la prison, dont elle ressort les mains vides mais avec la promesse que Ménard lui remettra le manuscrit terminé la prochaine fois. Il n'en aura malheureusement pas l'occasion.

Le récit de Djibo commençait à ressembler à ces contes des *Mille et Une Nuits* dont le dénouement est sans cesse différé.

— J'imagine qu'Abernathy s'emploie alors à retrouver la bandelette...

— Comme elle ne figure pas parmi les effets restitués à Constance, il soudoie un garde, puis un autre. Quelques écus s'évaporent en pure perte. Il envisage un instant de se faire incarcérer afin de conduire ses propres investigations mais renonce devant les risques encourus. Il finit par quitter la France, la mort dans l'âme, le jour même où la Convention abolit la royauté et proclame la République.

— Il rentre sans le manuscrit ? m'écriai-je, atterré.

— En effet. Toutefois, l'histoire ne s'arrête pas là. Abernathy invite Diepenbrock et Hüfnagel à le rejoindre à Londres, où les trois hommes mettent en commun les maigres informations qu'ils possèdent sur Ménard. Issu d'une famille de drapiers orléanais, le Français n'a eu de cesse d'échapper à son milieu. Ses humanités, commencées à la Sorbonne, le mènent à Oxford, Cologne et Milan. Il se passionne pour les langues étrangères et l'économie, au grand dam de ses maîtres jaloux de ses dispositions pour les sciences. Il se lance dans l'assurance maritime en 1762, moins par appât du gain que pour éprouver certaines théories probabilistes formulées par Fermat dans sa correspondance avec Pascal.

Il fait fortune presque malgré lui en garantissant la cargaison des navires commerciaux qui relient l'Europe et le Nouveau Monde. Lui-même traverse l'Atlantique à plusieurs reprises et acquiert peu à peu la conviction que les Américains vont bientôt s'émanciper de la tutelle des Anglais. En 1775, il offre ses services à George Washington, tout juste élu commandant en chef de l'armée continentale chargée de lutter contre l'oppresseur britannique, et contribue d'autant plus généreusement à l'effort de guerre qu'il vient de vendre son affaire. Les deux hommes deviennent amis. Ménard est l'ambassadeur informel des États-Unis à la Cour de France avant que Thomas Jefferson ne crée officiellement la fonction. Il rencontre à ce titre le jeune marquis de La Fayette peu avant que celui-ci n'embarque pour Georgetown. Il lui dispense de précieux conseils, dont La Fayette le remerciera ultérieurement en le faisant anoblir.

— Est-il marié à l'époque ? demandai-je, subjugué par le parcours tourbillonnant de Ménard.

— Non. Il épouse Constance en 1788, à son retour des États-Unis où il a passé les cinq dernières années, et lui fait rapidement deux fils. Le couple n'est guère heureux. Pierre dédaigne la vie mondaine à laquelle sa fortune le prédestine tandis que Constance refuse de l'accompagner dans ses incessants voyages. Quand éclate la Révolution, Ménard reporte toute son énergie sur la création de la Compagnie française des rentes.

Il y avait là un glissement que je ne pouvais pas laisser passer.

— Ôtez-moi d'un doute, Angoua : seriez-vous en train de me dire qu'Abernathy n'a jamais découvert les consignes de Ménard ?

— Ni lui ni personne. En triant les affaires de son

époux, Constance retrouve bien quelques documents mais aucun ne jette la moindre lumière sur les intentions de Ménard. Quant à la prison du Grand Châtelet, elle est démolie en 1810.

— Mais alors, que font les trois lieutenants de Ménard ?

— Ce que tu aurais probablement fait à leur place. Ils mènent l'enquête. Durant les années qui suivent, ils rencontrent tous ceux qui ont connu Ménard : sa sœur Marie-Louise, son vieux répétiteur de latin, ses clients, ses concurrents, ses partenaires d'échecs, ses compagnons d'expédition. Washington lui-même reçoit la visite d'Hüfnagel en 1799.

— Qu'en ressort-il ?

— Rien et beaucoup à la fois. Chaque conversation révèle une facette inédite du sidérant éclectisme de Ménard. Le Français pouvait lire dans la même journée le traité de Locke sur la loi naturelle et le brevet de James Watt sur sa machine à vapeur. Il collectait des tombereaux de données sur les sujets les plus variés : les transactions foncières ou la sinistralité maritime, on l'a vu, mais aussi la date des premières gelées, le rendement de la gabelle ou les temps de parcours à cheval entre les différentes capitales européennes. Il écrivait énormément. On lui doit entre autres une table sur la vitesse de propagation des épidémies en vase clos, un manuel de traduction semi-automatique français-anglais-italien et des remarques sur le principe de territorialité dans la Constitution américaine. Toutefois, par un étrange paradoxe, ce beau parleur répugnait à parler de lui. Il avait beaucoup d'admirateurs, peu de proches et aucun intime.

— Sait-on pourquoi ?

— Le monde des idées l'intéressait, semble-t-il,

infiniment plus que celui des hommes, l'étude des sociétés plus que celle des individus. Philosophiquement parlant, il adhérait aux thèses d'un Voltaire ou d'un Montesquieu : il jugeait la démocratie inéluctable, abhorrait l'esclavage et pronostiquait que les femmes voteraient avant un siècle. Il est encore bien plus moderne quand il exalte la diversité culturelle, ridiculise la notion de frontière ou jette les bases d'une gouvernance à l'échelle européenne.

— N'est-il pas logique de supposer que son entreprise de falsification visait à diffuser ces idées ?

— Naturellement, mais nous n'avons aucune certitude en la matière. Pour Abernathy, Diepenbrock et Hüfnagel en tout cas, ces années d'exégèse sont fondamentales. Les trois hommes se rendent lentement à l'évidence : ils ne pénétreront jamais les intentions de leur employeur. Pour autant, ils persistent à chercher leur inspiration dans la vie et dans les écrits de Ménard. Ils se complètent admirablement. Hüfnagel est un rêveur exalté, un hobereau au grand cœur qui a été renié par ses pairs pour avoir abandonné ses terres à ses métayers. Il est fasciné par l'audace de Ménard, dont il partage toutes les indignations et tous les enthousiasmes. Diepenbrock est un personnage haut en couleur, fier de son extraction modeste, qui a perdu à la roulette en une nuit l'affaire de négoce de cacao qu'il avait mis vingt ans à construire. Abernathy enfin est un organisateur-né. Il prend très vite quelques décisions cruciales, dont les bienfaits se font encore sentir aujourd'hui. Il liquide le comptoir parisien de la Compagnie française des rentes et soustrait le capital à la rapacité des révolutionnaires ainsi qu'à celle, plus légitime, de Constance, à qui il alloue une pension confortable.

— L'idéaliste, le joueur et le gardien du temple, murmurai-je en reconnaissant les trois profils types des agents du CFR.

— Rappelle-toi les paroles de Ménard : «Je ne vous ai pas choisis au hasard.» Le Français a compris que la diversité du triumvirat constitue la meilleure garante de sa survie. Les trois hommes, bien que très différents, ont d'ailleurs noué de solides liens d'amitié. En 1800, ils renoncent solennellement à dissoudre l'organisation. Ils conservent les initiales CFR mais changent leur signification en Compagnie de Falsification de la Réalité. Ils entérinent également plusieurs principes qui te paraîtront familiers : la sécurité de la Compagnie prime sur toute autre considération ; la direction est collégiale ; les effectifs refléteront la pluralité de la société.

— Les effectifs ? Mais ils n'ont encore embauché personne !

— Justement. Ils se répartissent les rôles. Diepenbrock se chargera du recrutement, en suivant une trame dont chaque étape a été scrupuleusement réfléchie. Hüfnagel s'attellera au premier dossier, qui porte sur la récente campagne égyptienne de Bonaparte. L'intendance, enfin, échoit à Abernathy, qui convainc ses acolytes de mettre de côté la moitié du capital de Ménard, afin, argumente-t-il, de ne pas compromettre leurs chances de réaliser les volontés du Français si jamais celles-ci venaient à être connues.

— Deux siècles plus tard, on parle d'un joli petit pactole, je vous prie de me croire, rigola Ménard.

— L'argent n'a jamais été un problème pour le CFR, confirma Djibo. Notre dossier le plus coûteux à ce jour — la ruée vers l'or de 1848 — a à peine écorné nos ressources.

— Qu'est-ce qui a coûté aussi cher? m'enquis-je, interloqué.

— L'or, répondit Djibo.

En d'autres circonstances, je me serais émerveillé devant l'ingéniosité du collègue qui, en semant des paillettes d'or dans une rivière, avait déplacé le centre de gravité de l'Amérique de quelques centaines de kilomètres vers l'ouest mais, aujourd'hui, je n'en éprouvais tout simplement pas la force. Djibo dut sentir qu'il était temps de me porter le coup de grâce :

— Le CFR n'a pas de finalité, Sliv. Je sais que c'est dur à entendre, mais c'est la vérité.

2

Je m'y attendais, pensai-je, moins en colère contre les membres du Comex que contre moi-même. Ma tête avait espéré jusqu'au bout mais mes tripes savaient depuis longtemps. Tels ces chirurgiens rompus à l'art d'annoncer les décès en plusieurs étapes espacées d'un temps d'arrêt, Djibo m'avait progressivement conditionné à envisager l'impossible. «Votre mari a eu un accident de voiture... Il a perdu beaucoup de sang... Nous l'avons immédiatement opéré... Il y a eu des complications... Son cœur n'a pas résisté... Il est mort.» Chaque nouvelle révélation vous amène à réviser vos attentes à la baisse, jusqu'à la dernière qui arrive presque comme une délivrance.

— Je suis désolé, dit le Camerounais en mettant dans ses mots toute la compassion dont il était capable.

— Douze ans, murmurai-je, plus pour moi-même que pour mes voisins. Douze ans d'efforts pour quoi? Pour rien.

— Pour rien, vraiment? tiqua Djibo. Va dire ça aux Bochimans ou aux Timorais.

Ching Shao haussa un sourcil, ce que j'avais appris à

interpréter comme le signe qu'elle bouillait d'envie d'intervenir.

— Ching, vous continuez à produire des dossiers. Qu'est-ce qui peut bien vous motiver?

— La même chose que vous, répondit paisiblement la Chinoise : le plaisir de raconter une histoire et de faire avancer mes idées.

— Mais ces idées, qui décide si elles sont bonnes ou mauvaises?

— Le Comex, expliqua Djibo. Un consensus s'est dégagé au fil des ans : tout projet est digne d'exister à condition qu'il ne mette pas l'organisation en péril (nous appelons ça le principe de prudence), qu'il ne contredise pas un dossier antérieur (principe de cohérence) et qu'il ne heurte pas les convictions d'un tiers des membres du Comex (principe de décence). Tes Bochimans ont fait l'unanimité, ma fatwa est passée de justesse mais des dizaines de dossiers sont recalés chaque année.

— Pourquoi Abernathy, Diepenbrock et Hüfnagel n'ont-ils pas arbitrairement choisi un objectif? Après tout, ils l'avaient bien mérité.

— Ils ont essayé, mais malgré toute l'estime que chacun avait pour les autres, ils ne sont jamais parvenus à s'accorder sur un dessein commun. Ainsi par exemple, Hüfnagel croyait dur comme fer au modèle démocratique et souhaitait le propager dans le monde entier. Il tenta de faire inscrire cette priorité dans les statuts du CFR. Diepenbrock vota pour. Il se souciait à dire vrai de la démocratie comme d'une guigne mais il avait monnayé sa voix contre le soutien d'Hüfnagel à sa propre marotte, l'essor de la médecine. En bon Anglais, Abernathy était farouchement attaché à la monarchie; il opposa donc son veto.

— Je comprends qu'il soit difficile d'obtenir l'unanimité sur une question comme le mode de gouvernement idéal. Mais qui peut décemment s'opposer aux progrès de la médecine ?

— Bien plus de gens que tu ne crois. Toutes les grandes avancées scientifiques comportent des ramifications morales et religieuses. Combien de chrétiens condamnent les greffes d'organes parce qu'ils estiment que l'homme ne doit pas se substituer à Dieu ? Sans parler des démographes comme Malthus qui voient dans les épidémies un facteur d'ajustement de la population. Abernathy, qui venait justement de lire l'essai de son compatriote, jugeait autrement plus urgent de guérir la tremblante du mouton que les oreillons ou la lèpre.

Je n'étais toujours pas convaincu.

— Tout de même, arguai-je, il me semble que les membres actuels du Comex trouveraient plus facilement à s'entendre.

— Faisons l'essai, proposa Djibo. Qui parmi vous voterait une résolution générique louant les vertus de la médecine ?

Quatre mains se levèrent. Claas Verplanck et Pierre Ménard n'avaient pas bougé. Le Néerlandais prit la parole :

— La recherche du bien-être physique détourne l'homme de sa quête spirituelle. À quoi lui sert de vivre dix ans de plus s'il ne parvient pas à sauver son âme ?

Je savais Verplanck très dévot. Je n'aurais toutefois jamais imaginé qu'il pût contester les bienfaits de la médecine. Djibo dut deviner mon désarroi car il intervint :

— Ne va pas croire que Claas récuse la notion de progrès scientifique. Il est certes opposé aux manipulations génétiques, mais pas plus tard que la semaine dernière, il a avalisé une initiative sur la malaria.

— Mais attention : ce n'est pas parce que j'approuve un dossier que je serais prêt à consacrer ma vie au principe qui le sous-tend, précisa Verplanck.

Zoe Karvelis hocha la tête en signe d'approbation.

— Cette distinction peut vous sembler futile. Elle est pourtant capitale. On peut éprouver de la sympathie pour une cause sans s'y adonner tout entier.

J'en avais conscience. J'admirais l'engagement infatigable de Maga en faveur de l'égalité des hommes et des femmes, pourtant j'aurais été déçu d'apprendre que la seule ambition du CFR consistait à rétablir l'équilibre entre les sexes.

— J'apporte ainsi régulièrement ma voix à des dossiers visant à alerter l'opinion sur les dangers des gaz à effet de serre, alors que je pense que l'homme n'a qu'une responsabilité marginale dans le phénomène du réchauffement climatique, poursuivit Karvelis.

— Allons donc ! m'écriai-je. Les faits sont pourtant...

— Je connais les faits aussi bien que vous, me coupa la Grecque. J'en tire simplement des conclusions différentes. Me contesteriez-vous ce privilège ?

— Non, évidemment, dis-je, penaud.

Je me souvenais à présent que Karvelis avait un doctorat de biologie. J'étais mal placé pour lui donner des leçons de science.

— Permettez-moi cependant d'insister. Je comprends que vous ayez votre avis personnel sur le réchauffement climatique mais ne seriez-vous pas d'accord pour faire de la protection de l'environnement une des missions fondamentales du CFR ?

— Jamais de la vie, répondit fermement Karvelis.

— J'espère bien, sans quoi je démissionnerais séance tenante! ajouta Khoyoulfaz.

— On n'est pas Greenpeace, bon sang, bougonna Ménard.

Je n'en croyais pas mes oreilles. Djibo, lui, cachait mal son amusement.

— Tu n'y arriveras pas, dit-il en souriant. Aucun objectif ne parviendra à transcender nos clivages religieux ou philosophiques.

— Pardonnez-moi, Angoua, mais je n'en suis pas aussi sûr que vous.

— Ah oui? Tiens, cite-moi une cause qui pourrait fédérer tes amis Youssef, Lena et Harvey.

Je réfléchis quelques instants, en feignant d'ignorer les regards moqueurs de certains membres du Comex.

— L'éducation?

Les lèvres de Djibo s'étirèrent en un sourire cruel.

— Mais bien sûr! s'exclama-t-il en se frappant le front du plat de la main. Comment n'y avons-nous pas pensé plus tôt? Tu sais quoi? Nous allons établir ensemble le programme du cours de sciences naturelles. Commençons par les origines de la vie...

— C'est bon, soupirai-je, j'ai compris.

— Personnellement, je suis partisan de laisser une certaine latitude à l'enseignant, poursuivit implacablement Djibo. «Le monde a été créé par 1) Dieu; 2) Allah; 3) le Big Bang. Rayez les mentions inutiles.»

— Puisque je vous dis que j'ai compris...

— Tant mieux. Fie-toi à notre expérience, Sliv: les sociétés se rejoignent parfois sur l'accessoire mais jamais sur l'essentiel. Pourquoi crois-tu d'ailleurs que Ménard a choisi trois lieutenants aussi différents? Chacun était le produit de son pays, de sa culture, de sa langue, sans parler de leurs divergences de caractère.

Ménard savait — mieux, il espérait — que Diepen-brock s'entourerait de têtes brûlées, qu'Hüfnagel pré-férerait la compagnie d'incurables romantiques et qu'Abernathy recruterait une armée de contrôleurs pour surveiller tout ce petit monde.

— Notre diversité est notre richesse, déclara Karve-lis. Une plate-forme commune, même basée sur des thèmes apparemment aussi consensuels que le progrès scientifique ou l'écologie, ne réussirait en fait qu'à nous appauvrir.

— C'est parce que Claas ou Yakoub ne pensent pas comme moi que j'ai envie d'entendre ce qu'ils ont à dire, renchérit Djibo. Quand j'apprends qu'une instance s'est prononcée à l'unanimité, je sais qu'elle est com-posée soit de fanatiques soucieux de conforter leurs certitudes soit de lâches terrifiés à l'idée d'apparaître divisés.

— Admettons, mais pourquoi ne pas révéler à tous les agents que le CFR n'a pas de but?

— Parce qu'ils seraient profondément déçus, expli-qua Djibo. Tous exigeraient, comme tu viens de le faire, que le Comex se choisisse une finalité. Naturelle-ment, ils se réserveraient le droit de démissionner si celle-ci ne leur plaisait pas. C'est un risque que nous ne pouvons tout simplement pas prendre.

— Qui vous dit qu'ils démissionneraient? Vous êtes le vivant exemple qu'on peut servir le CFR tout en sachant qu'il n'a pas de sens.

— Nous ne sommes que six, rappela Djibo. Chacun de nous n'a été affranchi qu'au terme d'un parcours initiatique de quinze ou vingt ans.

Comme je faisais la moue, il ajouta :

— C'est Gunnar Eriksson qui t'a embauché. Aurais-tu accepté son offre s'il t'avait tenu le discours que je te tiens aujourd'hui ?

— Probablement que non, reconnus-je.

— Tu ne t'en es peut-être jamais rendu compte, mais le secret du CFR constitue le ciment qui assure sa cohésion. Il est le trait d'union entre le bizuth et son recruteur, entre l'agent de classe 1 de Budapest et le patron du bureau de Caracas.

Soudain, je me revis à Hawaï, où j'avais rencontré Maga et Youssef pour la première fois. De quoi avions-nous parlé toute la nuit dans ma chambre ? Du sens du CFR. Mes amis s'en formaient une conception idéalisée ; j'étais — déjà — plus dubitatif.

Quatre ans plus tard à Krasnoïarsk, Amanda Postlewaite avait soudé à jamais notre promotion en interpellant rudement le directeur de l'Académie : « Quelle est la finalité du CFR, monsieur Quinteros ? »

Le mois précédent encore, j'étais tombé par hasard sur une production inédite de Ching Shao. Je m'étais étonné du nombre de dossiers qui traitaient de la conquête spatiale. Se pourrait-il, avais-je spéculé devant Gunnar, que la colonisation de Mars constitue l'objectif ultime du Comex ?

— C'est parce qu'ils ignorent le but qu'ils restent dans la course, reprit Djibo. Révèle-leur qu'il n'y en a aucun et la moitié démissionneront aussitôt, entraînant *de facto* la mort de l'organisation.

— Et ce serait grave ? ripostai-je crânement.

Djibo me coula un regard soucieux, comme s'il craignait sérieusement de s'être trompé sur mon compte.

— Je crois que tes amis t'ont justement chargé de trancher cette question, déclara-t-il d'un ton grave. Personnellement, je pense que ce serait une tragédie.

Songe au bilan du CFR, à ces milliers de dossiers qui reflètent l'extraordinaire diversité de nos membres...

À Ben Laden et à sa fatwa, à nos mesquines luttes intestines... complétai-je mentalement. À entendre le Camerounais s'extasier sur les réalisations du CFR, on en aurait presque oublié qu'il était l'inventeur d'Al-Qaida.

— Mais je ne veux pas répondre à ta place, dit-il. Je comprends que tu aies besoin de temps pour absorber toutes ces révélations. Pierre, je me disais que vous pourriez peut-être emmener Sliv déjeuner à l'extérieur.

— Avec plaisir, s'empressa Ménard, que cette aubaine comblait manifestement de joie.

— Vous lui parlerez de votre ancêtre... Oui, Sliv ?

J'étais sidéré par la désinvolture de Djibo.

— Vous me laissez sortir ? Vous vous rendez compte que je peux entrer dans le premier commissariat et déballer tout mon sac ?

— Cela a toujours été ton privilège, répondit calmement Djibo en rassemblant ses notes devant lui.

Il a raison, pensai-je. Je l'avais presque oublié.

— Mais je peux aussi révéler à tous les agents que je connais que le CFR n'a pas de but !

Le Camerounais fourra ses affaires dans sa sacoche et se leva.

— C'est un risque que nous prenons chaque fois que nous accueillons un nouveau membre au Comex. Je me plais à croire que c'est ce qui fait la grandeur de notre organisation.

3

Le tambour vitré du restaurant Le Relais était bien plus qu'une porte, c'était une brèche ouverte dans le temps et dans l'espace. Une seconde, vous déambuliez dans le sinistre quartier des affaires de Toronto, la suivante, vous accrochiez votre veste au portemanteau d'une authentique brasserie parisienne.

— Ça par exemple, si c'est pas m'sieur Ménard ! nous apostropha le patron, un homme courtaud à la tête en forme de poire qui essuyait des verres derrière son comptoir.

— Bonjour, Louis, il n'est pas trop tôt pour déjeuner ? répondit le vieillard en indiquant la salle vide.

— Pensez-vous ! Vous serez le premier à goûter mes escargots.

— Sans vouloir vous offenser, Louis, je ne suis pas un grand amateur de gastéropodes appertisés.

La consternation se lut sur les traits du restaurateur.

— Vous me faites de la peine, m'sieur Ménard. Si vous croyez que j'empoisonne mes clients avec des boîtes de conserve ou des cochonneries d'élevage... Les escargots sont arrivés hier de Bourgogne dans les valises de ma sœur.

— Et la douane les a laissés passer ? demandai-je en français.

Un éclair de panique traversa les yeux de Louis.

— Vous n'allez pas me dénoncer ?

— Bien sûr que non, répondit précipitamment Ménard en me faisant signe de me taire.

— C'est que vous n'avez pas idée de ce qu'ils peuvent nous emmerder — excusez mon langage, m'sieur Ménard — avec leurs règlements sanitaires à la noix. Si je voulais tous les respecter, je servirais le pastis à l'eau distillée et le camembert en suppositoires.

— Nous vivons dans un monde aseptisé, énonça sentencieusement Ménard.

— Un monde de merde, si vous voulez mon avis, assena Louis qui s'y entendait pour ouvrir l'appétit de ses clients.

Il nous conduisit en ronchonnant jusqu'à une petite table à l'écart. Je laissai la banquette en moleskine à mon aîné et ouvris le menu.

— Fermez ça, malheureux ! s'écria Ménard. Vous allez encore le vexer.

— Mais pas du tout, je veux simplement choisir un plat.

— D'abord, ici, c'est entrée, plat, fromage et dessert. Ensuite, je crois que vous avez fait suffisamment de bêtises pour aujourd'hui. Louis !

— Oui, m'sieur Ménard ! cria le patron en accourant.

— Nous allons prendre deux douzaines de vos escargots, ainsi que le plat du jour.

— C'est comme si c'était fait, affirma Louis en rangeant son stylo derrière son oreille. Qu'est-ce que je vous sers avec ça ?

— Cette question ! La cuvée du patron, bien sûr.

Un large sourire se forma à la base de la poire.

— Vous ne pouviez pas mieux tomber. Je viens justement de toucher un petit chablis de derrière les fagots. Le producteur est un ami de mon fils. Vous m'en direz des nouvelles...

— Dites donc, mon garçon, reprit Ménard quand Louis eut disparu en cuisine où sa femme et sa fille s'activaient sans doute derrière les fourneaux, vous m'aviez caché que vous parliez français.

— Cela figure dans mon dossier.

— Oh, les dossiers, marmonna-t-il d'un ton qui indiquait assez son mépris pour la bureaucratie.

— Monsieur Ménard...

— Pierre.

— Merci. Je me demandais comment un représentant de votre famille en était arrivé à siéger au Comex. Car si j'ai bien suivi le récit d'Angoua, Constance n'a jamais eu connaissance du projet de son mari.

— C'est très simple. Avant d'être incarcéré, mon ancêtre avait confié une missive à son avoué, en lui demandant de la remettre à son fils aîné quand celui-ci atteindrait sa majorité. Il invitait le jeune Pierre — un prénom que partagent tous les premiers fils de la lignée — à prendre contact avec John Abernathy.

— Abernathy a pris un sacré risque en affranchissant Pierre, fis-je remarquer. Car, après tout, il l'avait spolié de son héritage.

— À mon avis, ç'a été bien plus facile que vous ne le croyez. Comme tous les orphelins, Pierre vouait un véritable culte à son père. Pour rien au monde il n'aurait laissé passer l'occasion de poursuivre son œuvre.

Touché, pensai-je en me souvenant comment j'avais moi-même assemblé des maquettes de Spitfire pendant toute mon adolescence, avant d'oser m'avouer un jour que je n'y prenais aucun plaisir.

— Abernathy y trouvait aussi largement son compte, ajouta Ménard, car le jeune Pierre lui ouvrit l'accès aux archives de la famille.

— Qu'apprit-il de nouveau ?

— Essentiellement qu'il avait sous-estimé l'influence que sa participation à l'*Encyclopédie* avait eue sur mon aïeul. Celui-ci n'est encore qu'un gamin quand il rencontre Diderot dans une réunion publique. L'attirance est immédiate et réciproque. Diderot est à la recherche d'un second souffle. Le *Dictionnaire raisonné des sciences, des arts et des métiers* auquel il a consacré vingt années de sa vie est loin de rencontrer le succès qu'il espérait. Condamné par le pape Clément XIII, vilipendé par les Jésuites qui le feront temporairement interdire, l'ouvrage se vend mal. Depuis que son compère d'Alembert s'est définitivement retiré du projet, Diderot coordonne seul plus de cent cinquante contributeurs parmi lesquels Condorcet, Rousseau et Voltaire. Mon ancêtre entre au service du grand homme pour le soulager d'ingrates tâches de secrétariat. Bientôt, il rédige ses premiers articles d'économie et de géographie, qui seront (malheureusement) attribués aux plus respectables Turgot et La Condamine. Il donne son avis sur tout, de la qualité du papier au choix des illustrateurs en passant par l'organisation des ateliers d'imprimerie. En 1764 survient un événement qui le marque profondément. Il découvre qu'André Le Breton, l'éditeur de l'*Encyclopédie*, adoucit les textes qui lui paraissent excessifs avant de les mettre sous presse. Diderot se fend d'une lettre magnifique au cauteleux Le Breton : « Vous oubliez qu'il n'y a peut-être pas un homme dans la société qui se soit donné la peine de lire dans l'*Encyclopédie* un mot de géographie, de mathématiques ou d'arts, et que ce que l'on y recherche, c'est la philosophie ferme et hardie de quelques-uns de vos travailleurs. »

— C'est la première rencontre de votre ancêtre avec la falsification.

— En effet. Il n'a pas de mots assez durs pour qualifier la conduite de Le Breton et conseille à Diderot de changer d'éditeur. C'est évidemment impossible mais, à compter de ce jour, Ménard se fait un devoir de relire chaque planche qui part à la composition.

— À combien d'exemplaires s'est finalement vendue l'*Encyclopédie* ?

— Presque vingt-cinq mille entre le premier volume et la Révolution française. Mais les chiffres reflètent mal l'importance de l'entreprise. Comme l'écrivit Michelet, « l'*Encyclopédie* fut bien plus qu'un livre, la conspiration victorieuse de l'esprit humain ».

Je méditais cette citation quand Louis posa triomphalement devant moi une douzaine d'escargots ruisselant de beurre persillé.

— Vous n'en avez jamais mangé, n'est-ce pas ? inféra Ménard en surprenant mon regard paniqué.

— Non, en effet.

Il me tendit une fourchette effilée.

— Tenez. Vous en aurez besoin pour extraire l'escargot de sa coquille.

Je suivis son exemple et découvris à ma grande surprise que la chair du gastéropode était délectable. Ménard me servit un verre de vin blanc.

— Buvez, rien ne vaut un bon chablis pour rincer le goût des escargots.

— Merci, Pierre, c'est délicieux.

— Vous le direz à Louis, il vous pardonnera peut-être. Où en étions-nous ?

— À la conspiration victorieuse de l'esprit humain.

— Ah oui ! Mon ancêtre ne retrouvera cette ferveur intellectuelle qu'une fois dans sa vie : en 1787, quand il assiste en auditeur libre à la Convention de Philadelphie chargée d'élaborer la Constitution américaine. Il a répondu à l'invitation de George Washington, qui préside la Convention, encore tout auréolé de sa victoire contre les Anglais. La plupart des délégués le connaissent déjà. On lui fait bon accueil.

— Participe-t-il aux délibérations ?

— Non, toutefois, il consigne fidèlement ses impressions, dont il rend compte hebdomadairement à Washington. Il est subjugué par la candeur et l'énergie qui se dégagent des débats. L'Histoire s'écrit sous ses yeux. Les plus grands esprits du pays — cinquante-cinq hommes représentant treize États — remisent leurs ambitions personnelles le temps d'un été pour travailler ensemble à une cause dont ils sont fiers d'avouer qu'elle les dépasse. Parce qu'ils considèrent les États-Unis comme la nouvelle terre promise, ils sont bien décidés à faire de leur texte fondamental un exemple pour l'humanité tout entière. Ils citent pêle-mêle Locke et Montesquieu, la Magna Carta et la Déclaration des droits anglaise de 1689...

— Bref, tous les textes qui ont façonné la personnalité de Ménard...

— Précisément. Je suis convaincu que c'est en assistant à cette extraordinaire synthèse des idées de son temps qu'il a conçu le projet du CFR. J'en veux pour preuve qu'il rentre en France presque aussitôt, sans même attendre la promulgation de la Constitution. Il établit son ordre de marche pendant la traversée : à peine arrivé à Paris, il se marie, réalise ses avoirs et pose les fondations de la Compagnie française des rentes.

— Justement, une chose me chiffonne dans les révélations de ce matin. Ménard apporte un soin extrême à sa couverture, il jette les bases d'un réseau international, recrute des lieutenants mais, curieusement, il ne trouve pas le temps de produire son premier dossier.

Ménard but une longue gorgée de chablis en regardant par-dessus mon épaule. Il hésitait manifestement à me dire quelque chose.

— Angoua serait furieux s'il m'entendait, se lança-t-il enfin. Il trouve que je radote.

— Allons donc, vous me paraissez en pleine possession de vos moyens, répondis-je en le flattant à peine.

— Eh bien, je crois que mon ancêtre nous a bel et bien laissé une falsification.

— Laquelle? m'écriai-je, soudain prodigieusement intéressé.

— Son arrestation. Voyez-vous, Sliv, mon opinion personnelle — appelez-la mon intuition si vous préférez —, c'est que mon ancêtre a bâti exactement l'organisation qu'il avait en tête : une sorte de confrérie où chacun est libre de mener à bien ses projets à condition qu'ils n'indisposent pas les autres. Il devine qu'un but — quel qu'il soit — empêchera les meilleurs esprits de travailler ensemble et, pour autant, il pressent qu'il ne peut fonder le CFR sans le doter d'une finalité explicite. Le dilemme semble inextricable...

— À moins qu'on ne croie qu'il n'a pas eu le temps de transmettre ses instructions à ses collaborateurs, complétai-je, émerveillé.

— Plusieurs détails plaident en faveur de cette hypothèse, à commencer par les circonstances de son arrestation. Quand il déclare la naissance de son deuxième fils, Ménard insiste pour que son titre de chevalier de l'ordre du Saint-Esprit soit enregistré à l'état civil, alors qu'il sait que la Constituante réprime sévèrement ce genre de coquetteries.

— Il était peut-être très attaché à son titre, suggérai-je sans y croire.

Ménard secoua énergiquement la tête.

— Le Saint-Esprit est un ordre de curés. Ménard n'a accepté d'en devenir membre que par amitié pour La Fayette. D'ailleurs, comme si sa comédie à la mairie n'avait pas suffi, il critique publiquement en juin 1792 le décret qui dissout la garde personnelle de Louis XVI. Je sais ce que vous allez me dire — il avait le droit d'exprimer ses opinions — mais à l'époque aucun être sensé n'aurait mis en péril sa sécurité pour défendre celle du roi.

— Seriez-vous en train de dire qu'il cherche à se faire arrêter ?

— J'en suis quasiment certain. La veille de son arrestation, un gendarme se présente à son domicile pour demander «si c'est bien ici qu'habite le citoyen Pierre Ménard». Pourtant, au lieu de prendre ses jambes à son cou ou d'écrire à Abernathy, mon ancêtre passe sa dernière nuit à brûler des lettres sans importance.

— C'est troublant, en effet.

— Mais bien moins que son comportement en prison. Songez seulement à toutes les façons dont il aurait pu communiquer ses instructions à Abernathy.

— C'est juste. Il aurait pu soudoyer son geôlier...

— Engager un avocat, confier un message crypté à Constance, voire, en dernier recours, lui exposer toute l'affaire. Au lieu de quoi, il rédige une confession improbable que personne ne lira jamais.

— À vous entendre, elle n'a jamais existé...

— Attention, chaud devant ! tonna Louis en glissant une assiette brûlante sous mon nez.

— Chic, de l'andouille ! jubila Ménard.

— Et pas n'importe laquelle, plastronna le patron. En provenance directe de Guémené.

— Votre frère ? plaisantai-je.

— Mon cousin, répliqua sèchement Louis en s'éloignant.

— Alors vous, vous n'en manquez pas une ! tempêta Ménard. Si vous croyez que c'est facile de trouver une bonne cantine près du bureau.

— Désolé, je n'ai pas pu résister.

— Il faut apprendre à vous dominer. Mais dites-moi, avez-vous lu Sade ?

— Non. Il a écrit sur l'andouille ?

— Pas exactement, gloussa Ménard. Si vous n'êtes pas familier de l'œuvre du divin marquis, vous ignorez probablement qu'il séjourna à la Bastille entre 1784 et 1789. Le 2 juillet de cette année, Sade déclenche une émeute dans la rue en criant à l'assassin par la fenêtre de son cachot. Le commandant de la prison, résolu à se désencombrer de ce pensionnaire gênant, ordonne son transfert. Dans la nuit du 3 au 4 juillet, des gardiens font irruption dans la cellule du marquis, qui dort nu comme un ver sur sa couchette, et l'embarquent *manu militari* pour l'hospice de Charenton. Dix jours plus tard, lors du sac de la Bastille, un certain Arnoux de Saint-Maximin découvre derrière un moellon le manuscrit inachevé des *Cent Vingt Journées de Sodome*.

Devant mon expression d'incrédulité, le Français ajouta :

— Ai-je besoin de préciser que celui-ci se présentait sous la forme d'une étroite bandelette de douze mètres de long noircie des deux côtés ?

— Ainsi Pierre Ménard se serait inspiré de l'histoire du marquis de Sade ? Mais dans quel but ?

— C'est ici que les opinions divergent. Angoua est d'avis que John Abernathy a consciemment ou non inventé l'histoire de la bandelette. J'aurais plutôt tendance à penser que Ménard, pris de court, s'est rabattu sur la première histoire qui lui passait par la tête. Il avait recueilli les confidences de Sade à l'automne 1790, quand celui-ci, tout juste libéré de Charenton, frappa à la porte de la Compagnie française des rentes pour faire expertiser ses terres provençales.

J'esquissai une moue dubitative. Le chevalier n'avait pas l'étoffe d'un plagiaire.

— À moins, poursuivit Ménard comme s'il avait lu dans mes pensées, que mon ancêtre n'ait voulu adresser un clin d'œil aux générations futures. Après tout, peut-être pressentait-il que Sade et son manuscrit perdu seraient un jour célèbres et qu'un jeune agent islandais spéculerait sur les raisons qui avaient poussé le fondateur du CFR à mettre en scène sa propre arrestation.

Le Français profita de mon silence pour enfourner une solide fourchetée d'andouille. Je n'avais déjà plus faim.

— Tout de même, fis-je pensivement, je me demande ce qu'il aurait raconté à Abernathy si ces énergumènes ne l'avaient pas assassiné dans sa cellule.

Ménard, qui était en train de porter son verre à ses lèvres, s'arrêta net :

— Vous ne comprenez pas ce que j'essaie de vous expliquer. Mon ancêtre savait qu'il ne serait jamais relâché.

— Il ne pouvait pourtant pas avoir prévu les massacres de Septembre ?

— Non, naturellement. Encore qu'ils ont bien servi ses desseins. Voyez-vous, je suis convaincu qu'il avait décidé de mourir en captivité et qu'il se serait tôt ou tard donné la mort.

— Mais pourquoi ?

— Parce que, dans le cas contraire, il aurait dû avouer à Abernathy que le CFR n'avait pas de finalité. Son projet n'aurait jamais survécu à cette révélation.

Était-ce le vin ? Je fus pris de vertige.

— Vous êtes en train de me dire que votre ancêtre est mort pour réussir sa falsification ?

— Et pour que vous et moi soyons libres d'échafauder les nôtres. Cependant, encore une fois, il ne s'agit que de mon opinion personnelle. Peu de membres au sein du Comex la partagent.

— J'y crois ! m'écriai-je avec fougue.

— Je m'en doutais, affirma Ménard d'un ton bienveillant. Je vous ai vu blêmir tout à l'heure quand Djibo vous a révélé que le CFR n'avait pas de sens. Vous avez sans doute pensé que tout cela n'était pas très sérieux. J'espère vous avoir convaincu que, pour certaines personnes au moins, le CFR n'est pas uniquement un jeu.

Louis, qui se tenait en retrait depuis un moment, fondit brusquement sur nous et débarrassa nos assiettes en un tour de main. Ce fut probablement un hasard s'il renversa mon verre au passage.

— Fromage ? proposa-t-il à Ménard en me laissant tamponner la nappe.

— Et comment ! répondit le Français en indiquant un reblochon affaissé de la pointe de son couteau.

— Rien pour moi, dis-je, l'estomac noué.

Je n'aurais pu avaler une bouchée supplémentaire. Malgré toute la sympathie que m'inspirait Ménard, je n'avais plus qu'une envie : me trouver seul pour réfléchir calmement à cette avalanche de révélations. Jugeant peut-être que je n'en avais pas encore mon content, le Français laissa inopinément tomber :

— C'est quand même étonnant que les seuls agents à connaître la finalité du CFR sans siéger au Comex viennent tous les deux de l'antenne de Reykjavík.

4

J'avais planté Ménard, sauté dans un taxi puis embarqué pour Minneapolis où j'avais attrapé *in extremis* une correspondance pour Reykjavík. Il faisait encore nuit quand je frappai chez Gunnar. Il m'ouvrit la porte les yeux ensommeillés, sa large panse mal ficelée dans une robe de chambre en soie.

— Pourquoi ne m'avez-vous rien dit? attaquai-je sans préambule.

Il se passa la main sur le visage, comme si, exécuté suffisamment lentement, ce geste avait le pouvoir de volatiliser les importuns.

— Entre, dit-il d'une voix pâteuse en constatant que j'étais toujours là, je vais nous préparer du thé.

Je n'avais pas mis les pieds chez Gunnar depuis la mort de Kristin. Une épouvantable odeur de renfermé assaillit mes narines. L'appartement était livré à l'abandon. Plusieurs sacs-poubelles s'entassaient contre la porte de la penderie, des moutons de poussière voletaient sur le plancher au gré des courants d'air et l'ampoule du plafonnier avait besoin d'être remplacée. Je garai ma valise entre deux piles de bouquins posées à même le sol.

— Je vais appeler ma femme de ménage, annonçai-je en le rejoignant dans la cuisine. Il y a tant de crasse ici qu'on se croirait dans le pot d'échappement d'une mobylette. Je préfère ne pas penser à l'état de vos poumons.

— Garde ton argent. Et ne t'inquiète pas pour moi. Je tiens une forme olympique.

— Je vois ça, ironisai-je en enfonçant deux phalanges de mon index dans sa bedaine flasque.

— Je fais de l'exercice, protesta-t-il.

— Par exemple?

— Eh bien pour commencer, je ne prends plus l'ascenseur...

— Vous habitez au premier étage!

— Vendredi dernier, j'ai joué au bowling avec la comptabilité.

— Sans blague? Vous devriez essayer le curling, il paraît que c'est encore plus athlétique.

Il partit d'un grand éclat de rire, qui dégénéra en quinte de toux.

— Ah, Sliv, c'est bon de te voir. Je commençais à croire que tu ne reviendrais jamais.

— Pourquoi ne m'avez-vous rien dit? répétai-je, plus doucement cette fois.

Il saisit deux tasses au milieu d'un amoncellement de vaisselle sale et les rinça soigneusement.

— Viens, dit-il.

Je le suivis au salon, qui ressemblait à son bureau de chez Baldur, Furuset & Thorberg — même canapé chocolat, mêmes épais tapis. Il ouvrit les volets.

— N'allume pas, dit-il comme je tendais la main vers l'interrupteur, j'aime voir le jour se lever depuis mon fauteuil.

— Moi aussi. Cela me rappelle Dili et mes nuits avec Lena.

Gunnar ne releva pas l'allusion. Il ne m'avait jamais questionné sur la nature de mes relations avec Thorsen. C'était heureux car j'aurais été bien en peine de lui répondre. Je n'avais plus de nouvelles de la Danoise depuis des mois.

— J'avais ton âge, commença Gunnar en s'asseyant en face de moi. Je donnais un coup de main à Arne Mathisen, un agent d'Oslo qui se débattait avec un dossier sur Claus von Stauffenberg.

— Sur qui ? demandai-je, certain d'avoir déjà entendu ce nom.

— Claus von Stauffenberg, un officier de la Wehrmacht qui tenta d'assassiner Hitler en juillet 1944.

— Bien sûr ! Je me souviens à présent, il avait caché une mallette piégée dans le bureau du Führer.

Gunnar hocha la tête dans l'obscurité.

— Pas dans son bureau, dans une salle de conférences de son repaire de Rastenburg. Von Stauffenberg avait réglé le mécanisme de mise à feu sur quinze minutes, placé la mallette sous la table aussi près que possible du Führer puis quitté la pièce en prétextant qu'il devait passer un coup de téléphone à Berlin. La mallette explosa à l'heure dite. Malheureusement, un officier l'avait déplacée et, si quatre participants à la réunion furent tués sur le coup, Hitler, lui, ne fut que légèrement blessé. Après quelques péripéties, von Stauffenberg fut arrêté et fusillé dans la nuit.

— Quelle était la thèse du dossier ?

— Arne, dont les grands-parents avaient péri dans les camps, voulait célébrer l'esprit de résistance de Stauffenberg. Cette histoire de mallette déplacée lui restait en travers de la gorge. Il n'arrivait pas à se résoudre à ce que le sort du Reich eût tenu à quelques centimètres ou, comme le suggérèrent certaines reconstitutions, à l'épaisseur des pieds d'une table en chêne. La trivialité des circonstances amenuisait selon lui la portée de l'acte héroïque de Stauffenberg, en faisant apparaître l'Allemand comme un pleutre trop attaché à la vie pour se faire sauter à proximité du Führer.

— Comment s'y prit-il pour enjoliver le rôle de Stauffenberg?

— La mallette contenait deux bombes distinctes. Chacune devait être armée séparément avec une pince. Or von Stauffenberg avait perdu la main droite et deux doigts de la main gauche dans un accident d'avion en 1943. Arne imagina que son infirmité l'avait empêché d'armer l'une des deux bombes, réduisant la puissance de l'explosion de moitié.

— C'était en effet beaucoup plus honorable.

— Mais très difficile à documenter, vu le nombre d'historiens qui s'étaient penchés sur cet épisode. Enfin bref, toujours est-il que je passai plusieurs semaines à étudier les différentes tentatives d'assassinat sur la personne d'Hitler.

— Il y en eut donc plusieurs? Je ne connaissais que celle-là.

— Oh, j'en ai répertorié une bonne demi-douzaine. En novembre 1939, Georg Elser, un charpentier proche du Parti communiste, évide la colonne d'une brasserie munichoise où doit s'exprimer le Führer pour y installer une bombe à retardement. Il y a malheureusement du brouillard ce soir-là et Hitler qui avait prévu de rentrer à Berlin par avion écourte son discours pour attraper le dernier train. La bombe explose treize minutes trop tard, tuant huit personnes.

Gunnar me savait friand de ce genre d'anecdotes qui

prouvent que la détermination d'un seul homme suffit parfois à infléchir le cours de l'Histoire.

— En 1941, le colonel Henning von Tresckow, apprenant le projet Barbarossa d'invasion de la Russie, commence à recruter des complices en vue de renverser Hitler. Il s'associe bientôt avec deux généraux, Hans Oster et Friedrich Olbricht. S'ensuivent plusieurs tentatives infructueuses. En mars 1943, le froid enraye le mécanisme d'une bombe cachée dans la réserve de cognac de l'avion d'Hitler. Quelques jours plus tard, Rudolf von Gersdorff, un ami de von Tresckow, accepte de se faire sauter sur le passage d'Hitler lors d'une exposition de matériel militaire à Berlin mais le Führer traverse la salle au pas de course et von Gersdorff doit filer aux toilettes pour stopper le compte à rebours. Même échec quelques mois plus tard pour Axel von dem Bussche : la visite d'Hitler pendant laquelle il avait prévu d'attaquer à la grenade est reportée. Deux autres aspirants martyrs, Ewald von Kleist et Helmut Stieff, connaissent des déconvenues similaires.

— Je suis surpris que l'Allemagne n'honore pas davantage la mémoire de ces hommes.

Je devinai plus que je ne vis le haussement d'épaules de Gunnar.

— Pendant longtemps, l'ancienne Allemagne de l'Est a revendiqué le monopole de la résistance contre le nazisme. Il est vrai que des milliers de communistes ont payé de leur vie leur opposition à Hitler. Toutefois, les dirigeants de l'Allemagne fédérale n'ont jamais osé faire remarquer que les principales tentatives d'assassinat contre le Führer étaient presque toutes à mettre au crédit de cadres de la Wehrmacht.

— Pourquoi, selon vous ?

— Parce que quelque vertueuse qu'ait pu être la

conduite de ces hommes à la fin de la guerre, elle ne pouvait occulter le fait qu'ils avaient accompagné Hitler à ses débuts.

— Reconnaître qu'on s'est trompé constitue parfois la forme ultime de l'héroïsme, affirmai-je en espérant au fond de moi que Colin Powell le comprendrait un jour.

Gunnar médita mes paroles en lissant la ceinture de sa robe de chambre.

— Pourquoi me parlez-vous de ce dossier ? demandai-je.

— Parce qu'il m'a littéralement habité, un peu comme les Bochimans avec toi. Je sentais qu'il contenait une vérité cachée, jusqu'au jour où j'ai réussi à mettre le doigt dessus. Vois-tu, toute organisation finit par engendrer sa propre rébellion. Les démocraties ont leurs anarchistes, les armées leurs traîtres, les services secrets leurs agents doubles mais le principe est toujours le même : une minorité plus ou moins structurée conspire à dynamiter le système. Même une société aussi hiérarchisée que le IIIe Reich n'a pas échappé à cette règle. S'élevant par-delà l'endoctrinement, la tradition militaire ou la peur des représailles, une poignée d'hommes se sont révoltés contre le nazisme parce qu'ils estimaient qu'il contrevenait à leurs valeurs fondamentales. Vois-tu où je veux en venir ?

— Le CFR n'a pas de rebelles...

— Précisément. Ne te méprends pas, je ne conteste nullement le caractère démocratique du CFR, encore qu'on pourrait débattre longtemps des vices de la cooptation. Tu es bien placé pour savoir qu'il arrive que certains membres du Comex s'opposent à son président. Mais qui s'oppose au CFR ?

— Personne, murmurai-je, sidéré qu'il m'ait fallu douze ans pour dresser un constat aussi simple.

— Toute la question est de savoir pourquoi. Revenons à mes exemples précédents. Les anarchistes rêvent d'abolir les lois. Ils savent qu'ils ont peu de chances de parvenir à leurs fins mais ça ne les empêche pas de poser des bombes. Idem pour l'agent double qui en transmettant des documents secrets cherche à conférer un avantage décisif à son véritable employeur. La tâche de von Stauffenberg peut sembler bien moins compliquée — il lui suffisait de tuer Hitler — et pourtant, il n'y réussit pas. Pourquoi ? Certainement pas par manque d'ingéniosité ou de courage. Non, tout simplement, parce qu'il n'en eut pas l'occasion. Pendant deux ans, il guetta la moindre opportunité d'approcher le Führer. Il jouait continuellement de malchance : tantôt Hitler modifiait ses plans, tantôt c'était lui qui était retenu sur le front. Comprends-tu ce que j'essaie de t'expliquer ?

— Je crois. Si je m'opposais au CFR, il me suffirait pour le mettre à bas de révéler son existence.

— Pas besoin d'attendre que les étoiles s'alignent ou que Djibo prenne la parole en public : tu envoies une lettre anonyme d'un feuillet au *New York Times* et le tour est joué.

— Et pourtant personne ne l'a jamais fait...

— Ce qui veut dire que personne n'a jamais réellement contesté la mission du CFR, raisonna implacablement Gunnar. Sais-tu pourquoi ?

— Parce qu'elle n'existe pas, conclus-je mécaniquement sans mesurer la portée de mes paroles.

— C'est ce qu'on appelle une démonstration par l'absurde. Si le CFR avait une finalité, il compterait nécessairement son lot d'opposants. Ceux-ci n'auraient qu'un mot à prononcer pour le détruire. Or le CFR est toujours vivant. Donc il n'a pas de finalité.

Je sus immédiatement que le raisonnement de Gunnar était sans faille.

— Vous avez démontré pourquoi le CFR ne pouvait pas avoir de sens! m'exclamai-je sur un ton admiratif dans lequel entrait un brin de jalousie.

— Et sans quitter ma chambre, plaisanta Gunnar.

— Qu'avez-vous fait ensuite?

— Je me suis invité à la réunion suivante du Comex et j'ai déballé mon histoire au président de l'époque, Vittorio Tonti.

— Quelle a été sa réaction?

— La plus totale incrédulité. J'étais le premier à découvrir le pot aux roses. Il a complété les blancs en me racontant l'histoire du chevalier Ménard, avant de me proposer, très embarrassé, de rejoindre le Comex.

— Je croyais que celui-ci était statutairement limité à six membres.

— Apparemment, il était prêt à faire une exception pour moi le temps qu'un des membres en place prenne sa retraite.

Un pan entier de la vie de Gunnar s'ouvrait brusquement devant moi. Je comprenais maintenant pourquoi Khoyoulfaz lui témoignait une telle déférence ou pourquoi Djibo avait paru si gêné quand j'avais parlé de l'intégrer dans mon équipe. Eriksson avait fait partie du Comex. Il était l'un des leurs.

— Qu'est-ce qui vous a finalement poussé à démissionner? demandai-je en pressentant qu'il me faudrait lui arracher les mots de la bouche.

— Oh, je n'ai pas eu besoin de démissionner. J'ai décliné la proposition du vieux Tonti.

— Vous avez refusé de siéger au Comex ? Mais pourquoi ?

— Pour la même raison qui m'avait déjà poussé à refuser l'appel de l'Académie : pour rester en Islande.

J'en restai muet de stupeur.

— Que veux-tu ? avoua Gunnar en haussant les épaules, j'aime ce pays plus que tout au monde et — cela va te faire sourire — mon métier de consultant environnemental est loin de me déplaire. Et puis Kristin venait d'être nommée institutrice à Landakotsskoli après deux ans d'attente. Je n'ai pas eu le courage de lui demander de déménager.

— Tout de même, dis-je en m'efforçant de ne pas laisser transparaître ma déconvenue, vous aviez une opportunité unique de changer le monde.

Il eut un petit rire.

— C'est drôle, ce sont les mots exacts qu'a employés Tonti. Mais, tu vois, je ne suis pas sûr d'avoir envie de changer le monde. Je laisse ça à des gens comme toi ou Djibo. Et puis, tu me connais, je ne cours pas après les responsabilités. Passer mes journées en réunion à viser des budgets, ce n'est pas mon truc. J'aurais eu trop peur de me transformer en rond-de-cuir. Note bien que ça ne m'a pas empêché de réclamer le traitement et les avantages des membres du Comex.

C'était bien Gunnar. À la question « Aimeriez-vous définir les priorités du genre humain ? », il répondait : « Sans façon, mais je ne crache pas sur la retraite complémentaire. »

— Pas trop déçu ? s'enquit-il d'un ton guilleret qui masquait mal une pointe d'anxiété.

Je ne l'étais pas. Que Gunnar fût jouisseur et casanier, je le savais depuis longtemps. Après tout ce qu'il avait fait pour moi, je ne me sentais pas le droit de le juger et encore moins celui de le condamner.

— Non. Soufflé, épaté, impressionné, tout ce que vous voulez, mais pas déçu. Et vous?

— Quoi, moi?

— Quelle a été votre réaction quand Tonti a confirmé votre théorie?

— Tu veux dire au-delà de ma fierté légitime d'avoir confondu les burgraves du Comex?

— Au-delà de ça, dis-je en souriant.

Il se recueillit quelques instants. Je compris qu'il pesait soigneusement ses mots.

— J'ai brusquement réalisé que pendant quinze ans j'avais pourchassé une chimère. Que la vie et le CFR n'ont pas d'autre sens que celui que nous leur donnons et que je ferais bien de commencer à réfléchir à ce que je voulais réellement accomplir sur cette terre.

Il ménagea une nouvelle pause, puis ajouta :

— Tu gagnerais à en faire autant.

C'était la première fois qu'il me donnait un conseil personnel. Je sentis que je vivais là un moment extraordinairement important, comparable à un passage de témoin. Mon père m'avait poussé à chercher le sens de la vie ; Gunnar, lui, me recommandait de l'inventer.

— Qu'avez-vous choisi? demandai-je, la gorge nouée par l'émotion.

— Les hommes. J'appréciais globalement tous les aspects de mon travail au CFR — la liberté créatrice, les voyages, les gens que j'y côtoyais — mais ce dernier point l'emportait sur tous les autres. Par chance, j'ai quelques aptitudes pour le recrutement. Je distingue en un clin d'œil le génie visionnaire qui ébranlera les certitudes du Plan du polar psychorigide né pour l'Inspection générale.

— Je dois reconnaître que vous vous êtes rarement trompé, admis-je en passant mentalement en revue le parcours de mes prédécesseurs.

— C'est que je me tiens à une règle simple. Sais-tu ce que je recherche avant tout dans un candidat ? La singularité. Que possède-t-il que les autres n'ont pas ? Quelles expériences uniques a-t-il vécues ? Sera-t-il assez fort pour laisser son originalité profonde l'emporter sur le conformisme qui sommeille en chacun de nous ? Jamais avant de te rencontrer je n'avais répondu à ces trois questions avec autant d'enthousiasme.

— Merci, dis-je en écrasant discrètement une larme sous mon doigt.

— Tout le plaisir a été pour moi. Dis donc, à propos de recrutement, je ne sais pas ce que tu as raconté à Nina Schoeman sur mon compte mais nous nous entendons comme larrons en foire à présent.

— C'est une fille épatante.

— Plus qu'épatante, corrigea-t-il. Sincère.

Dans sa bouche, c'était un immense compliment. Peut-être même le plus grand de tous.

— Tu crois qu'elle ferait un bon agent ? m'interrogea-t-il d'un air gourmand.

Je m'étais naturellement déjà posé la question.

— Je crois surtout qu'elle est plus utile là où elle est.

— Tu as sans doute raison, convint Gunnar à regret.

Une lueur naissait au fond de la baie d'Ellidaárvogur et s'épanouissait majestueusement sur la mer.

— Sliv ?

— Oui, Gunnar ?

— Quand Djibo t'a révélé le secret du CFR, il a brisé tes chaînes.

— Je ne me sentais pas prisonnier, protestai-je pour la forme.

— Tu l'étais. Tu avais peur de ton ombre et du jugement des autres. Tu faisais ce que tu croyais qu'on attendait de toi. Tu es ton propre maître, désormais.

Vraiment ? pensai-je. Tant de choses me paraissaient encore mystérieuses, à commencer par l'identité des traîtres qui prêtaient main-forte à l'administration Bush. Bien qu'il jurât depuis le début ne rien savoir, j'avais secrètement espéré que Djibo aborderait le sujet devant le Comex.

— C'est étrange. Pendant toutes ces années, je me suis élevé dans la hiérarchie, croyant que chaque promotion me rapprochait du but alors qu'en fait...

— Il n'y avait pas de but, acheva Gunnar dont je commençais à distinguer les traits. Le but est en chacun de nous. Il est en toi. Il l'a toujours été.

— J'aimerais en être certain. Une chose me tracasse depuis hier. Je ne peux pas m'empêcher de penser que chaque dossier qui m'est passé entre les mains aurait pu tenir une position rigoureusement inverse de celle prise par son auteur.

— Que veux-tu dire ?

— Laïka aurait pu mourir asphyxiée pendant la mise à feu de Spoutnik ; les Vikings auraient pu partir vers l'est et découvrir le Japon ; le Bettlerkönig aurait pu prendre parti pour le seigneur contre ses serfs. Naguère, quand cette idée me traversait l'esprit, je me rassurais en pensant que les membres du Comex avaient justement approuvé chacun de ces scénarios parce qu'ils s'inscrivaient dans un plan qui me dépassait. Je sais maintenant qu'ils auraient tout aussi facilement approuvé le scénario opposé. Je trouve ça extrêmement déprimant.

— Tu te trompes, dit Gunnar en secouant la tête. Souviens-toi de ton premier dossier. Tu avais décidé d'écrire sur les Bochimans. Les angles ne manquaient pas. Comment expliques-tu qu'entre tous tu aies choisi de faire des Bochimans les victimes de la cupidité d'une multinationale ?

— N'empêche, j'aurais tout aussi bien pu en faire une peuplade arriérée ou une bande de parasites vivant aux crochets du gouvernement botswanais.

— Mais tu ne l'as pas fait ! C'est cela que j'aime au CFR : chaque dossier révèle quelque chose sur son auteur. Regarde ceux de Lena : ils n'ont jamais provoqué le moindre remous...

Et pour cause : Thorsen mettait le plus grand soin à ne choisir que des sujets aseptisés, qu'elle traitait subséquemment avec une neutralité quasi helvétique. Sa conception d'une polémique brûlante consistait à suggérer que Mère Teresa grignotait des friandises pendant le Carême. À l'inverse, Maga se lançait dans chaque nouveau dossier comme si sa vie en dépendait et elle aurait étripé quiconque se serait permis d'y changer une virgule. Quant aux scénarios de Youssef, on les terminait sans bien savoir où se situait l'auteur mais avec la certitude qu'il avait méthodiquement épuisé toutes les dimensions du sujet.

— Youssef va me demander si le CFR mérite d'exister, lâchai-je en rassemblant enfin le courage d'aborder le sujet qui me taraudait depuis vingt-quatre heures.

— Chut, fit Gunnar en se renversant dans son fauteuil. Le jour se lève.

Les premiers rayons de soleil illuminaient en effet l'horizon, tirant un à un les meubles de la pénombre. Une langue de lumière lécha paresseusement le haut de la bibliothèque, où Gunnar rangeait ses auteurs préférés. Je reconnus la jaquette de l'édition allemande de *Ainsi parlait Zarathoustra* que je lui avais offerte pour son cinquantième anniversaire.

«Quand Zarathoustra fut âgé de trente ans, il quitta son pays, et le lac de son pays, et il s'en fut dans la montagne», murmurai-je en frissonnant. J'aurais bientôt trente-cinq ans et aucune envie de quitter l'Islande.

Au bout d'un moment, Gunnar se tourna vers moi :

— Ton ami l'ignore, mais le sens du CFR, c'est lui qui le détermine chaque jour dans ses actes. Si tu penses que le monde a besoin de gens comme Youssef, alors tu dois maintenir le CFR en vie.

5

Je passai les quelques jours suivants à ruminer les récents événements. Passé la surprise, force m'était de reconnaître que les révélations de Djibo ne me déplaisaient pas. Pendant douze ans, le CFR de mes rêves avait épousé toutes les causes chères à mon cœur — la dignité des Bochimans, la beauté sauvage de l'Islande, le triomphe de la raison sur l'idéologie — alors que je savais au fond de moi qu'aucune organisation ne pouvait poursuivre autant de buts à la fois. S'il en avait choisi un, le CFR aurait *de facto* relégué les autres au rang d'objectifs subalternes. Grâce à Pierre Ménard, il avait miraculeusement dépassé cette apparente contradiction. Je craignais qu'il devînt un programme ; il était resté un projet.

De toute évidence, ma place dans ce projet restait à définir. Je n'étais pas préparé à ce que j'avais entendu. La semaine précédente encore, je croyais que connaître le secret du CFR était plus important que le secret lui-même, que rejoindre le Comex comptait davantage que ce qu'on y débattait. Gunnar m'avait ouvert les yeux : ma vie n'aurait un sens que si je lui en donnais un. Un gigantesque travail d'introspection m'attendait. Étrangement, il ne me faisait pas peur.

411

Un soir, j'appelai Youssef. Il était rentré à Boston, où Maga reprendrait bientôt ses études.

— Je commençais à m'impatienter, remarqua-t-il d'un ton pourtant fort calme.

— J'avais besoin de réfléchir.

— C'est ce que j'ai pensé. Tu connais la finalité du CFR ?

— Je la connais, affirmai-je en me mordant la lèvre.

C'était un pieux mensonge, mais un mensonge tout de même.

— Et ?

— Et je m'en porte garant, déclarai-je d'une voix aussi ferme que possible.

J'entendis une longue expiration à l'autre bout du fil, sans bien savoir s'il s'agissait d'un soupir de soulagement ou de frustration.

— Sliv, dit-il après un silence, j'aimerais que les choses soient claires entre nous. Selon toute probabilité, je ne serai jamais coopté au Comex. Tu réalises que je vais consacrer toute mon existence au CFR sur la seule foi de ton témoignage ?

— J'en ai pleinement conscience.

— Et je peux me fier à ta conscience.

Dressait-il un constat ou posait-il une question ? Dans le doute, j'optai pour la deuxième solution.

— Non, Youssef, tu peux te fier à la tienne.

Il sembla méditer ma réponse. Je savais qu'il brûlait d'envie de me demander de lui rapporter ma conversation avec Djibo mais qu'il ne le ferait pas. Youssef n'avait qu'une parole.

— Promets-moi que je n'agirai jamais contre mes croyances, insista-t-il.

— Je te le promets, répondis-je, heureux de pouvoir

lui apporter cet apaisement sans craindre d'être jamais démenti.

Il soupira à nouveau, nettement de soulagement cette fois-ci.

— Merci, Sliv.

— C'est moi qui te remercie. Grâce à toi, j'y vois beaucoup plus clair.

— Tu as de la chance. Maga et moi, nous nageons dans le potage. Au revoir.

— Youssef! dis-je avant qu'il ne raccroche.

— Oui?

— Crois-moi, ça en vaut la peine.

J'avais besoin de prononcer ces mots autant que lui de les entendre.

— La paix soit avec toi, Sliv.

Quelqu'un a dit que le véritable ami est celui qui vous aide à porter un cadavre. Youssef et Maga avaient fait bien davantage : ils m'avaient confié leur vie. J'avais désormais charge d'âme.

6

Je repris ma chasse aux traîtres. La certitude que le CFR méritait plus que jamais d'être défendu décuplait mon ardeur. Je disséquai pour la centième fois les brassées de documents qui avaient jalonné la marche vers la guerre. En finissant le discours sur l'état de l'Union du 29 janvier, je m'avisai qu'une pièce manquait : le texte de l'intervention de Colin Powell devant les Nations unies. Je l'avais bien en tête, pour m'être livré en direct à son exégèse, mais je me connectai néanmoins au site du Département d'État pour le cas où un détail m'aurait échappé.

Je concentrai mon attention sur les annexes : deux vidéos et quarante-cinq diapositives. Je ne me souvenais pas en avoir vu autant le jour de la présentation. Peut-être Powell ne les avait-il pas toutes utilisées ou peut-être, occupé à répondre aux questions de Verplanck, en avais-je raté certaines. Je commençai par les vidéos. La première, qui durait à peine quelques secondes, montrait un Mirage en vol dont s'échappait une traînée vaporeuse, la preuve selon Powell que les Irakiens s'entraînaient à épandre des gaz toxiques. La seconde établissait de manière indiscutable — toujours d'après le Secrétaire d'État — que l'Irak possédait un arsenal suffisant à dévaster une surface cinq fois supérieure à celle de Manhattan. Pour ma part, je ne voyais qu'un homme blanc affublé d'une casquette déballer une caisse de fusées ; pour ce que je savais des mœurs de l'Amérique rurale, il aurait aussi bien pu préparer une partie de chasse dans le Wyoming.

Les diapos contenaient plus de matière. Une bonne dizaine étaient des clichés satellite d'installations militaires que la CIA avait obligeamment légendés pour ceux qui, comme moi, peinaient à deviner ce qu'abritait un bâtiment à partir d'une photo prise à 36 000 kilomètres d'altitude. Un vulgaire hangar devenait ainsi un « atelier d'assemblage de missiles », tandis qu'un camion à l'arrêt était automatiquement promu au rang de « véhicule de décontamination ».

Les diapos 20 à 22 devaient beaucoup à l'imagination facétieuse de Curveball. N'ayant cette fois — et pour cause — aucune photo à exhiber, Powell s'était appuyé sur des représentations stylisées des fameux laboratoires mobiles de fabrication de produits chimiques. Il était rassurant de constater que la pénurie d'analystes parlant arabe à Langley était plus que compensée par une pléthore de graphistes.

Les diapos 31 et 32 montraient les fameux tubes en aluminium ou, ainsi que le précisait la légende, les « tubes en aluminium destinés à l'enrichissement d'uranium ».

Je m'arrêtai enfin sur la diapo 34, une carte du Moyen-Orient sur laquelle on avait dessiné quatre cercles concentriques indiquant la portée des missiles irakiens depuis une base de lancement arbitrairement située à Bagdad. Le premier cercle, de couleur rouge, correspondait à la limite de 150 kilomètres autorisée par les Nations unies. Les trois autres cercles, respectivement vert, bleu et noir (ce dernier en pointillé), s'étendaient bien au-delà, donnant l'impression qu'aucun pays du Moyen-Orient n'était à l'abri de la folie meurtrière de Saddam.

Où avais-je déjà vu ce graphique? Le plus probable était qu'il figurait dans le rapport national d'évaluation. J'en feuilletai une copie. En vain. Dans un article de journal, peut-être? C'était le genre d'iconographie dont raffolait le *New York Times*. J'épluchai mes archives et retrouvai plusieurs illustrations similaires, mais aucune exactement identique.

Et soudain je sus qui était le traître. Ce n'était pas la carte que j'avais déjà vue, mais les cercles. «Dommage qu'il n'y en ait pas un jaune», avais-je pensé à l'époque, «on dirait les anneaux olympiques.» En piratant les serveurs du Département d'État, le traître avait encore voulu se payer ma tête mais, cette fois, il avait commis une erreur. Un seul autre membre du CFR avait vu ces cercles. Je pouvais même préciser où et à quelle heure.

Je tendis la main vers le téléphone puis me ravisai. Le sujet était trop grave pour être discuté autrement qu'en personne. Quelle heure était-il à Toronto? Midi? J'avais le temps d'attraper le vol de Montréal. J'appelai un taxi. Peut-être devrais-je prévenir Gunnar? Mon avion pourrait s'écraser. Tant pis, j'en prenais le risque. Pas la peine non plus d'imprimer la diapo, je savais où la retrouver.

Le taxi filait sur l'autoroute quand mon téléphone sonna. Si c'est Gunnar, je lui crache le morceau, pensai-je. Ce n'était pas Gunnar.

— Nina? dis-je en réalisant avec horreur que je n'avais pas répondu à ses cinquante derniers messages.

— Eh ben, tout arrive ! Tu ne filtres plus tes appels ?

— J'ai été assez occupé, balbutiai-je en regrettant d'avoir décroché.

— Au point de ne pas trouver deux minutes pour rappeler une vieille copine ? Chut ! Ne dis rien, tu allais mentir !

— Comment vas-tu ? demandai-je, conscient d'avoir frôlé la correctionnelle.

— Qu'est-ce que tu crois ? Comme quelqu'un qui se cale dans son fauteuil pour regarder Rambo interpréter un remake du *Jour le plus long*.

— C'est vrai que cette fois on dirait qu'on va y avoir droit.

La pensée de Nina était si corrosive qu'en discutant avec elle j'avais toujours l'impression d'enfiler les banalités. Le temps que je rassemble mes idées, elle avait déjà changé de sujet.

— Tu as lu ça dans ton supplément télé ? Bon, écoute, qu'est-ce que tu fais le 15 ?

— Samedi ? Rien de spécial, mais...

— Alors tu m'accompagnes à Londres pour la manif. On va botter le cul à ce traître de Blair, ça va être géant !

Je me souvins en effet avoir lu que les partisans de la paix défileraient ce jour-là dans toutes les grandes capitales mondiales.

— C'est que je ne suis pas sûr d'être rentré, bredouillai-je. Je suis justement en route vers l'aéroport.

— Dis donc, Dartunghuver, tu vas me la ressortir combien de fois, l'excuse du *business trip* ? répliqua Nina d'un ton cinglant. T'as intérêt à radiner ta fraise dans les temps, sinon je te raye de mon carnet d'adresses. Compris ?

— Cinq sur cinq, je vais faire de mon mieux.

Je raccrochai en soupirant.

— Quel dragon ! s'exclama le chauffeur de taxi. Votre petite amie ?

— Même pas.

— Votre ex, alors ?

— Pire que ça, ma conscience.

Il me coula un regard hébété dans le rétroviseur.

— N'empêche, grommela-t-il, c'est pas une raison pour la laisser dire n'importe quoi. Elle s'est essuyée sur vous comme sur un paillasson.

J'atterris à Toronto peu avant minuit. J'avais appelé Djibo de l'avion. Il avait prévu de travailler tard et m'attendrait à son bureau. Le gardien me reconnut et me laissa monter. Je frappai à la porte du seul bureau encore éclairé.

— Entre ! cria Djibo.

J'eus de la peine à cacher ma surprise quand il se leva pour m'accueillir. Il avait encore maigri et semblait à bout de nerfs. Chose inhabituelle pour lui qui était toujours tiré à quatre épingles, il avait tombé la veste et roulé ses manches sur ses avant-bras. On eût dit qu'il s'apprêtait à relever un défi cyclopéen, en sachant par avance qu'il dépassait ses forces.

— Tu viens m'annoncer que Youssef nous a dénoncés, n'est-ce pas ?

Je secouai la tête.

— Il ne dira rien, je l'ai convaincu.

Son visage s'éclaira.

— C'est la meilleure nouvelle d'une journée qui n'en a pas compté beaucoup. Merci, Sliv, le CFR te doit une fière chandelle.

Réalisant subitement qu'il s'était mépris sur le motif de ma visite, il demanda anxieusement :

— Mais alors, que fais-tu ici?

— J'ai identifié le traître.

Mes paroles parurent le contrarier, sans doute parce qu'il n'avait jamais cessé d'espérer que je faisais fausse route.

— Je vais nous préparer du café, annonça-t-il. La nuit va être longue.

Je posai mes affaires et m'affalai dans un fauteuil. La roue tourne, pensai-je en regardant Djibo faire chauffer de l'eau. Cinq ans plus tôt, le Camerounais avait enterré mon projet d'État bochiman. Aujourd'hui, je tenais son sort entre mes mains.

— Je ne vous confierai son nom qu'à une condition, déclarai-je.

— Tiens donc. Et laquelle?

— Je veux que vous me promettiez qu'il ne lui sera fait aucun mal.

— Pourquoi lui ferions-nous du mal?

Il paraissait sincèrement surpris.

— J'ignore quelle punition vous infligez habituellement aux traîtres, mais je connais celle que vous réservez aux jeunes agents qui mettent le CFR en danger.

Dix ans après, il m'arrivait encore de me réveiller la nuit en hurlant le nom de John Harkleroad. Personne ne méritait ça, et surtout pas la personne dont je m'apprêtais à révéler le nom à Djibo.

— Je crois t'avoir déjà dit que nous trouvions toujours un accord avec ceux qui nous quittent.

— Promettez-le-moi, insistai-je.

— Je te le promets, s'engagea-t-il en levant la main droite.

— Il y a autre chose.

— Une autre condition? demanda-t-il d'un ton las.

— Non, pas exactement. Gunnar m'a dit que lors-

419

qu'il avait deviné la finalité du CFR, Tonti lui avait offert une place au Comex. Je me demandais pourquoi vous n'en aviez pas fait autant avec moi.

Djibo ferma les yeux, comme pour puiser en lui-même le courage de ne pas tout envoyer balader.

— D'abord, dit-il enfin, permets-moi de te faire remarquer que, contrairement à Gunnar, tu n'as pas découvert le secret du CFR. Tu sais comme moi que nous ne te l'aurions jamais révélé sans le chantage de ton ami Youssef.

Bien sûr que je le savais. Cela ne signifiait pas pour autant que j'aimais me l'entendre rappeler.

— Toutefois, j'ai conscience en disant cela de ne pas répondre à ta question. La vérité, c'est que je ne suis pas sûr que le CFR existe encore dans une semaine.

— Si c'est Youssef qui vous inquiète, je vous assure qu'il tiendra sa langue.

— Le problème ne vient pas de lui. Plusieurs membres du Comex menacent de dévoiler l'existence du CFR pour empêcher la guerre. Ils exigent un débat et un vote en bonne et due forme. Nous nous réunissons vendredi.

J'en restai pantois. Tout à mon souci de neutraliser Youssef, j'avais omis d'envisager que certains membres du Comex puissent partager son raisonnement. C'était pourtant prévisible. La survie du CFR contre des milliers de vies innocentes, qui n'aurait pas hésité ?

Je décidai de jouer mon va-tout.

— Justement, je pense que les explications du traître éclaireront la discussion. Et si d'aventure le CFR devait disparaître, je n'envisage pas de ne pas participer à la séance qui votera sa dissolution.

Djibo se leva pour aller chercher la cafetière. Je n'étais pas sûr qu'il m'eût entendu.

— Angoua, implorai-je en prononçant les paroles que je répétais depuis si longtemps, je vous demande instamment de considérer mon entrée au Comex.

Il me tendit une tasse de café. J'enregistrai malgré moi le motif chinois de la porcelaine, sans doute un cadeau de Gunnar.

— Je ne me rappelle plus si tu prends du sucre.

J'en prenais habituellement mais je n'avais aucune envie de le voir partir à la recherche d'un sucrier.

— Non merci, répondis-je en couvrant ma tasse.

— Écoute, Sliv, tu comprends que je ne suis pas seul à décider...

— Le Comex se rangera à votre avis.

Un éclair de nostalgie passa dans son regard. L'époque où il imposait ses vues à ses collègues était manifestement révolue.

— Je ne te promets rien, déclara-t-il, mais je vais essayer.

— Merci, je n'en demandais pas plus.

— Es-tu prêt à présent à me révéler l'identité du traître ? enchaîna-t-il avec un à-propos qui me fit brièvement douter de sa sincérité.

— Je le suis. Mais laissez-moi d'abord vous expliquer comment je pense que nous devrions procéder...

7

Je sus aussitôt que les portes de l'ascenseur s'écartèrent devant moi que les événements se présentaient sous un jour favorable. Les six membres du Comex m'attendaient à la sortie de la cabine, le sourire aux lèvres.

— Mesdames et messieurs, déclama Djibo, un rien grandiloquent, je vous demande d'accueillir parmi nous Sliv Dartunghuver, qui nous rejoint officiellement aujourd'hui en qualité de membre du Comex.

Je rosis de fierté sous les applaudissements, tandis que Djibo m'attirait à lui pour une longue accolade. Khoyoulfaz, Verplanck, Karvelis et Shao me serrèrent ensuite la main tour à tour en formant chacun des vœux pour mon intégration rapide, alors qu'ils savaient aussi bien que moi que cette séance risquait d'être la dernière, et la seule à laquelle j'assisterais jamais. Quand arriva le tour de Pierre Ménard, il me pressa contre sa poitrine et, se dressant sur la pointe des pieds, me chuchota à l'oreille : «Heureux que vous soyez des nôtres», des mots qui, sans qu'il le sache, faisaient fidèlement écho à ceux dont Gunnar avait ponctué douze ans plus tôt la signature de mon contrat d'embauche. L'absence de mon mentor en ce jour si spécial constituait au demeurant mon seul motif d'amertume.

— Pas tant que moi, avouai-je en rendant chaleureusement son étreinte au Français.

— Quel âge avez-vous déjà?

— Trente-quatre ans, répondis-je en espérant secrètement qu'il m'apprendrait que j'étais le plus jeune dirigeant de l'histoire du CFR.

— L'âge qu'aurait eu mon fils, chevrota-t-il en détournant vivement la tête.

Voilà pourquoi il était encore là à plus de soixante-dix ans, pensai-je tristement. La lignée Ménard s'éteindrait avec lui.

Mes collègues s'asseyaient déjà. Je vis que Djibo m'avait installé à sa gauche, à côté de Claas Verplanck. Mon fauteuil pivotait de façon remarquablement silencieuse. Résistant à la tentation d'effectuer un tour complet, je sortis un bloc-notes de ma sacoche — sans la moindre idée de ce que je pourrais y consigner.

— La séance est ouverte, déclara Djibo sans plus de cérémonie. Un point de procédure pour commencer. Nos statuts fixent à six le nombre des membres de cette instance. Je vous demande la permission, à titre tout à fait exceptionnel, de siéger aujourd'hui à sept. À l'issue de cette réunion, je me retirerai du Comex et je vous laisserai élire un nouveau président.

Je ne pus réprimer un hoquet de stupeur. Je me tournai vers mes collègues pour voir s'ils partageaient mon ahurissement, avant de comprendre à leur masque impassible que Djibo les avait préalablement avertis de ses intentions. Il se savait fichu et il a négocié son départ contre mon arrivée, conclus-je, à la fois plein d'admiration pour le Camerounais et désolé que le CFR se prive ainsi de l'un de ses plus loyaux serviteurs.

C'est ton arrivisme qui l'a poussé dehors, me souffla aussitôt ma conscience. Si tel était le cas, j'étais bien puni : je venais de perdre mon meilleur allié dans la place.

Djibo embraya sur le texte que nous avions répété ensemble :

— Comme vous le savez, nous sommes réunis pour débattre de la conduite à tenir au regard des derniers développements de l'actualité. Je souhaiterais cependant inscrire une autre question, au moins aussi urgente, à l'ordre du jour. Fin septembre, Sliv m'a appris que, parmi les preuves que brandissait l'administration Bush pour justifier l'invasion de l'Irak, certaines portaient la signature indiscutable du CFR.

Un frisson de surprise parcourut l'assistance.

— Enfin, c'est insensé ! s'écria Khoyoulfaz. De quelles preuves parle-t-on ?

Je contai par le menu l'épisode Giovanneli.

— C'est tout ? demanda Verplanck, manifestement dubitatif.

— J'avoue, sur le moment, avoir partagé ta réaction, déclara Djibo. Dans le doute, j'ai tout de même chargé Sliv de mener l'enquête, en marge de ses activités au sein du groupe de Yakoub...

— Quoi ! explosa l'Azéri en tapant du poing sur la table. Comment as-tu osé ?

— Yakoub a raison, abonda Verplanck en montant au créneau à son tour. Tu aurais dû nous prévenir. D'ailleurs, tu sais bien qu'une telle investigation relève des compétences de l'Inspection générale.

— Naturellement, affirma Djibo sur un ton conciliant. Mais comprenez que je ne pouvais exclure que l'un d'entre vous fût impliqué.

— Ah, c'est agréable ! persifla Verplanck. À présent, voilà qu'on nous soupçonne de travailler pour les Américains !

— Comme si nous n'avions pas suffisamment donné de gages de notre loyauté, rouspéta Khoyoulfaz, qui faisait vraisemblablement allusion à son funeste vote en faveur de la fatwa.

— Angoua a eu raison, lança une voix à ma gauche. Rien dans l'expression impénétrable de Ching Shao n'indiquait qu'elle fût l'auteur de ces propos. La Chinoise se donnait du reste rarement la peine d'étayer ses opinions, ce qui ne faisait qu'ajouter à son mystère. J'avais déjà remarqué dans ces cas-là que Zoe Karvelis s'efforçait de clarifier le point de vue de sa consœur, sans qu'il fût possible de savoir dans quelle mesure elle le partageait.

— Vous pensez qu'Angoua a bien fait de garder le silence au cas où le traître aurait appartenu à nos rangs, c'est cela, Ching ?

La Chinoise se contenta de cligner des yeux, laissant chacun libre d'interpréter ses paroles comme il l'entendait. Djibo reprit :

— De toute façon, nous avons désormais la preuve qu'au cours des douze derniers mois un agent du CFR a transmis au moins trois documents falsifiés à l'administration Bush.

— Les Américains en sont-ils conscients ? demanda Ménard en me regardant.

— Apparemment non, répondis-je. Ils pensent que les pièces en question proviennent de leurs canaux habituels.

Je décrivis soigneusement chacune d'entre elles, en insistant sur le fait que les dernières contenaient des messages qui semblaient m'être directement adressés.

— Drôle de coïncidence, remarqua finement Verplanck. Entre tous les agents qu'il pourrait tourner en dérision, le traître choisit justement celui qui est à ses trousses.

— Qui était au courant de ton enquête ? demanda Khoyoulfaz. À part Angoua, évidemment.

Le Camerounais ne releva pas la pique.

— Quelques personnes, reconnus-je, gêné. J'avais besoin de renforts, vous comprenez.

— Mais qui exactement ? s'obstina Khoyoulfaz. Je veux connaître leurs noms.

— Youssef Khrafedine...

— J'aurais dû m'en douter, répliqua l'Azéri. Décidément, ce garçon est de tous les bons coups. J'imagine qu'à ce compte Magawati Donogurai est également de la partie ?

— Oui.

— Qui d'autre ?

— Gunnar Eriksson.

— Ce bon vieux Gunnar ! s'exclama joyeusement Ménard comme si j'avais mentionné le nom d'un camarade de régiment perdu de vue.

— Ça faisait longtemps, maugréa Verplanck.

— Il m'a beaucoup aidé, dis-je pour le défendre. Personne ne connaît les rouages du CFR aussi bien que lui.

— N'exagérons rien, tempéra Karvelis qui, en tant que directrice des Ressources humaines, estimait de toute évidence que ce titre lui revenait de droit.

Khoyoulfaz plissa les yeux.

— C'est tout ? insista-t-il en s'efforçant de prendre l'air menaçant. Parce que, même si je ne suis pas un grand fan des trois personnes que tu viens de citer, je ne les crois pas capables de trahir.

Il y avait longtemps que l'Azéri ne m'intimidait plus.

Toutefois, j'admirais sa perspicacité. Il venait de résoudre en trois questions l'énigme sur laquelle j'avais séché pendant cinq mois.

— Il y a quelqu'un d'autre, soupirai-je.

Djibo pressa sur le bouton de l'interphone qui se trouvait devant lui :

— Olga ? Faites entrer Lena Thorsen, je vous prie.

8

Un vent de stupeur souffla brièvement sur le Comex.

— Lena ? s'écria Karvelis. Vous en êtes certain ?

— Malheureusement oui, répondit Djibo. Nous disposons d'une preuve irréfutable.

— Mais pourquoi ? demanda Karvelis.

— Et pour qui travaille-t-elle ? ajouta Khoyoulfaz.

— Nous devrions bientôt le savoir, affirma Djibo.

— La petite garce, marmonna Verplanck entre ses dents, juste assez fort pour que je l'entende. Comment a-t-elle pu passer à travers les mailles du filet ?

Bien que rien dans la conduite de Lena ne justifiât une telle sollicitude, j'étais déterminé à ne pas la laisser calomnier en son absence. En fait, je crois qu'au fond de moi je n'avais pas encore perdu tout espoir d'un miracle.

— Écoutons-la avant de la juger, déclarai-je.

L'ascenseur se mit à ronronner et plus un mot ne fut échangé. Si j'en jugeais par leur air pensif, mes voisins conjecturaient sur les motivations de Thorsen. Je ne donnais pas lourd de leurs chances de succès. Seul Khoyoulfaz pouvait se targuer d'avoir un tant soit peu côtoyé la Danoise : il avait directement supervisé sa formation et était son supérieur hiérarchique depuis cinq ans. Pour autant, il ne l'appréciait guère, la jugeant froide et cassante — une opinion largement partagée par mes collègues des Opérations spéciales —, et n'avait rien fait pour maintenir le contact quand elle s'était installée à Los Angeles. Djibo, qui mâchonnait nerveusement le capuchon de son stylo, n'avait quant à lui pas dû rencontrer Lena plus d'une demi-douzaine de fois en quinze ans. Il m'avait avoué la veille n'être jamais parvenu à établir avec elle un rapport personnel comparable à celui qu'il avait noué avec moi. Restait Zoe Karvelis. En sa qualité de directrice des Ressources humaines du CFR, elle suivait de près la carrière de Lena, ne serait-ce que parce que celle-ci était l'une des candidates les mieux placées pour lui succéder un jour au Comex. Toutefois, prétendre connaître un être humain parce qu'on avait feuilleté ses évaluations annuelles me semblait à peu près aussi illusoire que d'essayer de se représenter *Les Demoiselles d'Avignon* à partir de son entrée dans un dictionnaire de la peinture.

Un ding cristallin signala l'arrivée de la cabine et, soudain, je pris conscience que j'ignorais moi-même absolument tout de celle qui se tenait derrière les portes. Oh, je pouvais spéculer à loisir sur son apparence : elle porterait un tailleur gris, bleu ou vert, elle aurait ramené ses cheveux en chignon ou les aurait laissé flotter sur ses épaules, peut-être serait-elle légèrement bronzée, mais rien de tout cela ne m'éclairait sur sa personnalité. Lena ne parlait jamais d'elle. J'ignorais où elle avait grandi, combien elle avait de frères et sœurs ou si elle possédait un chat. Son bureau à Córdoba était à peu près aussi chaleureux qu'une salle des pas perdus. Elle ne m'avait jamais invité chez elle et je n'avais du reste pas la moindre idée de ce que j'aurais trouvé dans sa bibliothèque ou dans son réfrigérateur. Plus grave encore, je réalisais à présent que les rares éléments biographiques que j'avais jusqu'alors tenus pour établis émanaient de deux groupes hautement suspects : les rivaux de Lena et ceux dont elle avait brisé le cœur. Moi-même à cheval sur ces deux catégories, j'avais copieusement alimenté la légende de récits abracadabrants qui en révélaient finalement moins sur la Danoise que sur mon propre inconscient. Je connaissais Youssef. Je devinais Gunnar. Depuis douze ans, j'imaginais Lena.

— Que fais-tu ici? sursauta cette dernière en me découvrant assis à la gauche de Djibo.

— Sliv fait partie du Comex depuis un quart d'heure, l'informa le Camerounais. J'espère que vous ne vous formalisez pas de sa présence.

— Au contraire, répliqua sèchement Lena en s'asseyant face à nous à la place que j'occupais une semaine plus tôt.

Elle déboutonna sa veste, croisa ses jambes hâlées sous la table et sortit une liasse de feuilles pliées en deux de son sac.

— Lena, commença Djibo, si je vous ai conviée aujourd'hui à nos débats, ce n'est pas pour que vous exposiez au Comex vos vues sur la situation internationale...

C'était le prétexte sur lequel Angoua et moi nous étions mis d'accord pour faire venir Lena à Toronto sans éveiller ses soupçons.

— Mais pour que vous répondiez devant la plus haute instance de notre organisation d'un chef d'accusation gravissime : la trahison.

Nous avions tous les yeux fixés sur la Danoise. Pas un muscle de son visage ne bougea.

— Pardonnez-moi de vous corriger, monsieur le président, déclara-t-elle calmement, mais je me présente devant le Comex au jour que j'ai choisi. Vous ne m'avez pas convoquée, c'est moi qui ai suscité votre invitation. Je connais les faits auxquels vous faites allusion et je ne les nie pas. Au contraire, j'ai volontairement semé les indices permettant de remonter jusqu'à moi.

J'en restai bouche bée. Je savais Lena assez arrogante pour signer son méfait. Je n'avais toutefois jamais imaginé qu'elle souhaitait se faire pincer.

— Je vous en prie, mademoiselle, s'indigna Verplanck à ma gauche, épargnez-nous vos rodomontades et dites-nous plutôt pour qui vous travaillez.

— Vous ne me croyez pas ? s'amusa Lena. Ça ne m'étonne pas : Dartunghuver a dû se faire mousser pour vous extorquer une place au Comex. Pourtant, croyez-moi, il n'a pas grand mérite à m'avoir identifiée. Je dirais même qu'il a fait preuve d'une balourdise confondante et que, sans un dernier indice particulièrement grossier glissé dans le discours de Colin Powell, je n'aurais sans doute pas le plaisir de me trouver parmi vous ce matin.

Djibo avait tressailli à la mention du nom de Powell.

— Cet indice, demanda-t-il, vous pourriez le décrire ?

— Et comment ! s'écria Lena comme si elle n'attendait que cette occasion de me tourner en ridicule. J'ai repris dans une planche sur la force de frappe irakienne les quatre mêmes cercles concentriques — rouge, vert, bleu et noir — que nous avions utilisés au Timor pour illustrer les effets du détournement de la rivière Laclo.

431

— C'est vrai? m'interrogea Verplanck.

— Hélas, soupirai-je en rougissant.

— Ah ça par exemple, comment avez-vous pu manquer une allusion aussi flagrante?

Lena me considéra d'un air narquois, comme si elle me mettait au défi de répondre. Pourquoi me déteste-t-elle à ce point? songeai-je amèrement, en me remémorant avec nostalgie nos séances au dernier étage de l'hôtel Central. La nuit à laquelle Lena faisait référence, nous avions atteint à un rare niveau d'osmose. Et puis notre entente s'était délitée, sans que, bizarrement, j'arrive à me rappeler comment ni pourquoi.

— Je l'ignore. La fatigue sans doute.

Djibo vint à ma rescousse :

— Peu importe, Claas. Laissons plutôt Lena s'expliquer.

Lena jeta un coup d'œil à ses notes puis les reposa face contre la table. Elle cherchait à se rassurer. À Dili, elle m'avait avoué mémoriser systématiquement le texte de ses interventions.

— Je voudrais tout d'abord dissiper un malentendu, commença-t-elle. Je suis aussi attachée à cette organisation que n'importe lequel d'entre vous. Je la sers loyalement depuis quatorze ans et je crois avoir en maintes occasions contribué à la rendre plus forte, tant lors de mon passage à Córdoba que depuis que j'appartiens aux Opérations spéciales.

Elle s'exprimait clairement, avec une assurance tranquille qui ne laissait aucun doute sur sa sincérité.

— Je suis ici aujourd'hui pour aider le CFR à guérir de son péché originel, je veux parler de la préférence éhontée qu'il accorde aux scénaristes par rapport aux falsificateurs.

— Pardon ? dit Khoyoulfaz en regardant autour de lui pour s'assurer qu'il ne rêvait pas.

Djibo lui fit signe de laisser parler Lena.

— C'est en planchant sur mon premier dossier que j'ai compris que le métier d'agent exigeait des compétences quasi contradictoires, reprit la Danoise. Malgré tous mes efforts, je n'arrivais pas à me passionner pour mon scénario — l'histoire d'une colonie grecque qui émigre dans le Nebraska, dont les péripéties me paraissaient futiles et, pour tout dire, un peu vaines. Le héros de mon aventure, Spyros Tadelitis, avait fait fortune dans la viande mais j'aurais aussi bien pu en faire l'empereur de la pomme de terre. Tout était à l'avenant : sa mère, Lea, aurait pu se prénommer Melina et le vapeur sur lequel il avait embarqué cingler vers Southampton plutôt que vers Ellis Island.

Je connaissais ce sentiment enivrant, qui donnait selon moi tout son prix au métier de scénariste. Lena, elle, n'avait jamais su se laisser emporter par ses histoires.

— Quel contraste avec le second volet du dossier qui, lui, semblait régi par les lois de la nécessité ! Je n'inventais pas mes sources, elles s'imposaient à moi avec une netteté inéluctable, comme si, dès lors que j'avais arrêté les contours de mon histoire, il n'existait qu'une seule façon de documenter le périple de Spyros... Gunnar Eriksson, à qui je faisais remarquer cette asymétrie, me révéla le grand secret : les agents du CFR se divisaient en deux camps, les scénaristes et les falsificateurs. Selon lui, j'appartenais sans hésitation possible à la seconde catégorie. Sur le moment, je ne prêtai guère attention à cette distinction. Elle me revint cependant en mémoire quelques années plus tard, quand Eriksson m'appela à Córdoba pour me signaler l'arrivée — je cite — «du meilleur scénariste de sa génération»...

Ça y est, gémis-je intérieurement, elle va remettre l'épisode du galochat sur la table.

— Gunnar n'avait pas menti : Dartunghuver — car c'est de lui qu'il s'agit — est un magnifique spécimen dont l'étude se révéla pleine d'enseignements. Comme tous ses congénères, il envisage son art en termes psychiques. C'est son esprit contre le monde, sa raison contre les lois naturelles, son imagination contre le foisonnement du réel. Penser et faire sont pour lui synonymes. Ce qu'il conçoit est automatiquement supposé produit, au point qu'il se désintéresse de ses histoires sitôt qu'il les a verbalisées. Il commande à la réalité et, puisqu'il exclut naturellement que celle-ci puisse le contredire, il en conclut qu'il est infaillible, et le CFR avec lui.

— Où veux-tu en venir exactement ? demandai-je, en proie à la désagréable sensation qu'on touillait mon cortex avec une petite cuillère.

— En 1995, poursuivit Lena sans me regarder, Gunnar et Yakoub se piquèrent de donner une leçon à Dartunghuver. Ils lui firent croire — et à moi par la même occasion — qu'il avait compromis la sécurité du CFR. Vous auriez dû voir sa tête quand Yakoub suggéra d'éliminer un fonctionnaire néo-zélandais pour écarter la menace. Le malheureux tombait des nues. Comment ! Le CFR s'abaissait à tuer pour survivre ? Quelle vulgarité ! J'avoue qu'à l'époque sa réaction me déconcerta profondément. Comment pouvait-on être à la fois si intelligent et si naïf ? Je crois avoir depuis trouvé la réponse : dans le monde de Sliv, on règle les problèmes en les rayant d'un trait de plume...

— C'est sûr que tu as eu moins de scrupules, grinçai-je. Tu aurais dessiné une cible dans le dos de ce pauvre type si Yakoub te l'avait demandé !

— Certainement. Sais-tu pourquoi ? Parce que, contrairement à toi, je ne souscris pas au mythe de l'immortalité du CFR. Pour moi, c'est une simple question d'arithmétique : notre organisation compte des milliers d'agents qui produisent chacun plusieurs dizaines de dossiers ; tôt ou tard, l'un d'entre eux contiendra une boulette qui nous fera tous coffrer.

— Pas nécessairement, protestai-je en sachant au fond de moi qu'elle avait raison.

Lena renifla avec mépris :

— Mon pauvre, tu vis vraiment dans un monde chimérique ! Heureusement pour le CFR, tandis que toi et tes semblables vous entêtez à nier l'évidence, nous autres les falsificateurs nous battons comme des lions pour différer l'échéance. Tels des Sisyphes des temps modernes, nous altérons bravement une source après l'autre en feignant d'ignorer qu'il s'en crée cent nouvelles chaque jour, nous produisons une thèse entière pour enfouir le titre d'une œuvre imaginaire dans une note de bas de page, nous...

Écartant les bras dans son élan, Lena renversa son verre qui se fracassa au sol. Elle sursauta, l'air profondément désemparé, et baissa la tête. Quand elle reprit la parole, son ton n'avait plus la même assurance.

— Mes patrons m'ont souvent reproché de trimer comme une damnée : c'est que je ne peux jamais me résoudre à quitter le bureau... Il y a toujours un fait à corroborer, un recoupement à vérifier, une légende à consolider. Ce métier vous consume. En matière de falsification, le mieux n'est pas l'ennemi du bien, c'est un impératif absolu, une exigence qu'on a ou qu'on n'a pas, une angoisse qui vous tenaille les tripes et vous réveille en sursaut au milieu de la nuit. Ai-je bien effacé mes traces à Kuala Lumpur ? Et ce classe 2 du bureau de Milan ? Espérons qu'il est aussi doué pour maquiller un rapport annuel que pour baratiner les secrétaires...

J'avais tendu l'oreille pour capter ces dernières paroles. Lena ne s'adressait plus à nous. Son esprit vagabondait, comme il avait dû le faire tant de fois quand elle attendait à côté de l'imprimante sur le coup de trois heures du matin.

— Oh, bien sûr, comme tous mes pairs, j'ai espéré que l'essor des technologies nous faciliterait la tâche. Ah ça, j'en suis revenue ! Essayez donc de lutter avec la CIA... Des nuées de satellites espions mitraillent la planète à longueur de journée : vous faites pousser une paillote dans le désert et c'est le branle-bas de combat à Langley. Sans parler d'internet et de ces robots qui épluchent les bases de données du monde entier et signalent impitoyablement la moindre incohérence... Quand j'ai cinq minutes, je ressors des vieux dossiers des archives : les trois quarts seraient éventés au premier coup d'œil. Cela me rend malade...

Je ne l'imaginais que trop bien éclusant des cartons défraîchis pendant ses vacances, un stylo rouge à la main. Mais qu'est-ce qui la motivait ? Je ne l'avais jamais entendue exprimer la moindre curiosité pour la finalité du CFR. Se sentait-elle une responsabilité vis-à-vis de ses agents ? Avait-elle elle aussi prêté serment à son père ? Je regrettai une fois de plus de si mal la connaître.

Elle leva les yeux et parut surprise de nous découvrir suspendus à ses lèvres. Il était visible qu'elle s'était laissé entraîner loin de ses notes et qu'elle avait perdu le fil de son argumentation.

— Si encore notre sacerdoce était reconnu ! reprit-elle passionnément. Mais non ! Le CFR n'en a que pour ses scénaristes, ces enfants gâtés qui ne restent jamais assez longtemps en poste pour assister aux conséquences de leurs erreurs et ont même leur propre récompense, le prix du meilleur premier dossier. Car c'est ainsi dans cette maison, les honneurs échoient toujours aux scénaristes. Vous croyez que j'exagère ? Jugez plutôt. J'ai consacré trois années de ma vie à Homecoming. Oh, je ne m'en vante pas particulièrement : j'ai calculé un jour que plus de huit cents personnes avaient travaillé de près ou de loin sur le dossier, certaines depuis vingt-cinq ans. Cependant, monsieur le président, dit-elle en s'adressant à Djibo, expliquez-moi pourquoi, à l'heure des remerciements, vous n'en avez eu que pour Dartunghuver.

Lena attendait manifestement une réponse. Djibo se contenta de hausser les épaules. Mû par une brusque impulsion, je résolus de réparer mes torts.

— Lena a raison, Angoua. Je n'aurais rien pu faire sans son aide. Elle a abattu une besogne prodigieuse pendant cette semaine-là.

— Et je l'en félicite, grommela Djibo. Mais je ne vois pas en quoi cela justifie son comportement.

— Nous formions une équipe, insistai-je en cherchant désespérément à croiser le regard de Lena. Peut-être la meilleure de toute l'histoire du CFR.

Pourquoi avais-je si longtemps différé ces aveux ? Loin de me coûter, ils me procuraient un soulagement indescriptible. J'apercevais à présent ce que notre relation aurait pu devenir si j'avais eu le courage de rétablir la vérité ce jour-là. Lena ne se trouverait pas aujourd'hui dans le box des accusés. Mieux, sans doute aurions-nous ensemble empêché la guerre.

— C'est trop tard, murmura-t-elle d'un ton las.

— Ne dis pas ça. Nous pouvons encore revenir en arrière.

Elle sourit tristement.

— Écoutez-le ! Bientôt il nous expliquera qu'il peut réécrire le passé. Mais non, Sliv, tu ne répareras pas le mal que tu m'as fait ce jour-là. Cette convocation devant le Comex signifiait tant pour moi. Oh, je n'en attendais rien de spectaculaire : juste une tape sur l'épaule et quelques mots d'encouragement, rien d'extravagant en somme pour quelqu'un qui venait de passer trente-six mois entre les murs suintants d'une chambre d'hôtel non climatisée. Visiblement, c'était encore trop demander. En évoquant dans la même minute ma « contribution logistique » et ton « extraordinaire audace », Angoua a confirmé ce que j'avais toujours pressenti : pour lui, les falsificateurs sont des grouillots, tout juste dignes de charrier le paquetage des scénaristes dans leur marche triomphale vers les cimes.

Les mots peuvent blesser. Ceux qu'on prononce comme ceux qu'on retient. Lena releva soudain la tête pour prouver qu'elle avait surmonté son brusque accès de faiblesse.

— J'ai décidé de montrer au CFR ce dont j'étais capable. On m'a assez répété que j'étais une scénariste besogneuse. Je me suis demandé ce qu'il faudrait au Comex pour changer l'opinion qu'il avait de moi. Une guerre, ai-je pensé, ça devrait suffire, non ? Après le 11 septembre, les gens étaient désorientés et prêts à gober n'importe quelle fadaise pourvu qu'elle les flatte dans leurs préjugés. À Hawaï, le dossier Laïka m'avait particulièrement frappée : comment une dépêche de vingt mots lança officiellement la course à l'espace. Je me suis fixé quelques contraintes : déclencher une

438

guerre en moins d'un an, seule et en marge du CFR, sans me faire remarquer, si ce n'est par les membres de cette instance. L'Irak s'est imposé comme une évidence. En sondant mes contacts dans le monde du renseignement, j'ai appris que la CIA soupçonnait l'Irak d'essayer de se procurer de l'uranium au Niger mais qu'elle n'avait jamais réussi à coincer Saddam. Comme, par chance, l'ambassade nigérienne à Rome avait été cambriolée quelques mois plus tôt, je me suis attelée à la rédaction d'un rapport documentant une transaction de cinq cents tonnes...

— Attends un peu, l'interrompis-je. En quoi ce cambriolage servait-il tes plans ?

Je me souvenais avoir démontré à Khoyoulfaz que cette effraction constituait la meilleure preuve que nous avions affaire à une supercherie.

— Il brouillait les pistes, expliqua Lena en se rengorgeant instinctivement comme chaque fois qu'elle présentait son travail. Si les services secrets italiens avaient conçu des doutes sur l'authenticité du rapport, ils auraient reporté leur attention sur le personnel de l'ambassade.

Naturellement. Quel splendide contre-feu ! pensai-je en admirant malgré moi l'ingéniosité du stratagème.

— Et la référence à Giovanneli ?

Elle hésita une fraction de seconde.

— C'était une étourderie. Je savais qu'il s'agissait d'un patronyme très courant mais j'ai utilisé la première orthographe qui m'est passée par la tête.

— Cela aurait pu arriver à tout le monde, admis-je obligeamment.

Elle me fusilla du regard, n'appréciant apparemment pas que je lui cherche des excuses.

— J'ai compris mon erreur quand tu m'as téléphoné

à Los Angeles pour me proposer de rejoindre ton escadrille personnelle. Quelle cocasserie ! C'est un peu comme si Simon Wiesenthal avait tenté d'enrôler Josef Mengele dans sa chasse aux nazis. Passé l'éclat de rire, cela m'a confirmé que le Comex n'avait décidément rien appris : te confier une mission aussi délicate, à toi, l'homme qui en 1993 appela un fonctionnaire en pleine nuit pour lui demander s'il n'avait pas remarqué une anomalie dans un rapport de son ministère...

— On dirait que nos tourtereaux ont des comptes à régler, observa sarcastiquement Khoyoulfaz.

— Nous n'en avons plus, rétorqua triomphalement Lena. L'arbitre vient de siffler la fin de la partie. Thorsen : 1 — Dartunghuver : 0.

— Ce n'est pas un match, protestai-je faiblement.

Qui espérais-je tromper ? Bien sûr que c'en était un. Sinon, pourquoi tenais-je dans un tiroir le compte du nombre de jours où Lena était restée dans chacun de ses postes ? Pourquoi avais-je si longtemps accolé un astérisque à ma signature en prétendant qu'il s'agissait d'un signe de reconnaissance entre vainqueurs du prix du premier dossier, si ce n'est pour faire enrager la Danoise ? Et pourquoi l'avais-je suivie aux Opérations spéciales moi qui, la veille de la proclamation des résultats, affirmais avoir jeté mon dévolu sur le Plan ? Lena avait raison : il s'agissait bien d'un match. Là où elle se trompait, c'est que nous l'avions tous les deux perdu.

Djibo nous avait laissés nous expliquer, sans rien montrer de ses sentiments. Il reprit la parole d'un ton cassant que je ne lui avais jamais entendu :

— Je ne sais, Lena, ce qui est le plus insupportable : l'outrecuidance avec laquelle vous avez sali cette institution ou ce ton pleurnichard de gamine qui réclame l'attention de ses parents. Que vous soyez une falsificatrice talentueuse, personne autour de cette table n'en a jamais douté. Permettez-moi d'ailleurs de vous faire remarquer que nous ne vous avons jamais ménagé nos encouragements. Je relisais votre parcours hier : deuxième prix au concours du premier dossier, agent de classe 2 à vingt-sept ans, major de l'Académie à trente et un ans. Vraiment, il me semble que vous n'avez pas lieu de vous plaindre... Comment osez-vous déclarer que cette maison ne reconnaît pas le talent des falsificateurs ? Quatre des six membres ici présents ont un profil à dominante falsificateur. Trois viennent de l'Inspection générale ou des Opérations spéciales. Êtes-vous en train d'insinuer qu'ils ont trahi leur classe ? Ou les jugez-vous inférieurs à vous parce que aucun d'eux n'a eu le cran de déclencher une guerre pour prouver à ses petits camarades qu'il en était capable ?

Thorsen ouvrit la bouche puis se ravisa. Khoyoulfaz en profita pour intervenir :

— Lena, je n'ai pas besoin de vous dire la peine immense que vous m'inspirez, mais ôtez-moi d'un doute : vous croyez vraiment avoir provoqué une guerre ?

— Je ne le crois pas, j'en suis certaine, affirma crânement la Danoise.

— Alors c'est encore plus grave que je ne pensais, déclara Khoyoulfaz. Vous n'avez rien déclenché du tout. Cette guerre, les Américains voulaient la faire et ils l'auraient faite même sans vous.

— Bush avait naturellement besoin de preuves, concéda Thorsen, sur la défensive. Mais ces preuves, c'est moi qui les lui ai fournies.

— Mais ma pauvre Lena, ils ont pris vos preuves comme ils ont pris celles de tous les autres. INC, chasseurs de primes, néoconservateurs illuminés, tout le monde y est allé de sa petite falsification et, pardonnez-moi de vous le dire, les vôtres n'étaient pas les plus brillantes.

— Vous mentez ! Bush a cité le rapport Niger dans le discours sur l'état de l'Union...

— Mais Powell n'en a pas fait mention dans son intervention, ne pus-je m'empêcher de souligner.

Djibo nous coupa la parole.

— L'Histoire jugera. Personnellement, Lena, je ne doute pas un instant qu'elle vous déclarera coupable. J'espère simplement qu'elle ne verra en vous qu'un complice de troisième ordre. Quand je pense que vous avez été l'une des nôtres pendant si longtemps, je suis horrifié. Je ne vous ai pas entendue exprimer le moindre remords pour les soldats et les civils qui vont mourir à cause de vous.

— Oh, ça va, bougonna Lena, Saddam Hussein n'est pas un enfant de chœur...

Le Camerounais secoua lentement la tête. Son ton se fit plus dur que jamais.

— Vous n'avez décidément rien compris au CFR. Chaque année, je rencontre à Hawaï les finalistes du prix du premier dossier et, chaque année, je suis émerveillé par leur idéalisme et leur candeur. Ils n'ont au fond qu'une seule inquiétude : que la finalité du CFR se révèle incompatible avec leur éthique. Je n'ai jamais ressenti cela chez vous, Lena. Vous vous êtes servie du CFR comme d'un marchepied pour prendre je ne sais quelle revanche. Pendant un moment, nous nous sommes accommodés de cet arrangement. Vous êtes une falsificatrice hors pair — vous le savez assez — et nous avons trouvé à vous employer. Mais aujourd'hui nous ne voulons plus de vous dans cette organisation.

Sortez d'ici, nous avons maintenant à discuter de choses plus importantes que votre petite personne.

À ces mots, deux robustes gaillards tapis dans la cabine de l'ascenseur firent irruption dans la pièce et se postèrent derrière Lena.

— Emmenez-la, ordonna Djibo, et ne la laissez seule sous aucun prétexte. Nous statuerons plus tard sur son sort.

Un des gaillards attrapa Lena par le bras. Elle se dégagea instinctivement.

— Bas les pattes, je n'ai pas l'intention de faire des histoires.

Quel gâchis, pensai-je en la regardant se diriger vers la sortie. Réalisait-elle au moins que son glorieux plaidoyer pour l'esprit falsificateur n'était qu'un alibi, une couverture commode pour son véritable mobile : la jalousie ?

Un dernier point me chiffonnait. Je glissai quelques mots à l'oreille de Djibo.

— Un instant, Lena, dit mon voisin. Sliv a une question pour vous.

La Danoise fit volte-face.

— Je t'écoute.

— Tout à l'heure, tu as parlé de tes contacts dans les services secrets. Qui t'a aidée à mettre le rapport Niger en circulation ?

Le visage de Lena s'illumina. Elle regarda les membres du Comex comme pour les prendre une nouvelle fois à témoin de mon incurable niaiserie.

— Mais la même personne qui t'en a vendu un exemplaire, voyons ! exulta-t-elle en me décochant son plus beau sourire. Otto Dreppner.

Ses éclats de rire résonnèrent longtemps sur le chemin de la descente.

9

— Qui est ce Dreppner? demanda Verplanck d'un ton inquisiteur.

— Un ancien agent de la Stasi, répondis-je automatiquement, encore abasourdi par la révélation de Lena. C'est lui qui nous a procuré le rapport Niger.

— Et il ne vous est jamais venu à l'esprit qu'il pouvait travailler pour d'autres que vous? Quand on traite avec des mercenaires, c'est pourtant le genre de risque auquel on s'expose.

— Non, avouai-je, penaud.

Verplanck leva les yeux au ciel, comme si ma bévue constituait le dernier exemple d'une débâcle généralisée sur laquelle il tentait d'attirer l'attention des autres membres du Comex depuis des lustres.

— N'importe qui à l'Inspection générale vous l'aurait dit. Encore eût-il fallu nous consulter.

Djibo choisit de ne pas relever l'allusion.

— Je propose que nous remettions ce sujet à plus tard et que nous en venions à l'ordre du jour de notre réunion. Plusieurs d'entre vous m'ont approché dernièrement afin de me faire part de leur souhait de voir cette instance étudier toutes les options, y compris les plus extrêmes, pour empêcher la guerre qui s'annonce. Je crois refléter l'opinion générale en disant que nous nous sentons une responsabilité particulière dans la situation actuelle : nous avons contribué à la structuration d'Al-Qaida et l'un de nos agents a fabriqué certaines des preuves sur lesquelles s'appuie l'administration Bush pour justifier l'invasion de l'Irak. Je vous soumets donc une première question : croyez-vous que le CFR puisse éviter la guerre par les moyens qu'il utilise habituellement ?

— Qu'avez-vous en tête exactement ? demandai-je.

— Oh, ce ne sont pas les scénarios qui manquent, expliqua Karvelis qui était manifestement à l'initiative de la suggestion. Ben Laden pourrait enregistrer un nouveau message vidéo dans lequel il disculperait entièrement Saddam...

— Ce ne serait pas suffisant, estimai-je. Les Américains prétendront qu'il ment pour empêcher la guerre.

— Pas si nous avons préalablement discrédité Bush, répliqua Ménard.

— Comment ?

Le Français haussa les épaules.

— Nous avons l'embarras du choix. Personnellement, j'ai une préférence pour les scandales sexuels. Efficacité garantie.

— Pas toujours. Regardez Clinton.

— Il faudrait naturellement bien pire qu'une gâterie dans le Bureau ovale, susurra Karvelis avec gourmandise.

— Un enfant naturel semble un minimum, opina Ménard.

Khoyoulfaz esquissa une moue dubitative.

— Yakoub ? lança Djibo.

— Croyez bien que rien ne me ferait plus plaisir que

445

de découvrir à la une des journaux que Bush a engrossé une majorette des Dallas Cowboys, répondit l'Azéri, mais selon moi, la Maison Blanche ne fera plus machine arrière. Elle sait que ses preuves ne tiennent pas la route et a déjà commencé à infléchir son discours. Il y a encore quelques semaines, la CIA prétendait connaître l'emplacement des armes de destruction massive ; désormais, elle se fait fort de les localiser une fois sur place...

— C'est un sacré glissement sémantique, nota Verplanck.

— Qui semble pourtant avoir échappé à la plupart des éditorialistes, y compris aux moins suspects de sympathie à l'égard de cette administration, déplora Khoyoulfaz.

— Parce que le public américain estime que cette histoire n'a que trop traîné, expliquai-je. « Laissons-les faire », lit-on ici et là. « Dans tous les cas, nous serons vite fixés. »

— Je partage l'avis de Sliv, indiqua Djibo.

Voyant que personne ne demandait la parole, il continua :

— Je propose que nous passions au vote. Qui est favorable à ce que nous engagions une entreprise de déstabilisation des États-Unis et de leur président ?

Karvelis leva seule la main.

— Motion refusée, conclut Djibo en se servant un verre d'eau.

Je me penchai vers Claas Verplanck et lui murmurai à l'oreille :

— Il n'a pas compté les votes contre, c'est normal ?

— Absolument. L'abstention est interdite.

— Interdite ? Et si je n'avais pas d'opinion ?

— Si j'en crois Lena Thorsen, ce serait bien la première fois, répondit sèchement le Néerlandais.

Djibo s'éclaircit la voix.

— Il est maintenant de mon devoir de vous poser une deuxième question, la plus grave peut-être qu'un président du Comex ait jamais soumise à cette assemblée : pensez-vous que la révélation de l'existence du CFR serait de nature à empêcher la guerre ? Vous comprenez évidemment que répondre par l'affirmative entraînerait la disparition pure et simple de notre organisation.

Karvelis et Khoyoulfaz hochèrent solennellement la tête, Verplanck plus vigoureusement comme s'il était impatient d'engager le débat. Ménard ferma les yeux. Shao se gratta le lobe de l'oreille.

— Je souhaiterais que nous nous mettions d'accord sur deux points avant de délibérer, poursuivit Djibo. Premièrement, si vous pensez que la divulgation de notre rôle peut éviter, ou même différer, l'invasion de l'Irak, je vous conjure de ne pas réfléchir plus loin. Ne commencez pas à dresser la liste des accomplissements du CFR à travers les siècles. Ne vous abaissez pas non plus à une sordide comparaison comptable entre les effectifs de notre organisation et le nombre prévisible de victimes du conflit. Certains parmi nous tâteront peut-être de la prison, mais aucun agent ne perdra la vie...

Autrement dit, le sort d'un seul Irakien importe plus que celui de tous les agents du CFR. À cet instant, j'aurais tout donné pour que Youssef soit à mes côtés.

— Deuxièmement, j'aimerais que chacun d'entre nous s'engage à respecter l'avis de la majorité. Si nous décidons de nous livrer, ceux qui auront voté pour la survie du CFR seront de toute façon emportés avec le courant. Mais si nous choisissons de garder le secret sur nos activités, je demande à ceux qui auront voté différemment de ne pas céder à la tentation d'un acte isolé. Ils seront évidemment libres de démissionner du Comex mais ne devront en aucun cas révéler l'existence du CFR. Sommes-nous d'accord sur ces points ?

Les deux règles furent approuvées à l'unanimité et je sentis Djibo se détendre.

— Merci de votre confiance, dit-il. Nous pouvons à présent échanger librement. Tous les points de vue méritent d'être entendus. Qui veut commencer ?

Nous nous dévisageâmes un moment, avant que Yakoub ne se jette à l'eau.

— Je doute malheureusement que nous puissions en quoi que ce soit infléchir la situation. Après tout, Thorsen n'a fabriqué qu'une petite partie des pièces utilisées par Powell. Les Américains auront beau jeu de rétorquer qu'ils s'appuyaient sur quantité d'autres sources — ce qui, soit dit en passant, est exact.

— Mais ces sources sont tout aussi discutables que celles de Thorsen, argua Karvelis. On peut espérer que la CIA finira par s'en apercevoir si elle reprend le dossier à l'aune de nos révélations...

— À supposer qu'elle cherche bien à établir la vérité, l'interrompit Djibo. Je n'y crois plus depuis longtemps. Sinon pourquoi laisse-t-elle Bush affirmer que l'Irak tente d'acquérir de l'uranium en Afrique, alors que Tenet a sur son bureau un rapport qui démontre le contraire ? Pourquoi prétend-elle que les tubes en aluminium servent à fabriquer des centrifugeuses, contre l'avis de tous les experts du Département de l'Énergie ? Et pourquoi, quand elle dispose avec Curveball d'un témoin soi-disant crucial, le laisse-t-elle interroger par les Allemands sans même le passer au détecteur de mensonge ? Si vous voulez mon avis, Lena Thorsen n'a fait que précipiter l'histoire. Cette guerre aurait eu lieu avec ou sans le CFR...

C'était une allégation un peu hâtive et Verplanck ne s'y trompa point.

— Sans Lena, c'est possible, estima-t-il. Sans ta fatwa, certainement pas.

— *Notre* fatwa, répliqua Djibo en insistant sur le possessif, a joué un rôle mineur en comparaison d'autres facteurs tels que la personnalité de Saddam, le désir de Bush de venger son père ou sa volonté de restaurer son autorité après un début de mandat raté.

— Tu n'es donc pas partisan de révéler l'existence du CFR ? synthétisa Khoyoulfaz.

— Je pense comme toi que cela ne servirait à rien. Mais je ne demande qu'à changer d'avis.

Malgré toute l'amitié que je portais au Camerounais, sa participation à nos délibérations m'avait dès le départ inspiré quelques réserves, que ses dernières paroles ne faisaient que raviver. Car pouvait-on vraiment attendre de Djibo qu'il compromette irrémédiablement son bilan en se prononçant contre le maintien du CFR ? D'un autre côté, ne pas considérer, à l'heure de prendre une décision aussi importante, les implications qu'elle aurait pour chacun, exigeait une abnégation dont je n'étais pas certain que beaucoup autour de la table fussent capables. J'étais ainsi prêt à parier que Verplanck ne voterait pas la dissolution d'une organisation dont il briguait ouvertement la présidence et que Pierre Ménard s'en remettrait à l'heure du vote à ce que lui souffleraient les mânes de son ancêtre. Quant aux autres membres du Comex, même si leurs motifs m'apparaissaient moins nettement, je ne doutais pas un instant qu'ils existaient.

Ching Shao leva discrètement la main. À l'expression de curiosité qui s'afficha sur les visages de mes voisins, je compris que la Chinoise n'avait guère l'habitude de demander la parole.

— Oui, Ching, fit Djibo.

— Le fait qu'un agent isolé puisse déclencher une guerre montre que nous avons trop de pouvoirs, énonça lentement Shao avec son accent à couper au couteau.

Elle ne souhaitait manifestement pas s'étendre et ce fut une fois de plus Zoe Karvelis qui s'employa à préciser sa pensée.

— Ching veut certainement dire que, dans le monde actuel, une personne déterminée peut causer des dégâts considérables, même en agissant seule.

— Ce n'est pas nouveau, grommela Ménard.

— Bien sûr que si, répliqua vivement Karvelis. Grâce aux nouvelles technologies, un hacker opérant depuis son garage peut prendre les commandes d'un porte-avions ou suspendre les échanges à la Bourse de New York. Nos prédécesseurs n'ont jamais eu ce pouvoir.

Cela restait à démontrer. Si Ménard avait correctement interprété les derniers jours de son ancêtre, celui-ci avait donné le coup d'envoi d'une extraordinaire entreprise humaine rien qu'en se faisant incarcérer.

— Admettons, dit Khoyoulfaz. Nous disposons d'armes plus puissantes que nos aînés. En quoi est-ce une mauvaise chose?

— Je crois que Ching doute de la capacité de certains de nos agents à faire bon usage de leur arsenal, traduisit Djibo.

— Nous avons toujours eu nos brebis galeuses, rétorqua Khoyoulfaz.

— C'est vrai. Mais par le passé, elles devaient déployer des trésors d'ingéniosité pour circonvenir nos contrôles internes. Dans le cas présent, Lena a réussi à provoquer un séisme géopolitique majeur sans même attirer l'attention de l'Inspection générale.

Verplanck, qui n'avait pas vu le coup partir, se cabra comme un étalon :

— Si vous étiez venus nous trouver au lieu de jouer les Sherlock Holmes...

— Cela n'aurait rien changé, jugea lapidairement Khoyoulfaz.

J'accueillis avec satisfaction ces paroles, qui prouvaient que l'Azéri me pardonnait de l'avoir court-circuité. Shao, quant à elle, promenait son regard impassible sur l'assistance. Elle marqua une pause en arrivant à ma hauteur, comme pour me signifier qu'elle m'avait choisi pour reprendre le flambeau lâché par Karvelis.

— Avez-vous vu *Docteur Folamour*? demandai-je soudain. Stanley Kubrick, 1964.

— Je ne crois pas, répondit Khoyoulfaz.

— Si vous croyez que j'ai le temps d'aller au cinéma, maugréa Verplanck.

— C'est l'histoire d'un général américain atteint de folie paranoïaque qui donne l'ordre à des B-52 équipés de charges nucléaires d'attaquer l'URSS. Dès qu'il a vent de l'opération, le président américain en informe l'ambassadeur soviétique, qui lui fait à son tour une terrible révélation : son gouvernement vient de se doter d'un système de dissuasion révolutionnaire qui, en cas d'attaque atomique sur le sol soviétique, lance automatiquement une volée de missiles sur les États-Unis.

— C'est ridicule. Un mécanisme de représailles n'a de valeur qu'à condition de prévenir l'ennemi.

— C'est ce que fait remarquer le président au Premier secrétaire soviétique. «Nous allions le rendre public d'un jour à l'autre », gémit celui-ci. « Votre attaque intervient au plus mauvais moment. »

— Comment les Américains s'en sortent-ils ? s'enquit Khoyoulfaz.

— Ils réussissent à rappeler la plupart des bombardiers, mais certains appareils sont endommagés et ne reçoivent pas le contrordre. Le président n'a alors d'autre choix que de transmettre leurs coordonnées à son homologue soviétique en lui demandant de les abattre. Toutefois, au prix de manœuvres qu'en d'autres circonstances on eût qualifiées d'héroïques, un des bombardiers parvient à déjouer la vigilance des radars soviétiques et à lâcher sa funeste cargaison. Le film se termine par une galerie de champignons atomiques sur l'air du *We'll Meet Again* de Vera Lynn.

Shao m'indiqua d'un hochement de tête imperceptible que j'avais correctement retranscrit sa pensée.

— Quelle est la thèse de Kubrick ? dit Khoyoulfaz. Que, malgré toutes les précautions dont nous pourrons entourer son utilisation, l'arme atomique causera inévitablement notre perte ?

— Exactement. Nous aurons beau multiplier les exercices, renforcer la surveillance des missiles ou changer quotidiennement les codes de mise à feu, nous n'éradiquerons jamais entièrement le risque de malveillance. Or l'énergumène qui, il y a un siècle, aurait au mieux — ou au pire — déclenché un incident diplomatique peut faire aujourd'hui sauter la moitié de la planète. Je vous laisse faire le parallèle avec les agents du CFR.

— C'est un point de vue, admit Khoyoulfaz.

— Un peu pessimiste tout de même, tempéra Ménard. Les programmes nucléaires militaires sont très encadrés, que je sache.

— Vous trouvez? m'étonnai-je. Des centaines d'ogives de l'ex-URSS manquent toujours à l'appel.

Le Français était sur le point de répondre quand Shao déclara sentencieusement en remuant à peine les lèvres :

— Nous ne valons pas mieux que les Américains.

— Comment tiendrons-nous nos agents, interpréta Karvelis, si, en dépit de tous leurs efforts, les Américains n'ont pas réussi à enrayer la prolifération nucléaire?

Nous méditâmes un moment ces paroles. Khoyoulfaz griffonna quelques mots dans un cahier. Ménard, mains jointes et pouces calés sous le menton, semblait prier. Finalement, Djibo rompit le silence :

— Je suis extrêmement sensible à l'argument de Ching. Toutefois, je ne suis pas sûr qu'il change substantiellement la donne. Depuis ses origines, le CFR parie sur la pureté des intentions de ses membres. Nous nous en sommes parfois mordu les doigts mais, dans l'ensemble, nous avons depuis deux siècles fait beaucoup plus de bien que de mal. Ching soutient — à juste titre — qu'un agent malintentionné peut engendrer beaucoup plus de dommages qu'il y a quinze ou vingt ans. Mais le corollaire de cette proposition est également vrai : une recrue vertueuse — et l'immense majorité le sont — n'a jamais eu autant de chances d'influer sur les causes qui lui sont chères. La mise a augmenté mais le jeu demeure le même, de sorte que si nous décidons de rester à la table, il sera moins important de déterminer si Lena Thorsen est ou non responsable du conflit qui s'annonce que de comprendre pourquoi elle a choisi de mettre son formidable talent au service de la guerre.

Pendant toute cette tirade, Zoe Karvelis avait montré des signes croissants d'énervement.

— Tu m'inquiètes, Angoua, affirma-t-elle. Nous ne sommes pas au casino ! J'ai l'impression d'entendre un joueur de roulette russe qui s'est longtemps entraîné avec un pistolet à amorces et, parce qu'il n'a jamais connu pire qu'une bonne frousse ou une migraine carabinée, décide qu'il est temps de glisser des vraies balles dans le chargeur.

— Le risque a toujours existé, rappela Khoyoulfaz.

— Vraiment ? Et que risquions-nous au juste ? D'être démasqués par le FBI ? D'être dénoncés par un classe 2 vexé de son rang de sortie à l'Académie ? Bien sûr, cela aurait été infiniment regrettable, mais enfin, le monde aurait survécu. Alors que si maintenant les agents déclenchent une guerre chaque fois qu'ils trouvent que le Comex leur manque de respect...

— Puisque je te dis que les Américains auraient attaqué quoi qu'il arrive, la coupa Khoyoulfaz d'un ton excédé.

— Qu'est-ce que ça change ? explosa la Grecque. Est-ce que la démonstration aurait été plus probante si Thorsen avait simulé un tir de missile pakistanais et si les Indiens avaient pulvérisé Islamabad ?

Khoyoulfaz ne trouva rien à répondre. Il savait comme moi qu'il n'existait pratiquement aucun moyen d'empêcher un agent aussi doué que Lena de mettre un tel plan à exécution. Karvelis se servit un verre d'eau. Elle tremblait.

— Tu veux faire une pause, Zoe ? proposa Djibo.

— Non merci.

Elle vida son verre et expira profondément.

— Je me suis laissé emporter. Vous savez, je

regrette que nous n'ayons pas eu cette discussion quand Angoua nous a soumis son projet de fatwa.

— Je ne sais pas ce qu'il te faut! protesta Djibo. Nous en avons débattu pendant des heures.

— La question était mal posée, déplora la Grecque en secouant la tête. À l'époque, j'ai soutenu ton dossier un peu à contrecœur. Je réalise à présent que cette fatwa constituait le premier signe d'une dérive fatale. Non contents de risquer notre peau, nous risquions désormais celle des autres. Je ne me pardonnerai jamais de ne pas l'avoir compris plus tôt.

Djibo ouvrit la bouche puis renonça à répondre. Il avait deviné qu'il était inutile d'insister. J'épiai discrètement les réactions de mes voisins. Un sourire narquois flottait sur les lèvres de Verplanck. Khoyoulfaz était perdu dans ses pensées. Lui aussi avait apporté sa voix à la fatwa. Mais, contrairement à la Grecque, il n'avait pas attendu aujourd'hui pour le regretter.

— Que préconises-tu? demanda l'Azéri.

— D'alerter immédiatement les médias. Il est probablement trop tard pour arrêter la guerre, mais même si nous n'avons qu'une chance sur mille, nous devons la saisir.

— Et les agents?

— Divisons la cagnotte du CFR entre eux. Ils en auront besoin pour refaire leur vie.

— On parle de sommes énormes, fit à bon droit remarquer Verplanck.

— Qui seront confisquées dans tous les cas. Et puis ce n'est pas le moment de chipoter sur les indemnités de licenciement!

Je souris. Le plan de Karvelis lui ressemblait : franc, décisif et généreux.

— Qu'en penses-tu, Claas? s'enquit Khoyoulfaz.

Ces mots tirèrent Djibo de la torpeur dans laquelle l'avait plongé son échange avec Karvelis.

— C'est vrai, ça, remarqua-t-il, on ne t'a pas beaucoup entendu...

— J'écoutais vos arguments, répondit le Néerlandais, sur la défensive.

— As-tu pu te forger une opinion personnelle ? demanda suavement Djibo.

— Mais bien sûr, affirma Verplanck en rassemblant fébrilement les feuilles qui traînaient devant lui comme s'il espérait y trouver le squelette de son intervention. Voilà. D'abord, je me félicite de la haute tenue des débats, qui nous honore tous. Ensuite, je note qu'un consensus semble se dégager sur la question du rôle joué par Lena Thorsen. Si elle n'a pas déclenché la guerre, elle a quand même plongé le CFR dans un chaos dont le prochain président aura toutes les peines du monde à le sortir.

Shao émit un bâillement sonore. Djibo sortit une pile de courrier de sa sacoche.

— Ne comptez pas sur moi, poursuivit Verplanck sans se démonter, pour défendre celle qui a sciemment bafoué les règles édictées par l'Inspection générale, mais force est de reconnaître que le climat d'impunité qui règne au sommet de notre hiérarchie n'a sans doute pas contribué à modérer ses ardeurs.

— Tu n'aurais pas un coupe-papier ? m'interrogea Djibo en mimant le geste d'ouvrir une enveloppe.

S'avisant que son public était en train de lui échapper, Verplanck adopta un ton plus direct :

— Certes, Lena Thorsen est coupable, mais elle est aussi la victime de cette dérive fatale que mentionnait Zoe et qui...

— Tu permets, l'interrompit Karvelis avec véhémence, je n'ai rien à voir avec tout ça !

— Mais tu as dit que...

— Je sais ce que j'ai dit et je te prie de ne pas me mêler à tes règlements de comptes.

— Alors, Claas, pour ou contre ? demanda Djibo en dépliant une lettre manuscrite.

— Plutôt pour, lâcha Verplanck du bout des lèvres.

Djibo parcourut la lettre et la roula en boule. Puis il leva un sourcil :

— Tu disais ?

— Pour. Enfin, plutôt pour.

En entendant Verplanck foncer une nouvelle fois tête baissée dans le piège que lui tendait Djibo, je compris soudain que je m'étais radicalement fourvoyé sur son compte. Il n'était pas cet arriviste sans scrupules que Djibo peignait machiavéliquement pour mieux l'isoler au sein du Comex, mais un gardien du temple dans la plus pure tradition, certes un peu falot, qui s'époumonnait à rabâcher des consignes de sécurité que personne — moi le premier — n'écoutait.

— Pour quoi ? Pour le maintien du CFR ou pour sa dissolution ? insista impitoyablement Djibo.

— Non, pas ça, bredouilla le Néerlandais. Enfin, je veux dire pour le maintien.

— Tu as encore le temps de changer d'avis avant le vote, tu sais.

— Oh, pas de danger, répondit Verplanck en se redressant sur son siège. Je suis droit dans mes bottes.

— Autre chose ? lança Djibo à la cantonade.

— Oui, fit Khoyoulfaz. Je repensais au plan de Zoe. J'ai bien peur qu'il soit voué à l'échec.

— Pourquoi ?

— Parce que le compte à rebours a déjà commencé.

À l'heure où nous parlons, 150 000 soldats américains armés jusqu'aux dents sont massés aux frontières de l'Irak. Si tu appelles *Associated Press* ou le *New York Times*, la Maison Blanche donnera séance tenante le coup d'envoi des opérations militaires et la nouvelle de l'existence du CFR sera noyée sous les premiers rapports de combat.

— Tu crois ?

— J'en suis sûr.

Le débat avait insensiblement changé de nature. Il ne portait plus tant sur la façon d'empêcher la guerre — de l'avis général, c'était impossible — que sur la question de savoir si le CFR méritait de survivre.

— Pierre ? relança Djibo.

Ménard ouvrit les yeux. Je l'avais cru assoupi. À tort.

— Je partage l'opinion de Yakoub : Bush a le doigt sur la détente et ce n'est pas un communiqué de presse qui va le faire reculer. Pour autant, je recommande la dissolution du CFR.

— Vraiment ? fit Djibo, qui semblait aussi surpris que moi. Et pourquoi donc ?

Le Français se racla la gorge et confia le fruit de l'opération à son mouchoir.

— Pour contrôler la façon dont nous présenterons notre héritage. Thorsen a raison au moins sur un point : nous vivons en sursis. Je crois que personne ici ne doute que le CFR finira par être démantelé. Que ce démantèlement intervienne dans un an ou dans un siècle importe peu : ce jour-là, on examinera notre bilan et l'on découvrira que nous avons provoqué — ou facilité, si vous préférez — l'invasion de l'Irak. Il ne sera plus temps alors de faire porter le blâme à Thorsen. Personne ne nous écoutera. L'Islam verra dans notre conduite une preuve supplémentaire que l'Occident conspirait à sa perte. Les Américains, qui dans l'intervalle seront revenus bredouilles d'Irak, crieront au complot et s'exonéreront à bon compte de leurs responsabilités pourtant écrasantes dans cette histoire. Nous aurons beau exalter l'esprit des Lumières et recenser nos glorieux accomplissements, le monde ne retiendra que notre participation à l'une des plus grandes impostures des temps modernes...

— Alors que si nous confessons nos torts... l'interrompit Karvelis.

— Nous pourrons exposer notre version des événements et faire passer les messages qui nous tiennent à cœur. Sliv écumera les plateaux télévisés pour expliquer avec son brio habituel comment la Maison Blanche a grossi la menace irakienne. Angoua se rédimera en avouant qu'il est l'auteur de la fatwa de 1998. Zoe publiera la biographie imaginaire de Laïka...

— Quant à vous, achevai-je, vous raconterez l'histoire du chevalier Ménard en espérant qu'elle inspirera une nouvelle génération d'hommes et de femmes de bonne volonté.

— Ma foi, c'est à peu près ça, approuva le Français en souriant aux anges.

Pendant quelques secondes, chacun songea à la façon dont il occuperait sa nouvelle vie en laissant opportunément de côté le fait que celle-ci risquait fort d'être confinée aux quatre murs d'une cellule fédérale.

— C'est tentant, soupira finalement Djibo.

C'était surtout pratique. Pour le Camerounais qui apaiserait sa conscience, et encore davantage pour Ménard que la disparition de son fils avait forcé à trouver un moyen original d'honorer la mémoire de son ancêtre. Le Français dut lire dans mes pensées car il déclara gravement :

— Je sais que cela peut sembler paradoxal, mais c'est en reconnaissant aujourd'hui que notre bilan comporte une tache que nous attirerons l'attention sur le fait qu'il était quasiment immaculé depuis deux siècles.

Djibo fit une dernière fois le tour de la table :

— Pas d'autres commentaires ? Alors nous pouvons passer au vote.

10

— Quel est le texte exact de la motion ? se renseigna Verplanck.

— Il est très simple, répondit Djibo. « Êtes-vous pour ou contre la révélation de l'existence du CFR ? »

— La question ne précise pas quand, remarqua Karvelis.

— Souhaites-tu que j'ajoute « dans les meilleurs délais » ?

— S'il te plaît.

— D'autres remarques ?

— Allons-nous voter à main levée ? s'enquit Khoyoulfaz.

— Vu l'enjeu du scrutin, il me semble préférable que nous nous exprimions tour à tour en nous engageant à ne pas renverser notre vote. Qu'en pensez-vous ?

— Tout à fait d'accord ! s'exclamèrent en chœur Karvelis et Khoyoulfaz.

— Ça me va, dit Ménard.

— Pourquoi pas ? bougonna Verplanck.

Shao hocha la tête.

— Sliv ? lança Djibo.

J'avais encore du mal à réaliser que j'étais désormais membre de plein droit du Comex.

— Bien sûr, bafouillai-je.

— L'usage veut dans ce cas que je m'exprime le premier, annonça Djibo.

J'en apprenais tous les jours. Il s'agissait sans doute de compenser le fait que la voix du président comptait double. Comme nous nous y attendions tous, le Camerounais déclara :

— Je vote contre la révélation de l'existence du CFR.

Il se tourna vers sa droite :

— Yakoub ?

— Je vote contre, dit Khoyoulfaz.

Karvelis eut une moue de déception. Elle avait visiblement espéré jusqu'au bout que son collègue changerait d'avis.

— Zoe ?

— Je vote pour, énonça la Grecque d'une voix sonore.

— Pierre ?

— Pour. Que mon chevalier d'ancêtre me pardonne.

— Nous avons pour l'instant deux voix pour et deux voix contre. Ching ?

— Pour, affirma Shao, donnant l'avantage aux partisans de la disparition du CFR.

— Claas ?

— Contre, se prononça Verplanck, rétablissant l'équilibre.

— Ce qui nous donne trois voix pour chaque camp, récapitula Djibo.

Il se tourna vers moi :

— Sliv, on dirait que la décision t'appartient.

— Je croyais que votre voix comptait double, tressaillis-je.

— Seulement en cas d'égalité. Puisque nous sommes sept aujourd'hui, c'est ton vote qui va faire pencher la balance.

Je sentis physiquement le poids des responsabilités descendre sur mes épaules. Après avoir si souvent réclamé davantage de pouvoir, je me demandai tout à coup si je n'en possédais pas trop. Étais-je seulement certain d'avoir mérité ma place au Comex ? J'avais certes rendu d'éminents services à mon employeur mais je n'avais que trente-quatre ans et à peine une douzaine de dossiers à mon actif. Je devais en vérité ma bonne fortune à deux coups de pouce du destin nommés Youssef et Lena : le chantage du premier avait contraint Djibo à me révéler la finalité du CFR, tandis qu'espérant provoquer ma disgrâce la seconde n'avait en fait réussi qu'à m'ouvrir les portes du Comex.

J'avais toujours tenu pour acquis que ma cooptation dans le saint des saints du CFR serait suivie d'une longue — quoique exaltante — période d'apprentissage. Je m'emploierais d'abord à apprivoiser mes nouveaux collègues en proposant de les décharger de leurs tâches les plus rebutantes. Puis, progressivement, je commencerais à donner mon avis sur des sujets insignifiants — le niveau des frais de représentation du bureau de Lisbonne, la nomination du directeur pour l'Océanie de l'Inspection générale. Je soumettrais de temps à autre des motions, savamment calibrées pour passer à l'unanimité. Après quelques années de ce régime, je me sentirais peut-être enfin fondé à réviser le cursus de l'Académie, voire à contredire Pierre Ménard en séance. Même dans mes plus folles discussions avec Gunnar, je n'avais osé envisager que le premier scrutin auquel je participerais porterait sur l'existence même du CFR. Et encore moins que j'en détiendrais la clé.

J'avais jusqu'alors à peine pris part aux délibérations, en partie par respect pour mes aînés et probablement aussi parce que je doutais encore que mon avis pût les intéresser. J'avais étayé les arguments de Khoyoulfaz et reformulé ceux de Shao, sans pour autant indiquer qu'ils recevaient mon assentiment. Des sept personnes autour de la table, j'étais la seule à n'avoir pas clarifié sa position. Je n'allais pas pouvoir me contenter de voter ; je devais m'expliquer. Soudain, une panique vertigineuse s'empara de moi, cette même panique qui m'avait étreint sur la route de Manatuto quand les méandres du Laclo refusaient de me livrer le panorama que je leur avais commandé.

Les murs de la pièce se mirent à danser.

— Sliv ?

Qui m'appelle ?

— Sliv ?

Je connais cette voix.

Djibo me toucha le bras. Je sursautai.

— Sliv, répéta gentiment le Camerounais. Nous attendons ton avis.

Mon avis ? Mais je n'en ai pas ! pensai-je avec effroi. Les révélations de Lena avaient rendu caducs la plupart des éléments que j'avais préparés. Alors quoi ? Khoyoulfaz avait raison mais Karvelis n'avait pas tort. Djibo en appelait à ma tête mais Ménard avait trouvé mon cœur. Verplanck ne comptait pas. Quant à Shao, ma foi, j'épousais d'autant plus volontiers sa position que je n'étais pas sûr de l'avoir comprise. Si seulement Gunnar était là... Ah, je comprenais mieux pourquoi le bougre avait décliné l'invitation de Tonti. Pendant que

je me faisais des nœuds au cerveau, il regardait le hockey peinard dans son canapé, une bière à la main.

N'empêche, lui saurait quoi dire !

Ah oui ? Alors réfléchis, Sliv.

— Un instant, dis-je en repassant en accéléré le film
de mes conversations avec Eriksson.

« Nina Schoeman est plus qu'épatante. Elle est sincère. »

Nina ? Quel rapport avec la survie du CFR ?

« Le but est en chacun de nous. Il est en toi. Il l'a
toujours été. »

Oui, oui. Plus vite, Gunnar.

« Si tu penses que le monde a besoin de gens comme
Youssef, alors tu dois maintenir le CFR en vie. »

Et soudain je sus ce que j'allais dire.

— Je suis prêt, annonçai-je.

— Nous t'écoutons.

J'embrassai mes collègues d'un respectueux regard
circulaire, en pensant que d'ici à quelques minutes la
moitié regretterait de m'avoir coopté.

— Je voudrais, avant de répondre à la question qui
m'est posée, vous expliquer pourquoi, selon moi, Lena
Thorsen a joué dans les événements récents un rôle
infiniment plus anecdotique qu'elle ne le croit. D'innombrables sources — qu'il serait fastidieux de détail-
ler ici — attestent que les néoconservateurs, Paul
Wolfowitz et Douglas Feith en tête, caressaient le projet de déposer Saddam Hussein depuis le milieu des
années quatre-vingt-dix. Les uns tenaient le dirigeant
irakien pour le commanditaire des premiers attentats du
World Trade Center en 1993 ; les autres se croyaient
investis de la mission sacrée de propager la démocratie
dans le monde entier ; notons au passage que, contrairement à une idée fort répandue, le facteur pétrolier

semble n'avoir pesé qu'à la marge. Les attaques du 11 septembre donnent aux thèses néoconservatrices une tout autre résonance. Ben Laden revendique les attentats ? Quelle importance ? Cheney et Rumsfeld convainquent rapidement Bush de la complicité de Saddam. « Bon, dit le Texan, on va lui régler son compte une bonne fois pour toutes. Qu'est-ce qu'on a sur lui ? — Il a gazé des Kurdes, répond Rumsfeld. — Je sais, c'est horrible, dit Bush, mais enfin, on ne va pas déranger le Congrès pour si peu. — Ce fumier a tenté d'assassiner votre père, avance Cheney. — Comme si je l'ignorais ! éructe Bush. Mais on risque de m'accuser de vendetta personnelle, non ? — J'ai ce qu'il vous faut, déclare Rumsfeld. J'ai toujours soupçonné cet enfant de salaud d'avoir gardé quelques armes biologiques par-devers lui. — Moi aussi, dit Cheney. En plus, il essaie de ressusciter son programme nucléaire. — Ça, c'est autrement sérieux, convient Bush. Nos compatriotes comprendront très bien qu'on ne peut pas vivre sous la menace perpétuelle de ce dingo. Vous avez des preuves ? » Rumsfeld et Cheney n'en ont pas, en tout cas pas d'irréfutables, mais ils promettent d'y travailler. « Parce que vous comprenez, explique Bush, ce serait quand même beaucoup plus facile si nous avions un *smoking gun*. » Cheney capte le message. Il passe un coup de fil à Tenet, le patron de la CIA. « Prépare-moi un dossier sur Saddam et les armes de destruction massive. — Il risque d'être plutôt mince, confie Tenet. — Secoue tes réseaux, George. — C'est bien là le problème, nous n'en avons plus. — Allons ! le gourmande Cheney. Combien as-tu d'agents parlant arabe dans la région ? — Disons que je peux les compter sur les doigts d'une main sans que ça m'empêche de me gratter le nez », répond Tenet.

Shao éclata de rire. Ses voisins la contemplèrent avec effarement.

— «Je vois, dit Cheney. Eh bien, dis-leur qu'ils sont autorisés à payer cash pour des renseignements. — C'est déjà fait, révèle Tenet. Un groupe clandestin qui prétend avoir des hommes au cœur du régime de Saddam nous a contactés. Mais ils ne sont pas donnés... — Combien? — Ils demandent un million de dollars par mois.» Cheney sursaute. Un million de dollars par mois? Il ne gagnait même pas ça chez Halliburton! «Dis donc, ils ne se mouchent pas du coude, tes amis... Comment dis-tu qu'ils s'appellent? — Nous les avons baptisés Rockstar, répond Tenet. Je te laisse imaginer pourquoi... — Bon, allez, ce n'est pas le moment de jouer les marchands de tapis, décrète Cheney. Arrose-les. Mais garde un peu de carbure pour les amis de Chalabi. Ils ont tout ce que tu veux en rayon.» Les deux hommes se retrouvent quelques semaines plus tard. Tenet est embêté : «Saddam est malin comme un singe. Impossible de le coincer en flagrant délit. Mais il cache quelque chose, ça ne fait pas l'ombre d'un doute. — Bon, résumons-nous, s'impatiente Cheney, qu'est-ce que tu as exactement? — Des centaines d'infractions aux résolutions votées après la guerre du Golfe... commence Tenet. — Trop vieux, oublie. Enfin non, mets-les de côté, ça montre que ce brigand de Saddam n'a aucun respect pour les Nations unies. Quoi d'autre? — Cinq ou six trucs. Ce rapport italien selon lequel l'Irak aurait essayé d'acheter cinq cents tonnes de yellowcake au Niger; une cargaison de tubes en aluminium que nous avons interceptée en Jordanie; le témoignage d'un Irakien qui déclare avoir vu Mohammed Atta à Prague au mois d'avril; un transfuge basé en Allemagne qui dit avoir travaillé sur un programme bactériologique ultrasecret; un cadre d'Al-Qaida qui faisait ses emplettes de composants chimiques en Irak...» Cheney se radoucit. «Eh bien, tu n'as peut-être pas de *smoking gun* mais j'ai l'impression que tu nous as rassemblé un joli petit faisceau de présomptions. Bien orchestré, ça devrait suffire...»

— Prétends-tu que les Américains ont monté en épingle des éléments qu'ils savaient contestables? m'interrompit Djibo.

— Leur attitude dans les mois qui suivent amène en tout cas à se poser la question. L'entourage du président observe à la lettre le script préparé par Tenet, même quand il devient évident que celui-ci prend l'eau de toutes parts. Des voix dissidentes s'élèvent au sein même du renseignement américain. Plusieurs agences annexes contestent les conclusions de la CIA dans des rapports plus ou moins confidentiels sur lesquels le CFR cherche frénétiquement à attirer l'attention des médias. Confrontés à ces apparentes contradictions, Cheney et Rumsfeld emploient toujours la même tactique. Ils commencent par nier l'existence des opinions discordantes. Puis, quand un journaliste moins servile que les autres arrive à les coincer, ils admettent du bout des lèvres que «cette histoire d'achat d'uranium est peut-être un tout petit peu moins forte que les autres», avant d'assener leur argument massue : «De toute façon, ce n'est pas sur elle que nous basons notre conviction. »

— Et je suppose qu'ils refusent de dévoiler la liste des faits prétendument à toute épreuve sur laquelle ils s'appuient? lança Karvelis.

— Naturellement, car ils se priveraient de la possibilité de recommencer le lendemain avec un autre journaliste. Pendant un an, l'administration Bush va jouer au mistigri avec les opposants à la guerre et accessoirement avec Colin Powell. Quand celui-ci se voit chargé de présenter la position américaine devant les Nations unies, il demande à la CIA de lui préparer le canevas de son intervention, et il découvre avec stupéfaction que ses propres services en ont réfuté par écrit presque tous les temps forts. Il s'enferme alors dans son bureau pour passer en revue ce dont il est absolument certain. L'exercice tourne court...

Je sentis Djibo se crisper, comme chaque fois qu'on évoquait le rôle de Powell. Il demanda d'une voix blanche :

— Tu ne souhaiteras peut-être pas répondre à cette question mais je ne peux pas m'empêcher de te la poser. Crois-tu que Colin a menti ?

Je tentai de m'en sortir par une pirouette.

— Tout dépend de ce que vous entendez par mentir...

— Tu sais très bien ce que je veux dire.

Je pesai mes mots avec soin.

— Il m'est impossible d'être catégorique.

Djibo émit un soupir de soulagement. J'ajoutai :

— Une chose est sûre en revanche : nous n'avons jamais eu affaire à une administration aussi aveugle, incompétente et corrompue. L'Histoire nous éclairera sur la proportion exacte de ces trois facteurs.

Je me servis un verre d'eau. Mon public ne paraissait pas encore trop s'impatienter. Yakoub tourna même discrètement son pouce vers le haut, signe que je ne m'en sortais pour l'instant pas si mal. Je repris :

— Je persiste toutefois à penser, au risque de vous étonner, que le peuple américain est, par son apathie spectaculaire, le principal responsable du fiasco actuel. Tout au long de cette crise, il aura pris pour argent comptant les déclarations de ses dirigeants, sans jamais soupçonner que ceux-ci pussent être mus par autre chose qu'un désir sincère de protéger l'Amérique. Je suis d'ailleurs profondément convaincu que, dans des circonstances similaires, jamais une nation européenne n'aurait accordé une telle latitude à ses gouvernants.

— Hum, toussa Verplanck. Vous oubliez que l'Angleterre et la Pologne combattront bientôt aux côtés des États-Unis.

Je m'attendais à cette objection.

— D'abord, permettez-moi de noter que ces pays ont rejoint la coalition sur la foi des informations américaines et qu'ils n'avaient ni l'un ni l'autre les moyens d'évaluer sérieusement la menace irakienne. Tony Blair a choisi de faire confiance à son allié historique, contre l'avis de son opinion publique et d'une bonne partie de sa majorité. Il a mis tout son crédit personnel dans la balance pour arracher le soutien du Parlement, ce qui signifie entre parenthèses que son avenir politique est désormais lié au sort de la coalition. En revanche, vous avez raison en ce qui concerne la Pologne : le Premier ministre Miller a engagé son pays sans consulter la représentation nationale ; cela en dit long sur les progrès que les jeunes démocraties d'Europe de l'Est doivent encore accomplir.

Il n'y avait par chance aucun Polonais dans la salle.

— Mais revenons aux États-Unis et à ce mystère ahurissant : comment les Américains peuvent-ils tolérer qu'une administration qui affirme vouloir apporter la démocratie aux Irakiens cache à son propre peuple les preuves sur lesquelles elle part en guerre ? Qu'un président professe son attachement à la diversité culturelle et déclare cinq minutes plus tard : «Ceux qui ne sont pas avec nous sont contre nous» ? Que la Cour suprême continue à se prétendre indépendante alors que les cinq juges qui ont attribué la Floride à George W. Bush avaient tous été nommés sous une administration républicaine ? Je pense pour ma part que la réponse à ces questions est à chercher du côté du rapport singulier que les États-Unis entretiennent avec leur Constitution.

Pierre Ménard redoubla d'attention à ces mots.

— L'homme de la rue voue une admiration quasi mystique aux Pères fondateurs et notamment à leur grand œuvre, la Constitution des États-Unis, rédigée pendant l'été 1787, qui est censée marquer l'aboutissement de la gouvernance politique. C'est à travers le prisme de cette charte bicentenaire que les Américains examinent tous les sujets de société. Le port d'arme ? Garanti par le deuxième amendement au motif qu'« une milice bien organisée est nécessaire à la sécurité d'un État libre » et tant pis si le taux d'homicide par arme à feu des États-Unis est cent fois supérieur à celui du Japon. Le recours à l'avortement ? Il ne découle pas, comme on pourrait le penser, du droit des femmes à disposer de leur corps, mais, étonnamment, du quatrième amendement et du « droit des citoyens d'être garantis dans leurs personne, domicile, papiers et effets, contre les perquisitions et saisies non motivées ». Au fil des décennies, la Constitution, conçue pour encadrer le fonctionnement des institutions, s'est ainsi peu à peu transformée en une sorte de texte sacré, d'évangile d'un culte dont les juges de la Cour suprême seraient les grands prêtres. Aujourd'hui, plusieurs dangers la menacent...

— Lesquels ? demanda Ménard.

— En premier lieu la nécrose. Le choix des mots est éloquent : on n'améliore pas la Constitution, on la toilette. Elle n'a été modifiée qu'à douze reprises au cours des cent dernières années, le plus souvent pour des vétilles. Le dernier amendement significatif, qui accorde le droit de vote aux femmes, remonte à 1920. Apparemment, aucun événement depuis cette date — la contraception, le clonage, internet, la conquête spatiale, le développement des armes de poing — n'a justifié ne serait-ce que l'ajout d'un paragraphe. Mais ce n'est pas le plus grave. Les Pères fondateurs doivent se retourner dans leur tombe quand ils voient l'administration Bush — encore elle — sous-traiter la torture de prisonniers à des sociétés privées étrangères au prétexte que celles-ci échappent au droit américain...

— Comme si la constitutionalité pouvait tenir lieu de morale ! suffoqua Karvelis.

— Je n'ai toujours pas compris ce que vous reprochez à l'Américain moyen, intervint Verplanck.

— C'est pourtant simple. Il a laissé les événements suivre tranquillement leur cours, convaincu que les contre-pouvoirs mis au point par les Pères fondateurs finiraient par faire triompher le bon droit. «Cette histoire d'achat d'uranium me paraît quand même un peu grosse», a-t-il estimé au début. «Voyons ce qu'en pense le Congrès.» Quand celui-ci a validé la position de l'administration, notre homme s'est plu à croire que les médias allaient passer au crible les arguments de la Maison Blanche. «Gare à Bush s'il a menti ! C'est que nous autres, Américains, nous ne plaisantons pas avec les présidents qui racontent des carabistouilles.» Les semaines passent. Powell réussit son grand oral devant les Nations unies. Au fond de lui, l'homme de la rue n'est toujours pas convaincu ; pourtant il se raccroche à un dernier espoir : «En tout cas, si Bush ne trouve pas d'armes de destruction massive, il pourra dire adieu au mont Rushmore. » Seulement voilà, la messe est dite. Nous sommes le 14 février et la guerre va bientôt commencer. Alors notre homme rentre chez lui, ouvre un paquet de chips et s'installe devant la télé. Fox News donne justement un documentaire sur George Washington qu'il ne manquerait à aucun prix.

Excuse-moi, Harvey, pensai-je. Ce n'est pas dirigé contre toi.

— Toutefois, poursuivis-je, nous ne sommes pas là pour disséquer les faiblesses du modèle américain, mais pour tirer les conséquences de la trahison de Lena et, plus fondamentalement, de notre incapacité à empêcher une guerre immotivée. Où avons-nous péché ? Il me semble que notre erreur consiste à voir la réalité comme un scénario à part, suffisamment fort et légitime pour s'imposer de lui-même. À nos yeux, la vérité est la vérité ; elle ne peut pas, elle ne doit pas être mise sur le même plan que les scénarios que nous imaginons à longueur de journée. Tout nous conforte dans cette illusion : la sagesse populaire d'abord, qui postule que la vérité finit toujours par triompher ; une certaine conception de la morale ; la peur du vide enfin — si la vérité n'est plus la plus forte, sur combien de mythes vivons-nous ? Or rien n'est plus faux, comme le prouvent les événements que nous venons de traverser : pendant un an, la vérité était là, elle se dressait parmi nous et pourtant le plus grand nombre ne l'a pas distinguée. Je tiens quant à moi que la vérité n'est qu'un scénario parmi d'autres, celui que les hommes justes et exigeants intellectuellement reconnaissent à coup sûr quand ils le rencontrent, mais qu'une minorité maligne n'a aucun scrupule à écarter pour lui substituer une autre histoire de sa fabrication. Nous nous appelons Consortium de Falsification du Réel mais je crois que nous aurions parfois plus de mérite — et sans doute bien plus de mal — à rétablir la réalité plutôt qu'à la falsifier.

— Généreuse idée, commenta sarcastiquement Verplanck, mais qui nous éloigne fort du projet du chevalier Ménard.

— Je n'en suis pas si sûr. Avez-vous par exemple entendu parler du sac de Nankin ?

— Naturellement, répondit Verplanck sur un ton offensé.

— Rafraîchis-nous tout de même la mémoire, suggéra Khoyoulfaz.

Je me tournai vers Shao, prêt à lui céder la parole. Elle me fit signe de continuer.

— En 1937, l'armée japonaise, qui avait déjà annexé la Mandchourie six ans plus tôt, envahit le reste de la Chine. Elle prit Shanghai au mois de novembre puis marcha sur la capitale, Nankin, où Tchang Kaï-chek avait regroupé ses troupes. Après quelques jours d'intenses combats, le président chinois, jugeant la situation désespérée, sonna la retraite. Cent soixante mille soldats japonais ivres de haine déferlèrent dans les rues de Nankin et massacrèrent en l'espace de quelques semaines près de trois cent mille civils dans un chaos indescriptible. Sous l'œil amusé de leur hiérarchie, des soudards tranchaient les seins des vieillardes et violaient des fillettes devant leurs parents. On raconte même que certains allaient jusqu'à éventrer les femmes enceintes puis à se lancer les bébés en essayant de les rattraper sur leurs baïonnettes...

Karvelis hoqueta de dégoût.

— Ils ont vraiment fait ça, Ching ?

Shao hocha stoïquement la tête.

— Plusieurs Occidentaux assistèrent à cette boucherie, poursuivis-je. L'un d'entre eux, un révérend missionnaire américain du nom de John Magee, réussit à tourner des images grâce à une caméra 16 mm et confia le film à un de ses compatriotes, George Fitch, qui, de retour aux États-Unis, organisa une projection privée pour des membres du Congrès dans l'espoir — qui ne fut pas couronné de succès — de les convaincre d'entrer en guerre contre le Japon. Les images atroces, muettes, en noir et blanc, servirent en revanche de pièce à conviction dans le procès pour crimes de guerre qui s'ouvrit à Tokyo en 1947. Pour information, MacArthur avait conclu un pacte avec le pouvoir impérial : Hirohito et sa famille n'auraient à répondre d'aucun crime ; le prince Asaka, pourtant le plus haut gradé sur place au moment des faits, comparut en qualité de simple témoin et nia catégoriquement les chefs d'accusation. Sept officiers moins bien nés furent en revanche condamnés à mort et exécutés. Puis l'Histoire reprit son cours. En 1972, la Chine et le Japon normalisèrent leurs relations diplomatiques. Bien que le gouvernement de Mao s'abstînt désormais de toute référence aux événements de Nankin, un courageux journaliste japonais publia une série de chroniques intitulée *Voyages en Chine* décrivant le comportement des forces d'occupation nippones pendant la guerre. Un article en particulier provoqua un tollé. Il racontait comment, à Nankin, deux officiers avaient parié sur celui qui le premier parviendrait à décapiter cent Chinois. Plusieurs partis d'extrême droite contestèrent l'authenticité de l'anecdote, assurant au passage qu'on avait largement exagéré les exactions japonaises.

— Qu'on leur montre le documentaire de ce révérend ! s'indigna Karvelis.

— C'est là le problème. Il avait disparu. Plusieurs

cinéastes en avaient emprunté des extraits, notamment Frank Capra dans son film de propagande *Pourquoi nous combattons*, mais les bobines originales étaient introuvables.

— Quelle aubaine pour les révisionnistes! nota Khoyoulfaz.

— Vous ne croyez pas si bien dire. Car, depuis 1965, une autre polémique faisait rage à Tokyo : Saburo Ienaga, l'auteur d'un manuel scolaire d'histoire, avait porté plainte contre le ministre de l'Éducation en l'accusant d'avoir censuré sa relation des crimes de guerre japonais. Je vous laisse imaginer la ligne de défense du ministre...

— Pas de film, pas de massacre, lança Shao qui, si l'on n'y prenait pas garde, friserait bientôt la logorrhée.

— Il faut absolument dénicher ce documentaire! s'enflamma Karvelis.

— Rassurez-vous, c'est chose faite. Il y a quelques années, le fils du révérend Magee a retrouvé quatre bobines qui prenaient la poussière dans le sous-sol de sa maison de New York. Les treize minutes du film original qu'il a été possible de reconstituer ont fait taire pas mal d'imbéciles...

— Et Ienaga?

— Il a remporté tous ses procès. La Cour suprême du Japon lui a même accordé des dommages et intérêts. Depuis, son nom a été proposé deux fois pour le prix Nobel de la Paix.

— C'est une belle histoire, médita la Grecque. Et quelle chance que Magee ait conservé une copie du film! Mais je croyais qu'il avait confié le seul exemplaire à son compatriote...

— Hum, toussa Djibo. Disons que Sliv y a remédié.

Karvelis nous dévisagea tour à tour d'un air perplexe. Tout à coup, elle écarquilla les yeux :

— C'est vous qui avez tourné ce documentaire ?

— Avec l'aide de quelques figurants et d'un spécialiste des effets spéciaux, admis-je en souriant. Le plus dur a été de mettre la main sur de la pellicule d'époque.

En fait, j'avais sacrifié la réserve que j'avais constituée en vue du tournage d'extraits du *Bettlerkönig*, un film allemand imaginaire auquel j'avais consacré mon deuxième dossier.

Karvelis se tourna vers Djibo :

— Tu étais au courant ?

— Sliv m'avait demandé mon accord. Il avait conscience que son dossier était un peu particulier.

— Pour une raison bien simple, expliquai-je : je n'avais pas de scénario.

— Vous n'en aviez pas besoin, répliqua Karvelis.

— C'est ce que j'ai estimé.

— Il n'empêche que vous avez tous les deux enfreint le règlement, intervint Verplanck. Vous, Sliv, en publiant un dossier qui ne comporte pas de scénario et toi, Angoua, en tranchant la question sans en référer au Comex.

— Ajoute ça à la longue liste de mes ignominies, railla Djibo.

— J'implore la clémence des membres du Comex, dis-je en m'efforçant de prendre une mine contrite.

— Je crois qu'il est temps de raconter le reste de l'histoire, lâcha Djibo.

— Parce que vous nous cachez encore quelque chose ? s'écria Verplanck. Ah, c'est du propre !

— Sliv a fait plusieurs copies de son vrai-faux documentaire, poursuivit Djibo comme s'il n'avait rien entendu.

— Six, précisai-je.

— Pourquoi ?

— Pour me livrer à une expérience. La première copie a pris l'avion pour les États-Unis. Quant aux cinq autres, je les ai disséminées au Japon, en m'assurant chaque fois que ceux qui découvriraient les bobines seraient capables d'en apprécier la portée historique.

— Et... ? demanda Karvelis.

— Je n'en ai jamais entendu parler.

— Et ça vous étonne ? se gaussa Verplanck. Non mais franchement, vous espériez quoi ? Qu'elles feraient l'ouverture du journal télévisé ?

— Laisse-le parler, bon sang ! s'énerva Ménard. On n'entend que toi !

Verplanck suffoqua d'indignation. Il parut chercher ses mots pendant quelques secondes puis, comme rien ne venait, il croisa énergiquement les bras comme pour nous mettre au défi de lui arracher une parole.

— Cette expérience, reprit doucement Karvelis, que prouve-t-elle, selon vous ?

Avant de répondre, je dévisageai mes collègues. J'avais déjà l'impression de très bien les connaître. Ce sera bon de travailler avec eux, pensai-je.

— Que la réalité a parfois besoin d'être portée, dis-je, et que nul n'est mieux placé que nous pour assumer ce rôle. Nous avons les talents, nous avons les moyens et je sais depuis quelques jours que nous avons la boussole morale. Nous ne saurions nous retirer à un plus mauvais moment. Je vote contre la disparition du CFR.

— La séance est levée, déclara Djibo.

11

— Bienvenue chez toi, annonça cérémonieusement Djibo en s'effaçant pour me laisser passer.

— Chez moi ? m'exclamai-je en entrant. Mais c'est votre bureau !

— Il l'était tant que j'appartenais au Comex. Dois-je te rappeler que mes fonctions ont officiellement pris fin quand j'ai levé la séance ? À partir de demain, je regarde grandir mes petits-enfants.

Je hochai la tête sans rien dire. Je venais d'aviser dans un coin de la pièce une pile de cartons frappés du logo d'une société de déménagement. Djibo, qui avait surpris mon regard, demanda :

— Ça ne t'ennuie pas de me donner un coup de main pour emballer mes affaires ?

— Du tout, répondis-je en m'efforçant de dissimuler la consternation que m'inspirait la tournure des événements.

— Commençons par les livres, dit-il en me faisant signe de le rejoindre auprès de la bibliothèque.

Je tendis la main vers un imposant volume qui traînait sur l'étagère supérieure. *The Story of the Atlantic Slave Trade : 1440-1870*. Je me souvins que le Camerounais avait consacré une demi-douzaine de dossiers à la question de l'esclavage.

— Dites, vous ne voulez pas m'en laisser quelques-uns ?

Djibo sourit :

— Garde ceux qui t'intéressent. Je viendrai les consulter quand j'en aurai besoin.

— Merci, Angoua.

Je rassemblai le courage d'ajouter :

— Je voudrais que vous sachiez à quel point je regrette votre décision de démissionner. Si j'avais seulement imaginé que mon arrivée au Comex se traduirait par votre départ, je crois bien que j'aurais retenu ma candidature encore quelques années.

— Allons ! Ne dis pas de bêtises, tu en aurais été incapable.

— Vous avez raison, approuvai-je en éclatant de rire à mon tour.

Le Camerounais attrapa un carton, le plia en un tour de main puis en tapissa le fond de plusieurs atlas in-quarto.

— Tiens, passe-moi donc *De l'esprit des lois*, dit-il en pointant du doigt une reliure rouge.

— Pourquoi en possédez-vous trois éditions ?

— La première est celle, anonyme, qui parut à Genève en 1748. Elle est truffée d'erreurs, que corrige la deuxième édition publiée l'année suivante. Quant à la troisième, c'est en fait une réponse aux détracteurs du livre parue en 1750, dans laquelle Montesquieu précise ses positions sur l'aristocratie et le déterminisme climatique.

— Le déterminisme climatique ? De quoi s'agit-il ?

— Montesquieu soutenait que le climat d'un pays influençait le comportement de ses habitants et l'organisation de sa société. Naturellement, la France bénéficiait selon lui du climat idéal.

— Drôle de théorie !

— Qui témoigne du penchant de Montesquieu pour ce qu'on appelle aujourd'hui les sciences humaines.

— Mentionne-t-il l'Islande ? ne pus-je m'empêcher de demander.

— Pas que je me souvienne. Attends voir.

Djibo ouvrit la deuxième édition à la page de la table des matières.

— Livre XIV. Ah, voilà : « Vous trouverez dans les climats du Nord des peuples qui ont peu de vices, assez de vertus, beaucoup de sincérité et de franchise. » Ma foi, il n'est pas si loin du compte. À propos, tu sais que tu vas devoir t'installer ici.

Je redoutais d'entendre ces mots depuis longtemps.

— Vraiment ? J'espérais pouvoir rester à Reykjavík.

Djibo haussa les épaules et scella hermétiquement un premier carton.

— Tu peux toujours essayer mais le Comex se réunit au moins une fois par semaine. En outre, quelque chose me dit que les prochains mois vont être agités.

— Je ferai ce que l'on attend de moi, assurai-je, soucieux de ne pas donner l'impression de traîner les pieds.

Pendant quelques minutes, nous nous consacrâmes en silence à notre besogne. Soudain, la voix d'Olga retentit dans l'interphone.

— Angoua, Claas Verplanck sollicite une entrevue avant votre départ.

— Dites-lui que je passerai le voir un peu plus tard ! cria Djibo.

Je sautai sur l'occasion de poser une question qui me brûlait les lèvres.

— Qui sera le prochain président du Comex ?

Djibo sectionna un morceau d'adhésif avec ses dents.

— C'est un peu tôt pour le dire. Tout dépend de qui va rester.

— Vous prévoyez des départs ?

— Celui de Ménard me semble acquis.

— Ah bon ? Et pourquoi ?

— Il est malade. Cancer des os. Les médecins lui donnent six mois.

— Je l'ignorais.

— Il veut mourir à Paris. Principalement pour des raisons gastronomiques si j'ai bien compris.

Je me souvins avec quel entrain le Français avait dévoré son andouille.

— Cela ne m'étonne pas. Il a un sacré coup de fourchette.

— Le malheureux a encaissé un choc terrible. Son restaurant préféré a mis la clé sous la porte.

— Le Relais ? Mais pourquoi ?

— Il vous y avait emmené ? Je ne sais pas au juste, il ne s'est pas étendu. Une descente de l'inspection sanitaire, je crois.

Même si je ne me rappelais pas avoir donné mon nom à Louis, il serait peut-être plus prudent de changer d'identité. Le restaurateur semblait du genre à tirer des conclusions hâtives.

— Khoyoulfaz et Shao resteront, continua Djibo.

— Vous en êtes certain ? Ching a pourtant voté en faveur de la dissolution du CFR.

— Elle se rangera à l'opinion de la majorité. Elle l'a

toujours fait. En revanche, Zoe m'avait prévenu qu'elle démissionnerait quoi qu'il arrive...

Je n'imaginais guère nouvelle plus catastrophique.

— J'aimerais qu'elle reste. Le nouveau CFR a besoin de femmes comme elle.

— Je m'assurerai qu'elle le sache, promit Djibo.

Il s'approcha du mur et contempla longuement sa carte de l'Empire mongol avant de la détacher avec précaution.

— Que va faire Verplanck? demandai-je.

— Un instant, dit Djibo.

Il appuya sur le bouton de l'interphone.

— Olga, pouvez-vous m'apporter du papier à bulles? J'emballe des tableaux.

— J'arrive.

La secrétaire fit son entrée quelques secondes plus tard, les bras chargés d'un large rouleau de film matelassé.

— Claas insiste pour vous voir immédiatement, annonça-t-elle en se délestant de son fardeau sur le bureau.

— Il attendra.

Olga quitta la pièce.

— Il vous déteste, n'est-ce pas?

— Ça se voit tant que ça? plaisanta Djibo en enveloppant méticuleusement son cadre dans plusieurs épaisseurs de film.

— Que lui avez-vous fait?

— Trois fois rien. J'ai été élu président à sa place en 93. Claas était très proche de Tonti. Il estimait que le fauteuil lui revenait de droit.

— C'est tout?

— Non. L'an dernier, il a tenté de me renverser en

prétendant que j'étais responsable des attentats du 11 septembre.

— J'avais cru comprendre. Mais il n'a pas réuni les trois voix dont il avait besoin, n'est-ce pas ?

— Oh si ! Ménard et Yakoub ont voté en faveur de mon départ.

— Ménard aussi ! Mais alors...

— Comment se fait-il que je sois encore là ? C'est très simple. D'ordinaire, un membre faisant l'objet d'une motion de défiance ne participe pas au scrutin qui décide de son sort. Heureusement pour moi, notre règlement stipule par ailleurs que le président est seul habilité à mettre une résolution aux voix. J'ai expliqué à Claas qu'il ne pouvait décemment pas me demander d'officier à ma propre destitution...

— Si c'était le seul problème, j'imagine que vous auriez pu temporairement conférer vos pouvoirs à un autre membre du Comex.

— C'est vrai, estima pensivement Djibo comme si cette idée l'effleurait pour la première fois. Toujours est-il que je ne l'ai pas fait et que le nombre de voix nécessaires pour me mettre en minorité est mécaniquement passé de trois à quatre. Claas m'a alors proposé un marché : je pouvais rester au Comex si j'abandonnais mon poste de président. J'ai refusé. Techniquement, j'étais dans mon droit.

— Mais moralement, vous aviez tort.

Les mots avaient jailli tout seuls. Djibo ne manifesta aucune réaction et redoubla au contraire d'attention dans sa délicate tentative de ceindre son paquetage de ruban adhésif sans se poisser les doigts.

Je dois lui dire, pensai-je. C'est maintenant ou jamais.

— Angoua ?

— Oui, fit-il d'un ton faussement distrait en décrochant du mur une magnifique *mappa mundi* du XVIIe siècle.

— Cette fatwa, c'était une erreur colossale.

Il souffla légèrement sur le cadre et le plaça très exactement au milieu du film à bulles.

— Parce que tu crois que je l'ignore? répondit-il sans me regarder.

— Il fallait que je vous le dise.

Il leva les yeux de son ouvrage.

— C'est dur, tu sais. C'est la seule tache de mon bilan mais elle occulte tout le reste. Cinq ans après, il ne se passe pas un jour sans que je retrace mon raisonnement afin de comprendre où je me suis trompé.

— Et alors? demandai-je, curieux de connaître le fruit des réflexions de Djibo.

— Certes, j'ai commis plusieurs erreurs, mais je crois qu'à la base j'espérais une réaction plus franche de la part des musulmans modérés...

— Vraiment? N'avez-vous pas plutôt surestimé la capacité d'analyse de la CIA?

Je réalisai en prononçant ces mots qu'ils décrivaient précisément le travers auquel j'avais moi-même succombé au cours de l'année écoulée. Djibo, qui s'en était évidemment aperçu, eut l'élégance de ne pas me le faire remarquer.

— Claas m'avait pourtant mis en garde à l'époque, lâcha-t-il à contrecœur.

— Pourquoi ne pas l'avoir écouté?

— Pour une stupide question d'ego. Il contestait ma légitimité à longueur de réunion. Cela ne pouvait plus durer. J'ai voulu lui montrer une bonne fois pour toutes qui dirigeait le Comex.

— Quitte à forcer la main à Yakoub ou Zoe...

Il haussa les épaules.

— Ils avaient des doutes, disons que je me suis employé à les dissiper. Tu n'as jamais été effrayé par ta propre puissance de conviction ?

— Souvent, avouai-je en pensant à la filière marbrière timoraise.

— Méfie-toi qu'elle ne devienne ta pire ennemie.

Je méditai longuement ce conseil. Djibo reprit :

— J'ai énormément apprécié ton discours.

— Merci. Je ne l'avais pas vraiment préparé.

— Je sais. C'est ce que j'aime en toi : tu n'as pas d'idées préconçues.

— Vous m'avez volontairement placé à votre gauche, n'est-ce pas ? Vous saviez que la décision finale me reviendrait...

Les lèvres du Camerounais s'étirèrent en un fin sourire.

— Disons que j'espérais que tu parviendrais à établir la synthèse de nos six opinions. Je ne me suis pas trompé.

— Merci de m'avoir fait confiance.

— Je te retourne le compliment.

Il fit le tour de la pièce du regard. Il restait cinq cadres aux murs.

— Tu en veux un ? demanda Djibo.

— Rien ne me ferait plus plaisir.

— Choisis.

J'examinai attentivement les cinq cartes. Certaines avaient plus de valeur que d'autres, comme cette *Carte de la nouvelle France augmentée depuis la dernière, servant à la navigation faicte en son vray méridien* de 1632, la première en date à représenter fidèlement le réseau des Grands Lacs, dont la cote atteignait vraisemblablement plusieurs dizaines de milliers de dollars.

— Oh, vous avez une John Speed ? remarquai-je en m'approchant d'une carte de l'Amérique ayant pour particularité de représenter la Californie comme une longue île séparée du continent par quelques kilomètres.

— Tu as l'œil. Elle date de 1627. Il a fallu plus d'un siècle aux géographes pour réaliser que c'était un golfe et non la mer qui séparait la Basse-Californie du reste du pays. Pour reprendre tes mots, la vérité se dressait devant eux et ils ne l'ont pas reconnue.

— Ils avaient des excuses. Et celle-là ?

— C'est une carte de l'île de Frisland, dessinée d'après les descriptions de deux illustres navigateurs...

— Mais qui n'a jamais existé, c'est ça ? Je me souviens avoir lu quelque chose là-dessus.

Comme moi, Djibo ne résistait jamais au plaisir de raconter une belle histoire :

— En 1558, un aristocrate vénitien prétendit avoir trouvé un manuscrit du XIVe siècle relatant le périple de ses ancêtres, Antonio et Nicolò Zeno, dans l'Atlantique Nord. Les deux frères s'étaient échoués sur une île plus vaste que l'Irlande, gouvernée par un certain Zichmni qui leur offrit sa protection. Ensemble, les trois hommes attaquèrent au cours des années suivantes plusieurs îles non moins imaginaires dotées de noms aussi farfelus que Broas, Iscant ou Damberc...

— Où situaient-ils Frisland exactement ?

— À une centaine de milles à l'est du Groenland.

Une île fictive, située à mi-chemin entre l'Islande et le théâtre de ma première mission pour Baldur, Furuset & Thorberg, que demander de plus ?

— Je la prends, dis-je.

— Excellent choix ! Je vais te l'emballer.

— Inutile, elle reste ici. Quelle heure est-il, Angoua ?

— Bientôt 3 heures. Pourquoi ? Tu es pressé ?

— J'ai promis à une amie de la rejoindre à Londres pour défiler contre la guerre. C'est très important pour elle.

— Pas pour toi ? répliqua Djibo du tac au tac.

Bien qu'il eût employé le ton de la boutade, nous savions tous les deux que de ma réponse à sa question dépendait en partie la direction que prendrait le CFR dans les prochaines années.

— Nous allons porter la réalité, affirmai-je avec force.

À ma grande surprise, ces mots qu'encore un mois plus tôt je n'aurais pu prononcer sans rougir ne me semblaient plus aussi ridicules. Djibo dut s'en apercevoir car il reprit aussitôt ses manœuvres d'emballage, comme s'il avait accompli son office et pouvait désormais s'éloigner le cœur léger.

— Vous voulez vous joindre à nous ? proposai-je.

— Hélas, j'ai bien peur d'être retenu à Toronto. J'ai cependant prévu de participer à un rassemblement dans le centre-ville demain après-midi avec Zoe et Yakoub.

Je souris. Youssef et Maga en feraient autant à Boston, tout comme Gunnar à Reykjavík, Stéphane Brioncet et Pierre Ménard à Paris, Ling Yi à Hong Kong, Pedro Barreda à Lima, et même peut-être Harvey Mitchell à Washington. Je sentis une douce euphorie m'envahir. Pour la première fois de mon existence, j'avais la certitude absolue d'être dans la vérité. Je marchais dans la lumière et je n'étais pas seul.

Mon air béat dut inquiéter Djibo, qui se chargea de me ramener sur terre.

— C'est beaucoup plus dur que tu ne crois, tu sais.

— Quoi donc ?

— Le Comex.

Je l'observai du coin de l'œil. Il ressemblait à un père dont le fils vient de décrocher son permis de conduire : heureux de ne plus jouer les chauffeurs mais vaguement inquiet pour la berline familiale.

— Je me débrouillerai, dis-je en m'efforçant de paraître sûr de moi. Tout ira bien, vous verrez.

Il hocha silencieusement la tête, comme s'il ne demandait qu'à me croire, puis se dirigea vers son bureau.

— Je t'ai mis de côté un dossier.

— Bien sûr, répondis-je gaiement. Tout ce que vous voulez.

Il ouvrit un tiroir, dont il sortit une pochette beige fermée par un élastique rouge.

— On pourrait sans doute arguer qu'il me revient, mais je crois sincèrement que tu es le mieux placé pour t'en occuper.

— Voyons voir, dis-je en commençant à nourrir des soupçons.

Je retournai la pochette pour en déchiffrer le titre. Il était très court. Lena Thorsen.

— Tu vas trouver que je me mêle de ce qui ne me regarde pas, déclara Djibo, mais que s'est-il passé entre vous ?

Je ferme les yeux.

Les cheveux de Lena qui flottent au vent sur la route de l'aéroport de Córdoba.

Ses jambes bronzées sur la terrasse de Brinkman.

Son regard éperdu d'admiration sur les hauteurs de Manatuto.

Une multitude d'autres images se bousculent en moi, sans que je puisse distinguer avec certitude celles qui proviennent de ma mémoire de celles que me souffle mon imagination.

Nos nuits sans sommeil à Dili.

— Je ne sais pas, dis-je en rouvrant les yeux. Je ne sais vraiment pas.

Merci à François, Julien et Hugues, qui savent pourquoi.

Un grand merci également aux milliers de contributeurs anonymes de wikipedia, ces conspirateurs victorieux de l'esprit humain.

I. Dili   15
II. Washington   185
III. Toronto   363

DU MÊME AUTEUR

Aux Éditions Gallimard

LES FUNAMBULES, 1996 (Folio n° 4980)

Voir aussi Collectif, RECLUS in *La Nouvelle Revue française*, n° 518, mars 1996

ÉLOGE DE LA PIÈCE MANQUANTE, 1998, coll. « La Noire » (Folio n° 4769)

LES FALSIFICATEURS, 2007 (Folio n° 4727)

LES ÉCLAIREURS, 2009, prix France Culture / Télérama 2009 (Folio n° 5106)

ENQUÊTE SUR LA DISPARITION D'ÉMILIE BRUNET, 2010

GO, GANYMÈDE !, 2011 (Folio 2 € n° 5165)

Chez d'autres éditeurs

MANIKIN 100, Éditions Le Monde/La Découverte, 1993

EN FUITE, *Nouvelles Nuits*, n° 7, 1994

ONZE, « L'actualité », nouvelle, Grasset, 1999

Composition Graphic Hainaut
Impression Maury-Imprimeur
45330 Malesherbes
le 5 septembre 2011.
Dépôt légal : septembre 2011.
1er dépôt légal dans la collection : août 2010.
Numéro d'imprimeur : 167523.

ISBN 978-2-07-043773-3. / Imprimé en France.

238456